该项目系首都师范大学"211"规划项目

本著作得到首都师范大学文学院"211"工程项目

出版资助

首都师范大学文艺学学术文库

文心的异同

新马华文文学与中国现代文学论集

REWRITING CHINESE LITERATURE:
NANYANG AND CHINA

张松建◎著

中国社会科学出版社

图书在版编目（CIP）数据

文心的异同：新马华文文学与中国现代文学论集/张松建著.—北京：中国社会科学出版社，2013.1

ISBN 978 - 7 - 5161 - 1954 - 9

Ⅰ.①文…　Ⅱ.①张…　Ⅲ.①中国文学—现代文学—文学研究—文集②华文文学—文学研究—新加坡—文集③华文文学—文学研究—马来西亚—文集　Ⅳ.①I206.6 - 53②I330.6 - 53

中国版本图书馆 CIP 数据核字（2012）第 303253 号

出　版　人	赵剑英	
责任编辑	史慕鸿	
责任校对	王洪强	
责任印制	李　建	

出　　版	中国社会科学出版社
社　　址	北京鼓楼西大街甲 158 号（邮编 100720）
网　　址	http://www.csspw.cn
	中文域名:中国社科网　　010 - 64070619
发 行 部	010 - 84083685
门 市 部	010 - 84029450
经　　销	新华书店及其他书店

印　　刷	北京市大兴区新魏印刷厂
装　　订	廊坊市广阳区广增装订厂
版　　次	2013 年 1 月第 1 版
印　　次	2013 年 1 月第 1 次印刷

开　　本	650×960　1/16
印　　张	23.5
插　　页	2
字　　数	335 千字
定　　价	59.00 元

序

　　松建的新著即将出版，嘱我作序。作为他的导师之一，我很乐意写上几句。

　　松建是我带的第一个硕士研究生。1995年，他从河南大学毕业，考入原杭州大学中文系（现属浙江大学人文学院），从我学世界文学和西方诗学。毕业后不久，他又辞掉已获得的教职，负笈南洋，考入新加坡国立大学，转而研究中国现代文学。博士毕业之后，他又回国进京，入清华大学，从解志熙教授读博士后，继续"现代诗的再出发"。概括地说，松建十七年的求学历程，从空间上经历了一个从北到南，自东南而向南洋，再回归中心的过程；从学业上看，则经历了一个从西学入手，返回中学，再回归本土的过程。转益多师与博采众长的结果，使得松建既有了西方诗学的理论视野，又有了传统学术的博雅和邃密。而独特的空间转换和学术转型经历，想必使他对钱锺书的名言"东海西海，心理攸同；南学北学，道术未裂"，有了更切身的体会。

　　松建的这本新著以《文心的异同》为题，分为两辑。第一辑是海外华语文学研究，第二辑是中国现代文学研究论衡。粗粗看来，这两者的关联性似乎有点松散，但细细读过，却不难发现全书的内在脉络十分清晰，作者的学术理路一以贯之。松建努力在文学的播散中寻求恒定的文心，在理论的旅行中寻求稳固的锚地，在多变的学术潮流中寻求不变之道，在对学术"他者"的述评中寻求自我的学术定位，从中获得启示和洞见。全书开篇论述的是新马华文作家对鲁迅经典的重写，依我陋见，这是一个还未被深入研讨过的课题。松建从自己独特的学术经历和价值立场出发，通过对大量文本的细读和史料的分析，抽丝剥茧般的把鲁迅作品在新马地区的重写史理出了一个头绪，指出鲁迅经典在海外重写的过程，就是一个延异、撒播、衍生和变异过程，但这个过程不仅仅是德里达式的符号游戏，更应该视为重写者从当下的"阐释学情景"和个人成见出发，与理解对象展开的对话，它们不但创造性地丰富了鲁迅经典的原初含义，也借此揭示了发生在本土社会中的诸多文化现象，表达了离散华人和南洋作家对族裔、性别、文化与政治的严重关切。无疑，这是非常中肯的断语。它不但适用于中国文学经典在海外华人社会的"正向的"播散现象，对于"逆向的"或"双向的"播散现象，如西方文学经典在现代中国语境中的重写或再述，也具有理论阐释力。

由鲁迅经典的播散，松建进而论述了一系列当代南洋诗人和作家的创作，试图在南洋风景、马华民族志、本土意识、孤岛遗民和记忆书写中找到一条连续的线索，进而发现中华文化习俗在热带雨林中的遗存和变异，传统中国的文心在后殖民都市中的挣扎和重生。作为一个有着从中原到南洋游学的双重经验，受过世界文学和中国文学双重学术熏陶的青年学者，松建成功地克服了居高临下的大中华心态和狭隘民族主义情绪，努力贴近研究对象的文心，展开移情能力和换位思维，在细察南洋作家创作的基础上，借用后殖民批评、多元文化批评等理论资源，得出中肯的结论，认为"在跨国主义、离散话语、本土知识、身份认同等新兴理论的背景下，南洋华文作家只有坚定地让'热带雨林'成为自己的命运伙伴，只有利用热带雨林这个'现代性装置'去重新幻想南洋，再造南洋，新马华文文学才有'再出发'的机缘"。显而易见，这个论断既是符合新马华人社区的历史和现状的，也是与当下全球化语境下文化身份认同的大趋势相一致的。

相对于第一辑的文本批评，第二辑可称为批评的批评，或研究的研究。可想而知，它的难度更大，对作者的学术素养的要求更高。书评类文章其实是很难写的，弄得不好，很容易沦为曲意逢迎之作，或滑入哗众取宠之渊，为人所不齿。而松建这一辑评述的对象大多是当下汉语学界的名人，其中既有他的师长辈学者，也有资深的海外汉学家。说实话，在读到这一辑目录时，我是很为松建捏了一把汗的。但读完全辑后，我放心了。松建果然不负所望，无论是在材料的运用，还是语言的拿捏上，都处理得非常到位。对于资深学者的论著，他具有初生牛犊不怕虎的勇气，敢于在指出其学术史意义的同时，客观地评价、质疑乃至否定已有的结论。而无论是激赏还是存疑，是褒扬还是批评，又都是建立在细致的文本解读、缜密的史料钩沉和有理有据的分析基础上的，秉持的是萧公权先生提出的"以学心读、以公心述、以平心取"的学术原则，这是非常难能可贵的。比如，在论到谢冕主编的十卷本《中国新诗总系》时，松建一方面认为，原生态意义上的"文学史"就是经典、好诗、标志性本文和普通文本的混杂，《总系》中筛选出来的新诗把前三者的意义凸现出来，把纷繁的文学现象整合到一套完整、连贯的叙事结构中，构成了三个层次上的交错和并置，这方面的处理手法，兼顾历史与价值，是值得称道的。与此同时，松建也直言不讳地指出，《总系》把时间划分为"匀质性"（homogenous）的十年一代，这是方法论上的权宜之计，它预设了一个总体性的结构安排，借此呈现百年新诗的演变历程，给人以经典累积、好诗纷呈的繁荣局面，但也可能遮蔽了文学史的实际情况，有点化繁为简的味道。这个观点，在我看来，是站得住脚的，因为它有充分的学理依据，对于我们重构世界文学史，也有一定的借鉴意义。

松建激赏的是那种"将史料钩沉、文本细读、理论诠释融为一体，立意填补空白、增进知闻"的论著，质疑或反对的是"那种试图对文学进行思想史研究"、"很有可能使文学史降格为思想史的脚注"的做法。另一方面，他也非常赞同萨义德提出的"回到语文学"的口号，重视那些看上去琐碎的版本、校勘之类的技术工作。在他看来，史料钩沉或文献学"牵扯的不但是字句段落的校订、不同版本的对勘或者轶文的整理这些琐碎的技术工作，而且囊括了互文篇目的追踪、作家生命史的回放、文坛情形的勾勒以及文学史的再审视"，不能不加以重视。这就涉及道与术的辩证关系了。宏大的流行理论容易使人产生误解，以为它们纯然是不食文本烟火的形上之作。其实，综观中西学术史，学术之"道"的发展很大程度上是靠不起眼的"术"的进步而获得的。理论之光当然会照亮埋没在尘灰中的文本，但反过来，第一手资料的缺乏往往也会限制理论视野的进一步扩展。在当下的学术语境中，我们缺乏的不是理论和符号，而是史料和洞见，因此，我完全同意松建的下述观点：

> 中国现代文学虽只有短暂的三十年，却造就了数之不尽的作家、作品、社团、流派、报纸副刊与文艺杂志，有幸进入"文学史"者只不过是冰山一角；所以，通过披沙沥金的文献功夫，挖掘一些学术界未曾得见的史料，也不算太大的难事。关键在于：如何不被浩如烟海的史料所淹没而清晰准确地彰显一己之判断？如何才能驱遣自如地利用史料、揭示出重大的问题从而有力地推动现有的研究？这就要求研究者具备渊博的"知识结构"、谨严的"学术识断"和开放的"文学趣味"。

这段话，虽然出自他对解氏论著的评述，但也代表了他本人的学术追求和定位。不知松建以为然否？

古人云，得天下英才而教育之，一乐也。虽然松建从我学艺不过三年，之后他又转了专业方向，但毕业后，他一直与我保持着密切的联系。我们经常互发邮件，探讨学术和人生问题。每有新作，也总会想到发送或寄赠对方先阅为快。我在与松建交往的过程中，切身感到了教学相长之乐。松建为人敦厚谦和，对学术志业一往情深。他的文心之缜密、史料钩沉之细心，文本解说之深入，常令我赞叹。这本新著的出版，我觉得是松建在学术道路上迈出的又一个阶梯。松建今年刚过不惑之年，已经出了三本专著、五十余篇论文，学术道路可谓通达宏阔。作为他的曾经的导师，我在为他自豪和欣喜之余，还是忍不住要唠叨几句，希望他在学术上日新又新，与时俱进。曾国藩曾云："学贵初有坚定不移之志，中有勇猛精进之心，末有坚贞永固之力。"愿借曾公此言与松建共勉。是为序。

张德明
2012 年 7 月 23 日于杭州秋水苑寓所

目　　录

上编　新马华文文学初探

下编　中国现代文学论衡

上　编

新马华文文学初探

国民性、个人主义与社会性别

——新马华文作家对鲁迅经典的重写

引言　鲁迅与南洋

"重写"乃是中外文学史上的一种常见现象，有时发生于民族文学的内部，有时超越了国家疆界而指向了比较文学的方向。与此相联系的是四个范畴："前文本"、"重写文本"、"作者"、"写作语境"，这四个元素的交织和互动构成了重写的发生机制。重写文本与前文本之间存在一种类似于米勒所谓的"寄生"与"寄主"① 的关系，前文本既是重写文本存在的基础，又是后者力图予以消灭的东西。这种互文性在题材、主题、人物、情节、语言、文体等层面有所体现；而其间的差异性又揭示了重写者的主体性、理解水平、接受能力以及写作语境的制约。应该说，文学发生学意义上的模仿——不管是正面的模仿还是反面的戏仿——当然属于一种"重写"形式，它借助对原文本的挪借和改造而表达模仿者的写作意图。

鲁迅作为现代中国文学的开山，曾对新加坡和马来西亚的华文文学（简称"新马华文文学"）产生过重要影响。1936 年 10 月 19 日，鲁迅去世。《南洋商报》、《星洲日报》、《星中日报》第二天就发布了新闻报道，众多报章发起了隆重的悼念活动，纷纷出版"鲁迅纪念专号"，有照片、诗歌、木刻、散文、评论等

---

① ［美］希利斯·米勒：《重申解构主义》，郭英剑译，中国社会科学出版社 2000 年版，第 111—151 页。

形式。从 1936 到 50 年代末期，新马华人的文化界共举行过五次规模浩大的纪念活动，单单在 1937 年 10 月 19 日，就有二十五个文艺团体参加了鲁迅去世一周年的纪念活动，当时的《星洲日报》、《光华日报》、《槟城新报》等报章登载了这方面的不少作品。进入 60 年代，每年的 10 月 19 日前后，仍有小规模、分散的鲁迅纪念活动。① 在五六十年代的马来亚，左翼思潮蓬勃，学潮与工运此起彼伏，政党权力角逐趋向白热化，现实主义在马华文坛一支独大，在此形势下，鲁迅的影响尤为强势。例如，在丘康（张天白）心目中，鲁迅是"伟大的民族英雄"、"中国文坛之父"。文学史家方修把鲁迅誉为"青年导师"、"新中国的圣人"。在写于 1967 年 9 月的一篇文章里，左翼作家章翰（韩山元）以过来人的身份，回顾和总结了鲁迅对新马社会的影响——

> 鲁迅是对马华文艺影响最大、最深、最广的中国现代文学家。作为一位伟大的革命家、思想家，鲁迅对于马华文艺的影响，不仅是文艺创作，而且也遍及文艺路线、文艺工作者的世界观的改造等各个方面。不仅是马华文学工作者深受鲁迅的影响，就是马华的美术、戏剧、音乐工作者，长期以来也深受鲁迅的影响。不仅是在文学艺术领域，就在星马社会运动的各条战线，鲁迅的影响也是巨大和深远的。长期以来，确切地说，自鲁迅逝世后的四十年，鲁迅的高大形象，一直鼓舞着人民为正义的事业而奋斗。鲁迅一直是本地文艺工作者、知识分子学习的光辉典范。我们找不到第二个中国作家，在马来亚享有像鲁迅那样崇高的威信。②

----

① 参看章翰《鲁迅逝世在马华文艺界的反应》以及《马华文化界两次盛大的鲁迅纪念活动》，收入章翰《鲁迅与马华新文艺》，新加坡：风华出版社 1977 年版，第 17—36、44—49 页。

② 章翰：《鲁迅对马华文艺的影响（1930—1948）》，收入《鲁迅与马华新文艺》，第 1 页。

此外，鲁迅的文学作品还不断被选入新马中小学的华文教科书，焕发着中华文化的核心价值以及世界性的多元声音。[①] 进而言之，从 20 世纪 20 年代到 21 世纪，鲁迅经典是刺激新马华文作家之创造力的源头活水，他们不断从鲁迅那里寻获灵感，加以程度不等的转化与改写，各取所需，为我所用。我们至少可以举出如下数例。《阿 Q 正传》曾被丁翼、絮絮、吐虹、林万菁、李龙一再重写，云里风的《梦呓集》向鲁迅的《野草》致敬的痕迹一望而知，黄孟文的《再见惠兰的时候》在多方面受益于《故乡》的启示，英培安的《一个像我这样的男人》呼应着《伤逝》的思想主题而又推进了对本土问题的思考，瞿桓的《疯人日记》、姚紫的《新狂人日记》与梁文福的《猿，有此事》显而易见是对《狂人日记》的仿作和重写。不可避免的是，文本开放和重写之后，一系列问题于焉出现了：某个作家为何要对众所公认的经典进行重写？重写型文本与原文本的关系如何？重写者是如何看待原文本的，原文本的哪些因素激发了重写者的关注和兴趣？在重写这种文学形式的背后，有哪些个人、文化、政治的动机起着调节和斡旋的作用？有学者对中国现代文学中的"重写型"小说进行了翔实的研究，指出"重写型"小说的前文本可能是小说，也可能是经籍、史传、神话传说、词曲歌赋。[②] 这殆无异议。本文考察新马华文文学中"重写"鲁迅经典的现象，涉及九位作家，[③] 时间跨度六十年，涵盖小说（包括微型、短篇、中篇和长篇）和散文诗两类。本文试图把重写这一现象给予不断的历史化，把相关的理论问题勾勒出来加以初步检讨，而不期望得出一个统一、最终的结论。

[①] 王润华：《新马华文教科书中的鲁迅作品》，北京《中国现代文学研究丛刊》2012 年第 4 期，第 1—16 页。

[②] 祝宇红：《"故"事如何"新"编：论中国现代"重写型"小说》，北京大学出版社 2010 年版，第 6 页。

[③] 关于这些作家的传记，我主要依据下面的工具书——马仑：《新马华文作家群像》，新加坡：风云出版社 1984 年版；《新华作家传略》，新加坡国家图书馆、文艺协会 1994 年版；骆明主编：《新加坡华文作家传略》，新加坡文艺协会、作家协会、锡山文艺中心 2005 年版。

一　族裔、社会、国民性：
"阿Q"的南洋子弟

　　鲁迅作品被南洋作家重写次数最多的，无疑是中篇小说《阿Q正传》。有论者考察过新马华文文学中的"阿Q形象"的衍变，但是流于现象罗列和情节复述，没有对相关作品的审美素质进行分析和判断，尤其是没有揭示关键性的理论课题，[①] 因此我觉得仍有重新研讨的必要。《阿Q正传》完成于1921年12月，此时距离"辛亥革命"的发生已整整十年，自1921年12月4日起至1922年2月12日止，连载于北平《晨报副刊》，署名"巴人"，后来收入鲁迅第一本小说集《呐喊》。[②] 在《阿Q正传》俄文译本序言中，鲁迅坦承其写作意图是"画出这样沉默的国民的魂灵来"。[③] 在另一个场合，他表示自己坚守改良人生的启蒙主义立场："所以我的取材，多采自病态社会的不幸的人们中。意思是在揭出病苦，引起疗救的注意。"[④] 如今，人们公认此篇集中全面地刻画了所谓"国民性"——其核心是由愚昧、麻木、自欺、健忘、奴隶性等负面因素构成的"精神胜利法"。经典之被"重写"以及重写文本的面貌如何，取决于作家的身世阅历、知识背景、人生观，他/她对原文本的理解水平和价值取向，他个人的创造能力，以及不可忽视的社会/文化语境的制约。众所周知，《阿Q正传》甫一问世，即出现形形色色的评论：或斥之为"浅薄的纪实的传记"，或不满其"病态"，或欣赏其"滑稽"，或强调其"讽刺和冷嘲"。那么，南洋作家是如何理解《阿Q正传》的？他们塑造的"阿Q"以何种面目示人？在我看来，国民

　　① 南治国：《旅行的阿Q——新马华文文学中的阿Q形象谈》，《华文文学》2003年第1期。

　　② 鲁迅：《阿Q正传》，见《鲁迅全集》第1卷，人民文学出版社1996年版，第487—532页。

　　③ 鲁迅：《俄文译本〈阿Q正传〉序及著者自叙传略》，收入《集外集拾遗补编》，见《鲁迅全集》第8卷。

　　④ 鲁迅：《我怎么作起小说来》，收入《南腔北调集》，见《鲁迅全集》第4卷。

性的内核很难说是单面的、自明的，事实上，它不仅丰富复杂而且含混模棱，充满矛盾、悖论和问题。在以下章节中，我将重述南洋"阿Q"的故事，把"国民性"给予历史化、理论化、问题化，以期引起进一步的讨论。

（一）"流氓恶棍"型的阿Q

新马华文作家首先重写《阿Q正传》者，大概是絮絮。[①] 他的短篇小说《阿O传》完成于"二战"结束后。小说前言交代说，当阿Q莫名其妙地被枪毙后，他的弟弟"阿O"做了漏网之鱼，逃到南洋来。阿O有青出于蓝的气概，"他不但不至于像乃兄一样成为冤枉鬼，反而在海外发了迹，居然成为呱呱叫的'侨领'了"。[②] 阿O刚到南洋的时候，形神落魄，后来找到了在山芭里割树胶的机会。"头家"发现他粗通文墨，于是提拔为财副。卑鄙狡诈的阿O，其实并不安分，他设计冒险计划，付诸实施。他垂涎于头家的情妇"肥姐"，通过拜干爹的方式，获得正当名分，成就了一段露水姻缘。又在老板暴卒后，顺理成章地接管了店铺，摇身一变成了上等人。然而，阿O欲壑难填，在物质享受得到满足后，他渴求名望的念头，寸寸苗长。他假意赞助华文教育，经过讨价还价，把装有自己大彩照的镜框挂在学校大礼堂里，大出风头。他挂名学校会计，白拿工资，又克扣经费，中饱私囊。他伪造新闻稿，谎称教员自愿捐薪资助教育，又指使董事会对教员出示公函，表示接受这种"慷慨"的举措。他宴请社会名流，教唆助手劝进，自己当上社团会长，又勾结记者发文，自

① 絮絮，原名丘若琛，笔名絮絮，1909年出生于福建龙岩，肄业于上海艺术大学文学系，1936年南下，在马来亚和婆罗洲的中学执教，1952年移居新加坡，1967年病逝。絮絮是新华文艺十二位先驱之一，出版了九部小说集和两本诗集。在众多南渡作家中，只有他善于发掘当地题材，颇受文学史家的赞赏。参看赵戎《论絮絮的小说》，收入赵戎《论马华作家与作品》，新加坡：青年书局2005年版，第20—41页。

② 絮絮：《阿O传》，收入絮絮的短篇小说集《荣归》，新加坡：南洋印刷社有限公司1950年版，第15—28页。

吹自擂。接着,阿 O 再接再厉,挺进官场:他操纵媒体,编造自己是国父的老朋友和同盟会老同志,当选为南洋侨领和国大代表。恰在此时,某家报章披露了一桩企图发国难财的走私大案,经过查证,发现幕后黑手正是阿 O 先生!于是舆论哗然,而阿 O 过去的种种劣迹也随之被抖搂出来。然而,他毕竟技高一筹,狡兔三窟:"这个时候阿 O 已离开了南洋,正坐飞机向香港方面做着愉快的旅行呢。"整篇小说描写了阿 O 如何在南洋社会长袖善舞,欺世盗名,竭力满足自己对性、名声、权力、金钱的贪欲。虽然叙述者有时跳出故事情节,大发议论,说教气息浓厚,但是小说的笔墨简练传神,情节紧凑生动,取材于四五十年代的南洋社会,不乏严肃的批判意识。①

和絮絮的《阿 O 传》相比,丁翼的中篇小说《阿 O 外传》明显逊色。丁氏是新加坡作家,本名高品华,生卒年不详,曾任报纸副刊的编辑,出版过三本小说。② 他显然是鲁迅的热烈崇拜者③。中篇小说《阿 O 外传》在 1971 年出版。④ 主人公"阿 O"

---

① 《荣归》编者冯列山在《编后语》中指出,这篇小说属于"社会小说",其题材内容和文字技巧比较成熟,具有地方色彩;作者"已经把握住现实的题材,创造了阿 O 这一型人物出来","充满着南洋我侨社会的情调,虽说所反映的只是黑暗的一面"。冯氏强调,"阿 O 是时代的产儿,有其社会社会背景及生存的根据"。

② 关于丁翼的传记资料极为匮乏,上述信息参看马仑《新马文坛人物扫描 1825—1990》,马来西亚:书辉出版社 1991 年版,第 88 页。丁翼的三本小说集是:《灿烂的微笑》,新加坡:创作与文摘出版社 1970 年版;《阿 O 外传》,新加坡:万年青出版社 1971 年版;《爱,在远方》,新加坡:万年青出版社 1973 年版。丁翼的小说受到过文坛关注,例如孔武的评论《知识分子的爱情迷梦——评丁翼〈灿烂的微笑〉》,收入孔武《文艺创作的道路》,新加坡:万里文化企业公司 1971 年版,第 1—8 页。

③ 丁翼的《灿烂的微笑》有多处提到鲁迅。例如,女主人公"爱茜沙"送给男主人公"方先生"的妹妹一本英文版《阿 Q 正传》,在扉页上留下英文题词"欢呼阿 Q 时代已经一去不复返了!年轻的心,沿着鲁迅指出的方向飞翔!"爱茜沙对方先生房间里悬挂的一幅鲁迅油画大表赞赏,还表达了她对鲁迅的由衷赞美;男主人公怂恿妹妹购买一尊鲁迅磁像作为礼物送给爱茜沙,并在上面题写了鲁迅的诗句"横眉冷对千夫指,俯首甘为孺子牛"。

④ 《阿 Q 正传》发表于 1921—1922 年,而丁翼这篇小说的前言有云"鲁迅在十九年前替阿 Q 立传……"可知创作年代是 1940、1941 年左右。但是小说还出现了"原子弹"、"氢弹"之类的字眼,这是"二战"后才为大众熟知的词汇。鲁迅去世于 1936 年 10 月,本篇可能写作于 1955 年左右。

就是死了半个世纪的阿Q的孽种，不过，和只在"未庄"和土谷祠中讨生活的老子不同，这位阿O"从乡下的土窑子窜到十里洋场的上海，再由上海漂洋过海到纸醉金迷的狮城，生活的际遇充满了传奇"。[①] 阿O相貌丑陋，性格粗鲁，本来略通文墨，到南洋后又懂点洋泾浜，寄身过两家低俗小报，施展流氓加骗子的本领，在方圆二百里的狮城，很快就有了"半天红的名气"。小说用了不少篇幅摹写阿O的情欲冒险：在"粉红色报"担任栏目主持人，自诩为"恋爱专家"，炮制猥亵的"情书"，放肆地玩弄女性；出入夜总会和社交舞会，满足粗俗的肉欲；沉迷性幻想，当街非礼女性，遭到众人叱责，趁机装死；与歹人合伙，以招聘服装公司的模特为幌子，骗财骗色；最后，这个恶棍遭到苦主举报，被法庭判决十八个月的监禁。除了沉迷于黄、赌、毒之外，阿O最擅长的本领就是坑蒙拐骗、敲诈勒索。他唆使同党"小倪"蔑称鸦片馆私藏军火，趁机向老板勒索钱财和毒品；利用同僚中饱私囊，又过河拆桥，一毛不拔；假意与朋友和好，在聚餐时又偷偷溜走，让对方买单；拉上邻人之子陪自己镶金牙，完事后借故走开，让对方付款；遭到老板的扣薪，就铤而走险，以艳史秘闻要挟对方，谁料偷鸡不成蚀把米，自己反被解聘了。失业后的阿O，穷困潦倒，稿件被拒载，求职遭痛殴，因欠租被房东驱逐，沦落街头。为了糊口，他摆摊算命，站街说书，照样恶习不改。后来，看到报章刊文影射自己，就上门恐吓，几个回合过后，终于达到目的。当这一切丑行表演完毕之后，等待他的就是银铛入狱的命运了……显而易见，阿O的南洋历险充斥着肮脏的铜臭、诡诈的骗术、令人作呕的流氓习气。丁翼有就职报馆的经历，洞悉其中的内幕，由此窥见了殖民地社会的黑暗一角，但是叙事者在接连"爆料"之外，却没有寄予严肃深刻的批判精神，反倒流露出游戏笔墨的姿态和自娱娱人的语气，这就与《阿Q正传》拉开了距离。鲁迅笔下的"阿Q"有调戏小尼姑、殴打小D的流氓习气，以及充当窃贼助手、向吴妈求爱的荒诞行为；《阿Q正传》的确也有滑稽的成分——鲁迅说过，他当初写这篇小说的时候，为切

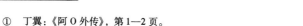

① 丁翼：《阿O外传》，第1—2页。

合《晨报副刊》的"开心话"栏目，"就胡乱加上些不必有的滑稽"，[①] 而当时的评论家冯文炳也说过："鲁迅君的刺笑的笔锋，随在可以碰见……至于阿Q，更要使人笑得不亦乐乎。"[②] ——然而，丁翼只从滑稽荒诞方面去简单模仿《阿Q正传》，甚至将其任意放大、不计其余，忽略了本书在滑稽荒诞之外的严肃和悲悯，结果堕入了肤浅和恶趣。鲁迅致力于揭示愚弱国民的精神胜利法，所见者大，所思者深，而丁翼这部小说的失败——形式结构上的散漫拉杂以及思想主题的无深度——显然与他对《阿Q正传》的理解水平有关。是故，他重写的人物彻头彻尾地沦为一个猥琐的流氓胚子，毫无人性的闪光点，小说走向了传奇化、黑帮化、情色化、庸俗化。

在阅读这些"仿作"的时候，我们不能视原典为意义的中心和诠释的权威，也不能纯粹从审美方面去比较高下，而应该以这些仿作为中心，将他们放回到19—20世纪中国和南洋的双重语境中，以求得伽达默尔所说的"视野融合"。总结起来，絮絮、丁翼重写的阿Q都是文化程度不高的移民，属于"投机冒险家"之类的角色。这些文学人物的出现与历史变革有一定关系。清末民初，中国经历内忧外患，社会动荡不安，随着帝制倾覆，民国肇造，社会流动频繁，"下南洋"、"走西口"、"闯关东"是近代中国三大移民潮。19世纪后期，马来半岛以橡胶工业和采矿业为支柱的经济发展迅速，吸引了中国人大举南下。[③] 据历史学家统计，单是1927年南来的中

① 鲁迅：《〈阿Q正传〉的成因》，收入《华盖集续编补编》，见《鲁迅全集》第3卷。

② 冯文炳：《呐喊》，北平《晨报副刊》1924年4月13日。

③ 中国与东南亚的互动当然不是从晚清才开始的。从秦汉开始，中国在处理与东南亚诸国的关系时坚持优越感原则，但从明季开始，中国统治者开始运用公平观念、包容一切的观念，维护朝贡体系的有效性，晚清以后，由于中国在条约体系中丧失了优势地位，这些原则就难以奏效了。参看王赓武《明初中国与东南亚的关系：背景分析》，载［美］费正清编《中国的世界秩序：传统中国的对外关系》，杜继东译，中国社会科学出版社2010年版，第29—57页。关于东南亚与新马华人的移民史，参看［澳］颜清湟《新马华人社会史》，粟明鲜等译，中国华侨出版公司1991年版；［新］柯木林、林孝胜《新华历史与人物研究》，新加坡：南洋学会1986年版；［新］崔贵强《新加坡华人：从开埠到建国》，新加坡宗乡会馆联合会、教育出版私营有限公司1994年版。关于中国与东南亚的互动关系，［新］刘宏《中国—东南亚学：理论建构·互动模式·个案分析》（中国社会科学出版社2000年版）提供了广阔的历史视野和富于洞察力的理论分析。

文心的异同：新马华文文学与中国现代文学论集

国移民就达到 36 万，而到了 1941 年，华人竟然占据了马来亚全部人口的 43%。① 这些移民离开了乡土中国、封建礼教和宗法制，辗转流徙到南洋，辛苦谋生。南洋当时是英国的殖民地，主权不存，礼法荡然，又是开埠较早的都会，重商逐利，五光十色，很快成为投机冒险家的乐园。重要的是，移民起初并没有落地生根的念头和对居住国的认同意识，② 只把南洋视为寄居之地和淘金乐土。移民大军当然是鱼龙混杂、泥沙俱下，至于其中的阿 O 之流，原本粗野不文，好勇斗狠，在混乱动荡的殖民地，自然找到了施展拳脚的机会。于是乎，他们亡命法外，横行无忌，一方面追求粗糙的动物本能的满足，另一方面则诡计多端、追名逐利，玩弄法律礼仪于股掌之上，各自上演了一幕幕人间丑剧。在丁翼、絮絮看来，这些丑类自然也把所谓"国民性"带出国门、复制到南洋社会，或者说，他们在这些"丑陋的中国人"身上，找到了一些稳固不变的、可以清晰指认的"国民性"，他们试图为变化的大时代"立此存照"，而从《阿 Q 正传》中寻获了灵感和创意，于是就有南洋版的阿 Q，跃然纸上了。由是观之，这时的"国民性"已然摆脱了民族—国家的限制，在跨国离散中绽放新意，它不再以传统的"精神胜利法"为核心而是把乱世的乖谬人性与本土经验结合起来，变形为与华人种族血统相联系的"中华性"（Chinese-ness）。准此，新马作家对鲁迅的"国民性"论述，不再"照着讲"而是"接着讲"，它可否动摇我们看待问题的基本框架、揭示出具有内在深度的"客观真理"？它能否摆脱本质主义的认识论成见，开启另类的思考向度呢？接下来的段落，将针对这一理论课题，做进一步的推衍和辩难。

（二）"知识分子"型的阿 Q

南洋另一类型的阿 Q 来自知识阶层。鲁迅的阿 Q 是下等人，

① 转引自王润华《华文后殖民地文学：本土多元文化的思考》，台北：文史哲出版社 2001 年版，第 99 页。

② 崔贵强：《新马华人国家认同的转向》，新加坡：青年书局 2007 年版；Wang Gungwu, *The Chinese Overseas: From Earthbound China to the Quest for Autonomy*, Cambridge: Harvard University Press, 2000。

出身贫贱，没有文化，被束缚在宗法制农村，丧失了稳定的经济来源，四处游荡，没有尊严感和自我意识，在生存线上挣扎，最显著的精神特征就是自欺、健忘、麻木、愚昧。而那些受过高等教育的知识分子，有体面的职业和社会身份，过着衣食无虞甚至养尊处优的生活，具有程度不一的优越感和虚荣心，竟然也不幸与阿Q走到了一起，变成了"有知识的愚昧人"，这岂非咄咄怪事和莫大的讽刺？那么，从乡土中国到殖民地南洋，这些作家如何另辟蹊径，把鲁迅关于"国民性"的论述开拓新意呢？我所讨论的例证包括吐虹、林万菁、李龙。

吐虹①的中篇小说《"美是大"阿Q别传》在1958年11月5日完稿，当时即已收入小说集印行。②《"美是大"阿Q别传》属于比附现实的"讽喻性"重写。在后记中，吐虹把他的创作意图和盘托出，这巩固了鲁迅关于国民性的经典论述。所不同者，这个阿Q不仅是知识分子而且变成了"假洋鬼子"，他洋话连篇、高高在上、崇洋媚外、数典忘祖。其实，小说是对轰动一时的"林语堂事件"的回应，③题目中的"美是大"即英文的"Mister"

———————————

① 吐虹，原名曾也鲁，1938年出生于槟榔屿，祖籍福建惠安，现为新加坡公民。少年时因家贫辍学，从事过多种职业，曾主持文艺社团，编辑文艺刊物，后弃文从商。吐虹是50年代末期的小说家，早年作品发表于《南洋商报》和《星洲日报》。在《第一次飞》的前言中，吐虹承认试笔阶段的作品富于趣味化、缺乏思想性，后来，他在作家、编辑杏影（杨守默）的教导下，走向了为人生的、现实主义的文艺观。

② 吐虹：《"美是大"阿Q别传》，收入吐虹《第一次飞》，新加坡：海燕文化社1958年版，第29—48页。

③ 太平洋战争结束后，新马华侨对居住国产生了认同意识，生活模式由叶落归根转向落地生根，鉴于本地只有一所大学（马来亚大学）而且以英文教育为主，华侨们决定创办一所中文大学，以方便子弟就地接受高等教育。1953年，由富商陈六使（1897—1972）领衔，提出创办南洋大学的倡议，迅速得到各界华侨的热烈支持，迅速筹到巨款。南大执委会成员连瀛洲远赴纽约，礼聘林语堂出任南大校长。1954年10月，林氏莅任，夸言要创办一所"世界第一流大学"，不久因为办学理念的分歧以及预算案问题，与南大执委会多次发生矛盾，加上个人作风问题受到非议，遂于翌年4月离职。"林语堂事件"发生后，社会反响强烈，一时成为南洋各大报章的头条。关于南大的创办经过以及"林语堂事件"的来龙去脉，参看《南洋大学创校史》，新加坡：南洋文化出版社1956年版；王如明主编《陈六使百年诞纪念文集》，新加坡：南大事业有限公司、香港南洋大学校友会1997年版；《南洋大学史论集》，马来西亚南洋大学校友会2004年版。

（先生）的音译（也可能隐含着"美国是老大"的话外音），主人公名为"凌雨唐"，担任"北海大学"校长，这显然对是林语堂和南洋大学的影射。小说有强烈的新闻化、杂文化、漫画化的倾向，不乏人身攻击和恶意丑化的成分，语言技巧的粗糙亦无需多言。小说罗列了阿Q一系列罪状：崇洋媚外，迷信"美国的月亮比中国圆"；挟洋自重，标榜"我过桥多过你走路"；取悦洋人，出版《卖国与卖民》一书；大搞裙带之风，安插亲信，损公肥私；生活奢侈，挥霍民众捐款，而又鄙视劳动人民；坚持反共立场，危言耸听，把大学教育进行政治化；[①] 提倡全盘西化，鼓吹颓废堕落的生活方式，污染了南洋的淳朴民风……但是，小说在插科打诨中，还是透露出关于族群、国民性、文化认同的严肃课题。例如，提到"美是大"阿Q否认"支那"文化早于西洋，认定支那历史不可靠，暗示中国人太低贱、方块字最不值钱。第二节的小标题就是"不是中国人"，叙事者说，本传不像传统传记那样，一上来就交代传主的籍贯，原因如下——

　　……"美是大"阿Q到底是何地人，迄今还没人确切地知道哩。有一次，人们问他：
　　——哈啰，"美是大"阿Q，你是哪儿人啊？
　　照老例，福建人问他是不是闽南人，广东人问他是否越秀山下人，琼州人问他是否出生在海南岛。
　　——怒！怒！（No! No!）
　　他"美是大"阿Q只是"怒怒"的叫着，随即操着洋

　　① 50年代，亚非拉民族解放运动蓬勃，新中国的成立激励了很多海外华侨，新马的左翼思潮和社会运动风起云涌，在中国共产党支持下的马来亚共产党对英国殖民当局展开了长期而艰巨的武装斗争。殖民当局处心积虑地防范共产主义，竭力阻碍新马与中国大陆的联系。部分南洋华人被当局舆论蒙蔽，对共产主义心怀疑虑。陈六使等人筹办南洋大学，需要与英国殖民当局进行斡旋，他们表示只管教育、不谈政治。林语堂多次接受访谈并在报章撰文，蔑称南洋变成了共产主义的堡垒，英国政府应该依据殖民地紧急法令，把激进学生和侨领李光前等人驱逐出境。这些带有政治色彩的言论激怒了南洋华侨，他们认为妨碍了南洋大学的顺利筹办，而且无疑带有林氏个人的"挟私报复"、"落井下石"的动机。

腔叽里咕噜的发了一阵，在下虽听不懂他在讲些什么，但他的洋话可动听极了。真的，谁也没听过这么漂亮的洋话。原来他"美是大"阿Q并非中国人，而是什么"恶马劣根"（American），大抵跟洋鬼子同种的那一类人。于是大家才恍然大悟，难怪他有那一个洋名字。可是上了年纪的人依稀记得"美是大"阿Q实在是中国人，到十多岁才到外洋镀金。人家这样顶他。他又悻悻的反驳说，他并不是支那人，他实实在在是"恶马劣根"。人家就问他头发为什么不是红色的，眼睛为何是黑的，皮肤为什么跟中国人的没有两样？他就说小时候给支那骗子骗走，把他骗到支那那块肮脏土地养大。因为支那土地太脏，以致久而久之他也变成了支那种。①

叙事者有意混淆籍贯（place of birth）、国籍（nationality）、公民身份（citizenship）、族裔（ethnicity）这些概念之间的差异，他打包处理，嬉笑怒骂，用以讽刺主人公的"数典忘祖"。实际上，林语堂（以及小说主人公"美是大"阿Q）当时已入美国籍，根据移民法令，当然要在法律上效忠美国，而他的全盘西化言论也是众所周知、招人诟病的，至于他是否公开否认过自己的华裔身份，这倒是无法证实的。实际上，小说不仅是对林语堂本人及其在南大风波中言行的尖刻嘲弄，也是对殖民地奴化教育下的南洋部分华侨的生动写照。在小说第十节，叙事者痛心疾首地说，"美是大"阿Q走了，但是他的精神并没有完全消失，因为南洋众多华侨在语言、教育、服饰、生活方式、价值观念上走向了彻底的"洋化"，主动遗忘自己的族裔身份、历史记忆和文化认同，于是乎，他们纷纷变成了"美是大"阿Q的徒子徒孙——至此，我们不难看出，小说在刻画"国民性"上，体现出类似于黑格尔揭示的"主奴"关系的辩证法：②

---

① 吐虹：《第一次飞》，第32页。
② ［德］黑格尔：《精神现象学》，贺麟、王玖兴译，商务印书馆1979年版。

"阿Q"和"假洋鬼子"只有在互相对立的时候，才会证明各自的本质；然而阿Q一旦有了知识教养，产生了自我意识，就可能会蜕变成假洋鬼子；而假洋鬼子固然蔑视阿Q一类的草根民众，但是他摆脱不了自欺健忘的精神胜利法，所以，假洋鬼子体内其实流淌的还是阿Q的血液。这种"自我"与"他者"的相互对立和彼此转化，证实了国民性还有自反和辩证的一面。

吐虹小说的意义在于：结合本土经验，借着经典重写的方式，率先带出了关于族群记忆和文化认同的课题。后来，林万菁、李龙、梁文福把这一主题踵事增华。林万菁[①]的微型小说《阿Q后传》完成于1985年6月，当时他是新科博士，博士论文以鲁迅修辞为题目。这篇小说，情节散漫、游移、缺乏连贯性，只是由零碎的叙述、片段化场景和叙事者的议论构成，带有寓言化、荒诞派和黑色幽默的色彩。这个阿Q不仅患上了"健忘症"而且险些变成了"植物人"。重生后的"阿Q"，留着时髦的朋克发型，但是面目模糊不清，引不起社会关注，成为边缘人和零余者。他文雅怯懦，仿佛历尽沧桑，面对别人的奚落和捉弄，逆来顺受，像游魂一样在都市中踱步，自外于人群大众，孤独而又沉默。他去找"小D"，而后者早就不在人世了，据说小D的儿子开了一间现代化的咖啡店，但两人终于没有见面。置身于现代生活和高科技产品的包围中，阿Q的适应能力比从前大大增强了，"但是他压根不知道自己的名字被人们利用，也不知道阿Q念头、阿Q世界、阿Q主义为何物"，显然这是一个没有自我意识和反省能力的人，叙事者忍不住大发感叹："他连这些与自己有关的历史都一无所知，又怎么可能跟其他的非阿Q族类一较高低呢？"在竞争激烈的时代，阿Q不计得失，更无扬名立万的念头，然而惟其如此，他

① 林万菁，1952年出生于新加坡，祖籍广东潮安，端蒙中学毕业，南洋大学硕士，新加坡国立大学博士，曾担任中学教师，长期任教于新加坡国立大学以及南洋理工大学国立教育学院。出版《阳光普照》、《路迢迢》等文集以及《中国作家在新加坡及其影响，1927—1948》、《论鲁迅修辞：从技巧到规律》等学术著作。

才被别人看成一个失败者，"一个应该被立刻淘汰出去的冗余之人"。离谱的是，阿Q还被指控是一个有"邪祟念头"的人，尽管他不是离经叛道的"狂人"，但还是被街上的闲人拖进了精神病院——

> 医生警告阿Q不能用自己的阴影荼毒人心。
>
> 阿Q痴痴地望着自己瘦弱的影子，哪知不是他身后的灯光照下造成的。"凡是阿Q或阿Q的子孙们，都是我们最大的敌人！……"
>
> "阿Q的影子笼罩着人心，阿Q，你的罪太大了。……"
>
> 一个有影子的人就有罪？阿Q不禁黯然慨然，以至于愕然怆然。
>
> 阿Q无所申辩。大约他的语言，或者言语，已经过时。渐渐的，阿Q还被指责为"外星人"。[①]

顶着莫须有的罪行，在医院中受到恐吓，"阿Q的神智越来越模糊，他简直是个'植物人'了。以后的事，谁也不知道了"。小说是新加坡部分华人现实境遇和精神状态的象征。由于独立以来一系列的政治运动、教育政策的变化、愈演愈烈的西化之风，再加上消费主义和商品拜物教的泛滥，新加坡华人对自己族群的历史记忆和文化传统，患上了可怕的"集体遗忘症"。重生的阿Q由于环境影响，身不由己地变成了植物人，这个荒诞故事是针对新加坡华人、华文、华族文化传统的隐喻。80年代初期，南洋大学和一批华校被政府关闭，华校生和华人被国家边缘化了，他们变成了"外星人"，变成了威权政治体制（小说中的"医生"就是这种隐喻）下的失语症患者，无法表述自己的心声；"英文"原是少数族群的母语，现在却变成了占据人口绝大多数的

① 林万菁：《阿Q后传》，原载香港《香港文学》1985年第6期，收入希尼尔主编《新加坡当代华文文学作品选·小说卷》上，新加坡：青年书局/香港《明报》2010年版，第349页。

华人的第一语言，他们的母语"华文"反倒变成"过时的语言"了；① 华族文化传统（小说中阿 Q 的"瘦弱的影子"就是一个隐喻）遭到指控，面临着被消灭的危险。林万菁塑造的这个"沉默"的阿 Q，带有软弱、自欺、麻木、健忘、逆来顺受的"奴隶性"，它之所以能唤起读者的记忆，要归功于精神胜利法的力量。

李龙②的短篇小说《再世阿 Q》完成于 90 年代初期。阿 Q 从前世到今生，发生了很大变化，越来越体现出一种可以称为"新加坡性格"的东西。他毕业于洋学堂，取了个洋名叫"Stephen Q"，变成了社会精英。他沦为拜金主义者，一身名牌，时常出入夜总会和卡拉 OK 酒廊，疯狂追求物质享受。他对华文极为厌恶，竭力否弃传统文化，攻击"讲华语运动"，多次扬言要移民海外。他数典忘祖，很爱面子，最忌讳别人问及他的籍贯和族裔。他精打细算，跟风抢进，"怕输心理"非常典型。小说结尾写道，再世阿 Q 和"D 先生"在狂欢买醉之中，突然口吐白沫，倒在地上了——

> 再世阿 Q 抽搐着、抽搐着，忽然觉得全身飘飘然地飞了起来，正撞向围拢来的 D 先生。但说也奇怪，怎么撞倒 D 先生，而他一点感觉也没有。他回头一看，更使他惊吓起来，他看到他的躯体，仍然躺在地上，一动不动。他忽觉得背上有一条东西在鞭打着他，他用手往后一抓，拉前来一看，原来前世阿 Q 的辫子又回到他的头上来，他顿觉得有

---

① 与大多数人的看法相反，吴元华对新加坡官方的华语政策采取了赞赏的态度，参看他的《务实的决策：新加坡政府华语文政策研究》，当代世界出版社 2008 年版。

② 李龙，原名李朝来，1945 年出生于新加坡，祖籍福建南安。1965 年入南洋大学读经济系，后因故中途辍学。从事多种职业，后转向出版界，长期兼职于新加坡文艺协会。出版作品集《只有浪涛知道》、《困惑》、《无根之花》、《梦的风帆》等。

一种莫名的失落感。①

阿Q的自欺和健忘达到了严重地步，以至于感觉迟钝，麻木不仁，被幻觉缠绕。同时，他对自我的"认同"遭遇来自他人的"承认"的失败。泰勒说过："认同（identity）一词在这里表示一个人对于他是谁，以及他作为人的本质特征的理解。这个命题的意思是说，我们的认同部分地是由他人的承认构成的；同样地，如果得不到他人的承认，或者只是得到他人扭曲的承认，也会对我们的认同构成显著的影响。"② 再世的阿Q竭力想摆脱"华人"的族裔认同（小说中的"辫子"就是一个隐喻），然而得不到他人的"承认"，于是他的失落感于焉而生了。这个再世阿Q无疑是一部分狮城华人的象征，在这个假洋鬼子型的阿Q身上，见出作者对社会现实的批判：独立以来的新加坡，"西风"劲吹，崇洋媚外盛行，华人的历史记忆断绝了。林万菁和李龙对《阿Q正传》的重写，超越了鲁迅国民性论述的"民族—国家"框架而带有跨国离散和本土改造的成分，达到了一种波浪式前进和螺旋式上升：阿Q不再是"中国人"的写照而是海外"华人"的象征，小说的批判矛头绕过了封建礼教而指向了南洋本土的政治实践，并且有凝聚族裔、召唤传统的良苦用心，这又背离了鲁迅的全面反传统主义的写作意图。

上述三个文本，重写的都是"知识分子"型的阿Q形象。吐虹借着"美是大"阿Q的故事，既讽刺了林语堂在南大中的言行，又批判了殖民地奴化教育的恶果。林万菁和李龙的"再世阿Q"呼应着新加坡独立后日趋西化的社会现实。吐虹、林万菁、李龙（以及下文将会分析的梁文福）的小说还带出了另一个话题。在这些作家的文学世界，一些意味深长的二元关系呼之欲出了：南洋与中国、传统与现代、中心与边缘、记忆

---

① 李龙：《再世阿Q》，收入李龙《困惑》，新加坡：最爱出版发行服务社1994年版，第65页。

② ［加拿大］查尔斯·泰勒：《承认的政治》，陈燕谷译，载汪晖、陈燕谷主编《文化与公共性》，生活·读书·新知三联书店2005年第2版，第290页。

与遗忘、往昔与当下、华语与洋文、华夏与蛮夷……他们对此茫茫，百感交集，在重写经典、凭吊先贤的时候，不免会有故国乔木、东京梦华的心态。是故，在理解南洋阿Q的时候，除了"移民"和"殖民"这两个关键词，另有"遗民"一词值得关注。①

（三） 去政治化的重写

这五个重写文本与外在的殖民、后殖民语境关系密切。从清末民初到太平洋战争爆发之前的大规模移民潮，到"二战"结束、殖民主义终结和新马分治的二十年，再到1965年新加坡独立以来的现代化和全球化境遇，一系列大事纷至沓来，令人目不暇接。由于新马、英国与中国的三边互动，南洋不再是孤立、封闭、静止的空间而是世界历史中的南洋，这些构成了关于国民性的知识生产的历史条件，对于我们理解南洋阿Q的诸般形象，至关重要。南洋作家对《阿Q正传》的重写，意图不一，各取所需，他们对鲁迅经典的解释和理解，越来越偏离了作家意图和权威的看法，而阿Q的丰富复杂的性格、具有高度概括性的象征力量，也被大幅度缩减了，这些被改造过的阿Q不仅带有南洋色彩而且越来越本土化了。

这些重写文本的共同点是抽空了阿Q的"革命精神"。竹内好认为，在鲁迅那里，政治与文学的关系，是矛盾的自我同一关系；而自觉到文学对政治的无力感，乃是贯穿于鲁迅一生的自我形成的主轴。② 辛亥革命既是《阿Q正传》的写作背景，也是小说人物活动的时代舞台，还是鲁迅反思和批判的对象——他坚信：此次事件丝毫没有触动社会文化的结构和人们的心理意识，充其量只是政权更迭而已，辛亥革命就其实质来说不是"社会

---

① 关于"遗民"与"后遗民"的关系，参看王德威《后遗民写作》的序言《时间与记忆的政治学》，台北：麦田出版社2007年版。

② ［日］竹内好：《近代的超克》，李冬木、赵京华、孙歌译，生活·读书·新知三联书店2005年版，第134—135页。

革命"而是"政治革命"。丸山升洞察到，至少在 20 世纪 20 年代中期之前，鲁迅的情感、思想和文学片刻都不曾离开中国革命这一课题，"中国革命这一问题始终在鲁迅的根源之处，而且这一'革命'不是对他身外的组织、政治势力的距离、忠诚问题，而正是他自身的问题。一言以蔽之，鲁迅原本就处于政治的场中，所有问题都与政治课题相联结；或者可以进一步说，所有问题的存在方式本身都处于政治的场中，'革命'问题作为一条经线贯穿鲁迅的全部"。① 关于阿 Q 与革命的关系问题，曾经引起批评家的异议。西谛困惑地表示："像阿 Q 那样的一个人，终于要做起革命党来，终于受到那样大团圆的结局，似乎连作者他自己在最初写作时也是料不到的。至少在人格上似乎是两个。"② 鲁迅辩解道："据我的意思，中国倘不革命，阿 Q 便不做，既然革命，就会做的。我的阿 Q 的运命，也只能如此，人格也恐怕并不是两个。民国元年已经过去，无可追踪了，但此后倘再有改革，我相信还会有阿 Q 似的革命党出现。"③ 夏志清指出，鲁迅把阿 Q 之死与辛亥革命的失败连在一起，认为革命丝毫没有改善穷苦大众的生活，"他把小说的读者也斥为同犯，并且暗示将来当世界上所有的阿 Q 苏醒以后，他们所做作为的可能性。由此看来，这个故事的主人公非但代表一种民族的弊病，也代表一种正义感和觉醒，这是近代中国文学作品中最关心的一点"。④ 汪晖重新思考了阿 Q 与革命的关系。他指出，阿 Q 被直觉、本能和欲望所俘虏，缺乏自我意识和灵魂，但是，他的精神胜利法也有偶尔失效的时候，恰恰在那个时刻，主体的瞬间觉悟通向了走向革命的可能性——而革命的本意，即是自由和反叛，在较低

---

① ［日］丸山升：《鲁迅·革命·历史——丸山升中国现代文学论集》，王俊文译，北京大学出版社 2005 年版，第 29 页。

② 西谛：《"呐喊"》，上海《文学周报》第 251 期（1926 年 11 月 21 日）。

③ 鲁迅：《〈阿 Q 正传〉的成因》，收入《华盖集续编的续编》，见《鲁迅全集》第 3 卷。

④ ［美］夏志清：《中国现代小说史》，刘绍铭等译，复旦大学出版社 2005 年版，第 30 页。

的层次上，是大众的生存本能的满足。① 南洋是近代亚洲殖民化最严重的地区和辛亥革命的海外策源地，在五六十年代见证了殖民主义的终结和共产主义的崛起。尽管马克思曾对亚洲革命抱有疑虑，但他仍然认为英国殖民统治在促成革命的发生这一点上"充当了历史的不自觉的工具"。② 然而，我们也须注意到，对革命进行污名化的处理、视共产主义为洪水猛兽，不但是南洋民间社会广为流行的看法，而且也是历届威权政府的一以贯之的意识形态宣传。政治家有意识地操纵民众的焦虑感以实现其目标，精英阶层失去了内在的凝聚力和方向感，"恐惧政治"的实践已经内化于整个政治阶层，并且制度化于公共生活。③ 可以想见，当社会运动甚至集体行动都被司法实践扼杀于萌芽状态的时候，作为体制外抗议的最高级形式的"革命"，岂能有容身之地？未庄的阿Q尚有对革命的朦胧幼稚的向往，南洋的阿Q则被阉割了革命意志，沦为健忘症患者和植物人。南洋作家属于斯坦利·费什（Stanley Fish）所谓的同一个"阐释团体"，他们的重写不约而同地暴露出"去政治化"的底细，其实不足为怪。

（四）"国民性"的跨国流动

"国民性"神话紧密联系着近代中国的民族主义思潮。瑞贝卡指出，"国民"一词在20世纪初期成为知识分子们关于民族的社会政治话语的核心，"作为一个理论的抽象概念，是王朝政治体制向现代国家转型的合法性和动力的资源；与此同时，具体来说，'国民'又被认为对他们所即将扮演的历史代言人和动力

---

① 汪晖：《阿Q生命中的六个时刻》，《现代中文学刊》2011年第3期。

② ［德］马克思：《不列颠在印度的统治》，载《马克思恩格斯全集》第12卷，人民出版社1998年版，第143页。

③ 关于"恐惧政治"的剖析，参看［英］弗兰克·富里迪《恐惧的政治》，方军、吕静莲译，江苏人民出版社2007年版，第110—127页。

的角色准备不足——甚至被认为完全没有准备"。① 这位汉学家的研究对象是清末民初的思想人物，但这她的概括其实也是五四知识分子的观点。如何看待"国民性"议题？鲁迅和南洋作家的看法值得对比分析，简言之，就是"国民性"的定义经历了一个从"国族"（nation）到"族裔"（ethnicity）的延展、转换和跨国流动的过程。② 在鲁迅那里，国民性是"中国人"的自我理解和自我规定，带有地理环境决定论和传统文化罪恶论的痕迹。在五四知识分子那里，"国民性"被内在化和本质主义化了，成为认识自我和世界的一个话语实践。一方面，它通过"自我东方化"的努力，激发国民抵御西方列强的民族主义热忱，③ 另一方面，它采取灵活的权宜性的"分叉策略"（strategy of bifurcation），把西方世界给予单一化、理想化的描述，经由西方主义的认识模式而让中国寻求富强、重返世界大舞台。④ 在丁翼、絮絮手里，国民性经过跨国离散和本土转化而获得新义（当然与鲁迅的论述仍有重叠）。小说的场景经过从中国到南洋、从乡村到都市、从士绅皇权到殖民地现代性的转换，然而很难说是殖民地环境污染了阿O的良善本性，因为他们始终是邪恶的

① ［美］瑞贝卡·卡尔：《世界大舞台：十九、二十世纪之交中国的民族主义》，高瑾等译，生活·读书·新知三联书店 2008 年版，第 109 页。

② 关于"民族"与"族裔"的语源学含义及其历史演变，英国、美国和法国的学术界有几种代表性的看法，参看 ［美］埃里克·霍布斯鲍姆《民族与民族主义》，李金梅译，上海人民出版社 2006 年版，第 14—43 页；［美］本尼迪克特·安德森《想象的共同体：民族主义的起源与散布》（增订版），吴叡人译，上海人民出版社 2011 年版，第 6—7 页；［英］安东尼·史密斯《民族主义：理论、意识形态、历史》，叶江译，上海人民出版社 2006 年版，第 6—21 页；［法］吉尔·德拉诺瓦《民族与民族主义：理论基础与历史经验》，郑文彬、洪晖译，生活·读书·新知三联书店 2005 年版，第 19—60 页。

③ Arif Derlik, *The Postcolonial Aura: Third World Criticism in the Age of Global Capitalism*, Boulder: Westpoint Press, 1997; Partha Chatterjee, *Nationalist Thought and the Colonial World: A Derivative Discourse*, Minneapolis: University of Minnesota Press, 1986.

④ 关于"西方主义"的论述，参看 Chen Xiao-mei, *Occidentalism: A Theory of Counter-discourse in Post-Mao China*, Oxford: Oxford University Press, 1995；关于"分叉策略"的论述，参看 Shu-mei Shih, *The Lure of he Modern: Writing Modernism in Semicolonial China, 1917—1937*, Berkeley: University of California Press, 2002。

文心的异同：新马华文文学与中国现代文学论集

化身和欲望的奴隶。至此，鲁迅的"国民性"的构成要素发生了变化，但仍与血统论、宿命论意义上的"华人"身份相关。到了吐虹、林万菁、李龙那里，支配着"国民性"的构成要素从这种话语系统中分离出去，与本土经验撞击而获得临时性的新义，它不再附着于民族—国家范畴内的"中国人"身上，而是被置换成为华人的"族裔性"：所有背叛本族文化传统、抹杀历史记忆、遗忘族裔身份的人，都被定义为南洋版的阿Q，无需追究他们的职业、年龄、性别、阶级地位和教育背景。这样看来，无论鲁迅还是新马作家，他们定义的国民性乃是一种溯源于种族和血统的本质主义化了的论述。或者换言之，在他们心目中，无论是由地缘、国族、礼法、文化所限定的"中国人"还是移民海外、归化入籍的"华人"，说到底都是"阿Q的子孙"，因此带有与生俱来、不难识别的国民性。于此，国民性变成了集体无意识和种族基因的投影，一个无法摆脱的符咒，一种生物遗传学意义上的宿命。有论者指出，晚清传教士与五四知识精英合谋打造了带有殖民色彩的国民性神话："国民性的话语一方面生产关于自己的知识，一方面又悄悄抹去全部生产过程的历史痕迹，使知识失去自己的临时性和目的性，变成某种具有稳固性、超然性或真理性的东西。"① 进而言之，在20世纪后期，全球化不仅掩盖了东西方之间的不平等关系以制造世界大同的幻象，而且在民族—国家内部也企图消除各个族裔的文化差异和身份认同，因此，梁文福、李龙、林万菁的重写文本，显然具有"文化抵抗"的意味。然而，由此生发的问题是：众多南洋作家，生活在英国殖民当局的政治、经济、文化的多重宰制下，以及独立后日趋西化的后殖民境遇中，他们对《阿Q正传》的仿作和重写，是否构成了德里克所谓的"自我殖民化"的文化实践，在抵抗全球化的同时，又复制了殖民主义逻辑而浑然不觉呢？

① ［美］刘禾：《跨语际实践：文学，民族文化与被译介的现代性》，宋伟杰等译，生活·读书·新知三联书店2008年第2版，第104页。

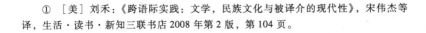

国民性、个人主义与社会性别

二　异形的寓言:《獍,有此事》、
　　食人主义与退化论

　　事实上,林万菁、李龙、黄孟文、梁文福,以及下文提到的英培安等作家,不仅具有华人的族裔身份而且都是所谓的"华校生"。表现新加坡华人社会的文化认同的迷失,一直是新华文学的大宗主题,上述作品,亦复如此。梁文福①的微型小说《枣树》是对鲁迅散文《秋夜》的有趣的仿作,不过重要性比不上他的短篇小说《獍,有此事》。后者在文体、构思、叙事手法、表现技巧上,是对《狂人日记》的重写,在主题上呼应着前辈作家的思考,而它的现代主义技巧,尤为可观。

　　《獍,有此事》发表于 2004 年 4 月 8 日新加坡《联合早报》副刊《文艺城》,带有强烈的魔幻现实主义、意识流小说的色彩。"獍"乃中国上古神话中的怪兽,又名"破镜",状若小号的虎豹,生性凶残,幼兽生而吞噬其母(一说其父)。因此古人把"枭"、"獍"对举,认为枭为食母恶鸟,獍为食父恶兽,都是残酷无情、忘恩负义之人的喻指。② 除此以外,小说的"食人主义"的情节可能从鲁迅小说《药》中的"人血馒头"的故事汲取灵感,"变形"的故事可能从好莱坞的"狼人"(wolf man)

----

　　① 梁文福,1964 年出生于新加坡,祖籍广东新会。毕业于新加坡国立大学、南洋理工大学,获博士学位。现任南洋理工大学兼职副教授,学而优语文中心总监。梁氏共出版十二部文学作品集,包括七部散文集:《曾经》、《最后的牛车水》、《自然同窗》、《越遥远,越清晰》等,三部诗集:《盛满凉凉的歌》、《其实我是在和时光恋爱》、《嗜诗》,以及两部小说集:《梁文福的 21 个梦》、《左手的快乐》。此外,梁氏还是闻名东南亚的音乐人,获得文化奖等众多奖项,出版多种词曲作品和唱片专辑。

　　② 《述异记》卷上有云:"獍之为兽,状如虎豹而小,始生,还食其母。"《汉书·郊祀志上》说过:"古天子常以春解祠,祠黄帝,用一枭、破镜。"颜师古注引孟康曰:"枭,鸟名,食母;破镜,兽名,食父。黄帝欲绝其类,使百吏祠皆用之。破镜如貅而虎眼。"

题材的电影中吸取了创意。① 应该说，现代中国关于食人主义、文学与政治的纠葛构成了一条清晰的线索，有学者对此进行了深入研究，② 而其在海外华语文学中的情形如何，值得进一步探究。《猃，有此事》有三个主要人物："我"（猃）、"父亲"、"那个女人"（母亲），在神话诗学的框架中，充斥着可怕的梦魇、迷离的幻觉以及支离破碎的内心独白。"猃"不是成年的狂人，而是一名惨绿少年，他神志清醒，行为正常，而且出类拔萃，成绩骄人，家族中人咸以之为荣，以为他会光宗耀祖。小说采用了十三则日记的形式，细腻展示了"猃"眼中的世界，他的感受和思考，以及身体与心理上的戏剧性变化，笼罩着全篇的是大家庭中浓重的不安全感和诡异神秘的社会氛围。最多的篇幅，就是刻画紧张的母子关系。由于"猃"有自食其母的本性，他一出生便被父亲隔离，这导致了他与母亲的关系变得隔阂、冷漠，不仅视若路人、粗暴待之，而且多次凶相毕露，急欲食之而后快。所以，"猃"偶尔狂病发作，出现幻听、幻视的迹象，随之显露出"猃"的可怖兽形。小说多次刻画了带有暴力色彩的食人场面。例如，邻里共有三个叫"猃"的少年，比"我"年龄稍大者吃掉了自己的母亲，而且"据说明年就要出国深造了"；较小的一个还是褓褓中的婴儿，也会突兀地露出吃人的举止；而"我"也做过一个噩梦："母亲"把自己的身体器官悉数取下，任由兽性大发的"我"大快朵颐。在小说结尾，"母亲"失踪了，女佣说她是被父亲驱逐了以防被猃生食，而酒醉的仆役

---

① 关于狼人的传说自古以来络绎不绝，近半个世纪以来，狼人无疑已成为西方神秘文化中最热门的话题之一，这种怪物平时从外表看与常人无异，但一到月圆之夜就会变身为狼，失去理性并变得狂暴。西谚有云："即便一个心地纯洁的人，一个不忘在夜间祈祷的人，也难免在乌头草盛开的月圆之夜变身为狼。"就此而言，狼人的存在实际上反映了人性中无处无之的"幽暗意识"。在众多影视及游戏作品当中，经常出现狼人（有时还伴随着吸血鬼）的恐怖身影。参看"百度百科"的介绍（http：//baike. baidu. com/view/27122. htm）。《猃，有此事》也多次叙写过主人公在月圆之夜，发生了鬃毛苗生、兽爪伸出的变形。

② Yue Gang, *The Mouth That Begs：Hunger, Cannibalism, and the Politics of Eating in Modern China*, Durham：Duke University Press, 1999.

则说是被"我"在发病时吃掉了。獍在恐慌的罪恶感中,终于回归了正常的人性,他绝望地发出"救救母亲"的赎罪声音。这和鲁迅的《狂人日记》恰恰相反——在那里,是作为第一人称的叙述者"狂人",发现了封建礼教的吃人本性、青年人被父权制传统文化所操纵和吞噬,因而他发出"救救孩子"的呼声。"狂人"自始至终都是觉醒的先知,一个成年人,他能够把世界作为对象进行思考、感到整个世界的敌意和恐怖,并且通过自我反省和自我剖析,从现实回溯到历史深处。他的癫狂言行在小说中其他人物心目中都是错乱无意义的,而在作者和读者那里,则是正言若凡的"真理"。相形之下,"獍"是一个神志清醒的少年人,他不是"受迫害狂",并不感到整个世界对自己有任何敌意,相反,是他的存在让其他人,尤其他的母亲感到严重不安。"獍"虽有偶尔变形的时刻和残酷的本性,但是,家人和社会并不视之为神经错乱的"狂人",而且他的世界不是一个本质上完全颠倒了的世界,他的言行也不需要由读者进行"反向"阅读或破解。换言之,在作者、獍和读者之间,并没有分享同一的预设、判断和价值观念。这又与《狂人日记》的情况有所不同。

从人物、情节、文体、技巧来看,《獍,有此事》是对《狂人日记》的有意的(甚至是才气横溢的)正面模仿;而从主题思想看,无疑是一种"反仿",因为它不像鲁迅那样揭露封建礼教的吃人本性,而是悲悼华族文化传统的整体意义上的失落。梁文福有意把一位少年取名为"獍",意在向华族历史文化致敬,而在深层语义上则是对这种文化的招魂。当然也必须承认,《狂人日记》中的复杂结构(例如序言与正文的对比),象征寓意的深度,尤其是对中国历史和文化传统的整体主义批判,也不是梁文福所能模仿的。虽然"吃人"在鲁迅和梁文福那里都一种"本体象征",但在后者那里仅仅体现为社会现实的讽谕,"吃人"是獍的主动行为,他最后由兽性向人性的觉醒纯粹是出于血缘论;而在狂人那里,随着死的恐怖的深化,"吃人"造成了自觉赎罪的高度,而他意识到了"被吃"的恐怖之后,产生了要改变"人吃人"的社会的、伦理的行动。① 所以，《狂人日记》是为现实问题寻找深刻的历史根源，发现加害者与受害者的合谋造成了吃人的历史，从而拓展和深化了小说的思想主题，这正如安敏成所说，鲁迅小说的成就之一是，发现了中国社会对个体成员的压迫其实是非个体的、无处不在的文化和传统的权威的产物，"这种权威依靠仪式化暴力来巩固自身，其日常基础则需要文本的统治，即书写文字的恫吓力量来长久维持"。②

《猿，有此事》还出现了"母亲的舌头"这一奇特的语象，其反讽寓意值得分析——

> 有一天，和"母亲"一起吃饭的时候，我心不在焉，厨房里端出来一盘菜肴，我望了一眼，是卤舌头。
>
> 我夹了一片舌头，尝了一口，口感很好。漫不经心地问，这是什么舌头？婶婶笑着说，这是你母亲的舌头，好不好吃？
>
> 我恶心地将整片舌头吐了出来。开什么玩笑？母亲很不安地低下了头。婶婶问，怎么啦，你不是最喜欢吃鸭舌头吗？你母亲一片心意做给你吃，别这么对她。
>
> 原来是我听错了。我望了望父亲，父亲板起了脸。我只好将那片"母亲的舌头"从饭桌上重新夹起来，索然无味地塞进自己的嘴巴里。③

"母语"的英文是"Mother Tongue"，直译成中文就是"母亲的舌头"，"我"对"母语之舌"的索然无味的感觉，暗示了（年轻一辈的）华人对华文文化的疏离。这里在虚实交织的魔幻气

---

① ［日］伊藤虎丸：《鲁迅、创造社与日本文学——中日近现代比较文学初探》，孙猛、徐江、李冬木译，北京大学出版社 2005 年版，第 107 页。

② ［美］安敏成：《现实主义的限制：革命时代的中国小说》，姜涛译，江苏人民出版社 2001 年版，第 85 页。

③ 梁文福：《猿，有此事》，载希尼尔主编《新加坡当代华文文学作品选·小说卷》上，新加坡：青年书局 2010 年版，第 273—274 页。

氛中重写了《狂人日记》，揭示新加坡华人社群中的文化认同危机。小说第十节还提到，"父亲"责怪"母亲"受到儿子冷落是咎由自取，因为她的形象刻板，不会变出新花样讨人欢心。这反讽的是新加坡的华文教育现状：教师们使用花样百出的教学改革、试图激发起学生的学习兴趣来。

小说交代了"猊"这种动物当初是如何被发现的，这个细节的言外之意不该被忽视——

> 我是在小学五年级的时候，才第一次学会"猊"这个字的来源。原来我的名字还和我们这个地方的名字来源，扯上关系。老师说，很久以前，有一个远方的航海家，行船经过这里，在海边看到一种动物，有点像虎，又有点像豹。究竟是虎呢？还是豹呢？船上的水手一直在争论。航海家说，有一种古代的猛兽，既像虎，又像豹，既然大家说不清楚，那就干脆把这个地方叫做猊吧。
>
> 我举手说，老师，我们这里叫做"精"，不是"猊"呀。老师微笑说，是的。后来，这个地方进化了，文明了，城市里莫说是"猊"，连猫狗都难见到一只。大家把这里称为"精"，因为只有精英分子，才有资格在这里生存下去。①

"我们这个地方"暗指新加坡，这里讲述的关于发现"猊"的故事，显然改造了关于"鱼尾狮"（Merlion）的神话传说，后者的鱼尾狮头的怪相，和这里的"非虎非豹"的猊，在身世和寓意上很接近。鱼尾狮是独立以后新加坡（马来文 Singapura，意思是"狮城"）的国家图腾，其原型可追溯到《马来纪年》中的神话传说。在新华作家梁钺的笔下，鱼尾狮暧昧的"杂交"身份

---

① 梁文福：《猊，有此事》，载希尼尔主编《新加坡当代华文文学作品选·小说卷》上，第278页。

讲述的是新加坡的"民族寓言";① 而梁文福敷衍的"獀"的故事也构成另一种关乎文化身份的"寓言",区别在于:鱼尾狮是整个国家的身份象征,"獀"则是族裔和国家的双重寓言。小说中所谓精英分子指的就是这群黄皮肤、白面具的年轻华人,作者利用"獀"与"精"的谐音,讲述了南洋版的《狂人日记》,他指出,"社会精英"在一个极端意义上,无非是正常人类的退化和变种,一个人面兽心的"獀"而已。表面上看,新加坡华人由第一代移民至今,早已落地生根,历经国家独立、现代化乃至全球化进程,终于"进化"到了发达国家的行列。然而付出的代价是:华人的历史记忆断绝、文化认同丧失、母语受到冷落。历史学家王赓武比较过新马华人的认同意识。他指出,马来西亚华人以社群为中心,具有强烈的本土意识,对马国的国家认同意识淡薄,反而保留了许多古老传统。新加坡华人有机会选择不同的道路,在一个全球化的世界中建立了清晰的国家认同,不再执著于地方意识和中国传统。② 可以说,《獀,有此事》想象化地阐释了这个历史趋势。进而言之,梁文福的才华不仅在于他把神话诗学和日记形式转化为超现实主义小说,并对人物和主题做了象征化、寓言化和反讽的处理,而且在于他有力地戳穿了"进化论"神话。李欧梵认为:"《狂人日记》展示的真理有两层。明显的一层是揭示传统中国文化的吃人主义,较深的一层是谈人的进化的真正性质。在这里,'救救孩子'的呼声是一位中国进化论者对未来一代应当更好些的'寓意'的祈求。"③ 进化

① 詹明信分析了《狂人日记》及其他亚非拉国家的文学作品,然后他指出:"第三世界的文本,甚至那些看起来好像是关于个人和力比多趋力的文本,总是以民族寓言的形式来投射一种政治:关于个人命运的故事包含着第三世界的大众文化和社会受到冲击的寓言。"参看〔美〕詹明信《处于跨国资本主义时代中的第三世界文学》,载詹明信《晚期资本主义的文化逻辑》,张旭东编,生活·读书·新知三联书店 1997 年版,第 523 页。尽管新加坡不属于第三世界,但推而广之,"民族寓言"的说法仍适用于对梁文福作品的描述。

② 王赓武:《地方与国家:传统与现代的对话》,载李元瑾主编《新马华人:传统与现代的对话》,新加坡:南洋理工大学中华语言文化中心 2002 年版,第 17 页。

③ 〔美〕李欧梵:《铁屋中的呐喊》,尹慧珉译,岳麓书社 1999 年版,第 61—62 页。

论当然是无所不在的意识形态，数十年后在新加坡大放异彩。华人中以精英自居的年轻人，却变成了半人半兽的"异形"，这不是让人啼笑皆非的"退化论"么？小说题目与"竟有此事"谐音，说明"退化"这种咄咄怪事在狮城发生了。年轻的"猿"相信，只有进化成了出类拔萃的精英分子，才有资格在本地生存下去，这不是回到了自欺而愚妄的"精神胜利法"吗？梁文福这种跨国的、本土化了的国民性论述，通过对《狂人日记》的正反模仿而得以完成，它富于后殖民主义的批判寓意，既是对鲁迅的呼应唱和，又有大胆的突破和创新。

三　阶级，还是性别？重读《再见惠兰的时候》

黄孟文①的成名作《再见惠兰的时候》完成于 1968 年 6 月，翌年他以此篇为书名，出版了第一部短篇小说集，扉页上引用了莫泊桑《论小说》中的一段话作为"代序"——

> 在现今还会写作，是要非常癫狂、非常大胆、非常傲慢或非常愚蠢才行。在出过那样多的具有如此不同的性质，如此复杂的天才的大作家以后，还有什么不曾作过的东西可作，不曾说过的事情可说呢？在我们里面，谁能自负写过在旁的书中不早就有着的约略相似的一页一句呢？

这段话包含了与"重写"相关的几层意思："挪借"这一无所不在的事实击破了"原创性"神话，所以，文学写作中的创新与突破谈何容易——这几乎是克里斯蒂娃"互文"理论的先驱了；黄氏对前代佳作别有会心，有自觉的借鉴意识，他自己的作品就

---

① 黄孟文，1937 年出生于马来亚霹雳州，祖籍广东梅县。毕业于南洋大学、新加坡大学、华盛顿大学，获博士学位。曾在政界任职，后从商，长期担任新加坡作协主席。笔名孟毅，出版小说集《再见惠兰的时候》、《我要活下去》、《安乐窝》、《学府夏冬》。

是例证。黄氏早年服膺现实主义，他说："一个作家不能生活于真空地带，他还是要和国家、社会人群发生密切的关系的，他不能离开现实。"[①] 当时评论家也认为其作品"较着重于反映现实生活，予善良者以表扬，文笔朴实无华，但却凝练生动"。[②]《再见惠兰的时候》表现社会下层人士的困苦不幸，在简单的故事情节中流淌着人道主义温情。第一人称的叙事者旧地重游，意外见到了童年的玩伴"刘惠兰"，他吃惊地发现，二十年前的那个聪明活泼的少女，如今已变成一个衰老疲惫的中年妇人了（实际上只有三十多岁），她子女成群，被贫苦生活所折磨，非常羡慕"我"的好运气，也对自己的人生道路抱着无可奈何的态度。这篇小说在情节设置、人物塑造、技巧运用（使用了插叙、对比、第一人称）、对话场景、思想主题等方面，显然是对鲁迅《故乡》的重写，已有论者指出这一点。[③]

在这篇小说中，乡土中国的社会背景换成了殖民地马来亚，作为故乡的江南小城镇换成了"邦达金矿场"，主人公由男性的"闰土"换成了女性的"惠兰"，称呼由"老爷"变成了"黄先生"，叙事者由五四知识分子换成了政府公务员。《故乡》的叙事者背井离乡，求学异地，历经沧桑而变得世故和懒散，如今回到故乡，他的言行犹疑、拘谨，经常克制自己的感情，偶尔带点讽刺幽默的语调。在小说结尾，叙事者觉得有身处高墙之中的压抑感，他为自己与闰土之间的相互隔绝而感到莫名的悲哀，又担心青年人重蹈父辈的老路，于是希望他们开拓新生活。夏志清认为鲁迅在《故乡》中"再度攻击传统社会习俗的约束"，上面这段话"表露出他最佳作品中屡见的坦诚"。[④] 在《呐喊》自序

① 黄孟文：《一个作家的责任》，转引自《黄孟文中短篇小说自选集》，新加坡：云南园雅舍 2007 年版，第 235—236 页。

② 淳于芬：《渊源万端，泉流泊涌》，转引自《黄孟文微型小说选评》，新加坡：云南园雅舍 1996 年版，第 223 页。

③ 赵戎：《评〈再见惠兰的时候〉》，载赵戎《文艺月旦集》，新加坡文艺协会 2009 年版，第 109—111 页；王润华：《华文后殖民文学》，第 69—70 页。

④ ［美］夏志清：《现代中国小说史》，刘绍铭等译，第 28—29 页。

中，作者说他受到《新青年》同仁的支持，决心打破万恶的"铁屋子"，让其中沉睡的灵魂走上新生之路，《故乡》结尾出现的一点亮色算是一个支持的姿态。[1] 然而，《故乡》始终萦绕着一种平静的哀伤，"变化的世界"与"循环的历史"纠结在一起，这种个人化的认知动摇了当时流行的进化论。《再见惠兰的时候》中的叙事者对惠兰的命运表示同情，也有自我反省的精神气质，他曾背井离乡、异地求学，如今变成了一位成功人士，荣归故里。从表面上看，两篇小说都与个人的记忆和怀想有关，同样从离散经验而生发出伤逝怀旧的冲动，然而似乎又不大相同。根据博伊姆（Svetlana Boym，1959—   ）的研究，人类社会文化中存在着两种类型的怀旧：一种是"修复型"怀旧，它试图重建失去的家园和弥补记忆中的空缺；另一种是"反思型"怀旧，它关注人类怀想和归属的模糊含义，不避讳现代性的种种矛盾，在废墟、时间、历史和梦境中徘徊。[2] 我以为，《再见惠兰的时候》流露的就是一种修复型的怀旧，意在通过人物的今昔对比，对不可逆转的过去进行理想化的追寻，而鲁迅的《故乡》则体现出的是反思性怀旧，在哀悼的外表下是深层的忧郁，它超越了个人记忆的有限性而执拗地通向某个共同体的未来。

在这篇小说的结尾，叙事者落寞地走在回家的路上，一层层的疑问涌上心头，却苦于找不出正确的答案——

> 我不断地在想：二十年！二十年的时光竟然把一个天真烂漫的小女孩变成了一个满脸皱纹的贫妇——一个已经有了九个孩子的妈妈！
>
> 是时光无情么？不完全是。有许多和惠兰同一般年纪的女人，不是保养得仍像一朵鲜花，过着美好的生活么？
>
> 是惠兰天资愚钝或懒惰么？绝对不是。否则她小时候绝

文心的异同：新马华文文学与中国现代文学论集

---

① 鲁迅：《呐喊》"自序"，见《鲁迅全集》第 1 卷，第 415—421 页。

② ［美］斯维特兰娜·博伊姆：《怀旧的未来》，杨德友译，译林出版社 2010 年版，第 46—63 页。

不可能年年名列前茅！

那么究竟是什么呢？是什么东西使一个聪明勤劳的孩子没有受高深教育的机会，没有发挥她的才能的机会，没有跟别人竞一日之短长的机会呢？为什么有许多比她差的同侪已经出人头地，成为社会的中流砥柱，而惠兰却仍然在落后的胶园农村中为生活而挣扎，为还儿女债而被折磨得筋疲力尽呢？朋友，你能代我想出一个好的答案来么？①

这里裹挟着宿命论和赤裸裸的道德说教，叙事者把惠兰的命运归咎于阶级出身。然而在我看来，这种阶级身份的形成主要来自性别歧视。这篇小说的评论者或赞扬其乡土气息和现实主义手法，或肯定作者对《故乡》的成功改造而使之带上了南洋色彩，或者欣赏作者对下层人士的人道主义温情，却唯独没有看到掩藏在阶级叙事下的性别议题。

儿时的惠兰，出身于工头之家，勤奋好学，成绩优异，而且心地善良，乐于助人，就连"我"当时也忍不住赞叹："我不但在学业上不是惠兰的对手，就是在办事能力上也无法跟她一较短长。惠兰了解我，能够为我解决困难，你说她不是我的知己是什么？惠兰就是这么一个聪明伶俐而又充满着勇气与活力的小女孩！"由于社会动乱不安，殖民当局实施了坚壁清野的"新村运动"，惠兰一家被迫迁徙外埠，她就此中断了学业。她年仅十五，已为人妇，忙于家务和农活，多子，收成坏，生活困苦，子女失学。透过社会动荡和分配不公的外表，我们发现惠兰的悲剧正在于她的"女性"身份，这一点又不同于侥幸的"闰土"。按照恩格斯的分析，由于人类社会中公私领域的划分，女性被排除在社会生产之外，被禁锢在私有制的家庭中。② 准此，被马克思称为"家庭中的奴隶制"出现了。家庭

① 孟毅：《再见惠兰的时候》，新加坡：新社 1969 年版，第 11—12 页。
② ［德］恩格斯：《家庭、私有制与国家的起源》，《马克思恩格斯全集》第 4 卷，人民出版社 1971 年版，第 65 页。

构成了男权社会的基本单元，但即使在这个狭小空间中，女性依然被剥夺了自由独立和主导权，处于男性支配和压迫下。女性扮演妻子和母亲的角色，甚至像惠兰这样，在繁重的家务之余，还被分配额外的农活，社会习俗把生养子女视为女性的职责，而男性则享有梅斯纳所谓的"制度化特权"。① 回到小说中来。惠兰的童年时代是 20 世纪 40 年代后期，当时，太平洋战争刚刚结束，马来亚再次被英国殖民当局接管。在新马走向国家独立和现代化之前，男尊女卑的封建思想在南洋社会根深蒂固。作为女性的惠兰在教育、就业、家庭中处于弱势和边缘的地位，她起初被剥夺了受高等教育的机会，成年后在职场竞争中处于下风，婚后又被牢牢束缚在家务、农活和生育等事务上面，牺牲了青春、时间、精力和理想，沦为男权制度的牺牲品。所谓"知识就是权力"、"知识改变命运"之类的说法，对于男性而言当然如此；而对惠兰来说，由于女性身份的限制和封建意识作祟，她的受教育机会被剥夺就已经预示了日后的不幸命运。小说中间写道，在去拜访惠兰家的路上，"我"对比了自己的高级知识分子的地位，以及惠兰在当前面临的困苦处境，不由得产生了一种民粹式的自责。在惠兰恭维"我"做了大官、对我客气地称呼"黄先生"的时候，"我"马上悲哀地领会到："时间已经在我们之间划下了一道无法填补的鸿沟"——这就是阶级的鸿沟，它来源于性别压迫。社会学家康奈尔指出，性别关系有三重结构：权力关系、生产关系、情感关系，它与"阶级"、"种族"、"国别"等范畴相互交叉，产生互动，构成了多重相互联系而又无所不在的霸权，渗透在人们的日常生活和心理意识之中，② 而"刘惠兰"这个生活于殖民地下层社会的华人女子，只能在三重压迫下过着辛苦辗转的

---

① Michael Alan Messner, *Politics of Masculinities*: *Men in Movement*, Oxford: Alta-Mira Press, 2000, p. 5.

② R. W. Connell, *Masculinities*: *Knowledge*, *Power and Social Change*, Cambridge: Polity Press, 1995, pp. 73—74.

生活。①

　　在《阿Q正传》俄文版序言里，鲁迅提到国民性形成的两个原因：一是封建等级制度的存在，一是文化教育由贵族垄断（在其他场合，他还提到了蒙元、满清的异族入侵）。在这些综合因素的作用下，普通民众被剥夺了受教育的权利，精神不能走向觉悟，无法独立思考，只能臣服于森严的社会等级制度和残酷的阶级压迫，也造成了国民性中的奴隶性。同时，个人成为原子式的孤立存在，无法与他人进行有效的沟通，心理变得麻木、健忘、自私、冷漠，对别人肉体或精神上的痛苦不会做出合乎人性的反应。《故乡》中出现的"高墙"意象和《再见惠兰的时候》出现的"鸿沟"意象，显然是封建等级制度和文化教育被垄断所造成的后果，这也正是国民性的形成原因。然而，鲁迅的分析几乎不包含性别维度，因而其"国民性"论述的有效性是受限制的。而在《再见惠兰的时候》这篇小说中，经过跨国流散的"国民性"不但指向了华人的族裔身份，而且与"性别"维度联系起来，开启了另一个重要的思考方向。

四　徘徊在个人与庸众之间：《梦呓集》中的自我形象

　　新马作家对鲁迅经典的重写，"小说"占据了绝对优势；散文方面，我目前只发现了"云里风"一例。云里风，原名陈春德，1933 年出生于福建莆田，在故乡接受了中小学教育，毕业后前往马来亚与父母团聚。因为家境清贫，无力继续学业，只好在社会上闯荡，从事多种体力劳动。1949 年开始，服务于教育界长达三十多年。云里风在 50 年代初期即已走上文坛，出版过五本小说集和两本散文集，是马华文学史上的资深作家。② 云里

---

　　①　事实上，黄孟文小说对于母性、女性以及性别议题有浓厚兴趣，例如，《洋女孩》、《一朵玫瑰花》、《肉弹议员》、《贞操锁》、《墙上的雌猫》、《凶狠的母猿》、《成人的世界》、《桂英姐》等。

　　②　参看《云里风文集》，鹭江出版社 1995 版的扉页上的介绍。

风早年倾心左翼现实主义文艺，曾经模仿巴金的《第四病室》而写出了《第九病室》，他的一部小说与蒋光慈的《冲出云围的月亮》同名。1971 年，云里风出版了散文集《梦呓集》，收录了他创作于五六十年代的二十五篇作品。"第一辑"为纯粹的散文，或是表现个人早年经验的纪实作品，或是带有哲理色彩的抒情散文，包括《梦与现实》、《文明人和疯子》、《狂奔》、《西升的太阳》、《未央草》、《黄昏底梦》、《寂静冷落的加影河》。这些作品虽有简单的叙事线索，但升华到了寓言象征的层次，以"自我认同"为主题，每每让人想到鲁迅的《野草》。古远清认为，《狂奔》的情节结构及人物设置使人联想到鲁迅的《过客》，《文明人与疯子》借鉴了鲁迅的《聪明人、傻子和奴才》，《未央草》的灵感似乎来自鲁迅的《影的告别》，然而他又简略指出，云里风"不愿用因袭代替创作，总是用自己的生活实践去获取新的感悟"，"云里风注意改造、移植鲁迅的作品并加进南洋色彩"。①这诚然是不错的，然而，两者之间的实质性差异是什么，以及如何解释和评判这种差异，古氏未有深究。

《梦呓集》的不少篇章脱离了现实世界，充斥着扑朔迷离的梦境描写，套用李欧梵对《野草》的分析，这种写作意图是："提醒读者：这不过是一个梦，从而将读者从现实通常的感觉推开。作者由是便得到一种诗的特许权，可以放任自己的艺术想象浮游于超现实的怪异领域。"② 不仅如此，读者发现《梦呓集》擅长觉、潜意识、内心独白的描写见，第一人称的抒情声音点染着黯淡感伤的情绪，作者对反讽、隐喻、魔幻和悖论的运用，值得称道。例如，《西升的太阳》表现先知先觉者与大众人群之间的思想差距。它讲述"我"和一大队旅人在旷野中跋涉，然而突如其来的大雾模糊了道路，同伴以为是世界末日的前奏，于是"发出了许多哀号呼喊的凄厉声"，而我却在"一片悲哀的呼号

---

① 古远清：《鲁迅精神在五十年代的马华文坛》，《江苏教育学院学报》17 卷 5 期，第 58—59 页。不过，古氏没有看到《梦呓集》全书，他依据的是《云里风文集》中的几篇散文。

② 李欧梵：《铁屋中的呐喊》，第 109 页。

中求助于自己"。后来，浓雾消散，太阳居然从"西边"升起了，众人以为那是光明与真理的所在，纷纷趋之若鹜，而"我"则掉头不顾，向前猛进。终于，"西升的太阳"被证实为赝品，众人试图赶来，但已落后颇远了，"我"对自己的判断感到庆幸，也为同伴们的无知而感到悲哀。一般认为，"个人主义"构成鲁迅的精神结构的核心，独立思考、批判精神、自我担当、"任个人而排重数"一直是他坚守的人生态度，从《人之历史》、《摩罗诗力说》、《文化偏至论》一直到《野草》、《呐喊》、《彷徨》和众多杂文，莫不如此。《西升的太阳》的主题来自鲁迅。云里风的《梦与现实》作于1955年，正值他任职于教育界，为生计而辛苦劳碌，四面碰壁之下，心灰意冷，于是，"把未来的一切寄托在那虚无缥缈的梦境中，希望从梦境得到一丝安慰与满足"，在梦中历经了医院和天堂的生活之后，他豁然而醒，写下了如下的感悟——

> 住在一间稍为精致的房子里，便得生病，而想在天堂享乐，便得死去，这于我都不愿意。我深深地为自己尚活在人间而庆幸，我想我以后再也不应该做梦了。晨钟这时敲六下，因而翻身下床，觉得这个世界愈加可爱，帆布床、陋室皆可留恋。我连忙盥洗完毕，出门走到野外去，顿时忘了过去的许多挫折和痛苦了。[1]

在梦想和现实之间，作家义无反顾地选择了后者，他出于强烈的生存意志，拒绝了天国的诱惑和幻象的吸引，在危难的当下，坚持过活，这不正是鲁迅强调的"韧的战斗"么？云里风的《文明人和疯子》有寓言特色。它的故事情节如下："我"在一条文明而热闹的街道上赤身漫步，这种惊世骇俗的举止引起路人的惊恐、困惑和怜悯，他们把"我"身上的鞭痕污蔑为毒疮，把"我"头上因为多次碰壁而造成的疤疤污蔑为癫痫头，居然还视

---

① 云里风：《梦呓集》，新加坡：青年书局1971年版，第5—6页。

"我"为布施的对象。后来，几个突如其来的壮汉，把"我"囚禁在一间屋子里，给他强行穿上一套"体面"的衣衫，再将他放回到街道上，这次居然博得了看客的欣羡和恭维。吊诡的是，这套行头却让"我"倍感压抑，躲在僻静处，将其一一除去，寻回了自由自在的感觉。无疑，这篇作品表达了孤独自我和庸众在认知判断上的鸿沟，嘲讽了世人的卑怯、虚荣和伪善的观念。作者对个人的生活经验进行了升华，将其转化为对有关自我与世界、文明与野性之关系的思考，由此展开普遍意义上的生命哲学的批评探索。

然而，我认为最重要的是这些作品和鲁迅经典的差异，这恰恰凸显了云里风之"经典重写"的个性化及其限度。张钊贻发现，鲁迅留日期间发表的文章与尼采哲学体现出"反现代性的契合"，前者所提倡的以理想主义与个人主义纠正物质主义和庸众的方案，正是尼采的"反政治"的思想。① 解志熙指出，鲁迅从"呐喊"期到"彷徨"期之思想中最值得注意的是"个人主义"，但不是积极明朗乐观的个人主义，"而是一种充满悲凉的人生体验，且基调极为阴郁，但却具有深刻的哲学意义的个体存在观，因而鲁迅自认为是'黑暗'的"。② 木山英雄强调，《野草》中的自我形象不是尼采式的预示着人类黎明的超人而是不保留任何未来性东西的负面的超人。③ 所以毫不奇怪，同样借助"独异个人"与"庸众"之冲突而揭示个人主义理念，云里风的《西升的太阳》的明朗、乐观和自信令人印象深刻，而《野草》中的众多作品却散发着沉重的阴郁色调。云里风的《文明人和

① ［澳］张钊贻：《鲁迅与尼采反"现代性"的契合》，《鲁迅研究月刊》1996年第6期，第4—6页。

② 解志熙：《生的执著——存在主义与中国现代文学》，人民文学出版社1999年版，第90页。伊藤虎丸认为，亚洲近代化课题，就是如何把西方近代的个人主义变为自身的东西，然后以此为出发点，如何创造出独立的富有个性的民族文化的问题，鲁迅做的就是这两项工作。参看［日］伊藤虎丸《鲁迅与日本人——亚洲的近代与"个"的思想》，李冬木译，河北教育出版社2001年版，第182页。

③ ［日］木山英雄：《文学复古与文学革命——木山英雄中国现代文学思想论集》，赵京华译，北京大学出版社2004年版，第40页。

文心的异同：新马华文文学与中国现代文学论集

疯子》借由两类人的截然不同的思想行为的对比，批判社会庸众的肤浅和虚伪，强调自我坚守的意义和个人主义的重要。而鲁迅的《聪明人和傻子和奴才》更有深刻复杂的含义。根据孙玉石的说法，这篇寓言出自作家的现实生活际遇以及尼采《查拉斯图特拉如是说》的启发，①它暗讽以慈善家面目出现、施舍虚伪同情心的"聪明人"，赞扬埋头苦干、敢于反抗旧秩序的"傻子"，批判缺乏自我意识、卑躬屈膝的"奴才"。其实，鲁迅的写作意图不但是要说明人类社会的进步正是由"傻子"推动的，更是要揭示存在主义式的生命哲学"是懦夫把自己变成懦夫，是英雄把自己变成英雄"，从而张扬自我承担、自我觉悟、自我反抗的个人主义。

云里风无力发展出鲁迅那样的错综复杂的思想，在关键点上偏离了《野草》的精神气质。《未央草》开篇这样写道——

> 当一些世俗的朋友们为了信仰和间接上的不同而渐渐与我疏远殆尽时，陪伴在我孤零零的身旁的便只有唯一的影子。
>
> 我为了朋友们的渐渐疏远感到心灵上的空虚，但却为我身边的影子感到无比的倨傲。
>
> 所以我宁愿离开世俗的朋友们，而不愿离开我身边的影子，不管我要去哪里，不管我走到什么地方，我总要把我的影子永恒地带在我的身旁。于是我感到倨傲，我向人们夸耀着：你看，我是个有影子而又信仰影子的人，因之我得到少数有影子的人的附和，但却受许多没有影子的人的冷讽。②

这显然是对《影的告别》的重写，然而思想基调大不相同。"影

① 孙玉石：《现实的与哲学的——鲁迅〈野草〉重释》，北京大学出版社 2010 年版，第 255—263 页。

② 云里风：《梦呓集》，第 32 页。

子"是自我的隐喻，"我"与"影子"的互动，表明作家对自我的坚守，洋溢着自信乐观的声音。然而，《影的告别》中的"影子"认识到自我在本体意义上的存在困境："然而黑暗又会吞并我，然而光明又会使我消失。"他不乐意追随人去天堂、地狱和黄金世界，他反复申明："呜呼呜呼，我不愿意，我不如彷徨于无地"，① 表现自我放逐、自我否弃、反抗绝望的人生态度。《梦呓集》与《野草》在思想旨趣上的差异，也体现在云里风的散文《狂奔》当中。它写的是"我"梦见自己在一条漫长的道路上驰骋，虽然有荆棘丛生，牺牲者塞满路途，自己伤痕累累，但是"我"不为所动。后来行至一座木桥上，出现一位老者，老者认为，前有高山险路、毒蛇猛兽，过客不必作无谓的冒险，两人争执不下，结果，"我"粗暴地把老者推倒于桥下，"尸体即刻被河水冲去"。乍一看，《狂奔》与《过客》的人物、主题、情节有类似处，然而，其间的差距不可以道里计。困顿倔强、眼光阴沉的"过客"不知自己是何人，亦不知自己从哪里来、向哪里去，他拒绝老翁的劝导和女孩的布施，不管前面道路上是坟地还是野百合、野蔷薇，他孤冷独往，奋然前行："我只得走。我还是走好罢……"在鲁迅眼里，"唯黑暗与虚无乃是实有"，"绝望之为虚妄，正与希望相同"，所以《过客》关注个体存在的觉悟与自我的本然孤独感，拒绝虚假肤浅的信仰，坚持反抗绝望的生命哲学。而在《狂奔》当中，主人公有明确的理想目标，他"始终听到在远远的前方，有一种美妙而嘹亮的声音，在呼唤着我"。② 面对老者的劝诫和威胁，他相信山顶有一个鸟语花香的世界、将来会有自由美满的生活，他在前进的路途中担心被青年人赶上，最后打倒了象征父权制、充当绊脚石的老者。饶有趣味的是，这里的个人有显著的英雄气概，他与大众保持距离，又对后者心存敬畏，两者在聚散分合之中并无悖逆性冲突，相反，一种乐观主义和进化论的教条呼之欲出了。

---

① 鲁迅：《野草·影的告别》，《鲁迅全集》第 2 卷，第 165 页。
② 云里风：《梦呓集》，第 12 页。

五　探询"男性气质":《一个像我这样的男人》片论

新马作家对性别议题感兴趣者不仅有黄孟文还有英培安。[①]
英氏第一部长篇小说《一个像我这样的男人》（以下简称《男人》）在 1987 年出版后，反响颇佳。2004 年，作者在《再版序》中写下了这样的自白——

> 八十年代，大部分的新加坡小说，几乎仍停留在塑造典型人物，经营戏剧性情节的阶段，《一个像我这样的男人》不但没有典型人物，没有戏剧性的情节，而且不按顺序的物理时间叙述，过去、现在、未来的时间，随着叙事者的心理变化与意识流动，相互渗透在一起；交错的梦境和现实，大量的内心独白，跳跃的自由联想，凡此种种，对现在的台北文坛来说，自然不算什么新技巧，不过，在八十年代的新加坡，却是一种新的尝试。另一点是，小说书写的是男人的心理世界，自然也触及男人的情欲，在那个时代的新加坡文学，是少有的。

这段话概括起来有两点意思：一是小说的艺术技巧引领新马文坛的潮流，二是小说对性别议题有难能可贵的关注。英氏承认，香港女作家西西是其最敬仰的华文作家之一，他的题目即是从西西

---

① 英培安，笔名孔大山。祖籍广东新会，1947 年出生于新加坡。义安学院中文系毕业，曾创办《茶座》、《接触》、《前卫》等文艺刊物。现为全职作家兼"草根书室"老板。英氏是最有开拓精神的新华作家之一，笔耕不辍，出版二十多种文学作品集，涉及小说、诗歌、剧本、杂文、评论等不同文类，包括三部诗集《手术台上》、《无根的弦》、《日常生活》，短篇小说集《寄错的邮件》，五部长篇小说《一个像我这样的男人》、《孤寂的脸》、《骚动》、《我与我自己的二三事》、《画室》，剧本《人与铜像》，等等。英氏在 2003 年荣获新加坡文化奖。按：《一个像我这样的男人》1987 年出版，翌年，即获得新加坡国家书籍理事会颁发的书籍奖，此书的英文版于1993 年出版，中文版 2004 年由台湾唐山出版社再版。

的成名作、短篇小说《像我这样的一个女子》（以下简称《女子》）得来灵感。准确地说，西西的《女子》与鲁迅的《伤逝》都是英培安《男人》的前文本。三者尽管写作年代不一（1925、1982、1986），写作语境迥异（北洋军阀治下的北京、殖民地香港、独立以后的新加坡），叙事者身份不同（五四小知识分子、遗容化妆师、文艺青年兼小业主），但是三者的相似点很明显：采用第一人称叙事角度和内心独白形式，表现男女的爱欲体验和情感创伤，对性别议题有思考、辩难和发挥。在西西那里，是叶公好龙式的男权主义爱情观遭到了无情嘲弄，女性自我选择的生活方式受到肯定；① 在鲁迅那里，是质疑五四浪漫主义爱情观的虚幻不实，相信"经济权"是男女爱情发展的保障；在英培安那里，是批评妇女解放的误区和女性主义理论的悖论，探讨新加坡华人"男性气质"（masculinity）的生成。然而笔者以为，就重写而言，《伤逝》真正称得上《男人》的"直接前文本"，因为两者在人物、情节、主题上更接近。

在三角恋爱的老套故事框架中，小说讲述了一个男人的成长史和忏悔录。男主角"周建生"出生于一个贫苦华人家庭，从中学时代就开始痴迷文艺，高中会考失败后，在社会上打杂。他常以"周涓生"的笔名发表文艺作品，结识一位名叫"林子君"的中四女学生，两人迅速发展为情侣。七年后，子君大学毕业，找到了不错的工作。由于文化程度、社会地位和经济收入的距离，两人感情出现裂痕，后来不欢而散。建生开设了一间书店，遇到善良朴实的邻居"张美芬"，她向建生提供了人力财力的支持，不久两人同居了。一年后，建生邂逅了已与男友分手的子

① 西西：《像我这样的一个女子》，广西师范大学出版社 2010 年版。西西，原名张彦，祖籍广东中山，1938 年生于上海，1950 年定居香港，毕业于葛量洪教育学院。曾任教职，又专事创作。西西是香港最出色的作家之一，著作宏富，获得过多种文艺奖项，出版过新诗、散文、小说等近三十种，包括七部长篇小说《哀悼乳房》、《我城》、《飞毡》等，六部短篇小说集《像我这样的一个女子》、《胡子有脸》、《手卷》等，八部散文集《看房子》、《剪贴册》、《旋转木马》等，一部新诗《西西诗集》。

君，两人的感情死灰复燃了。可是好景不长，这段地下恋情终于曝光了。美芬饱受打击，愤怒地与建生诀别，并且远嫁异国。建生与子君同居后，因为经济困窘，饱受女方奚落。由于他性格懒散，店面经营不善，终于关门大吉。建生和子君的感情破裂了，最终分道扬镳。在小说结尾，建生怀着沉重的负罪心理，星夜兼程地赶到吉隆坡，希望得到美芬的谅解，但是联系不上对方。他经过了激烈的内心挣扎，寻回了理性、勇气和责任感，决心开拓新的生活……

进而言之，周建生的"男性气质"的建构，以及在这一过程中遭遇的挑战和危机，它如何被削弱和瓦解，以及最后，男主人公如何煞费苦心地进行重建，其实与下面的五个方面有关。

1. 知识。所谓"知识就是权力"、知识与权力的互动，在福柯《知识考古学》那里有充分论述，也是人类社会无所不在的常态。独立以后的新加坡，不仅现代化进程和社会结构摧毁了性别歧视由以产生的社会基础，而且完善的法律条令也使性别平等有了制度化的保障。子君受过高等教育，在不少方面获得话语权，她骄傲地以知识女性自居，而且在与朋友聚会的场合上，动辄大谈艺术、哲学、电影和法国新小说，这让在场的美芬自惭形秽。相形之下，建生因为丧失了读大学的机会，缺乏符号资本，在这个注重文凭的岛国，他的求职失败只是后果之一端而已。其次，由于特殊的教育国策，英文成为本地的语言霸权，华文遭到大幅度的忽略和排斥。建生的"华校生"的教育背景，加上他未能接受体制化、专业化的知识，使得他在社会大气候下，处于先天的弱势和边缘地位。于是，知识变成了一种潜在而强劲的压迫形式。子君俨然一位女权主义者，她热衷社交，参加电影协会、话剧团、妇女组织，狂热地自学法文，但是丝毫不关心建生的书店。子君对公共事务和个人爱好的激情投入，越来越让建生感到烦恼、困惑和畏惧，他越来越丧失自尊心和安全感。在建生的日常言行和内心独白中，在与子君的激烈口角中，在发泄对子君父母的怨恨中，他不时流露出这种知识的焦虑感和自卑感，而且把他的职场失败和经济困乏归咎于自己的教育欠缺，这也阉割

国民性、个人主义与社会性别

了他的"男性气质",致使他在与子君交往时感受到权威感的匮乏。这与《伤逝》不同。在那里,子君与涓生都是追求自由恋爱和思想解放的五四青年,他们从西方汲取了知识、价值和信仰,转化为行动的指南,两人在文化程度上保持着均势的水平,在涓生身上,并未出现因为知识欠缺而危及男性气质的局面。"涓生"从 20 年代的中国进入到 80 年代的新加坡,却遭遇了"再伤逝"的局面,而翻身解放的"子君"扮演了自觉或不自觉的压迫者形象,这岂非一种另类的吊诡?

2. 政治。《伤逝》中的"政治"体现为日常生活和情感领域上的"微观政治",这并未对男女主角的爱情造成实质性伤害,而探讨涓生的男性气质也不是小说主题。但是,英培安的《男人》可就不同了,而这依然与新加坡的本土政治意义攸关。传统的性别研究理论强调男性气质与政治权力的关系,与女性相比,男性更容易获得权力,从而在某些文化中出现"支配性"的男性气质(dominant masculinity)。阿伦特认为,亚里士多德把人定义为"政治的动物",因为人以"行动"和"言语"这两种政治性的活动造就了人类共同体,而这两种唯有人类才具备的活动,无疑体现了某种强烈的主观性。① 在这篇小说中,周建生是一个游离于公共生活之外的青年男子,患有新加坡人常见的政治冷感症,对政治抱着旁观者的态度,他偶尔对选举发表调侃的看法。小说还有一个名叫"志强"的男青年,他是建生的好友,其实是男主角的另一个自我,威权政治经常沦为他攻击的靶子。英培安在 80 年代初期由于思想左倾,在"内安法令"下被拘禁两年,他借着小说中的人物"志强"的口,忍不住对威权政治进行批判。这篇小说展现的几乎是一个封闭、静止、孤立的社会,报纸期刊、广播和电台这些通向公共领域的媒介暗哑失声了,偶尔出现国会选举和群众集会的场面,也变成了建生和志强的嘲讽对象,这些人自认为"罗亭"式的知识分子,甘愿做语

① [美] 汉娜·阿伦特:《人的境况》,王寅丽译,上海人民出版社 2009 年版,第 14—59 页。

言的巨人和行动的侏儒，让公共意见变成了沙龙、咖啡馆或私密空间中的琐碎闲谈。公民社会的涣散，精英知识分子被收编，建生的政治激情被规训，他变成原子式的个人，无法通过有组织的活动参与公共交往的过程，而公共领域也没有向他开放，他的"男性气质"被削弱了。于是，他无奈地把本该倾注到公共领域的精力转移到狭隘的私人领域，陶醉于"文学家"的白日梦，以及时而狂热时而拘谨的性爱，获得弗洛伊德所说的替代性的欲望满足。

3. 经济。在《伤逝》中，经济困窘导致了爱情幻灭，女性缺乏经济自主权而丧失了独立性，沦为爱情的牺牲品，正是如此，涓生才醒悟到："人必生活着，爱才有所附丽。"[①] 鲁迅的《娜拉走后会怎样》被广泛认为是对小说主题的权威诠释。英培安小说的男主人公，也承认"有钱即有权，不管男或女，经济自主，都是十分重要的"。[②] 建生为了维持生计，决定开设一间小书店，小说中很多地方描写了他向父母借钱而感到愧疚，向朋友借贷而遭到羞辱，由于受到美芬的接济而觉得良心不安，与子君因为金钱问题而导致最终分手。由于美芬经营有方，书店的经济状况好转，由于她的愤然离去，加上建生的个性疏懒、不善经营，书店入不敷出，终于垮台了。小说的很多场景都与金钱有关。在书店垮台的同时，是建生和子君的感情完结，这两者间具有逻辑上的因果关联。在社会习俗中，男性气质的确立在一定程度上取决于自身的经济地位，甚至有时候体现在消费能力上，以获取有形的商品作为成功的证据，实际上变成工具化了的男性，所谓资本主义社会的"市场男人"（marketplace man）就是这个意思。[③] 建生穷困落魄，频频告贷，这比政治上的无权和教育程

---

① 鲁迅：《伤逝》，《鲁迅全集》第 2 卷，第 121 页。

② 英培安：《一个像我这样的男人》，台北：唐山出版社 2004 年版，第 155—156 页。

③ Michael S. Kimmel, "Masculinity as Homophobia: Fear, Shame, and Silence in the Construction of Gender Identity," in *The Gender of Desire: Essays on Male Sexuality*, New York: SUNY Press, 2005.

度的欠缺，更加尖锐地损害了他的男性尊严。建生的焦虑不安、自责和愧疚，他觉察到的羞辱和难堪，他的自尊自负和自轻自贱的奇怪心理，他的充满失望和愤怒的内心挣扎，经常都与金钱势力有关，这贯穿了小说情节的始终，也使得他的男性气质土崩瓦解了。在小说第 10 章，出现了建生向子君借钱而受到挖苦的一幕。第 11 章提到两人的生活费越来越依靠女方，建生觉得子君的气焰随之提高了。在第 12 章，子君叱责建生的生活能力的低下和糟糕的经济状况，无不使她严重地缺乏安全感。小说多次描述女性对男性"不长进"的指责，包括建生母亲对父亲的不满，子君对建生的呵斥，等等。而且，男性对男性的批评也往往如此，例如，建生对父亲的指责，志强对建生的批评。这所谓的"不长进"往往是由于男性的经济地位低下所导致，这些来自异性、同性、长辈、平辈的纵横交错的鄙视目光和语言暴力，使得周建生在遭受金钱的奴役之外，增添了心理挫败感和"卑贱感"。① 耐人寻思的是，当子君表示她既要经济依靠又要人格自由的时候，建生忍不住对这种悖论式的女权主义进行了嘲讽："既要向男人争取平等自由，但也不忘记争取传统上男人给予女人的安全感。这算是哪一门子的妇解呢？"② 林子君在男女平等的社会中取得了经济自主权，摆脱了《伤逝》中的依附地位，然而这位获得解放的"娜拉"，在挥别了"不长进"的建生之后，她真的重获自由了吗？鲁迅曾经说过一段极有前瞻性的话——

> 在经济方面得到自由，就不是傀儡了么？也还是傀儡。无非被人所牵的事可以减少，而自己能牵的傀儡可以增多罢了。因为在现在的社会里，不但女人常作男人的傀儡，就是男人和男人，女人和女人，也相互地作傀儡，男人也常作女

① 关于卑贱感的符号学探讨和精神分析，参看 [法] 茱莉娅·克里斯蒂娃《恐怖的权力：论卑贱》，张新木译，生活·读书·新知三联书店 2001 年版。
② 英培安：《一个像我这样的男人》，第 158 页。

人的傀儡，这决不是几个女人取得经济权所能救的。①

在《伤逝》中，是子君沦为涓生的傀儡；在《男人》中，是周建生变成了林子君的傀儡，这种循环往复的辩证，是对性别议题的推衍和辩难。话又说回来，正如《伤逝》的叙事者的性别身份限定了他对故事的解释权，"子君"基本上成为沉默的他者，被涓生叙述和阐释。刘禾指出，如果超越鲁迅的自我理解和自我诠释，那么小说的复杂性就清晰地呈现出来了："因为它对父权制的批判亦同时包含着对现代爱情观的反思，而这一爱情观的男性中心话语却富于反讽意味地再度复制着它力求推翻的父权制度。"②《男人》的故事由男性叙事者讲述，这里呈现的仍是以男性为中心的视野、观点和诠释框架。关于"男性气质"的诠释，当然不能由男性所垄断，如果超越本质主义和男权主义的思维，倾听一下女性（例如子君、美芬、母亲、米雪等）的声音，或许建生理解的"男性气质"就有机会被重新定义。正如英国社会学家麦克因斯所说，"男性气质"绝不是生理本质或社会建构的个人身份，而是男权文化为了抵制现代性的兴起和维护男性特权而构建的意识形态。③ 具有讽刺意味的是，周建生对女权主义的理解、对妇女解放的看法，一方面击中了对方的盲点、误区和矛盾；另一方面，他通过掌握故事的叙述和解释，巩固了男权主义的话语霸权。

4. 文艺。《伤逝》的男女主角通过文学教育而获得五四新青年的身份认同。涓生回忆道，当初两人才一结识，就在会馆里畅谈易卜生、泰戈尔、雪莱，墙壁上还钉着一张从杂志上裁下来的"铜版的雪莱半身像"。英培安小说的主角，差不多也是如此。如果说，周建生在教育、政治和经济上是一个失败者的话，那么，他的文艺志业塑造了他的自我认同并且得到过短暂承认。他

---

① 鲁迅：《娜拉走后怎样》，《鲁迅全集》第 1 卷，第 163 页。

② ［美］刘禾：《跨语际实践》，第 230—231 页。

③ John MacInnes, *The End of Masculinity: The Confusion of Sexual Genesis and Sexual Difference in Modern Society*, Philadelphia: Open University Press, 1998, pp. 45–60.

曾天真地说:"求学的目的,难道就是为了要张文凭吗?我并不打算当社会精英,想当作家诗人,诗人是不需要文凭的。"① 他试图超越流俗,在文学中确立自己的"男性气质",而子君也欣赏过他的无可救药的感伤主义。在小说的情节推进中,经常漂移着来自文学、电影、流行歌曲、理论著作的格言。文艺对建生的影响不仅体现在他那些微不足道的成绩上,而在于他对文艺的执拗爱好演变为把生活艺术化了,变成一个不折不扣的浪漫主义"机缘论者"。② 他把世界作为体验的动因,把任何事情当作审美兴趣的机缘,在爱情的起伏幻灭中追求抒情的快感。在小说的许多章节中,文学名著不断出现,叙事者的个人世界被文本化了。周建生生活在梦想中,依靠文学作为日常生活的指南,从文本中寻获现实人生问题的答案,从文本中汲取行动的勇气,这差不多就是萨义德揭示的对世界采取的"文本式态度"(textual attitude)。③ 譬如,周建生以鲁迅的《伤逝》中的女主角指责林子君,他与子君分手后阅读张爱玲的《再生缘》,他旅行过程中随身携带一本杜拉斯的《情人》,他从自己父亲的经历联想到米勒《推销员》中的人物。更离谱的是,一旦现实生活出现了某个场面、人物和观念,建生立即与某一部文学名著联合起来。依靠这种自觉的文学阅读,主体获得了心理补偿,把他在经济、政治和教育的失败,转化为精神胜利法,在个人化写作中受虐地体验着幻灭的快感,一种脆弱可疑的男性气质就这样出现了。饶有趣味的是,林子君同样通过文学阅读而获得启蒙教育,塑造她的新女性身份,譬如,同居中的建生就发现小梳妆桌上摆放着子君爱看的书:西蒙·波伏娃的《第二性》、多丽丝·莱辛的《金色笔记本》、凯特·米莱特的《性政治》,这些都是女权主义理论经典。

5. 性。《伤逝》的女主角大胆说出一句名言:"我是我自己

---

① 英培安:《一个像我这样的男人》,第3页。

② [德]卡尔·施密特:《政治的浪漫派》,冯克利、刘锋译,上海人民出版社2005年版,第81—104页。

③ [美]爱德华·W. 萨义德:《东方学》,王宇根译,生活·读书·新知三联书店2007年第2版,第120—122页。

的，他们谁也没有干涉我的权利！"① 同样，当初的周建生和林子君面对双方家长的反对，勇敢地恋爱了。在男方，爱情是刺激文学灵感的机缘和生命成长的动力；在女方，是出于年幼无知的浪漫冲动和青春期的反叛意志。传统的性别理论强调男性生理特征构成了男性气质，这是一种本质主义化的论述。小说细腻描述了建生的爱欲体验，在力比多（libido）的发泄中，他的生理意义上的男性身份得到确认，情感创伤得到安慰或治疗，他的政治失意、经济困窘、知识欠缺被短暂忘却了，他陷入生物本能的自我陶醉之中。建生与子君经历了长达七年的精神恋爱，他从与美芬的性爱中得到肉体上的欢愉和道德上的自责。他与子君同居后，男权意识暗中作祟，心中纠结着陈腐不堪的处女情结，想起子君对自己的薄情寡义和移情别恋，建生的嫉妒心多次发作。这种自私、伪善、滑稽的性垄断心理，遭到林子君的斥责。吊诡的是，建生如愿以偿地得到了子君的身体，然而性爱对他而言不再是快乐天堂而是感官的机械运动。在和子君同居以及分手以后，建生开始缅怀美芬的温柔贤惠，产生了道德负罪感，他突然对美芬的丈夫、那个他从未谋面的陌生男人，感到莫名的嫉妒，随即又意识到自己没有嫉妒的资格。缠绕于这种"忧伤的情欲"之中，建生的男性气质不断地建构，又不断地流失。

总的来看，周建生是一个毕业于华校的感伤自怜的小作家，一个没有大学文凭、游走于社会边缘和底层的青年，一个政治上的无权者，一个经济地位低下的男人。这个饱受阶级压迫的人，身外更无长物，似乎只能依靠文学幻想和性行为来确立一己的男性气质。建生对自己的"男性气质"的认同始终未能得到来自他人，尤其是女性（例如母亲、子君、美芬）的"承认"，又在多个方面无所成就，沦为一个彻底"失败"的男人，他的那一点点脆弱的男性气质，不幸被各种压力击溃了。最后，这个饱受贫困和失恋折磨的可怜的男子，决心诉诸责任感、理性、勇气，寻回失落的尊严和人生目标——

① 鲁迅：《伤逝》，见《鲁迅全集》第2卷，第112页。

我缓缓地向前走，眼睛凝视着远处的总车站，就像凝视着一座庄严的大森林一样。我像个重新整装出发的猎人。我犯过错，也受过伤，但现在已痊愈了。我小心翼翼地背上我的弓与箭筒，把磨利的短刀插在腰旁，再挺起胸膛向森林走去。我不再惧怕它，也不会轻视它。我已开始认识自己，也认识这座森林了，我已学习到如何与它一起生存的法则与规律。虽然我学得不多，这只是个开始；我知道以后我仍会受伤、犯错，照样要付出我的血和眼泪。但是我已不再惧怕了。我摸了摸身上的短刀，弓和箭筒，我已准备好，现在就回去，回去我的森林……①

虽然自然科学和社会科学都不能说清男性气质到底是一种社会建构还是人性中的永恒特征，但是，基本的流俗看法中的男性气质总是和"进攻性"联系在一起，甚至构成了某种稳固清晰的刻板印象。② 而周建生在这里把自己描述成一个富有进攻性的"猎人"形象，这种对于男性气质的自我理解和自我规定，显然是回归了流俗看法。被林子君、建生母亲和志强等人诟病不已的"不长进"现象，如今忽然消失不见了。那个脆弱、敏感、懒散、怯于行动、经常沉湎于神经质的自我分析的男人，现在洗刷掉了道义上的懦夫形象和心智上的不成熟状态，把自我的承当和存在的决断视为"男性气质"生成的标志。"是懦夫使得自己成为懦夫，是英雄使得自己成为英雄"，小说情节显示周建生熟悉萨特的存在主义哲学，这段颇有寓意的描写就是形象化的阐释。

历经了教育、恋爱和职业的失败，建生终于从浪漫的感伤主义中幡然悔悟，他痛苦无奈地领略到"成长不是一件浪漫的事"。小说的叙述时间和主人公的生命历程重叠在一起。在他的

---

① 英培安：《一个像我这样的男人》，第196—1977页。

② ［美］哈维·C. 曼斯菲尔德：《男性气概》，刘玮译，译林出版社2009年版，第35—37页。

成长过程中，岁月嬗递，空间移位，自我历经冒险和挫折横逆，在与"他者"的日常接触和互动中，"男性主体"（male subjectivity）被这样造就和形成了，变成了一个独立、完整、自为的存在，也为法国精神分析学家拉康的理论提供了一个生动有趣的脚注。在此意义上，这部作品可以说是一部不折不扣的成长小说，英培安以精致复杂的叙述技巧写出了人性的深度，虽然故事情节比较简单，但是经过作者的精心结撰，文本的肌质厚实绵密，非常耐读。在一篇访谈录中，英氏透露，现代男性的困境正是他创作小说的缘起——

> 现代社会，女性逐渐地抬头，男人的地位已不再像以前那样优越了。男人面临这种变化的挑战时，不免会尝到许多以前很少尝到的新挫折。现代的男人其实是有很多问题的。由于传统的优越感，一般上，男人都不愿，也没有勇气面对它。我们看到许多女作家写女性问题小说，关于男性问题的小说，却很少，几乎是阙如。我有过这样的计划，打算写一系列的男性问题小说。①

这部小说凸显的是两性关系的变化，及其导致的"男性气质"的危机和重建。访谈录的题目叫做《现代男人的困境》，那么，究竟是什么样的"现代男人"才遭遇了这样的困境？确切地说，是"周建生"这样的男人才具有的人生困境：出身于下层华人家庭，又是从华校毕业，而且没有受过高等教育，因此求职无门，在社会的边缘辛苦打拼，以至于生计无着、恋爱失败、生活完全是一团糟。缺少这三个要素中的任何一个都不会导致这种"困境"的出现：试想，如果周建生出生于"上层"华人家庭，或者如果他从"英校"毕业，或者如果他受过良好的"高等教育"，那么，他的人生将走上完全不同的轨道。正是由于在这一原因，这部小说与《伤逝》拉开了主题上的距离，带有强烈的

---

① 英培安：《孤寂的脸》，新加坡：草根书室 1989 年版，第 135 页。

本土化指向，既暴露了女权主义在理论和实践上的矛盾，也影影
绰绰地流露男权主义的踪迹。

结语 重写的后果

　　鲁迅经典在南洋语境中被不断重写，结果如何呢？一方面，
原文本的意义不再附着于作家意图或者批评家单一、权威的诠
释，而是（借用德里达的解构理论）呈现延异、撒播、衍生的
符号游戏，凸显了"不确定性"的维度。另一方面，新马作家
凭借"重写"的阐释模式而表达自己的本土关怀，尽管观察的
层次和角度有历史性差异。大体而言，这些文本围绕"国民
性"、"个人主义"、"社会性别"三个范畴展开，在类型上可归
结为"社会批判"，"文化反抗"① 以及"自我认同"。丁翼、絮
絮、黄孟文的重写，抨击了殖民地社会或后殖民时代的现状。吐
虹、林万菁、李龙、梁文福关注族裔性、文化、记忆、身份认同
等课题，面对日渐严重的西化风气、消费主义和英文霸权，面对
价值、符号、法律、习俗中的体制化、标准化、平庸化的倾向，
作家借助重写和仿作展开不屈不挠的文化反抗。由于他们对母
语、华族文化和历史遗产的认同得不到正确而合理的承认，这种
恐惧感和焦虑感投射在文本世界，主人公有时出现了精神分裂
症。云里风和英培安的中心关怀，从公共领域挪移到私人领域，
对个人主义或男性气质，念兹在兹，不离须臾。概而言之，六十
年来，新马作家之重写鲁迅经典，从国民性批判到殖民地经验的
反省以至于后现代社会的讽喻，不绝如缕，踵事增华。借用伽达
默尔的阐释学理论，这一次次的"重写"，都是理解者从当下的

---

　　① 我这里使用的"文化反抗"概念受益于 Raoul Granqvist, *Imitation as Resistance: Appropriations of English Literature in Nineteenth-Century America* (London: Associated University Presses, 1995), pp. 17－32；以及［法］朱丽娅·克里斯蒂瓦《反抗的意义和非意义》，林晓等译，吉林出版集团 2009 年版。

"阐释学情景"① 和个人成见出发、与理解对象展开的往返对话，不但创造性地丰富了鲁迅经典的原初含义，也借此揭示了发生在本土社会的文化现象。

（删节稿载北京《中国现代文学研究丛刊》
2012 年第 4 期）

国民性、个人主义与社会性别

---

① ［德］伽达默尔：《哲学解释学》，夏镇平、宋建平译，上海译文出版社1994 年版。

南洋风景、马华民族志与本土意识

——王润华的雨林诗学及其他

引言　长河无尽流

　　作为活跃在东南亚文坛的资深诗人，王润华[①]（1941—　）的写作生涯长达半个世纪。1962 年，他结束了在大马的中小学教育，游学台湾；四载后，负笈美国，受业于汉学名家卢飞白与周策纵；完成学业后，在 1972 年来到新加坡，展开二十九年的讲习、笔耕与心传。2002 年 7 月，诗人退而不休，又重返台湾，继续商量旧学、培养新知，日月逾迈，壮心不已。在纵贯东亚、东南亚和北美的漫长游历中，王润华诗的主题、技巧和风格不断生长与变化：从现代主义到流散（Diaspora）书写，从本土意识与后殖民批评，到生态环保与人文山水诗，日新又新，不断突破自我。饶是如此，他对南洋乡土的关切，念兹在兹，不离须臾："我的诗歌写作是一条长河，流过四十多年的岁月，这条河流过热带雨林、英殖民地的橡胶园、绕过挖掘锡矿的金山沟和铁船的周边、反殖民地战争的枪声也落在河中。"[②] 王润华为热带雨林建构了一类新颖的"地缘诗学"，他对南洋历史文化的思考，历经时光淘洗而不可磨灭，果然印证了英国诗人 T. S. 艾略特的断言："一个人写诗，

---

　　① 关于王润华的传记资料，参看马仑《新马华文作家群像》，新加坡：风云出版社 1984 年版；新加坡国家图书馆编《新华作家传略》，新加坡国家图书馆 1994 年版；骆明主编《新加坡华文作家传略》，新加坡：八方文化创作室 2005 年版。

　　② 参看王润华《王润华诗精选集》"自序"，台北：新地文化艺术有限公司 2010 年版。

一定要表现文化的素质；如果只是表现个人才气，结果一定很有限。因为，个人才气决不能与整个文化相比。"

一 南洋风物纪：离散书写与文化认同

1973年，王润华回到阔别多年的新加坡，他后来记载了当时那种刻骨铭心的感受——

> 第一晚上在云南园，那些蛙鸣与蚊子把小时候的南洋回忆，就像蚊帐把整个人罩住。当时的南大（指"南洋大学"——引者注）校园原是橡胶园，名叫云南园，更唤起我的本土记忆，所以这是驱使我重返热带雨林的灵感与启发，一直到今天，还在雨林中思考构想。①

这个原先叫做南洋的神秘之地，如今变得亲切又陌生，儿时的河流和湖泊、深林与山脉都不见了，毒蛇猛兽被驱赶到了马来半岛最险峻的主干山脉上。由于工业化和城市化进程，新加坡的橡胶园差不多都消失了，即使南洋大学的所在地"云南园"，也没有橡胶树的影子。心情黯然之下，王润华写下了一系列作品，这就是《橡胶树》中的诗篇。② 此前，他先后有《患病的太阳》、《高潮》、《内外集》三部诗集问世，③但出版地都是台北，属于"文学旅台马华"的范畴。眼下这本《橡胶树》在新加坡印行，真正属于"马华文学"。更重要的是，《患病的太阳》以彻头彻尾的现代主义为依归，《高潮》勉力为故国文化招魂，在两部诗集中，南洋处在缺席失语的状态。《内外集》的一部分作于美国，另一部分完成于新加坡，大宗篇幅是对"文化中国"的想象，只有组诗《裕廊外传》浮现了影影绰绰的南洋风情。相形之下，《橡胶树》的题材主题就不同了，既不

---

① 王润华：《王润华诗精选集》"小传"。

② 王润华：《橡胶树》"自序"，新加坡：泛亚文化事业公司1980年版。

③ 王润华：《患病的太阳》，台北：蓝星诗社1966年版；《高潮》，台北：星座诗社1970年版；《内外集》，台北：国家书店1978年版。

是对文化中国的缅怀,也不是对现代主义的追求,而是从本土视野出发,发现南洋,重溯国史,这正如王润华的自白:"这第四本诗集里的诗就不同了。每一首诗,就像一株黏人草或一棵雨树,在热带的阳光与风雨中萌芽,茁壮,而且深深地植根于南洋的泥土中。"①读者打开了诗集,就觉得有浓烈的热带气息扑面而来。这里有"黏人草"、"茅草"、"地毯草"、"猪笼草"等野草,有"相思树"、"含羞草"、"雨树"、"合欢树"、"大麻黄"、"橡胶树"等树木,有"榴莲"、"山竹"、"红毛丹"、"波罗蜜"、"人心果"、"木瓜"、"杨桃"等水果,有"鸵鸟"、"火鸟"、"山雀"、"兀鹰"、"猫头鹰"等鸟类,还有"喷筒"、"锡矿"、"皮影戏"等习俗,以及"圣淘沙战堡"、"贵宾园"、"乌节路"、"伊丽莎白人行道"、"入云塔"等景观。史英指出,《橡胶树》与王润华的前三本诗集相比,"诗风又变,由隐晦走向明朗,所描绘的对象以南洋特有的风土人情、景物为主,写了不少贴近写实之诗","诗人后期的创作视角,多投射于现实,跟早期的诗歌侧重表现内心世界截然不同"。②这的确是敏锐的观察。诗人犹如一位可敬的博物学家,经过他的生花妙笔的点染,这些花草、树木、水果、鸟兽、习俗带着视像、声音和气味,从热带丛林走出,以丰富的神情、目光和姿态,向读者娓娓讲述南洋大地的声色光影和历史沧桑。《橡胶树》被流川誉为"我国第一部纯乡土诗集,具有浓厚的地方色彩,吾人读了,倍觉亲切,易受感动",③允称至论。

在这些斑斓多姿的热带风光中,首先进入我们视野的是《榴莲》。它从"形状"、"气味"、"上市"、"个性"、"纹路"五个角度对

---

① 王润华:《橡胶树》"自序"。

② 史英:《新华诗歌简史》,新加坡:赤道风出版社 2001 年版,第 116、118 页。

③ 南子、流川:《把花生米挖起来——谈〈五月诗社文丛〉》,收入《南子评论集》,新加坡:五月诗社 2003 年版,第 129 页。对照《橡胶树》与《患病的太阳》、《高潮》与《内外集》,流川发现王氏诗风的变化:"王润华的诗,原本有个最大的特点,那就是:神话、隐喻、意象常常血肉般贯串在一起,故语义甚具多义性,隶属一种多层歧义的投射——是其它现代诗人很少表现过的创作手法。改变诗风后,王润华在宽敞的诗国度里,发现新天地,挖掘新颖的写作题材,采用现代诗一贯表现的技巧,终于以《橡胶树》来印证他在诗创作上的倒海精神。"

榴莲进行浓墨重彩的描绘。第二节写道——

> 我是果园世袭的贵族
> 小时候,不能玩捉迷藏
> 加冕称帝之后
> 更不能微服潜行,随处在民间游戏
> 不管我藏在香蕉丛里
> 或躲在旅店的密室中
> 我的子民
> 都能从空气中探测到我的行踪
> 因为我的威望和恩泽
> 如阳光一般,普照着大千世界①

榴莲的英文名是 Durian,在东南亚国家有"水果之王"的美名,它的身世在民间信仰中与郑和下西洋有关。榴莲形状为浑圆或椭圆形,果皮长满尖刺,让人望而生畏,果肉呈黄白色,散发出浓郁的气味。当地人喜欢在榴莲成熟季节,在大街上购买几颗,就地蹲而食之,大快朵颐,而外地人则觉得气味恶臭,掩鼻而过。这首诗从第一人称的角度叙说榴莲的性格与身世,洋溢着巧思和童趣,对榴莲的热爱溢满纸上。榴莲的外形丑怪,气味独特,却是南洋人的主要水果和衣食父母,犹如普照大地的阳光,受到无上恩戴。在王润华笔下,南洋水果都带上了灵气。成熟的波罗蜜,"有满肚子结实的经国济世的学问"。被榴莲皇册封为皇后的山竹,"戴着沉重的冠冕/庄严的坐在梅花座上"。红毛丹浓妆艳抹地出现在绿叶之中,迎风展示"娇丽的风姿"。含羞草藏身于旷野草丛中,"患上了极严重的敏感症"。合欢树是新马东岸的土著,"带着感伤和脆弱的血统"。猪笼草在风中寂寞对饮,"偶尔将酒溅落/小草绿色的脸上"。在对大自然充满赤子般的好奇心的描摹中,有时出现了危险信号以及对不确定的茫茫未来的隐忧,例如《木瓜》——

---

① 王润华:《橡胶树》,第24页。

未待惊醒过来

一个长长的木瓜

已被巴冷刀

切成两条独木舟

载满了密密麻麻的黑蚂蚁

在急流中翻来覆去

我担心覆舟之后

会溺毙许许多多

烦恼的蚂蚁①

木瓜遭遇了猝然不及的暴力,急流中的独木舟有倾覆之虞,蚂蚁(木瓜籽的比喻)面临着灭顶之灾,大自然不再是幸福的乐园而变成了一个布满危险和死亡的渊薮了。这首诗以游戏笔墨表现"近乎无事的悲剧",骨子里是华人离散身世的象征。在这些诗中,"绿色的词语"穿梭在人物、神话和历史中,到处是纯净得几乎透明的热带阳光、雨水和空气,读者阅读至此,总会联想到 19 世纪英国诗人克莱尔(John Clare,1793—1864)——

> 也许克莱尔是从他和自然的共生关系中获得一种深刻的能力:对各种形象的精神回响的熟悉和反省。要去描绘花的感情,动物的感情,溪流和采石场的感情,甚至是星星的感情,它们的源头只可能来自他本人。或者,也许自然中的冲突,比如风暴和洪水,让他理解了他内心的风暴和洪水,他从内心的动荡中收集属于压抑、灾难和忧郁的词汇,然后他把它们诉诸对自然的描写,而自然之物的每声叹息仿佛都能透过他的皮肤进入他的体内。②

---

① 王润华:《橡胶树》,第 38 页。

② [美]海伦·文德勒:《绿色的词语:约翰·克莱尔》,王敖译,载《新诗评论》第 3 辑,第 257 页。

在热带雨林的一草一木上浸润着幻想、挚爱和深情,在观察和描绘风景中表现可贵的诚意、细致和耐心,王润华不就是重生在赤道边缘的克莱尔吗?不仅如此,在生态批评(Eco-criticism)和绿色研究(Green Studies)如火如荼的当下,王润华展示的文本与自然的潜对话,也超越了人类中心主义、物质主义、进化论等狭隘而危险的意识形态,把生命伦理推广到非人类世界。①

东南亚的面积约 457 万平方公里,人口约 5.6 亿,由十一个国家组成,包括新加坡、马来西亚、菲律宾、印度尼西亚、文莱、东帝汶六个"海洋国家"或"海岛国家",以及越南、柬埔寨、老挝、缅甸、泰国五个"陆地国家"或"半岛国家"。"南洋"是明清时期中国对东南亚一带的称呼,带有明显的"中国中心主义"色彩。福建人、潮州人、广东人、客家人、海南人很早就背井离乡,到遥远陌生的南洋辛苦谋生,谱写了一曲无尽的"南洋悲歌"。"下南洋"与"闯关东"、"走西口"是近代中国的三大移民潮。南洋是西方殖民主义统治最严重的地方,是华侨华人在海外的最大聚居地,是孙中山领导的辛亥革命的策源地,还是世界反法西斯战争的一个根据地。马来亚华人(简称"马华")自小遭遇来自文化、政治、历史的"纵横交错"的目光。王润华祖籍广东从化,祖父辈就已移民马来亚。1941 年 8 月,王润华出生于霹雳州的地摩小镇,从小学到高中在本地就读,"蕉风椰雨"是他栖身的自然环境,"族群记忆"(ethnic memory)在他的血脉中奔流。是故,他笔下的风景有时是离散华人的身世象征,带有沉重的苦涩和沧桑感——

> 没穿衣裳的橡胶树
> 每一棵都是瘦骨嶙峋
> 而且身上刀痕累累
> 我知道它正在盼望
> 雨水回来热带丛林

---

① 关于生态批评,参看[美]格伦·A. 洛夫《实用生态批评:文学、生物学及环境》,胡志红等译,北京大学出版社 2010 年版,第 13—40 页。

> 替它换上绿色的新衣裳
>
> 替它戴上淡黄色的小花①

这首《橡胶树》写的是南洋最普通的植物,实际上表现了新马华人的流散身世。根据历史学家的研究,从 14 世纪马来王朝在马六甲海峡建立以后,中国人就开始了永久移民马来半岛。1874 年,英国在马来半岛设立殖民行署。1895 年,英国人大力开拓橡胶园,发展橡胶工业,于是从中国南来的移民急遽增加,1941 年,新马两地的华人总数是 230 万,约占全部人口(550 万)的百分之四十二。② 诗中的橡胶树瘦骨嶙峋,遍体鳞伤,痛苦无告地期盼着雨季的来临,这个带有视觉冲击力的形象,让人联想到橡胶种植园中华工的苦难史,就这样,风景被转化为种族与阶级的地理,控诉马来半岛华人资本家和英国殖民者的罪恶。在另一场合,作者谈到橡胶树作为文学原型的象征意义,为此提供了一个恰当的注脚:"橡胶树不但把华人移民及其他民族在马来半岛的生活经验呈现得淋漓尽致,而且还同时把复杂的西方资本主义者与大英帝国通过海外移民,海盗式抢劫、奴隶贩卖的罪行叙述出来,也呈现了殖民地官员与商人在马来半岛进行压迫、劳动和资本输出所做的残忍勾当。"③《菠萝》开篇就是菠萝对自己显赫地位的告白:"我"在婴孩时就被上帝加冕、自认为天才和果中之王,但从第二节开始,这种洋洋自得的语气骤然消失,画面上涂上了凄凉的暗影:

> 可是,根据园艺家的记忆
>
> 我祖父是南美洲被推翻的暴君
>
> 葡萄牙水手把他放逐到南洋群岛
>
> 晚年流落异乡

---

① 王润华:《橡胶树》,第 72 页。

② 王润华:《华文后殖民文学——本土多元文化的思考》,台北:文史哲出版社 2010 年版,第 99 页。

③ 王润华:《鱼尾狮与橡胶树——新加坡后殖民文学解读》,见《华文后殖民文学——本土多元文化的思考》,第 111 页。

每当有人称我王梨

每当在水边散步

偶然低头看见戴着皇冠的倒影

我的心里便充满辛酸的回忆①

"王梨"被罢黜王位、流落异乡的身世,类似于华人的历史命运。中华上国的子民,具有五千年历史和文化的尊贵身世,一变而为落难者,跋山涉水,在遥远而陌生的异国土地上,筚路蓝缕,苦苦谋生,回想前世今生,心里充满了辛酸的回忆。那么,如果海外华侨不再有"叶落归根"的期盼而是归化为居住国的公民,情形又会怎样呢?请看《雨树》的结尾:"我们虽然归化成树,换了国籍/不再是草木,不再回归南美洲/不过,我们还保存祖宗的传统风俗/傍晚,当大钟楼敲了五响/我们便如乡下的亲人一样/将门户通通关上"。"雨树"与"含羞草"、"相思树"、"合欢树"属于同一科属,原籍南美洲,后来移民南洋,如今落地生根,更换了国籍。不过,传统风俗还是保留下来了,在日入而息的时刻,它们紧闭家宅的门户。这首诗以"雨树"的生活习性象征海外华人的生活状态。有时候,这种平静安闲的心理状态被"时空错置"的感觉打破了:"我来自礼拜四岛/现在已归化成南洋公民/我能忍受饥渴的痛苦/却禁不住为满地黑色的相思种子/而哭泣/拾红豆的人/你为什么不来拾取?"唐代诗人王维的《杂诗》有云:"红豆生南国,春来发几枝。愿君多采撷,此物最相思。"在中国文化传统中,"红豆"作为信物被有心人收集、赠送和保存,象征纯洁的爱情和浓烈的乡情。在这首诗里,"相思树"移民海外,归化成南洋公民,它忍受自然环境的侵袭,却因为无人赏识而暗自流泪。红豆满地,无人拾取,慢慢变黑、腐烂,这是华族文化衰落和族群记忆式微的隐喻。

王润华诗歌的本土性生成不仅表现于"南洋风物"的刻画(如前所述)和"新马历史"的叙说(本文第二节将有翔实的论证),也包括"本土词汇"的运用。诗集使用了许多具有南洋本土色彩的

① 王润华:《橡胶树》,第 32 页。

词汇,例如,"罗厘车"、"甘榜"、"巴冷刀"、"组屋"、"驳火"、"胡姬花"、"亚答屋"、"使到"、"纱笼"、"金山沟"、"琉琅"、"斑兰",等等,这些词汇有方言土语,有英文和马来文的音译,都是后殖民语境的"语言重置"策略,摆脱了中国普通话和书面语的权威性,表达了南洋本土的经验和感情。当然,"本土性生成"之最重要的标志不是本土风物、历史、视野和语言的呈现,而是"本土意识"的塑造和表达。在南渡作家的笔下,南洋经常被"异国情调化"和"他者化"了。由于这些作家的政治认同和文化取向都指向中国,他们习惯于从大中华主义的文化优越感出发,"严夷、夏之辨",描绘陌生、神秘、蛮荒、充满情欲的南洋形象,与衣冠神州、礼乐中华相对应。因此在这里,中心与边缘、霸权与弱势的二元对立极为明显。① 在诗集《橡胶树》里,虽有海外华人的身世表述,但是,虚妄的"中原心态"不复存在,对神州正朔的崇敬感也消除了,诗人不再有"每依北斗望京华"的遗民心态和乡愁冲动以及回归中心的渴望,而是安于南洋家园的边缘处境,落地生根。王德威曾发明"后遗民"的说法,他指出:"如果遗民意识总已暗示时空的消失错置,正统的替换嬗递,后遗民则变本加厉,宁愿更错置那已错置的时空,更追思那从来未必端正的正统。"②无疑,王润华诗流露的就是"后遗民意识",它不再缅怀故国乔木、东京梦华,而是在叙述族裔身份和离散记忆的同时,更加注重本土化的一面。譬如,在"高大的树木都纷纷移民"的形势下,"猪笼草"被迫改变生活习性,顽强坚守在贫瘠的沙土上(《猪笼草》)。"地毯草"茎秆纤细,坚韧有节,它骄傲地说:"草本家族之中/我最爱这片土地",当季风来临、暴雨倾盆之际,"我们紧紧抱住岛上的每一粒沙子/我们手携手的巩固着地基和堤岸/忍耐、镇静、脚踏实地"(《地毯草》),这是南洋华人守望相助、不离不弃的态度。"黏人草"时常在路旁等待,如果有人走过,就会用细小的手掌"紧紧扣住他们的衣服或鞋

---

① 参看林万菁《中国作家在新加坡及其影响,1927—1948》,新加坡:万里书局1994年版;王润华《越界跨国文学解读》,台北:万卷楼图书公司2004年版。

② [美]王德威:《后遗民写作》,台北:麦田出版社2007年版,第6页。

子/这样他们便会把我们/带到遥远的地方/让好奇的种子四处播放"(《黏人草》)，这里没有挥洒周邦彦《六丑·蔷薇谢后作》的"似牵衣待话，别情无极"的离愁别绪，而是对离散生活充满天真的好奇心和向往之情，安于天命的安排。《榴莲》表达对南洋故土的礼赞，其中出现了"本土意识"——

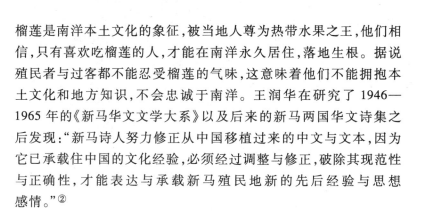

异乡人，你知道吗？
只要你恩爱地吻我一次
你一定会奉我为君
而且抛弃家园
长久定居在我的国土
拒绝我的恩泽
必然做不成淘金的梦
必然嗅到世纪末的腐臭①

榴莲是南洋本土文化的象征，被当地人尊为热带水果之王，他们相信，只有喜欢吃榴莲的人，才能在南洋永久居住，落地生根。据说殖民者与过客都不能忍受榴莲的气味，这意味着他们不能拥抱本土文化和地方知识，不会忠诚于南洋。王润华在研究了1946—1965年的《新马华文文学大系》以及后来的新马两国华文诗集之后发现："新马诗人努力修正从中国移植过来的中文与文本，因为它已承载住中国的文化经验，必须经过调整与修正，破除其现范性与正确性，才能表达与承载新马殖民地新的先后经验与思想感情。"②

二 国破，山河在：风景、集体记忆与本土意识

在《橡胶树》自序中，诗人不满足于"书写南洋"的工程

---

① 王润华：《橡胶树》，第26页。
② 王润华：《走出殖民地的新马后殖民文学》，收入王润华《华文后殖民文学——本土多元文化的思考》，第142页。

南洋风景、马华民族志与本土意识

刚起步，他对读者立下了热诚恳切的誓言——

> 热带雨林是野草树木的天堂，水果的王国，神话的渊薮。在我心里，这一块南洋的乡土，就只剩下这一些景物吗？我常年在域外奔走，心里的乡土几乎都遗落了，现在我正在天天把这土地扩大，让更多属于这土地的生长起来。请耐心的等一下吧，一旦我填土的工程完成，将会有更多南洋的景物生长起来。①

经过十多年的工作和等待，机会终于来了。1996 年 10 月至 1997 年 5 月，王润华在爱荷华大学和加州大学圣巴巴拉分校，专心完成了数十首诗，他幻想南洋，发现风景，后以《热带雨林与殖民地》之名结集出版。他在序言中说，创作这些诗是其数十年来的心愿，抚今追昔，因为以往没有书写马来亚的殖民史而充满歉意，今天终于实现了部分，心情之兴奋，可以想见："这么多年来，没有作家尝试去写，而我终于写了，我总算替我的生命找到一些纪念的底片，虽然都是一些阴暗模糊的影子，也使我心里感到踏实一些，尤其每当回忆在马来亚的日子时。"② 流寓异邦的生命经验，方兴未艾的后殖民理论，跨国主义和全球化境遇，启动了沉睡在诗人意识深处的雨林记忆，催生了这部沉重的抒情诗："这本诗集是我记忆中的墓园，埋葬着我的热带雨林与英国殖民地、马来亚土地上的一切事物。"《热带雨林与殖民地》叙说南洋风物习俗，譬如，"无花果"、"红树林"、"野芋"、"野菌"、"椰树"、"打架鱼"，等等，因此与《橡胶树》存在密切的互文关系。不过，在前者中，讲述山河破碎的故事，清算英国殖民者和日本侵略军的罪行，再现殖民当局与马共鏖战丛林的惊心动魄的传奇，构成压倒一切的内容，换言之，历史的"风景化"是大宗主题。美国人类学家达比（Wendy Joy Darby）指出，风景的再现并非与政治没有关联而是深度植根于权力与知识的关系

---

① 王润华：《橡胶树》"自序"。
② 王润华：《热带雨林与殖民地》"自序"，新加坡作家协会 1999 年版。

之中——

　　从这一角度来考察，风景提供了一个切入文化问题的途径：文化价值、文化延续、文化的价值范畴和非价值范畴，以及文化身份形成神话的建构。风景引起诸多思考：在个体被文化包容的同时，个体行动如何帮助形成文化；个人如何将自我视为某种特定文化的一部分，尤其在由农业革命或工业革命、帝国扩张、战争或战争后果这类社会或民族创伤引起的动荡时期。①

研究后殖民文学的张德明教授指出，"风景与其说是一种自然的存在，不如说是一种文化建构的过程和产物。特定文化中的人们如何发现风景、再现风景，并且书写风景，不仅与该文化中的人们先天接受的自然景观，该民族天赋的审美能力和想象力有关，更涉及其基本的文化价值观及文化身份意识。"② 王润华诗中的南洋风景，就是多元文化和本土意识建构的产物，它的发现、再现和书写，既是作者本人的经验、知识和想象的折射，也源于海外华人族群的离散身世，更与帝国中心对殖民地边缘的征服、压迫和掠夺的历史记忆密切相关。可以说，描绘萨义德（Edward W. Said，1935—2003）所说的"重叠的领土，交织的历史"正是《热带雨林与殖民地》的中心关怀，它的显著成就，亦在于此。

　　1819 年 1 月 28 日，英国军官莱佛士（Stamford Raffles，1781—1826）在新加坡河口登陆，宣布把新加坡开辟为自由港，"在最基本的层次上，帝国主义者意味着对不属于你的、遥远的、被别人居住了和占有了的土地的谋划、占领和控制。由于各

① ［美］温迪·J. 达比：《风景与认同：英国民族与阶级地理》，张箭飞、赵红英译，译林出版社 2011 年版，第 9 页。
② 张德明：《流散族群的身份建构：当代加勒比英语文学研究》，浙江大学出版社 2007 年版，第 113—114 页。

种原因，它吸引一些人而时常引起另一些人不可名状的苦难。"①
按照萨义德的定义，莱佛士就是一个不折不扣的帝国主义分子。
1874 年，殖民当局从斯里兰卡往新马成功移栽了二十二棵橡胶
树，随后大力发展橡胶工业，掠夺当地自然资源，不仅促进了帝
国中心的经济发展，也为全球殖民扩张提供了强大的物质基础，
为进入霍布斯鲍姆所说的"帝国时代"（The Age of Empire,
1875—1914）铺平了道路。在东南亚地区，广泛生长一种名叫
"斑兰"（马来文"Pandan"的音译）的香草，叶子有特殊香味，
在当地人的饮料食物中常可发现它的踪影，这种谦卑无名的绿色
植物，就是马来半岛之苦难史的见证者——

> 自从英国殖民者
> 焚烧森林
> 种植从巴西移植的橡胶树
> 斑兰叶惨死在巴冷刀后
> 流下绿色的香魂
> 神秘的迷惑着
> 南洋各民族的欲望与幻想②

新马沦为英国殖民地一百多年后，"太平洋战争"爆发了。1941
年 12 月 8 日，日本皇军在大马北部登陆，英国守军不堪一击，
不久投降。日军迅速推进，逼近怡保市，襁褓中的王润华被家人
带着，仓皇逃入山林避难。1942 年 2 月 15 日，山下奉文指挥南
方军第 25 军，很快攻陷了新加坡，俘获十三万名英军、印度与
澳洲联军将士，自此，整个马来半岛悉数落入侵略者之手。《过
沟菜》以上述历史为背景。这是生长在沼泽地带和水沟边的一
种羊齿类植物，又名"蕨菜"，新叶卷曲如问号，是鲜嫩可口的

---

① ［美］爱德华·W. 萨义德：《文化与帝国主义》，李琨译，生活·读书·新
知三联书店 2003 年版，第 6 页。
② 王润华：《绿色的诱惑——斑兰叶写真记》，见王润华《热带雨林与殖民
地》，第 57 页。

菜蔬，它目睹了英国殖民地时代和日军侵占新加坡期间发生的许多找不到答案的悲剧："是遗传还是仇恨/今天新加坡植物园里的蕨菜/还是用像问号的手掌/捕捉阳光与月亮/逼它见证许多屠杀的秘密"。这首诗折射出那个充斥着白色恐怖的历史一页，虽然诗人当时还没有完整准确的记忆，但劫后余生的人民讲述的苦难生活以及不时见到的断壁残垣，给年轻的王润华流下了深刻印象，以至于数十年后，历经丧乱的诗人，在美利坚的土地上伏案写作的时候，一想到儿时的伙伴"过沟菜"，蛰伏的记忆就奔涌而出了。日军投降后，英国重新把马来亚置于殖民统治之下，又向昔日与自己并肩作战的盟友"马共"（马来亚共产党的简称）挥起了屠刀。《橡实》写闷热寂静的下午，放学回家的"我"穿过橡胶树林，橡实劈劈啪啪落下，苦苦哀求带它回家，因为害怕闻到英军与马共激战的硝烟。《蝙蝠与花朵》讲述 20 世纪 50 年代，殖民当局颁布紧急法令，蝙蝠受到惊吓，改变了生态链条："怦怦碰碰的回音/几乎打伤了翅膀/它痛苦的飞去遥远的岛屿避乱/听说榴莲与香蕉从此以后/每年只开美丽的花朵……/或者只在有风的夜晚才怀孕"。

南洋风景、马华民族志与本土意识

诗集《橡胶树》中已出现批判英国殖民统治的作品，例如《荒芜的矿场记》、《皮影戏》等。殖民者在马来半岛开采锡矿，进行残酷的经济剥削，不但给居民带了贫困、痛苦和无望的生活，也严重破坏了当地的生态环境。王润华出生的霹雳州，曾是马来西亚锡矿最丰富的出产地，在 20 世纪 70 年代以前，遍布英国殖民者经营的"铁船"，它们把地下的锡矿挖掘出来运回英国，这转嫁了宗主国在现代化进程中付出的成本和代价，巩固了其在世界经济体系中的霸主地位。《铁船写真集》写道，在年幼的"我"眼中，一群银色的"怪兽"在平原上低头翻动泥土，寻找地心的"锡米"作为它们的粮食，尖利的牙齿把土地咬出了巨大的洞穴。这一幕恐怖的画面让儿童感到惊讶和困惑，稍微长大后，他才遽然发现了童话的底细——

在中学地理课本上

我终于找到这些英国来的野兽
在殖民者的驱赶下
践踏着马来半岛
饥饿的吞吃着热带雨林
橡胶园、椰林、香蕉和稻田
有时把南北公路也咬断
小镇、火车站整个吞噬肚里
吐出的
一个个巨大的沙丘和湖泊①

此类诗作把批判矛头指向了种族压迫和阶级压迫，因为生态灾难
的制造者不仅有英国殖民者还有华人资本家。他们开采矿山后留
下的沙石地，制造了不可逆转的恶劣的自然环境，加上热带暴雨
常年冲刷沙地，导致了矿物肥料的大面积流失。生长在这片贫瘠
土地上的"猪笼草"，为了生存下来，被迫改变自己的生活习
性，把外表伪装成悬空的"酒杯"来诱捕猎物，居然成了世界
上最奇特的"肉食植物"。《猪笼草：把美丽的陷阱悬挂在天空》
有这种诗句——

当葡萄牙与荷兰军队为争夺马来半岛
而开始轰炸热带雨林
我从噩梦中惊醒
推翻嫩叶为禽兽的食物之真理
丢进湍急的河流里
人类用双手抢夺金钱与土地
我的叶子开始演变成永远的刽子手
诱杀生动活泼的昆虫小动物
为自己的生命制造营养②

---

①　王润华：《热带雨林与殖民地》，第42页。
②　同上书，第22页。

通过猪笼草自述古怪的身世，诗人控诉了殖民主义的罪恶。苦命而坚韧的猪笼草，正是马来亚华人的身世象征，他们从灾难深重的中国流散到南洋，在辛苦谋生之外，又在历时一百多年的荷兰、葡萄牙、英国、日本的轮番殖民统治中苦苦支撑，难免对自己的身份认同发出深刻的困惑："因为殖民主义系统化地否定另一方，疯狂地决定不承认另一方的一切人类质量，它把被统治的人民逼得经常对自己提出这样的问题：'我实际上是谁？'"①

在《热地雨林与殖民地》中，叙述殖民当局颁布紧急法令、推行"新村"运动、与马共激战于深山大泽，占据了很大篇幅。之所以说"难能可贵"，是因为其他马华作家也都描写过热带雨林，较为知名者，有诗人吴岸，散文家潘雨桐，小说家李天葆、张贵兴、黎紫书、黄锦树等，但是真正在"诗歌"这种篇幅短小的抒情文体中，把饱受殖民主义蹂躏的马来亚放回到近代世界史的结构中，见证暴力，控诉不义，这样做的难度很大，不易见出精彩。王氏这些诗作根据不同材料，婉转敷陈而成：有的来自诗人的童年经验，有的采自殖民当局的解密档案、当事人的日记或回忆录，有的源于新闻记者的报道，诗人从不同角度，书写马华的"民族志"（ethnography），借用美国人类学家格尔茨（Clifford Geertz）的术语，这是理清意义结构的"深描"（thick description）。② 诗集对大泽龙蛇、蕉风椰林、刀光剑影、腥风血雨展开穷形尽相的描摹，不但为新马华文文学增添了崭新的题材样式，也为东南亚历史学者提供了宝贵的第一手材料。正是依靠王润华等马华作家的努力，南洋的热带雨林和历史上的破碎山河，才逐渐变成了一道沧桑恢弘的风景线，一种意味深长的文化—空间诗学。日本投降后不久，

① ［法］弗朗兹·法农：《全世界受苦的人》，万冰译，译林出版社 2005 年版，第 177 页。

② ［美］克利福德·格尔茨：《文化的解释》，韩莉译，译林出版社 1999 年版，第 3—39 页。

英国殖民当局与马共游击队分道扬镳，后来，双方冲突不断。1948 年 6 月，为了对付日渐坐大的马共势力，殖民当局宣布实施"紧急法令"，强令十二岁以上的居民办理身份证，以示区别一般百姓与马共的身份。1951 年，又实行戒严，把小镇与附近村庄用铁丝网连接起来，强迫市镇以外的上百万居民（主要是华人，马来人和印度人可免）移居其中，军警日夜驻扎，实施宵禁。当局美其名曰"新村"（new village），实则如同集中营，目的是断绝华人为马共提供人力、情报与粮食的支持，将后者分化和孤立出来，坚壁清野，斩草除根。生活在这种山河破碎、草木皆兵的气氛中，"新村"华人莫不感到深重的屈辱、压抑和痛苦。诗集对此有感人肺腑的描绘："亚答屋"听到了英军的逼迁命令，又嗅到火药味，马上晕倒在地；"我"但愿自己是一间回教堂或者牛羊，宵禁后不必回到铁丝网中苟活，可以继续住在雨林中；"牵牛花"企图潜入集中营，探望残存的橡胶树，结果被军刀砍死，"只有热带的阵雨／月光／能自由／进出铁蒺藜围困的新村／不必携带身份证／也不必通过检查站"（《新村印象》）。即便生活在如此凶险的环境中，华族百姓对自由和尊严的渴望之情，仍旧不可遏制：红毛丹树和榴莲树不肯移居，坚持与山竹、番石榴、莲雾一道，自由地生活在故居遗址，"被遗弃的亚答屋叶片／在野草中间腐烂／是一页页／被风雨撕破的岁月"（《逼迁以后的家园》）。此外，还有大量反映新村生活的诗篇。割胶女工清晨外出做工，被女警强行搜身；小学生的课本与作业被哨兵翻检，他们试图找到米粮与药物；黄昏以后，罗喱车经过曲折的公路回来，恐怖和暴力变成了日常生活的一部分："士兵慌乱的细心搜查／满满一车的黑暗／用军刀刺死每一个影子／因为他们没有身份证"（《集中营的检查站》）。每晚十点，警报响过以后，居民纷纷紧闭门户，探照灯来回搜索，草虫与猫头鹰保持沉默，只有鱼儿敢于跳出水面；但是，人们的反抗斗争已是暗潮汹涌了："我推开门／寻找月色／在村里的泥路上／发现昨夜的狗吠／以及那些黑影／变成许多白色的／反殖民主义的传单"（《戒严后的新村》）。萨义德说过："真正的知识分子在受到形而上的热情以及正义、真理的超然无私的原则感召时，叱责腐败、保卫弱者、反抗不完美的或压迫的权威，这才是他们的本色。"① 毫无疑问，诗人王润华就是这样的知识分子。

除了叙说华人血泪交加的新村生活之外，诗集也再现了马共展开的艰苦卓绝的武装斗争以及殖民当局的残酷镇压。诗人"超越"绝对的是非善恶，从不同叙事视角，分别进入三方的内心世界，移情体验他们在历史风暴中的思想感情。《山中岁月》写道——

> 当殖民主义的军队
> 开始争夺
> 我们在抗日战争留下的废墟中
> 找到的一些烧焦的理想
> 我们只好第二次
> 回到马来亚主干山脉
> 热带丛林里
> 寻找埋葬起来的
> 生锈的枪炮②

英国人强占抗日战争的胜利果实，拒绝让马来亚独立，背信弃义地再次把它变为殖民地。看到以生命换来的事业付之东流，马共毅然返回深山密林，再次走上武装抗争的道路。殖民当局不甘示弱，实施新村计划，用飞机、大炮轰炸深林，雇佣达雅克族人追踪马共分子，以广播、传单和叛徒进行心理战术。在艰苦漫长的斗争生涯中，马共淋漓尽致地展示了高超的政治智慧和顽强的革命意志，同时付出了惨重的代价，为国际共产主义运动谱写了最

① ［美］爱德华·W.萨义德：《知识分子论》，单德兴译，生活·读书·新知三联书店2002年版，第13页。

② 王润华：《橡胶树》，第95页。

悲壮的一页。① 王润华用动人的笔触描绘了马共可歌可泣的历史：从橡胶树林回来的马共战士，背着米袋走在路上，遭到英国殖民当局的伏击，飞溅的鲜血远远看去，"就像树身上野生的胡姬花"（《马来亚丛林里的埋伏》）。马共区委书记"阿光"被叛徒出卖，遭到暗算，不屈而死，让敌人大为吃惊和敬佩（《友情与埋伏》）。马共总书记"黎德"出卖情报给日寇，结果，在黑风洞里开会的全国马共精英，遭到敌人围剿，壮烈殉国（《黑风洞》），等等。后殖民理论家法农（Frantz Fanon，1925—1961）说过："每当一个人使精神的尊严获胜时，每当一个人对其同类的奴役说不时，我感到自己与他的行为休戚相关。"② 在王润华诗歌的字里行间，每每洋溢着这种人性的庄严光辉。

从《橡胶树》到《热带雨林与殖民地》，王润华逐渐疏离了"中原心态"和"故国想象"，他关注南洋热土上的风物习俗，运用"语言重置"的策略，塑造本土意识；又从地缘诗学的角度，回溯马来亚的历史沧桑，清算殖民主义的罪行。公正地说，新马华文作家完全不涉及南洋本土的风物描写几乎是不可能的。

① 陈平：《我方的历史》，伊恩沃德、诺玛米拉佛洛尔译，新加坡：Media Masters Pte. Ltd 2004 年版；陈剑：《马来亚华人的抗日运动》，雪兰莪：策略信息研究中心 2004 年版。1955 年 12 月，马共和以东姑·阿都拉曼为首的政府代表团，在华玲进行谈判，前者不接受苛刻的条件，返回丛林，与政府再度兵戎相见。后来，马共撤退到马泰交界处，多次遭到马泰政府军的联合围剿，化整为零，展开群众路线，与当地居民平安相处，吸引不少青年参军。六七十年代，马共领袖陈平多次北上，晋见中共最高领导人，得到经济援助，又成立广播电台"马来亚革命之声"（后改名"马来亚民主之声"），每天用四种语言向东南亚宣传革命。60 年代后期，马共展开了几次肃反运动，一些党员被清洗。七八十年代，马共内部分裂，出现以张忠明为领袖的"马列派"、以黄一江为领袖的"革命派"，他们与陈平领导的"中央派"分庭抗礼。1987 年 3—4 月，马共第一、二分局放下武器，走出森林。1989 年 12 月，陈平领导的马共中央派与泰国、马来西亚政府展开三方会谈，签订《合艾协议》，马共宣布和平解散，结束长达四十一年的游击战。泰国政府把泰南"勿洞"的数百亩土地拨给马共，名曰"和平村"、"友谊村"，允许他们过上正常的生活，后来这里成了旅游景点。和平协议允许马共成员回国定居，但是马国政府拒绝履行。从 90 年代开始，陈平多次向马国当局递交请愿书，要求回国定居，祭拜父母坟茔，迄今没有得到批准。也许，这位风烛残年的前马共总书记，注定要走在漫长的回家路上（http://www.eywedu.com/tianxia/xhyt2008/xhyt20081136.html）。

② ［法］弗朗兹·法农：《黑皮肤，白面具》，万冰译，译林出版社 2005 年版，第 179 页。

事实上早在 1927 年，张金燕、陈炼青、曾圣提、化夷、吴仲青就提倡马华文学的"南洋色彩"。1947 年底，由于落地生根已成为绝大多数华侨的选择，马华文艺界兴起关于"侨民文艺"与"马华文艺独特性"的论争。[①] 从 1945 年到 1959 年，"侨民意识"的弱化、"国民意识"的萌芽已经非常明显。[②] 但是像王润华这样，在诗歌这种抒情文体中，以如此密集的方式、自觉描写南洋风物，讲述马来亚的离乱身世，怀着亲密的内在的个人情感，其他作家，可谓无出其右者。这种意识并非心血来潮的即兴写作而是经过了"知识化"的处理。1965 年 8 月 9 日，新加坡宣告为主权独立的国家，但是新华文学的本土意识并非自动生成。当时，现代派诗人从欧美港台借鉴写作技巧，追求现代主义情调，"南洋"被抽空了历史文化内涵，变成了朦胧的背景或稀薄的点缀。至于詹明信所说的现代主义本身所蕴含的"帝国主义"意识形态，[③] 更没有得到反思的机会。1973 年，王润华从美国来到新加坡，开始关注南洋风物和历史，产生了自觉的本土意识——

南洋风景、马华民族志与本土意识

> 回归南洋的乡土后，遇上后现代、后殖民风潮，我被这种强调本土文化的思考，驱赶进橡胶园。我的《橡胶树》、《南洋乡土集》便是拥抱热带丛林的努力结晶。赤道上的野花野草给我提供一个新的想象空间，给我带来一种本土化的

① ［新］苗秀编选：《新马华文文学大系》第 1 卷，新加坡：教育出版社 1971 年版，第 8—20 页；黄孟文、徐乃翔主编：《新加坡华文文学史初稿》，新加坡国立大学中文系，八方文化企业公司 2002 年版，第 20—28 页；［新］杨松年：《战前新马文学本地意识的形成与发展》，新加坡国立大学中文系 2001 年版，第 33—83 页。

② 王慷鼎以《南洋商报》、《星洲日报》、《南侨日报》、《中兴日报》这四大华文报纸的社论为对象，考察 1945 年 9 月 5 日到 1959 年 6 月 3 日，侨民意识与国民意识的起伏消长。参看［新］王慷鼎《新加坡华文日报社论研究（1945—1959）》，新加坡国立大学中文系汉学研究中心 1995 年版，第 261—295 页。［新］崔贵强的《新马华人国家认同的转向 1945—1959》（新加坡：青年书局 2005 年修订版）有更精细的辨析。

③ ［新］詹明信：《帝国主义与现代主义》，见张京媛编《后殖民理论与文化批评》，北京大学出版社 1999 年版，第 1—21 页。

语言与叙事，我在皮影戏、雨树、榴莲、红毛丹的意象上找到新马本土的个性与声音。①

吊诡的是，诗集对殖民当局的态度存在着暧昧矛盾的地方。在序言中，作者明确说道："那些殖民政府的士兵，也是我悼念的一群"；沦为殖民当局帮凶的达雅克人，也受到了诗人的怀念；对于遭遇马共伏击而死的英国驻马来亚钦差大臣 Henry Gurney，作者大度地表示："我也没有忘记给他立下一个墓碑。"这方面的诗作不在少数。在《水花与枪弹》这首诗的注释的前一部分，王润华承认，本地出生的殖民官助理"马克"是新村政策的忠实执行者，"他亲自策划把那区的人民，分别移置到六个新村集中营，以杜绝马共之渗透与粮食供应"；但在结尾部分，他又对这位殖民者表示了好感："麦克能干又勤劳，是一个肯替当地福利奔跑的优秀公务员。"这里流露的是一种高高在上的、在善恶之彼岸的人道主义同情。组诗《莱佛士与热带雨林》第二部分"猪笼草"写道：殖民者携带地图和枪炮，在热带雨林中探险，猪笼草遇到这群侵略者，企图转身逃走："一颗子弹爆炸后/所有叶子都惊吓成/一个个高脚酒杯/悬挂在天空"，这里的批判寓意非常明显。但在第一部分，诗人又写道，目睹急遽的都市化进程和生态问题的出现，新加坡的标志性建筑"鱼尾狮"独自流泪了，诗人忍不住缅怀新加坡的开埠者"莱佛士"，赞扬他对环保事业作出的贡献。莱佛士是何许人也？这位推行帝国主义侵略政策的急先锋，开发和掠夺马来亚的殖民分子，曾率军征服爪哇，推翻了柔佛苏丹的合法统治，把新加坡打造为英国入侵东南亚的据点。莱佛士的军事征服和经济掠夺，他带给海峡殖民地人民的耻辱痛苦，在这首诗的第一部分消失不见了，诗人向他致敬："除了是一个值得尊敬有眼光的殖民主义者，他也是爱好又爱护热带花草植物的人。许多雨林里的花草树木，因为他的报告才为人所知。

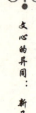

① 王润华：《地球村神话》"序言"，新加坡作家协会1999年版。

他曾雇请许多画家，把东南亚的花草树木一一画素描，目前收藏在新加坡的博物馆里。"在英国殖民当局的暴力统治和礼仪支配之下，殖民地人民对宗主国的爱恨交加（ambivalence）的情感矛盾，已深深地内在化、结构化了，几乎成为根深蒂固的"集体无意识"，在此不自觉地流露出来了。

由王润华的热带雨林书写，我又想到另一个问题。在跨国资本主义时代，帝国主义阴魂不散，新殖民主义的幽灵重临，如何保持南洋在全球化境遇中的地方知识、本土意识和文化自主性？如何避免南洋沦为市场逻辑和商业法则之下的牺牲品、在"看"与"被看"的过程中重新把南洋进行"他者化"、制造出新一轮的景观消费和欲望开发的对象？在欧美，中国大陆、港、澳、台的文学中，"南洋"向来是一片神异的山水，对于前宗主国和欧美国家的熙来攘往的游客有强烈而广泛的吸引力——康拉德、毛姆、吉卜林等英国作家就根据自己的南洋经验，写出了一些知名的后殖民旅行文本，这就是最雄辩的证据。在消费文化中，尤其如此，正如法国思想家德波说过："景观不是附加于现实世界的无关紧要的装饰或补充，它是现实社会非现实的核心。在其全部特有的形式——新闻、宣传、广告、娱乐表演中，景观成为主导性的生活模式。"① 重要的是，随着"亚洲四小龙"的崛起、东亚儒教的复兴、② 商业旅游业的开发，南洋变成一个很有潜力的

① ［法］居伊·德波：《景观社会》，王昭凤译，南京大学出版社 2007 年版，第 3 页。

② 德里克认为，新加坡是东亚儒教复兴运动的倡导者之一，它之所以可能，"不是因为它拿出一套有别于欧美的文化价值，而是因为它把本土文化与一种资本主义叙事结合起来"。参看［美］阿里夫·德里克《后殖民气息：全球资本主义时代的第三世界批评》，汪晖、陈燕谷主编：《文化与公共性》，生活·读书·新知三联书店 2005 年第 2 版，第 457、468 页。在另一场合，德里克重申："对东亚和亚洲认同的寻找似乎最受那些从未放弃过传统的人欢迎，但同时也最受国家和资本的青睐，因为它们在那些传统中感受到的不仅是一种自我认同的方式，而且还有一种控制资本主义经济之混乱影响的成功手段，而后一种方式则根本不去怀疑资本主义本身。"参看德里克《反历史的文化？寻找东亚认同的"西方"》，见阿里夫·德里克《跨国资本时代的后殖民批评》，王宁等译，北京大学出版社 2004 年版，第 12 页。

文化符号，成为异国情调的灵感源泉。① 因此，如何避免热带雨林书写沦为与消费主义合谋的命运、避免德里克批评的"自我殖民化"的出现，对于每个新马华文作家（不管是定居本土还是散居海外）而言，应是念兹在兹的大事。

三 非抒情的声音：美学素质与修辞精髓

《老子》说过："无名，天地之始；有名，万物之母。"王润华发现的风景，究竟是什么样的"风景"？这不是商业化的、俗滥的所谓"名胜古迹"，而是原始蛮荒的无名山水以及再也平凡不过的日常事物，两者带有鲜明的本土气质，属于德国哲学家康德所说的"崇高"（sublime）的美学范畴。王氏高才硕学，中西知识源流为其诗歌写作提供了源头活水一般的"支援意识"（subsidiary awareness）。他对英美意象派诗歌素有研究，早年曾著文辨析胡适的"八不主义"与意象派诗论的渊源，② 他熟悉艾略特的诗学，对艾氏关于"批评家—诗人"（critic-poet）的观念别有会心。他研究过弗罗斯特的区域生活诗学及其象征境界，他的博士论文取材于司空图的诗学，近期又醉心于王维诗学之玄远空灵的世界。③ 整体看来，意象派的简洁、客观和日常性，艾略特的"非个性化"与"逃避感情"诗观，弗罗斯特琐碎的区域生活诗学，司空图与王维以象外之旨、含蓄妙悟为主旨的象征主义诗学，都在王润华的诗歌世界留下了深浅不一的印迹。这些诗

---

① 按照邦吉的定义，"异国情调"（exoticism）是一种话语实践，意欲在别处发现随着欧洲社会的现代化所失落的一些价值；这种 19 世纪文学与生存实践在"文明"范畴之外假设一个"他者"空间，而"文明"被许多作家认为与某些基本价值观念水火不容。参看 Chris Bongie, *Exotic Memories*：*Literature, Colonialism, and the Fin de Siecle*, Stanford：Stanford University Press, 1991, pp. 4 – 5。

② 王润华：《论胡适"八不主义"所受意象派诗论之影响》，收入王润华《越界跨国文学解读》，台北：万卷楼图书公司 2004 年版，第 33—52 页。

③ 王润华："桃源勿遽返，再访恐君迷"——王维八次桃源行试探》，收入《越界跨国文学解读》，第 387—389 页；王润华：《司空图新论》，台北：东大图书出版公司 1989 年版；王润华：《王维诗学》，香港大学出版社 2009 年版。

有一个醒目的素质，就是非个性化、淡化抒情、带有一种立体的雕塑般的效果，这里回响着里尔克的诗歌伦理："我们悲哀时越沉静，越忍耐，越坦白，这新的事物也越深、越清晰地走进我们的生命，我们也就更好地保护它，它也就更多地成为我们自己的命运。"①

意象派理论家认为，"意象"是在瞬息间呈现的一个理性和感情的复合体，是融合在一起的一连串思想或思想的漩涡；一个描写的意象可能是任何冲动的最充分的表现或解释。具体来说，他们要求：对于所写之物，不论是主观的或客观的，都要用直接处理的方法；决不用任何对表达没有作用的字；在诗的韵律方面，按照富有音乐性的词句的先后关联来写诗；表达上避免抽象和套语，要求直接、经济、客观性，摒弃 19 世纪 90 年代叶芝式的陈词滥调所代表的空气般的模糊朦胧。② 有学者精辟指出，意象派的文学信条之一是对"硬性"（hardness）的追求，它是这个文学运动词汇里一个最普通最广泛的概念。意象派的硬性表现是：它在选择材料时有所偏爱，以对抗那些迷惑 19 世纪 80 年代的那种忧郁感伤、享乐主义的精神。诗歌变"硬"的途径是：使用简化手法，去除装饰性因素；使用日常化口语，描绘凡俗的现实生活；避免情感泛滥，追求沉稳客观；使用近乎科学家式的"硬性"的细节性的观察方法来描绘对象。③ 艾略特也说过一段著名的话："诗歌不是感情的放纵，而是感情的脱离；诗歌不是

①　[奥] 里尔克：《给一个青年诗人的十封信》，冯至译，生活·读书·新知三联书店 1994 年版，第 51 页。"去抒情"与"非个性"不是欧美现代诗的专利，中国现代诗学的是类论述不可忽略，参看张松建《抒情主义与中国现代诗学》（北京大学出版社 2012 年版）第二章"反抒情主义与深度抒情论"。关于中国文学现代性与抒情传统的关联，王德威的《现代抒情传统四论》（台大出版中心 2011 年版）有富于洞察力的概述。

②　[美] 庞德：《回顾》、《关于意象主义》、《致哈利特·芒罗的信》，参看黄晋凯等主编《象征主义·意象派》，中国人民大学出版社 1989 年版，第 131—152 页；C. K. Stead, *Pound*, *Yeats*, *Eliot and the Modernist Movement*, London：Macmillan Press LTD, 1986, p. 34。

③　Malcolm Bradbury & James McFarlane eds., *Modernism*, *1890 - 1930*, Harmondsworth：Penguin, 1976, pp. 238 - 39.

个性的表现，而是个性的脱离。"① 在阿多诺看来，抒情诗表面上是个人情绪和主观体验的载体，但在某种程度上也是社会总体性的反映和对世界的不言自明的批判。② 德曼相信，抒情诗较之于其他文类更能见证出现代性的历史变迁。③ 对于以书写南洋史为职志的王润华来说，尤其如此。纵览他的诗篇，罕见繁美的辞藻和宣泄的激情，而是祛除了崇高迷思和浪漫气质，浑然纯粹，一气呵成，属于"非抒情"的抒情诗。《锡矿工人的脊背》写道："无数小河／天天在奔流／贫瘠的土地上／一片沼泽／红蜻蜓停息在池塘的浮萍上／寻找鲜美可口的露珠与阳光"。透过隐形的抒情主体的观察和联想，锡矿工人的脊背仿佛一道微观风景，折射出马来亚的历史地理和华人移民的苦难命运。全诗由一连串的视觉语象连缀而成，但是除了"小河"是隐喻性的语象之外，其他都是意义浅近的"单式语象"，④ 无抒情无议论，只是推出一个客观的画面，但深层语义的对比已呼之欲出了："蜻蜓"尚有自由的生活，而锡矿工人只有谋生的艰辛。再如，《割胶工人的头灯》的开篇是一个主导性的比喻，这个意象有组织全篇的力量："额头上的煤油灯／就像热带丛林边缘的萤火虫／黎明前／照醒橡胶树／环绕身上乳白色的小河／在灯光的引导下／方向正确又安全的／奔流进沉默的／深铜色的陶瓷杯里"。叶维廉曾概括中国古诗的美学特征，包括：超脱分析性、演绎性，让事物直接，具体的演出；联结媒介的稀少，使物象有强烈的视觉性和具体性及独立自主性；因为诗人"丧我"，读者可以与物象直接接触而不隔，并参与美感

① ［英］艾略特：《传统与个人才能》，《艾略特文学论文集》，李赋宁译，百花洲文艺出版社 1994 年版，第 11 页。

② Theodor W. Adorno, "Lyric Poetry and Society," in Brian O'Connor ed., *The Adorno Reader*, Malden：Blackwell, 2000, pp. 211 – 218.

③ Paul de Man, "Lyric and Modernity," in *Blindness and Insight：Essays in the Rhetoric of Contemporary Criticism*, New York：Oxford University Press, 1971, pp. 166 – 186.

④ "单式语象"是描述式语象，"复式语象"包括比喻和象征，参看赵毅衡《文学符号学》，中国文联出版公司 1990 年版，第 160 页。

经验的完成。① 加拿大文论家弗莱（Northrop Fyre）指出："在东方诗歌里，沉思传统被良好地确定起来，以至于一首诗可以经常只给出一点语言线索，把它留给读者去重新创造这个过程。日本和中国抒情诗的沉思力量可能与书面语言的性质有关，这种语言为语言密度提供了一种视觉的补充。"② 两首抒情小诗的意象具有丰富的视觉性和联想性，在读者心中产生了含蓄暗示的力量，显然有中国古典诗学的影响。《圣淘沙的战堡》兼有"平实"和"冷硬"的诗风，"冷"指的是零度情感的介入，"硬"指的是拒绝了浪漫主义的软绵绵的语言：

> 巨炮顽固而且生锈
> 仍然错误的指着南方
> 广阔海面上
> 大大小小的波涛
> 游客们就像当年的炮兵们
> 　　无聊又疲倦
> 从炮管中窥伺
> 悬崖上的落叶
> 潮汐的一进一退
> 小孩子们就像流萤
> 在深邃又曲折的地道下
> 看见导游先生像当年的军官
> 　　在暗室里睡眠
> 冷漠的，如一颗颗大炮弹
> 等候来自海上的夜袭
> 只有野生的胡姬花
> 似乎不愿嗅闻弹药的味道

南洋风景、马华民族志与本土意识

---

① 叶维廉：《语法与表现——中国古典诗与英美现代诗美学的汇通》，收入叶维廉《比较诗学》，台北：东大图书公司1988年版，第77—78页。

② Northrop Fyre, "Approaching the Lyric," in Chaviva Hosek and Patricia Parker eds., *Lyric Poetry: Beyond New Criticism*, Ithaca: Cornell University Press, 1985, p. 33.

从碉堡的裂缝

探出头

迷惘张望中

看见远远山头的受降馆内

战争已经是一张张的照片和几个蜡人

在免费供人欣赏①

Blakang Mati（马来语，中文名"绝后岛"）在 20 世纪 70 年代改名"圣淘沙"（Sentosa），原是新加坡的一处军事要塞，迄至太平洋战争爆发前，英国殖民当局一直在此驻扎重兵，成为抵抗日本侵略者的前沿阵地。新加坡独立后，圣淘沙被开辟为旅游中心，陈列着兵营、炮台、地道、蜡像馆等建筑物，每天迎接来自全世界的观光客。诗的主题是战争与和平，它截取一个场景，把历史沧桑浓缩其中，又保持了必要的张力和心理距离，将其转化为一道被凝视、被省思的风景。诗分四节，每一节都有与战争相关的意象，譬如"炮台"、"炮管"、"炮弹"、"弹药"，虽然每节的叙事焦点不一样，但无论人与物的描写，都消除了宏大历史叙事和浪漫主义激情，弥漫着倦怠、冷漠、被动、迷惘的氛围。朝代兴亡、历史沧桑在中国古典文学中向来与"《麦秀》、《黍离》之悲"的怀古模式相关，背后经常有一套宇宙观和正统论。到了现代，在浪漫主义或写实主义诗人的笔下，感时忧国、涕泪飘零的表达仍是题中应有之意。这首诗与它们都拉开了距离，不但有反浪漫、逆崇高的消解历史意义的游戏姿态，而且流露出混合着和平主义和虚无主义的反讽调子。结尾的特写镜头是新加坡的国花"胡姬花"，它象征永恒的美，超越了人类事功的短暂性（这里暗用古诗中常见的自然与人类的对比）。这首诗没有繁复的修饰语和修辞术（个别地方使用了反常组合、比喻和拟人），以简洁的日常口语客观呈现事物本身，绝不抽象朦胧，描写和叙述也很低调，避免了情感泛滥，也没有抽象的说理，在意象并置

① 王润华：《橡胶树》，第 57 页。

当中注重细节的观察。

值得注意的是，"白描"这种比较传统的手法得到了王润华的好感，有时甚至成为一首诗的整体性的结构原则（当然，偶尔也有比喻或比拟渗透其中），这些诗不事雕琢，浑然天成，对于习惯了复杂艰深的现代诗的读者而言，每每感觉不到技巧的存在，也许这正是钱锺书所说的境界："如水中盐，蜜中花，体匿性存，无痕有味。"例如，《椰子》以椰子顽强的生命力象征华人的漂泊身世和生存韧性；《暴雨》描述潜伏在密林中的马共游击队员的紧张心理；《追踪足迹的达雅克人》刻画土著人追踪猎物的天赋异禀，都是成功运用白描的例子。令人惊叹的是，这些精短质朴的文字做到了"历史的风景化"，言近旨远，韵味无穷。《吃风楼前的麻包沙袋》写的是紧急法令下，森林边缘响起了枪声，一只"苍蝇"受惊飞起，惊讶地发现橡胶园里高高堆栈的麻包沙袋，它"不明白红毛人/旱季里对洪水的恐惧"。"洪水"是双关语，暗示了马共势力如"洪水猛兽"，也含蓄表现了英国资本家的惶恐心理。《热带水果篮中的手榴弹》写阳台上的一名英国殖民分子，神情紧张地读着英文报纸《海峡时报》，餐桌上的水果篮里，除了木瓜、红毛丹、山竹，"还有几粒褐色的小菠萝/苍蝇嗅到陌生的炸药味道/才醒悟这不是热带水果"。这两首小诗采取了"速记"的形式，从苍蝇的视角观察人和物，展示一动一静的两个场景，表现风声鹤唳、草木皆兵的氛围。更多时候，王润华的热带雨林书写采用第一人称内心独白的形式。抒情主体化身诗人笔下的人或物，静观默察周遭的世界，展开联想和幻想，诗人移情体验人与物的内心情感，扩展了诗歌的修辞容量。《锡矿记》有这样的句子："我们害怕炉火的调戏/于是隐藏在锰苗沙石之中/而她们细心的淘洗每一堆泥/终于发现我们萎缩在琉琅底下/如一撮白白的小米……/失去穀衣后/在迎风簸扬的箕上发抖"。通过拟人化的锡矿充满恐惧感的内心独白，小诗揭示了存在物与本源的脱离、表达对现代文明戕害大自然的抗议，不动声色地传达出对底层民众的深切同情。《荒芜的矿场记》可称为这首诗的姐妹篇——

当我走出泥土

大地便留下空洞的湖泊

翻着黑色的浪

悲哀的张望天空

只有野胡姬花和羊齿植物

无可奈何的生长在

一座一座贫瘠的沙丘上①

以"物"的视角观察和体验周围的风景，锡矿眼中的风景被情感化了，诗人让"物"超越了自身存在的有限性、面向本土历史经验敞开，两者结合，获得了思想深度：殖民当局的经济掠夺所造成的生态破坏、殖民地人民痛苦无望的情绪，都在微观风景中得到表现。不仅如此，人类对自然加以科学技术的对象化，标榜进步、理性、科技和繁荣，是近代以来东西方文明的共同取向，正如海德格尔的哲学分析——

> 大地也如此摧毁着一切穿透它的企图。它使一切对它纯粹算计的强求归于毁灭。这种毁灭可能在进步与统治的外表下自我预示，此进步与统治的形式是把自然加以科学技术的对象化。不过，此统治却保持了意志的重要地位。只有当大地作为天然就是不可揭示的东西，作为从一切揭示中收回并永远保持在自我闭合中的东西，而且领悟被看护时，大地才敞现为它自身。大地上的万物，以及作为整体的大地本身，都汇聚为和谐统一的整体。②

广义而言，这首诗显示了对于技术统治的深切的批判和反思，也

---

① 王润华：《橡胶树》，第48页。

② ［德］海德格尔：《艺术作品的本源》，见海德格尔《海德格尔诗学文集》，成穷、余虹、作虹译，华中师范大学出版社1992年版，第41页。

为诗集《地球村神话》的"生态环保"主题开创了先声。

"一语天然万古新，豪华落尽见真淳"（元好问）。诗人不再追求繁复造作的技巧形式，他带着赤子般的好奇心，亲近大自然，细腻描写花草、树木、鸟兽、水果的声音、色彩、形状、气味和动作，直接呈现其气息和灵魂，造就了诗歌的简洁有力、明朗开阔。作者经诉诸"移情"（empathy）和"追忆"（recollection），化身为物，观察、想象和体验，或者营造某个戏剧性场景，有时超越特定的历史时空而产生了政治寓言的意味，例如《皮影戏》——

我虽然是影子
　　只在神秘的夜晚演戏
我却是光明的儿子
　　没有灯光的普照，我就活不了
我的乡土，如一块洁白的纱布
在污黑的社会，我会找不到自己
我从不在路上
　　留下一个足迹
我常常唱动听的歌
　　却没有用自己的声音
我在家的时候只是平面的侧影
　　在舞台上却表现立体①

皮影戏最早诞生在两千年前的西汉，又称羊皮戏，俗称人头戏、影子戏，驴皮影，发源于中国陕西，极盛于清代的河北。据说中国皮影艺术从 13 世纪元代起，随着军事远征和海陆交往，相继传入了波斯、阿拉伯、土耳其、暹罗、缅甸、马来群岛、日本以及英、法、德、意、俄等亚欧各国。② 演出皮影戏是东南亚华人

---

① 　王润华：《橡胶树》，第 51 页。

② 　参看"百度百科"（http：//baike. baidu. com/view/34658. htm）。

社区广为流行的一种民俗。"傀儡"的特性在于现象与本质的分离，在于能动性、主体性的消失，它没有自己的声音和足迹，一切都是被动的存在，而它向大众显示的无非是虚假荒诞的一面，所以经常成为"奴隶"的隐喻。黑格尔在《精神现象学》中说过："如果一个奴隶意识不到自己是奴隶，那么他活该就是奴隶。"诗中的"傀儡"用第一人称的口吻自述身世，而又意识到了无法主宰自己命运的悲剧性处境，这种自我意识的滋生暗示了从"自在存在"转变为"自为存在"的可能性。《皮影戏》的思想主题与后来的《面具小贩》非常接近，带有鲜明的政治讽喻色彩。① 它后来入选新加坡中学的华文教科书中，编者是这样导读的——

> 《皮影戏》要表现的是傀儡的悲哀与无奈。这首诗语言浅显，明白如话，但内涵却极其丰富。有人说诗的主题是诗人感叹个人在命运面前身不由己，深深感受到生命的无奈。或许由于诗写成于 1977 年底，有人就体悟出诗中讽刺傀儡政权的隐义，但针对的是七十年代的越南阮文绍或菲律宾马可斯的傀儡政权，还是大陆或台湾受制于外国的当政者，则是仁者见仁，智者见智。这首诗的主题是个人面对命运无奈的感慨，还是属于具有讽刺意味的政治诗，我们无须追究，因为这反而让诗作具有丰富的内涵，令人回味无穷，加强了它内容的深度。②

评论者小心地把这首政治讽刺诗的对象指认为越南、菲律宾、中国大陆和台湾，唯独把新马排除在外，耐人寻味。在第一节（"傀儡的诞生"）、第二节（"影子的家庭背景"）、第三节（"傀儡的自白"）中，傀儡都是以单数第一人称出现（"我"），展开

① 王润华：《山水诗》，吉隆坡：蕉风月刊社 1988 年版，第 177—179 页。
② http：//www. vjc. moe. edu. sg/fasttrack/chinese/culture/sp _ authors/Au _ wan-grunhua. htm.

内心独白。到了最后一节（"影子的下场"）中，则转换为复数："被玩弄过之后/我们的头一个个被摘下来/身体整齐的被叠在一起/放在盒里，而且用绳子扎紧/于是我们又像囚犯，耐心的等待/另一次的日出"。诗人想强调的是，"傀儡"不是一时一地的个别现象，而是为数众多、普遍的社会政治常态，因此这个意象具有高度的概括性和本体象征的色彩。

总体看来，通过对于南洋的地理、风物、习俗的描述及对历史的回顾，王润华塑造了一种独特新颖的"地缘诗学"，他一方面书写流散漂泊的马华民族志，另一方面把本土意识灌输其中。由于王润华从意象派、弗罗斯特、司空图和王维等中西传统诗学中汲取创造性转化的资源，也使得他的诗作具有了同时代作家不大具备的、一种难能可贵的"历史意识"——

> 对于任何一个超过二十五岁仍想继续写诗的人来说，我们可以说这种历史意识几乎是绝不可少的。这种历史意识包括一种感觉，即不仅感觉到过去的过去性，而且也感觉到它的现在性。这种历史意识迫使一个人写作时不仅对他自己一代了若指掌，而且感觉到从荷马开始的全部欧洲文学，以及在这个大范围中他自己国家的全部文学，构成一个同时存在的整体，组成一个同时存在的体系。这种历史意识既意识到什么是超时间的，也意识到什么是有时间性的，而且还意识到超时间的和有时间性的东西是结合在一起的。有了这种历史意识，一个作家便成为传统的了。这种历史意识同时也使一个作家最强烈地意识到他自己的历史地位和他自己的当代价值。[①]

结语　把"世界"带回家

在王润华的诗歌世界，风景呈现五副面影：其一，追寻现代主义的自我；其二，文学行旅与离散心态；其三，热带雨林书写

---

① ［英］艾略特：《传统与个人才能》，《艾略特文学论文集》，第2—3页。

及其本土意识；其四，对于破碎山河的后殖民批评；其五，表现生态环保议题的"地球村神话"。这当中最值得注意的，我以为是热带雨林书写及其历史想象和本土意识。出于同样理由，有人认为《热带雨林与殖民地》难能可贵地展示了新华文学中的"马华性"。① 显而易见，诗人与南洋的关系发生了变化，套用马丁·布伯的话说，两者不再是拘束、隔膜、离心的"我—他"关系，而是身土不二、相互关情、密切对话的"我—你"关系。② 世间万物，包括天空、星群、飞鸟、大地、山川、动植物，一派生机盎然，元气淋漓，有的敞开内在的美丽，有的铭刻历史的哀矜，有的召唤另类的生命伦理。这些林林总总的南洋风物为生态批评预留了思考空间，也令人想到有限与无限、时间与空间、运动与静止之间的轮回与辩证："如果尘世把你遗忘/请对寂静的大地说：我奔流/请对迅疾的流水说：我存在"（里尔克《献给俄耳甫斯的十四行诗》）。

在王润华那里，南洋本土的历史想象经过了个人化、风景化和知识化的三重处理，彰显出丰富而复杂的面影。一方面，消失了的宏大历史只有经过"个人化"的处理，才会从时间川流中获得重生，被拉回到当下境遇中，与"个人"展开近距离的亲密对话，再次成为被感知、被体验的对象，从而向人类敞开自身的丰富性和复杂性。另一方面，在历史的"风景化"的努力中，诗歌显示了固有的强大的力量，对抗时光侵蚀而铭刻着深刻的集体记忆。然而，这些经过了历史化和个人化的风景，只有经过了"知识化"的对待，才会获得深刻的理论自觉，才可把本土意识吸纳到文学的向心结构中，完成从新马"华文文学"到"新马"华文文学的历史性转变。王润华关于热带雨林的书写，清理帝国主义和殖民主义的印迹，消除遗民意识和中原心态，依靠个人经验、情感和想象以及后殖民主义知识源流，塑造出蕴含着离散意

① 参看许文荣《马华文学·新华文学比照》（新加坡：青年书局 2008 年版）第六章"新华文学中的马华性——《热带雨林与殖民地》及《海螺》的个案"。
② ［以］布伯：《我与你》，陈维纲译，生活·读书·新知三联书店 1986 年版。

识和本土气质的南洋图景，毫无疑问是"马华民族志"的书写。在这个写作姿态的背后，是一系列社会历史的变革：英国殖民统治体系的瓦解，东南亚民族解放运动的蓬勃，新加坡独立和国际地位的提升，华人生活方式从侨居向定居的转变，后殖民主义理论的西学东渐，等等。所谓"把世界带回家"，就是把南洋的风物习俗和历史记忆重新放回到新马华文文学的向心结构中。在跨国主义、离散话语、本土知识、身份认同等新兴理论的背景下，南洋华文作家只有坚定地让"热带雨林"成为自己的命运伙伴，只有利用热带雨林这个"现代性装置"① 去重新幻想南洋，再造南洋，新马华文文学才有"再出发"的机缘。

（原载北京大学《新诗诗论》第 14 辑，2011 年 12 月）

南洋风景、马华民族志与本土意识

---

① "现代性装置"一词来自［日］柄谷行人著，赵京华译《日本现代文学的起源》，生活·读书·新知三联书店 2006 年版。

抒情现代主义的崛起

——林方诗歌论

引言　边缘的缪斯

在时下的新马华文文学研究中,林方(1942—　)是一位尚未引起足够重视的诗人。① 半个世纪的岁月悠悠而逝,这种不公正的命运并未有改变。现有文学史著述对林方的介绍不过是浮光掠影,散落在报章和新媒体上的评论数量有限,真正称得上研究性的论文几乎空白。公正地说,林氏对新华现代诗的草创功不可没。60 年代初期,他崛起于诗坛,是知名作家君绍(王俊杰)的得意门生,又见重于台湾蓝星诗社的元老覃子豪。当时新马文坛,"现实主义"蔚成风气,林氏为"现代主

---

① 林方,本名"林赐龙",祖籍广东潮安,1942 年 10 月出生于新加坡。另有笔名"萨那隆"、"水东流"、"范爱静"、"子范柳青"。义安学院中文系肄业,后来经营印刷厂"七洋出版社"。50 年代开始新诗创作,学生时代主编纯艺术刊物《星座月刊》及《图画新闻周报》,发表不少有关文学、绘画、雕塑、音乐、舞蹈、电影及摄影的作品。出版诗集《水穷处看云》、《林方短诗选》,诗论集《一株毒草》(?)。1959 年毕业于覃子豪指导的"中华文艺函授学校"第十五届诗歌班。林方是"五月诗社"任期最长的社长,为探索现代诗的新技巧新、与国外诗坛进行交流,出力很多。林方出任潮州八邑会馆文教委员会出版主任期间,致力于为新华作家无条件编印文集,出版不同体裁作品五十部,为其中的一些文集撰写颇有见地的序言。林方曾任新加坡"金狮奖"及"国家书籍奖"诗歌组评审,其作品选入《新马华文文学大系》等文集。关于林方的传记资料,参看马仑《新马华文作家群像》,新加坡:风云出版社 1984 年版;新加坡国家图书馆编《新华作家传略》,新加坡国家图书馆 1994 年版;林方《林方短诗选》,香港:银河出版社 2002 年版;骆明主编《新加坡华文作家传略》,新加坡:八方文化创作室 2005 年版。

义"正名，不遗余力，被马仑称为"新华文艺界首位写及发表现代诗的诗人"。后来，在缺乏诗意的环境中，这位诗人筚路蓝缕、耕耘"自己的园地"。① 不仅如此。"五月诗社"二十二岁的高寿（1984—2006），以及《五月诗刊》的编辑出版，也凝聚着林方的心血。林方的新诗结集出版者，仅薄薄两册。这有多种原因：实用主义在当地是强大的"意缔牢结"（ideology），文学生产、流通、消费备受限制，成为极少数人艰苦寂寞的志业。林方长期经营印刷厂，文学写变为"副业"。朋友眼中的林方，个性谦抑，"为人低调，处处为他人着想，为他人做嫁衣，而忽略了自己"。② 和活跃在国内外的名家相比，才华与学养兼具的林方，是一位本该引起重视，然而却遭受冷落的诗人。若欲重整新华文学的脉络，挖掘现代主义的丰富性，有必要回到历史现场，重读林方。

在为现代诗奋斗二十五年后，林方出版第一本诗集《水穷处看云》，这真是新华文艺界"迟来的收获"。史英指出，"林方早在五十年代末便开始写诗，说得上是现代派诗歌开拓者之一，著有诗集《水穷处看云》。他的诗风晦涩、明朗兼而有之"。③ 此书汇集五十七首现代诗，见证作者诗艺成长的轨迹。第一辑是"练习"，收录 1957—1959 年间的十六首诗。这位十六七岁的翩翩少年，诗才敏捷。他的诗语言清新俊爽，意象玲珑剔透，洋溢着温润明澈的抒情笔意，在分节、建行、顿和韵方面不乏匠心。有的语言缺乏密度、张力和暗示，起承转合之间有程式化痕迹，这些习作免不了拘谨青涩的气息。第二辑"尝试"选录写于 60 年代的二十二首诗。在这个时期，诗人学习台湾现代诗典范，勇于创新，

---

① 林方《水穷处看云》（新加坡：泛亚文化事业公司 1982 年版）的后记有这样的自白："逝者如斯。我梦里的小星，一葬十多年，葬于印刷机单调的叫嚣，一张张陌生的面孔，一连串行尸走肉耽于形役一点也不快乐的日子中"，"在那长久缺乏诗意的日子里，我是益发疏懒，诗笔久已尘封，实在拿不出更像样的货色"，"这些年来，假如不是执着于这般潇洒的态度，说不定我早已躲进板桥的铁栅后去涂鸦了？"

② 这是希尼尔致笔者电子邮件的原话（2011 年 3 月 22 日）。

③ 史英：《新华诗歌简史》，新加坡：赤道风出版社 2000 年版，第 106 页。

佳作纷呈。诗的抒情模式转向因情造景，为情思感觉寻找繁复错综的"客观对应物"，依靠"想象逻辑"组织经验，语言精警，巧用隐喻与象征，具有歧义和晦涩的气质。有时诗人放弃明确意义的传达，以创新性幻想制造"语言的欢乐"。写景诗的视境开阔，手法变化多端。以青春爱欲为主题的诗，常有新奇的表现。部分诗作对世纪病和人类文明展开批判，暗示深远，力透纸背。这些诗突破了浮泛脆弱的浪漫主义情调，宣告了"现代主义"的诞生。第三辑为"探索"，作于1970—1982年间，诗人摆脱了异域文学的影响，努力探索"个人化"诗学。此类诗作的题材广阔：或刻画山水景观、缅怀乡土生活，或叙写友情、爱情和爱国主义情操，或嘲讽都市生活中人性异化的苦涩，或描写底层民众的痛苦和麻木，或抨击拜金主义和市侩习气，或表现平凡生活的乐趣。此时的诗人"结束铅华入中年"，走出现代主义的偏执枯窘，运用从容澹定、回旋自如的笔触，抒写人情物理，语言硬朗坚实，时有精细敏锐的观察，富于深度抒情和圆融的哲理。

《水穷处看云》出版后，林方致力于文学编辑工作，偶有诗作发表在《五月诗刊》上。二十年后，一些抒情小诗结集为《林方短诗选》出版，以抒写日常生活中的感悟和心境为题旨，不事雕琢，清新可喜。

一 现代诗的追寻：修辞技艺与美学理念

亚里士多德说，人实际上是具有语言的生物。黑格尔把语言称作主观精神与客观存在进行调解的媒介。近代以来，文化哲学家、美学家和文学理论家发现了"语言"的意义。卡西尔把语言、艺术和宗教视为以感性方式表达思想的东西，这构成了他思想的出发点。[①] 伽达默尔指出，语言并不是意识借以同世界打交道的一种工具或器械而已，"在所有关于自我的知识和关于外界

---

① ［德］恩斯特·卡西尔：《语言与神话》，于晓等译，生活·读书·新知三联书店1988年版。

的知识中我们总是早已被我们自己的语言包围"，因此可以说，"语言是我们在世存在的基本活动模式，也是包罗万象的世界构造形式"。①受到这些思潮影响，现代诗人重视"语言"的魔力，他们认可这样观念：诗的功用在于运用语言符号对纷乱、没有根基、折磨人的日常现实进行重整，赋之以秩序和意义。德国诗人霍夫曼斯塔尔断言："诗的本质在于语言。"格奥尔格夸张地说："语词破碎处，万物不复存。"研究现代诗也须从语言符号的分析入手。作为新马现代诗的播种者，林方在对语言现实进行编码、转化生活经验方面，调动了多元的修辞技艺和美学理念，包括通感、思想知觉化、想象逻辑、象征、戏剧主义，等等。下面逐一论述之。

通感（synesthesia）又名"联觉"，是一种古老的修辞。钱锺书概括通感的定义："在日常经验里，视觉、听觉、触觉、嗅觉、味觉往往可以彼此打通或交通，眼、耳、舌、鼻、身各个官能的领域可以不分界限。颜色似乎会有温度，声音似乎会有形象，冷暖似乎会有重量，气味似乎会有体质。诸如此类，在普通语言里经常出现。"②19世纪末叶的象征主义诗人经常采用这种手法，几乎使通感成为象征派诗歌的标志，并且为通感手法寻找理论根据。波德莱尔的名诗《契合》表现独特的诗美学"契合论"（correspondence）。"契合"分为"水平的"（horizontal）与"垂直的"（vertical），前者表现声音、色彩与气味的转化，即"通感"，后者表现可见的世界与不可见的世界之间的对应。③波德莱尔的契合论影响了马拉美、瓦莱里等现代诗人。林方熟悉西方现代诗，对通感的意义，他心领神会。在一篇文章中，他指出通感在现代艺术中的融会贯通——

①　[德]伽达默尔：《哲学解释学》，夏镇平、宋建平译，上海译文出版社1998年版，第62、3页。
②　钱锺书：《通感》，见钱锺书《七缀集》（修订本），上海古籍出版社1995年版，第65页。
③　Lois Boe Hyslop, *Charles Baudelaire Revisited*, New York：Twayne Publishers, 1992, p. 56.

现代艺术一方面固然要追求不惜摒弃感情的"纯粹"，另一方面却矛盾地提倡"通感"。早在一百年前，法国诗人蓝波就发表他的"A黑E白I红U绿O蓝"的《母音商籁》，主张视听神经可以在中枢互相沟通而使人听到颜色或看见声音，意味着声色相混，音乐与绘画糅成一体。新理论的产生，不仅导致柏辽兹、华格纳、杜步西及其后继者在音乐中注入"颜色动机"，刻意发掘听觉色彩，达达主义的画家们如里茨特等，也竞相将音乐对位法的原则引入画面；另外，绘画与摄影对比的Collage由曼烈领先创制，为了表现立体与超现实的效果，而郝斯曼的"视听语音诗"，是诗也是画，并且在排列上企图表现音乐的旋律感（在应用象形文字的民族看来，根本不足为奇）。①

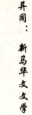

例如，《古琴》中出现这样的诗句——

> 缓慢时那是爱人双眸里的雾，
> 清甜一如晨间草上附着的滴露；
> 悠扬时那是战士掉下来的英雄泪，
> 战场上染在弹片上暗红的血污！

这里交错出现明喻、隐喻、借喻，"古琴"的声音从听觉转化为视觉（"雾"）与味觉（"滴露"），之后又与视觉打通，出现"英雄泪"和"血污"两个具悲剧美和震撼力的意象。《石柱》写道："修女们的祈祷如晨间起飞的鸽群"，这无疑是一个通感，"鸽群"代表着灾难的消失、和平的到来（《旧约·创世记》），同时是"圣灵"的象征（《新约·马太福音》），与这里的"修女"具宗教关联。《游子吟》的诗句："在安息中有火燃烧于胸腔/好像晚祷的

---

① 参看林方为蔡欣评论集《上帝与艺术》（新加坡：潮州八邑会馆文教委员会1990年版）写的序言。

钟声敲叩黄昏的门扉",从触觉到听觉的转换,加上一个形象化的后缀。《蜡炬》一上来就是从听觉到视觉的通感:"黄昏的钟声加冕于教堂/余音卸接,如黄玫瑰串成的花圈",第一句使用拟人手法,"玫瑰"象征爱情,"教堂"是举行婚礼的地方,两个意象与题目中的"蜡炬"这个公共象征(public symbol)暗示的誓约有关("蜡炬"与李商隐"蜡炬成灰泪始干"构成互文)。在结尾处,层层叠叠的通感链构成惊艳的一幕——

> 蕊花滴滴落下
> 一如静夜里声声祷语喃喃
> 喃喃的祷语串成一束黄玫瑰的花圈

"蕊花"是黄昏教堂中滴落的烛泪的借喻,这个微观风景的消失也与第二节中玫瑰的"萎谢"呼应。"蕊花"这个宁静庄严的视觉意象转化为深夜里修士们的"喃喃祷语",后者又迅速与"黄玫瑰"意象所属的视觉打通,反复运用通感手法而且重复了开头句式,构成一个浑然天成的"环形结构"(circular struc-ture)。[①] 最后两个句子靠复沓("喃喃祷语")粘连起来,在场的"烛花"与想象的"黄玫瑰"虚实辉映。《仙人掌》第二节,诗人写道,"聆听驼铃的旋律/清脆若星群的闪烁",这是听觉与视觉的交通,再加上"聆听"的被省略的主语"仙人掌",暗含一个拟人手法。在诗的第三节,又出现滴落的"烛花"如修女喃喃的"祷语"这种语象和通感,可见作者的偏爱。林方的扛鼎之作《海洋的交响》运用把听觉转换到视觉的通感:

> 我听到:音符飘来,自极地
> 幽远、飘渺、深冥、隽永,往返
> 筑成大理石巍峨的教堂

---

① "环形结构"是现代汉诗中一个重要的现象,参看 Michelle Yeh, *Modern Chinese Poetry: Theory and Practice since 1917*, New Haven: Yale University Press, 1991。

抒情主体（"我"）以一系列抽象的形容词作"音符"的修饰，显得有点累赘。相比之下，《云顶印象》中的通感运用得非常成功："那夜冻成长颈的黑瓶，展布/虫鸣唧唧瓷裂"。乍看之下，这里制造了两个借喻：夜色漆黑漫长，望似长颈的黑色瓷瓶；虫鸣唧唧，听似瓷瓶裂开的声音。但是，稍加推敲即可发现，诗人已悄悄从触觉（夜的寒冷）过渡到视觉（黑瓶），再直接把听觉（虫鸣）"展布"为视觉（瓷裂），两次启用了通感而不着痕迹。

林方现代诗的特点在于使用"思想知觉化"的原则。英国诗人批评家 T. S. 艾略特认为，玄学派诗歌最能把感觉和思想结合起来，但是自玄学派之后，英国诗开始变质，在 17 世纪开始出现一种感性分离的现象（disassociation of sensibility），从此没有恢复到原先状态，从弥尔顿和德莱顿开始，"语言变得更文雅了，感觉却变得更加粗糙了"，浪漫主义诗人没有玄学派的"把思想转化为感觉，把看法转变成为心情的能力"，[①] 走向泛滥无形。英美新批评一致同意这个观点，认为现代诗只有向玄学派回归，才能结束英语诗"感性脱节"，而在他们眼里，玄学派的继承人是艾略特、叶芝、奥登、兰色姆、沃伦。[②] 换言之，所谓"思想知觉化"就是对感性脱节的拯救，具体而言就是，运用化抽象为具体、化静为动、化情思为景物的形象化手法和大跨度比喻，求得感性与思想的平衡。林方有意把"思想知觉化"原则从西方现代诗的语境中剥离，转化为简洁实用的艺术手法，无可厚非。不过，五六十年代新马文坛，"现实主义"坐大为主流，那些诗流于概念化和理性化、沦为袁可嘉所谓的"政治感伤性"，挥洒感情、泛滥无归，缺乏具体化的感性形式，何尝不是一种"感性脱节"？林方诗有大量的思想知觉化的例子。《当那一年来后》开篇写道："豪饮满盃盈盈欲溢的故事吧/且斟向，

---

① ［英］艾略特：《玄学派诗人》，《艾略特文学论文集》，李赋宁译，百花洲文艺出版社 1994 年版，第 22、26 页。

② 赵毅衡：《新批评——一种独特的形式文论》，中国社会科学出版社 1988 年版，第 60 页。

那令我们/感到微微痛楚的恋，在笑声里……"第一句是一个现在进行式的祈使句，以无奈而不舍的口吻，宣布告别旧日的恋情，诗人化抽象概念（"故事"）为饱满的视觉形象（以"盈盈欲溢"来借代"酒"）。在最后一节，思想知觉化的繁复运用扩充了修辞容量——

> 当花们的鲜艳妒坏了绿叶
> 默默里你是全巴黎的香水厂
> 而一切风景都瘦了
> 我们犹拖住夏日结实的尾巴
> 葡萄紫紫，云雾拥岁月落荒而逃……

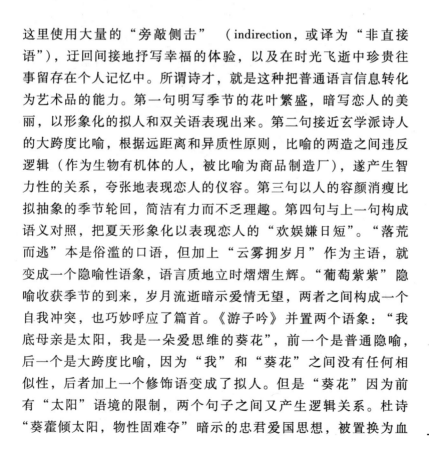

这里使用大量的"旁敲侧击"（indirection，或译为"非直接语"），迂回间接地抒写幸福的体验，以及在时光飞逝中珍贵往事留存在个人记忆中。所谓诗才，就是这种把普通语言信息转化为艺术品的能力。第一句明写季节的花叶繁盛，暗写恋人的美丽，以形象化的拟人和双关语表现出来。第二句接近玄学派诗人的大跨度比喻，根据远距离和异质性原则，比喻的两造之间违反逻辑（作为生物有机体的人，被比喻为商品制造厂），遂产生智力性的关系，夸张地表现恋人的仪容。第三句以人的容颜消瘦比拟抽象的季节轮回，简洁有力而不乏理趣。第四句与上一句构成语义对照，把夏天形象化以表现恋人的"欢娱嫌日短"。"落荒而逃"本是俗滥的口语，但加上"云雾拥岁月"作为主语，就变成一个隐喻性语象，语言质地立时熠熠生辉。"葡萄紫紫"隐喻收获季节的到来，岁月流逝暗示爱情无望，两者之间构成一个自我冲突，也巧妙呼应了篇首。《游子吟》并置两个语象："我底母亲是太阳，我是一朵爱思维的葵花"，前一个是普通隐喻，后一个是大跨度比喻，因为"我"和"葵花"之间没有任何相似性，后者加上一个修饰语变成了拟人。但是"葵花"因为前有"太阳"语境的限制，两个句子之间又产生逻辑关系。杜诗"葵藿倾太阳，物性固难夺"暗示的忠君爱国思想，被置换为血缘亲情的隐喻。林方诗的思想知觉化的例子极多。譬如，音乐引起人的心情烦躁，犹如"灰鼠吃物的镜头"；蹊径像"盲肠一样尴尬"，时间如病人的"脉搏"（《幕》）。时间的点质罗列成岛屿，拾球者瘦弱的双脚"刺青大地沉默的脸谱"（《拾球者》）。迷路者的茫然目光如"垂死的粉蝶"（《迷路者》）。凝视清空的塑像"脸上泌出守候的苦涩"（《仙人掌》）。"心意"化为珊瑚的"残骸"，时间如"修女"踟蹰长廊、逐只点燃烛列，快乐消失如"蜥蜴"惊慌遁逃，忧戚如"藓苔"爬上人身（《海洋的交响》）。中年人的孤独变成高耸的"椰树"（《水穷处看云》）。在欢场女子的诱惑下，教授的智商跟杯中的酒一样"越来越低"，最后剩下"婴孩"的牙牙学语（《吧女》）。这些新鲜的大跨度比喻，让抽象事物与直观可感者等同，或者化静止为动态，在读者心中制造"陌生化"效果，表达了复杂错综的情绪。

弗里德里希发现一个重大的文学现象：在现代抒情诗中，空间破碎了，失去了内在关联及其维度的常规方向，"一首诗可以毫无过渡地进入彼此相距极度遥远的空间部分"，席勒按照现实的空间排列做出评判，认为这种打断了"关联持续性"的跳跃是不可取的。① 实际上这就是艾略特所谓的"想象逻辑"的力量。艾略特认为诗可以只凭"想象逻辑"也就是"形象思维逻辑"串接起来，后来不少人赞同此观点，称之为"暗示性联系"、"内涵联系"、"质性进展"等。有学者指出，实际上这种想象逻辑是正常逻辑省略环节，变形、跳动后的产物。② 《恋曲》写失恋者的情绪体验，依靠意象和隐喻展开——

　　　垂死的一瞥施舍给你秀发上的茉莉
　　　服刑者狠狠地仰尽了最后一滴淡酒
　　　冷寞的烛光中

---

① ［德］胡戈·弗里德里希：《现代诗歌的结构：19 世纪中期至 20 世纪中期的抒情诗》，李双志译，译林出版社 2010 年版，第 190—191 页。

② 参看赵毅衡《新批评——一种独特的形式文论》，第 34—35 页。

他底额际开展如怀孕的石榴

密集的籽，莹然欲滴

马拉松的长跑选手，凝神等待划空的一响

一只孤独的壁虎，遁入

他映在墙上的巨大身影

他的影，瘦如

吠月之狼

蜡烛泣尽生命最后的一滴

香烟乃点燃了扑火的灯蛾——

茉莉茉莉啊茉莉，啊茉莉

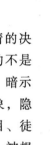

垂死的"服刑者"的隐喻带有暴力和死亡色彩，表现爱情的决绝。"怀孕的石榴"意象在第二节被反其意而用之，表现的不是新生和收获的喜悦而是收获的无望。"马拉松的长跑选手"暗示漫长紧张的心情，"壁虎"和"吠月之狼"是纪弦诗的意象，隐喻孤独失意。"蜡烛"泣泪，"灯蛾"扑火，点出爱的盲目、徒劳和自我毁灭的激情。这些意象并无事实联系和科学逻辑，被想象力编织到连贯的主题中。《石榴》分四节，每节意象都与"石榴"有关——

石榴，在阳光强调之下

挺着怀孕的不安，憋住

即将爆裂的欢愉？

太阳的镰刀，塑造

我高举的手，手上握拳

拳上的劲，饱蓄

在白日的另一边，在

黑黝黝的夜空中，突然

爆开满天的晶晶

> 我年轻的祖国，握拳
> 在马来半岛的南段在
> 阳光底下，啊！石榴

此诗表现爱国主义情操，但非常曲折。四节都与"石榴"相关，石榴孕育种子，正如"国家"被创造，诗人依靠想象力连缀片段化的场景，四个部分存在潜在的递进、呼应和指涉。在第一节，诗人以生动活泼的语言，把饱满圆润的石榴比作即将分娩的孕妇。第二节是一个"宣誓"的特写，紧握拳头宛若饱满的石榴。第三节写国庆之夜，满空烟花飞舞，一如晶莹闪亮的石榴种子。最后一节把"年轻的祖国"的地理形状比作"石榴"，水到渠成地升华了主题。长诗《海洋的交响》意象繁密，几有"化不开"之感，作者向"海洋诗人"覃子豪致敬的雄心，一目了然，但读者觉得有理解困难，这是由于"想象逻辑"在语义传达上制造了障碍。第一节以大开大合的笔力，铺陈大海（"你"）的壮美、生命力和创世般的光辉。第二节，大海成为抒情主体倾慕的对象，诗人驰骋想象，把"美而玲珑"的珊瑚岛献给大海，看到钴蓝的夜色美如"夏娃之眸"，把粉红的蔷薇插上大海蓝色的秀发，弹奏七弦琴，串众星为璎珞，在丹绒花的余香中窥见伊甸园，"凉风吹散了头发，今夜是如此罗曼／我的歌，将为爱情铺砌永恒的温床……"这两节，一是正面落笔，一从侧面渲染，一实一虚，相得益彰，写的是爱情，但仍喻指大海，颇得"岭断云连"之妙，这是"想象逻辑"的组织力量。第三节荡开一笔，以散文化的排比长句写"水手"的生涯——

> 狂热的水手哟！那曾以茎草
> 搔过熟睡中的死亡之耳的
> 那在桥牌之役中
> 才向统治者欢呼的
> 那把春天拍卖给船长的烟斗

而复打神女身上赎回的

狂热的水手，用那爆满青筋

毛茸茸的粗臂拥向恋人

他的血管中奔流着滔滔的大海洋

他的胡子湿而咸

今夜就在这里抛锚吧

让这儿的陆地接受一次海的洗礼

让这陆地的夜点燃海洋使者豪笑的灯

这些诗行省略句子成分，反复跨行，运用迂回的倒装、繁复的修饰、繁密跳跃的意象群，表面上写水手的行迹和情怀，仍然紧扣"海洋的交响"的主题。第四五节写光怪陆离、神秘可怖的海洋世界给"我"造成的愉悦和惊异。第六节浓缩表现对象为扑朔迷离、斑斓多姿的"粉蛾"。第七节歌颂造物主的智慧和《启示录》关于世界大毁灭的预言。第八、九节表现的是，与大海的生命力和创造力相对应的"人性"已被文明束缚了。这首诗各节之间的起承转合依靠的是想象逻辑。

新批评认为，"语象"（verbal icon）不同于"意象"（image），前者包括词语和句子，后者止于一个微观词语。语象又分为"单式"与"复式"两种，单式语象是描述式语象，复式语象是比喻和象征。① 韦勒克进一步指出，"只要讨论到诗歌的象征问题，就很可能出现把象征分为现代诗人的'私用象征'与前代诗人广泛采用并容易理解的象征的情况。……'私用象征'暗示一个系统，而心细的研究者能够像密码员破译一种陌生的密码一样解开它。"② 林方早年的诗以"公共象征"（public symbol）或"传统象征"居多——例如"玫瑰"、"向日葵"、"修女"、"星子"以及一些宗教神话象征，这些象征植根于民族甚

---

② ［美］韦勒克、沃伦：《文学理论》（修订版），刘象愚等译，江苏教育出版社2005年版，第215页。

至人类的集体经验，为大多数人理解——，后来倾向于"私设象征"（private symbol）的运用，在读者心中唤起暗示和联想。《游子吟》第二节表现宗教与爱欲的冲突，抒情主体并不向往成仙的境界，也拒绝沉沦与拯救的俗套，肯定现世主义的态度，他厌倦了漂泊生涯，在时光飞逝、生命残缺中，思乡之情愈加迫切了——

> 我想归去了，归向蓝湖
> 那儿是蓝湖，伊甸园心，爱的始地
> 擎以群花的玉手，蓝湖寂静
> 我浮泛于湖心，擎以群花的玉手
> 索未来的形象，雕塑般的体态
> 织以花的芬芳与湖的宁静

诗人使用想象力塑造的"蓝湖"是一个私设象征，并非实证的地理空间而是精神归宿和心灵的家园，一个浪漫化的私密领地。私设象征在林方诗中所在多有，例如神秘的诡笑的"玉蜀黍"和燦然的"细胞"（《黄昏二重奏》）；得意者眼中的"世纪"犹如"弃妇"，观众们的幽雅被"鼠们"夺食（《世纪》）；风神琳琅的"五陵少年"喜欢看云，推测银河的斜度，旁观卫道者的道德洁癖，喜欢过着放浪形骸、离经叛道的生活（《寻梦路》）；失落了爱情的垂死的"服刑者"（《恋曲》），作为国族象征的"石榴"（《石榴》），带着梦的迷惘而飞遍千山万水的"粉蛾"（《海洋的交响》）。

有时，林方采用"悖论语言"（language of paradox），把复杂的经验和深刻的感受融入诗的肌质中。所谓悖论语言，指的是逻辑上自相矛盾的符号链或在经验中完全无法验证的符号链，在日常用语或其他学科的语言中都是无意义的，但在文学语言和文学释义中却是有意义的，"表面上看来是逻辑矛盾、荒诞不经，但最后却能被合情合理的陈述"。悖论是许多新批评家的关注焦点，他们将这个术语从其有限的使用中扩展成为比喻语的一种，使其包含从常识概念或陈腐见解中衍生出的各种令人吃惊的用法。① 譬如，新批评派大将布鲁克斯（Cleanth Brooks）认为，诗歌语言是悖论的语言，"在某种意义上，悖论适合于诗歌，并且是其无法规避的语言。科学家的真理需要一种肃清任何悖论痕迹的语言；显然，诗人表现真理只能依靠悖论"。② 《空虚》的结尾写道："一首快乐而又悲哀的长诗已告完成，/然而这里遗下的仍旧是一片空虚。"快乐是因为创造的完成，而悲哀乃是起因于时光的专横。《海洋的交响》中的诗句"他是黑夜的白昼/他是现代的古昔"，说明大海的力量把人类的时间观念复杂化了。《迷路者》开篇就推出一幅蒙太奇的图景："左握拳，握住虚无/右持钵，盛满无告"，表面上是自相矛盾的悖论语言，实际上把抽象的心绪有力地刻画出来。

二　重塑诗的肌质：从"戏剧主义"到"不纯诗"

单从修辞学角度还不能判定林方诗作的"现代主义"身份，因为前者只是一种必要条件而不是充分条件，任何人都可把这些修辞从背景、制度和知识体系中抽离出来，加以个人化的创造性的挪用。所以我们还须从诗学原则、主体意识、文化政治等方面加以考察。

"戏剧主义"（dramatism）诗学在林方诗本中频繁出现。这种理念最先由英国文论家瑞恰慈肇始，后经美国哲学家肯尼斯·勃克（Kenneth Burke）踵事增华，并得到布莱克默尔、布鲁克斯等人的唱和，意谓任何文学作品都具戏剧性结构，人生冲突在作品中像戏剧般展开，并得到象征性的解决。③ 《海洋的交响》为诠释戏剧主义提供了绝佳例证。诗的开篇抒写大海的雄奇壮

① ［美］M. H. 艾布拉姆斯：《文学术语词典》，吴松江等译，北京大学出版社2009年版，第404—405页。

② ［美］克林斯·布鲁克斯：《精致的瓮——诗歌结构研究》，郭乙瑶等译，上海人民出版社2008年版，第5页。

③ 赵毅衡：《新批评——一种独特的形式文论》，第72—73页。

观——

> 滚，滚啊！你壮阔的浪涛，不羁的海洋之呼吸
> 你以汹涌来，你以澎湃去，你豪迈的精灵
> 是群鸥投怀湛蓝的墨镜，在甫吻中突然惊醒
> 白色的烈焰焚燃它纯白的羽翼向空挣飞

文心的异同：新马华文文学与中国现代文学论集

这首诗包括了一系列对抗性的异质元素：大海奔放不羁的野性和原始生命力，对照使人失去了官能的"文明"，而人性已被文明"涂上暧昧的阴影"；大海的能量见证造物主的智慧，这种神性光辉对照世俗男女的爱情罗曼司；大海既是生命的起源地，也是毁灭人类的异己力量，涵容生与死的辩证；其他还有动与静、宏大与渺小、黑暗与光明、暴烈与温柔、单纯与复杂等冲突元素的混合，淋漓尽致地表现了大海的神秘、崇高与奇异。在结尾，这一切戏剧性冲突都消失于无形，人类经历《启示录》预言的劫难，迎来宇宙的澄明和新世界的到来——

> 我将掇你以沙仑的玫瑰，谷中百合
> 那洗涤复洗涤，无限的澄明
> 等待一块揿开的抹擦，等待太阳的升起
> 你是一面尘封的镜子，一个小小的海

"沙仑玫瑰"和"幽谷百合"在《圣经》中象征救世主和无上荣耀，诗人以顶礼膜拜的心情向大海献出神圣的礼赞。《水穷处看云》也有这种戏剧冲突的展开与解决——

> 就孤独成一棵高耸的椰树
> 一棵高耸的椰树在水穷处
> 看蒲公英被风吹成的
> 一朵云

云在水穷处呼喊，视觉
早已编就好长好长的玻璃丝
翱翔着孩子们的哗笑
在另一端

信步来到水穷处
假如，云太多太深太厚也好
生怕躲在云后不知处的
太阳跟你撞成滚地葫芦

水穷处看云，回首不能，回首
总是斑斑铸下的错误
还要等到暮色染上鼻尖哩
等去垂钓满池的神话

一旋身我就成为一朵
资深的云在水穷处

王维名诗"行到水穷处，坐看云起时"标榜的是随缘适性、潇洒
不拘的人生态度，它与林方这首诗存在互文关系，然而后者的内
涵和诗艺却没有古典诗的自明性和单一性，而是包容孤独、犹疑、
遗憾和豁然等复杂曲折的感受。"云"和"水穷处"重现五次，
每次含义都不同，互相冲突，又层层推进，宛如五个不同的生活
情境，但不是写实描绘而是一种想象。第一节直接以祈使句开头，
使用词性改变、句式复沓和隐喻，推出一副剪影，表明抒情主体
憧憬与喧嚣人世保持距离，泠然欣赏生活世界中的美。第二节翻
过一层语义，呈现理想与现实的冲突：虽然向往水穷处看云的潇
洒境界，但又不忍放弃对人世的温情牵挂。第三节更进一层，即
使水穷处无云可看，亦可自我排遣，顺其自然，接受命运的安排。
第四节写的是，看到云后又担心有遗憾和后悔，旋即表示愿意享
受现世生活，不必庸人自扰。至最后一节，全诗出现一个猝然转

折，原先的"观看者"现在变为被"观看"的对象，主体和客体换位，前此的矛盾、困惑、犹疑的情绪被消解了。全诗呈现五个相关的生活场景，五种不同的情思感受，它们互相冲突和对立，最后则是矛盾的调和与解决，获得一种戏剧主义的效果。

《水穷处看云》的早期诗追求"纯诗"（pure poetry）效果，后来进行自我调整和自我改进，转向对"不纯诗"（impure poetry）的追寻。"纯诗"概念源于美国诗人和小说家爱伦坡（Edgar Allan Poe），后来传入法国，受到波德莱尔、马拉美的共鸣，再流布到英国，被佩特、史文朋、乔治莫尔、布拉德雷大加发挥，成为一种颇有影响力的国际文学思潮。"纯诗"诗学强调诗与散文的严格界限，标榜诗的审美自主性，把道德、真理、社会意识等"不纯"因素从诗中排除，主张语言的纯粹性、声音和色彩的暗示性与象征性。① 林方倾心的法国诗人瓦莱里就是著名的"纯诗"信条的拥护者。瓦莱里力主划定诗与散文的疆界、把诗从散文及散文精神中解脱出来，② 他明确指出："纯诗是一种用耗竭的手段逐步排除诗中的散文因素而得到的诗。所谓散文因素，我们指的是每一种可以原封不动地在散文中讲述的事物；一切事物，历史，传说，逸事，道德，甚至哲学，它们靠自身就能存在，不必要用诗歌来配合。"③ 在写于70年代初期的一则短文中，林方表示，他倾心于意大利美学家克罗齐关于美感与实用之对立的论调，也赞同英国文论家瑞恰慈从"意思，情感，语调，用意"④ 四个层次诠释诗的理论方法，而瓦莱里关于"散文好比走路，诗则好比跳舞"的著名比喻也引起他的共鸣。准此，林方把纯诗立场和盘托出："事实上，诗既无散文乃之可毁灭性（Paul Valery 语），则企

---

① Alex Preminger ed., *Princeton Encyclopedia of Poetry and Poetics*, Princeton：Princeton University Press, 1974, pp. 682－683.

② ［法］保罗·瓦莱里：《文艺杂谈》，段映虹译，百花文艺出版社 2002 年版。

③ ［美］雷纳·威莱克：《西方四大批评家》，林骧华译，复旦大学出版社 1983 年版，第49页。

④ ［英］瑞恰慈：《诗中的四种意义》，见曹葆华编译《现代诗论》，商务印书馆 1937 年版；收入徐葆耕编《瑞恰慈：科学与诗》，清华大学出版社 2003 年版，第46—52 页。

图以散文来解释诗，不消说要费很大的劲，最终犹不能获得妥切与一致的结论。"① 十多年以后，回顾台湾乡土诗的发展，林方重弹纯诗老调，借机嘲讽了功利主义和大众化的文学思潮："诗可以侧重社会意义，但不必唯社会意义之马首是瞻，否则，整份报纸从头到尾都是诗，诗的身份就值得怀疑了。""过分强调社会意义，矫枉过正之下，本意就失去价值。把内容视为绝对，而故意忽略技巧，那就不一定非诗不可了。"②

林方是现代主义和纯诗的信徒，只要翻阅诗集《水穷处看云》就可得出这种结论。前两辑的诗作，有关真理、道德与现实关怀的作品比较稀薄（《水门汀》可算是一个"失败"的例外），压倒一切的主题是：青春的哀怨、爱情的感伤和生命境遇的抒写。第二辑关注文明的内省和人性的批判。这些诗注重节、行和韵的安排，讲究声音和色彩的暗示性和象征性，追求语言的纯粹和精妙，洋溢着温润明澈的抒情气息，例如《露珠》、《云》、《逝》、《葬情》、《当那一年来后》、《小夜曲》，等等。《湖上有一个黄昏》有高度的象征色彩，"蓝色的沙漠"、"仙宫"、"斯芬克斯"、"火石"等意象纷至沓来，但过于个人化，晦涩难解。《白沙之夜》结尾以动写静，化虚为实，铺排华美的视觉和听觉意象，具有画面般的质感："星子们都到海里洗澡了/掀开月的流苏，擎起圆滑的光柱/银河畔传来声声朗笑——/许多呼啦圈在荡着，交荡着/和着椰的私语，潮和滩的对哼……"《星之葬礼》借鉴余光中名诗《星之葬》，充斥繁复细腻的想象力，以唯美精致的语言，曲折表现美的稍纵即逝，把纯诗理念充分发挥——

> 幕之落，夜已到来
> 喧嚣之音为她举行葬礼
> 黑色的幕犹如尘土遮掩她洁白的躯体

---

① 贺兰宁编：《新加坡15诗人新诗集》"序言"，新加坡：五月出版社1970年版。

② 林方：《我看台湾乡土诗》，新加坡《五月诗刊》第2号，第35—36页。

死是如此单调，生却多姿多彩

她的裙裾在你记忆中旋舞，哺育一个新的世界

缀满一身音符她有着超脱一朵玫瑰凋萎的傲岸

披散的青丝正编织着记忆的网罟

令你沉醉于她纤手的捕捉

在你沉醉中她已化为乌有，而夜已到来

夜已到来，单调的夜，毁灭的夜，地狱的夜……

　　强调音色的暗示性和象征性的"纯诗"理论，后来遭到新批评派的反对。沃伦的《纯诗与不纯诗》（Pure and Impure Poetry）指出，"纯诗"想成为纯粹完整的诗，必然把任何调节性的、抵触性的成分排斥出去，这些成分中最主要的是概念与思维，而真正的杰作应当把思维活动带到诗的过程中心。因此，任何人类经验都可以入诗，而诗人的伟大成就取决于他掌握的经验的广度。新批评派的"不纯"理念突出的是诗歌本体结构的复杂性，诗的不纯因素正是诗中原有的相反相成的各种矛盾因素构成的，在对立面的冲突和调和中完成了诗的进程。[①] 不仅如此，英国诗人史本德进一步指出，对"现代诗"而言，单纯的观念表达、情绪抒发以及感觉潜意识的表现，已不足以成事，必须追求新感性（sensibility），也就是经验、情绪、知性、感觉和意识的综合："这种完完全全的融合，即意识，经验，客观现实，与诗人自己观察事物的特殊方式的融合，通过他对于外界的敏感性，借媒质而表现在作品中，这一种特性就是'感性'。"[②] 他把艾略特、叶芝、里尔克、瓦莱里、洛尔加划入"运用感性的语言"而写出强有力诗歌的阵营。总而言之，现代诗为获得"新感性"必须走向"不纯"诗。林方的现代诗写作，有意把思维概念植入诗的感性结构中，从而激发诗的内在活力，向未来敞开

---

　　① 赵毅衡：《新批评——一种独特的形式文论》，第50—52页。

　　② Stephen Spender：《现代诗歌中的感性》，袁水拍译，重庆《诗文学》2辑（1945年5月），第102页。

一种可能性。例如《黄昏二重奏》的前两节——

> 惑于玉蜀黍们神秘的诡笑
> 某些欲误导向日葵的企图
> 以及细胞们的樊然
> 这黄昏的雨，如摔碎的镜子
> 片片有人的身影
> 　　爬满绿色的鲜苔
> 这滑而黏的路上
> 　　被遗落的耳语碎屑如梵
> 啊！这全然的存在
> 　　理智淹没理智
> 　　感觉谋杀感觉
> 　　智慧溺毙智慧

金灿灿的玉蜀黍仿佛有神秘的"诡笑"，向日葵飘舞的方向似乎被"误导"，神经细胞的忙乱，绿色的鲜苔，人影，耳语，这些都是感性的语象，与"存在"、"理智"、"智慧"等抽象概念并置，产生奇妙的效果。这些矛盾和相反因素的调和，突破了读者对纯粹和完美的期待。《诗人的踱步》表现与生俱来的人生困境，有人认为受到覃子豪的《瓶之存在》的启发。[①] 心绪烦恼的"你"背着手踱步，脚印如弯曲的虚线，步声应和大地的脉搏，他想寻觅沙漠上的"仙人掌"（隐喻坚韧孤独、远离世俗的生活）和大海上的"鸥啼"（美好生活的隐喻），但是仙人掌有刺，鸥影已渺，现实与理想严重冲突。最后一节出现一连串概念和说理，与此前的感性形象构成对照——

> 你欲远逃苦恼，而苦恼更近
> 突然。时序错误，错误于你刹那的颤动

---

① 梁春芳：《文学的方向与脚印》，新加坡：青年书局 2009 年版，第 115 页。

你是你，你是非你，你是一霎那之存在
盈盈的黑瞳是高音与低音的笛孔
你讷讷地吹奏了慑人心魂的迷音
我却在你眸的芥子中窥见晶体的须弥

抒情主体有自我反省和自我批评的意识，分身为一个被观看的客体（"你"）和一个观看的主体（"我"），两者在一个戏剧化场景中展开互视和对话。诗人融化佛经中"拿须弥山于芥子"的著名典故，传达一种近乎相对论的宇宙观和人生观：你与非你，刹那与永恒，存在与幻灭，有限与无限，都是相互依存、彼此转化的，这就是矛盾真实的人生。《清醒片段》揭示现代都市的生活节奏导致人性异化，在充满隐喻和夸张色彩的感性描写中，巧妙植入概念化的文字和知性化的议论——

不许赖床，最赖的只有那张床
清醒原属不易，一种分裂的痛苦
急速把脸埋入祝君早安的寒流中
虐待狂地捏长那黑人的脖子
然后，恒是
近距离看那家伙抄袭昨天的那副样子

在一篇序言中，林方对现代主义文学的发生有如下观点："现代主义文学，毕竟是都市文明急剧挪前的产物，而通过心理分析和潜意识的挖掘，利用快速节奏，跳跃镜头或蒙太奇手法，种种途径，无非配合对城市的形形色色，进行立体感的描绘与刻画。"①这确是一针见血的批评。上面这首诗写到，浑浑噩噩的日程生活中，隐身的抒情主体意识到身心分裂的痛苦，在冷漠的寒暄中感到人性的虚伪和无奈，以及激情、想象和创造力的日复一日的消

① 林方：《创新的意图》，见南子《年岁的齿痕》"序言"，新加坡潮州八邑会馆 1987 年版。

逝。末尾的诗句挪用痖弦的名句"今天的云抄袭昨天的云"（《深渊》）。

在《海洋的交响》中，各种张力、矛盾、冲突的调和不着痕迹。这首诗内蕴的因素很不纯粹，它视角转换，色彩斑斓，从大海到爱情，从水手到海洋生物，从粉蛾又回到大海，情调和氛围在雄浑、温婉、诡异、神秘、幽静之间跌宕起伏，笔触所及的事物，有宏大，有渺小，有外在景物，有内心情思，有文明，有野性，有分裂的主体，有复调的声音，纷至沓来，挥浩流转，这一切矛盾和异质因素在篇末得到了调和与消解。"不纯诗"理念在林方那里还体现为思想观念的整一性和连贯性的解构，以及追求一种自我批评、自我讽刺和自我否定的精神气质，例如《自嘲》、《世纪》、《寻梦路》、《水穷处看云》，等等。此外，林氏有意把俗语和俚语镶嵌到诗中，广义而言，亦可算是超越纯粹性而趋向包容性的尝试。譬如《废墟》写一座废弃的土地庙，第一节从墙头植物的视角写庙宇的破落，第二节以市声的热闹反衬庙宇的荒凉，第三节在描写焚香、叩首等祭拜行为之后，笔锋陡从庄重宏大转入粗鄙琐碎："福德正神正躲在乱草丛中/翘胡子，瞪眼睛/他奶奶的一只不识好歹的小蟋蟀"，这颠覆了神圣的宗教寓意而带上不纯粹的谐趣。《吧女》写上流人士（"白马王子"）从赛马场归来，战果赫赫："一群阿拉伯数字遂苍蝇般拥向他/他不是屎，他的名字叫阿财，财气的财"，这里辛辣嘲讽了拜金主义和市侩习气。

三　通向文化政治："自我"的形象与"乌托邦感觉"

一般认为，现代主义诗歌的"自我"常有内倾化的趋势，与外在世界保持疏离、敌意的关系，虽然会介入现实的探讨但常以调侃戏谑的方式瓦解流行的意识形态。思想主题往往是个人的现代孤独感、生命荒凉感和根基丧失感，以及都市环境中的视觉震撼和神经官能症。相信颓废或者退化的历史意念，醉心于非理性的情绪和复杂错综的感觉与潜意识的描写，抒情主体的"自我"是一个破碎、分裂的形象，充满焦虑、紧张、无穷的困惑与挫败感。① 史本德指出，现代主义的一个目的是对社会及其一切制度采取敌对的态度，蓝波标榜的唾弃中产阶级的态度差不多囊括了所有的现代作家。② 现代主义文学中的"自我"走向极致，就会出现威尔逊描绘的"阿克瑟尔"形象："把自己关在私人的世界里，培养一己的幻想，鼓励一己的疯狂，宁肯相信自己最荒诞不经的选择而不取外在世界惊人的现实，结果把自己的幻象错当成现实。"③ 新马文学中的现代主义到五六十年代蔚成风气，林方、南子、贺兰宁、牧羚奴、谢清、文恺、流川、蓁蓁、英培安等笔下的"自我"也有这种形象。

林方诗集中有一个醒目的"自我"形象的光谱："寻梦人"、"流浪者"、"游子"、"踱步者"、"迷路者"、"探索者"。《石柱》中的"我"深信时间足以摧毁一切可以信赖的符号、价值和信仰，因此对文明作为一种压迫形式发出无声的抗议："身处现代繁复的线条，我将被隐"。《水穷处看云》中的"我"依违于理想与现实之间，孤独茫然而又疑虑不安，忍受内心分裂的折磨。《清醒片段》的抒情主体身处病态的都市涡流，困扰于现代性造成的"分裂的痛苦"，挥之不去。《海洋的交响》的抒情主人公惊见"人性已被文明涂上暧昧的阴影"，他对"文明的遗弃者"诺亚表示顶礼膜拜。《迷路者》出现新奇精警的语象，特写手法中包含着知性批判："被绞于生活的齿轮/醒时，他把躯体安置路旁/右膝指向来路/左膝支持肩膀"，自我丧失了清醒的理智和主观能动性，无法主宰自己命运，迷失于生活丛林，展示给

① 张松建：《现代诗的再出发》，北京大学出版社 2009 年版，第 233 页。但是，现在的一些学者已颠覆了这种流行的看法，他们强调都市文化、大众文化、商业市场与现代主义的复杂关系。例如 ［美］玛丽·格拉克《流行的波希米亚：十九世纪巴黎的现代主义与都市文化》，罗靓译，安徽教育出版社 2012 年版。

② Stephen Spender：《现代主义派运动的消沉》，云夫译，香港《文艺新潮》1 卷 2 期，第 3 页。

③ ［美］埃德蒙·威尔逊著：《阿克瑟尔的城堡：1870 至 1930 年的想象文学研究》，黄念欣译，江苏教育出版社 2006 年版，第 204 页。

世人一副病态形象。日暮苍茫，流光停止，"他"化为一尊不会流泪的"盲眼的雕像"，宛如古希腊的诗人先知"荷马"。在这些诗中，我们看不到理想主义、英雄主义、浪漫主义的乐观和崇高，而是感到主体的变异和分裂，以及自我批判、自我讽刺和自我否定的思想旨趣。史本德发现，近代以来西方文学中出现两类自我形象：一类是"伏尔泰式"的外向型自我，代表智慧、理性、启蒙主义、有反抗世界和追求理想的勇气和行为；另一类是"普鲁弗洛克式"的内向型自我，怀疑理性、进步和启蒙理想的意义，犹疑焦虑，恐惧不安，习惯于蜷缩于内心世界，展开神经质的自我分析。[①] 毫无疑问，上述诗作中的"自我"就属于后一类形象。

抒情现代主义的崛起

其实比较起来，在表现反英雄的现代人形象、表现自我的孤绝方面，《世纪》和《寻梦路》的品质更佳。《世纪》第一节写单纯天真的"我"憧憬传奇和冒险生涯，在第二节中，这种理想幻灭了，"我"在寂寞中徘徊湖边，在湖水中发现自己的"憔悴容颜"，失望于人世的莫测与欺骗、缺乏"同情与怜悯"、人性在灯红酒绿和朱门高歌中堕落，怀疑自己无法应对人生的艰险挫折，一如无从负担"荡妇"的分期付款的爱情。在第三节，具有高度象征意义的语象繁复交织，一步步逼近了主题——

> 临我，你的形象是一歌剧院
> 在春日里，许多花儿缓然展瓣又悄悄凋亡
> 而一切的形一切的声被虚伪肢解、破碎
> 　　观众们的幽雅遗落满地，待鼠们夺食
> 　　他们回归庸俗
> 不像庙里的雕像，出自人手
> 如今是在香烟缭绕中翩翩神化
> 　　雕塑着我，我的忧郁，我的欢笑

---

① Stephen Spender, *The Struggle of the Modern*, Berkeley: University of California Press, 1963.

　　　　我不朽的痛苦，亦雕出我之醒悟
　　　守候是一种虐待
　　　我们不等待阳光
　　　我们要寻觅日月星辰的门槛

　　前面三句带有瘂弦《深渊》的精神气质，让人想起莎士比亚的格言："世界如舞台，人人如演员"以及"人生如痴人说梦，充满了声音和愤怒，却毫无意义"。不过没有虚无主义的超脱和警醒，显示犀利深刻的批判力度。春日花开花又落，大自然中美好事物转瞬即逝，单纯明了，合乎自然逻辑。而复杂的人世宛如一座"歌剧院"，一切形象和声音都渗透着虚伪，落幕之后，中产阶级的看客们抛开伪装的"幽雅"，回归庸俗的现实世界，这与庙宇中雕像的神化轨迹恰恰相反。在最后一节，全诗的思想情绪发生了大幅度转折："我"意识到一种存在主义哲学的原理"此在在此"，个人的忧郁、欢笑乃至痛苦和醒悟都是一直被"世纪"所雕塑，这是个体无法逃避的命运，于是，"我们"不再消极守候美好生活的到来而是决心积极追寻它，这呼应诗的开头"罗列着不安，却刺绣着理想"。

　　《寻梦路》的第一、二、三、五节表现青春迷惘和爱情狂热，青年人追求美好事物，思索宇宙的神秘，喜欢放浪形骸、离经叛道的生活，鄙弃虚伪的卫道士，陶醉于达达主义、毕加索的绘画和斯特拉文斯基的交响乐，享受感官的盛宴。第四节则是对文明的反省和对人性的解剖——

　　　　根植于文明的谎言是一个美丽的错误
　　　橱窗里排列着惑人的蔷薇的微笑
　　　孩子们才明瞭这是真正的非卖品
　　　酡红的酒杯浮荡着全部逻辑
　　　娘儿们蛇般的躯体总爱与衣裳合而为一
　　　夜便失去立体感觉，且毫不犹豫地
　　　溺毙于梦的泛滥，水手们的春天

而精灵们又复恋栈地在祈祷中饿死一个下午

一部圣经欺骗了他们一生

说世界似披轻纱底和平女神

如今却让罩装饰成海盗的蓝胡子啦

于是我们向他高呼达达万岁

他曾是交臂俯视战舰飞机这些祭品的英雄

且忽视一根火柴的价值，伸手去就十字架

消费主义制造了生活的幻象，刺激人的消费欲望，纸醉金迷的生活戳穿了文明的表象，宗教信仰被谎言所包裹，披着和平的面纱的帝国主义在进行军备竞赛。这是一个价值分裂和意义崩溃的时代，也是一个充满怀疑焦虑的时代，"自我"面对这一切，茫然失据，一种存在主义的荒谬感和绝望感，于焉而生了。但是，全诗最后一节经历一个巨大转变，不仅是句法结构上的而且是心理情感上的。年轻的主体经历了知识体系的混杂（"跨青牛，骑大鹏，梦蝴蝶，钻四书"）、爱欲本能的纠结（"咀嚼着年轻的爱情，且害一小阵相思"）、宗教信仰的纷乱（"化验舍利子，虔诚地聆听上帝底召示"），相信"纽约、巴黎、伦敦"这些西方大都会无法掩盖"我们的名字"（华人和华族文化），回头惊见一尊庄严的"塑像"召唤着历史记忆和文化认同："光辉若银河众星，发射在夏娃的错误以前"。詹明信论及现代主义对主观心理的开掘，曾有过这样深刻的总结："在现代主义的经典作品中那种看起来好像是纯粹主观的'内心转变'实际上从来不是纯心理的：它总是包含了世界本身的转变和即将来临的乌托邦的感觉。"[①] 这首诗写于1960年，马来半岛此时笼罩在一片阴霾之中，新加坡摆脱了英国殖民统治为成为"自治邦"，左翼社会思想暗潮汹涌，各股政治势力不断角逐权力，五年之后，新加坡终于宣告成为主权独立的国家。林方这首诗写于历史剧变的前夕，以布满象征的文学形式表

① ［美］詹明信著，张旭东编：《晚期资本主义的文化逻辑》，生活·读书·新知三联书店1997年版，第295页。

述了山雨欲来的乌托邦感觉，这岂是纯粹的巧合？

四　历史的暴政与专制性幻想①

文学史家马仑在《新马华文作家群像》一书中，对林方首揭现代诗大旗进行了热情的赞颂，还提到一个不为人所知的细节："早在 1963 年，这位洋溢着卓然不群的书卷气的诗人，写了一篇长达两万言的《马华现代诗运动的经过》，发表在菲律宾华侨周刊第 26 卷第 11 期的文艺版上，是该刊特辟《马来亚华文诗坛专辑》的压轴文章。"② 后来，林方陆续有不少诗论问世，慎思明辨，广征博引，见出他的深厚学养和卓越见识，所以有论者认为："作为五月诗社的成员之一，林方的诗歌理论修养似乎是最高的。"③ 实际上，林方对新华现代诗的热忱不仅见于他的创作实践也体现在他的编辑活动。在五月诗社创设十年的"锡禧感言"中，他写下誓言与同道共勉："有一分热，发一分光，朋友！让我们把神圣的华文薪火，熊熊地燃烧下去。"④ 他曾模仿覃子豪设立"诗歌讲习班"，苦心孤诣地培植文学新人，在出版讲习班成员作品时，他庄重表示："我们始终耿耿于怀的是，怎样去提高诗的创作水准，如何发掘更多的接棒人，使华文文学的薪火，继续传烧下去，历久不衰。"林方向诗歌爱好者发出拳拳期待："蓝天广阔——翱翔吧，朋友们！未来国际华文文学体系的领域中，大把悬空的角色正等待你们去扮演。千万不能辜负我们的期望！"⑤ 尤其可贵的是，林方强调，新华现代诗不仅应追求反传统与创新性，而且应有自己的本土意识和民族风格——

---

① 按："专制性幻想"是德国罗曼语学者胡戈·弗里德里希《现代诗歌的结构》一书中反复阐述的观念，描述的是现代抒情诗的一种最重要的精神气质。

② 马仑：《新马华文作家群像》，第 121 页。

③ 欧清池：《新华当代文学史论稿》，新加坡：斯雅舍 2010 年版，第 101 页。

④ 见新加坡《五月诗刊》第 10 号（1988 年 10 月），第 5 页。

⑤ 林方主编：《诗的新苗——诗歌讲习班学员作品选集》"导言"，新加坡晋江会馆 1986 年版。

作为一个独立国家多元文化结构的一部分，新华现代诗必须更鲜明地自我塑造，不仅摆脱那种"断脐"而不"断奶"的依赖关系，同时大胆尝试改用斑兰叶包扎粽子，配合崭新的局面建设属于自己的特色与风格。既然美国人有勇气切断跟英国的传统联系，而中国人敢于背离传统，向西方全面看齐，我们对独树一帜的要求，便显得顺理成章。我们所能具备的优越性，就是前任走过的路，给我们留下了许多可资殷鉴的足印，使我们在反传统与创新之间，获得较有伸缩性的抉择。①

新华现代诗同样以象形文字为媒介，长期以来跟随中国新文学一起成长。但是，在新加坡获得独立身份之后，新华现代诗必须把本土意识融会其中，在与西方和中国的跨国交往中建构主体性和身份认同，"只有民族的，才是世界的"，如此才能全新奠基，永续发展的未来——林方这种先见之明，现在越来越受到人们的重视了。

《水穷处看云》见证了林方的巧思、才情和丰饶的想象力。王润华教授论及六七十年代的这批新华现代派诗人（包括林方），说过这样的话——

其最大的意义，是新诗的再革命。它要革掉初期的一些坏传统，然后建立起新的诗观，新的创作态度与表现方法。譬如，他们放弃把写诗当作文人游戏，反对浪漫主义末流那种肤浅的，纯主观的情感发泄，认为诗像绘画雕塑，有它的艺术生命。诗的表现手法逐渐偏向象征与暗示，减少平铺直叙的散文手法，语言是丰富的，不是干枯的陈言滥语。②

---

① 林方：《斑兰叶包扎的粽子——序〈五月现代诗选〉》，见《五月现代诗选》，新加坡：五月诗社1989年版，第14—15页。

② 王润华：《从几本诗选看新加坡华文诗坛的新动向》，见王润华《从新华文学到世界华文文学》，新加坡：潮州八邑会馆1994年版，第102页。

实良有以也。无须讳言，《水穷处看云》见出台湾现代诗的影响：郑愁予的温婉明丽，覃子豪的热烈奔放，痖弦的反讽与知性以及余光中、纪弦、洛夫、周梦蝶的影子，都可在《水穷处看云》中找到挪借和重写的痕迹。正如一位诗人后来坦承："从六十到八十年代，郑愁予、余光中、痖弦、洛夫、杨牧、管管，相继走进我们的诗土，一时燃起亮丽的天空。"① 这种互文性（in-ter-textuality）是五六十年代港台诗坛与新马诗坛之跨国交流的结果，② 为新马现代诗的成长和壮大提供了必要的灵感源泉，也构成了林方诗歌写作中的"私人传统"。

　　新华资深诗人、林方好友南子指出，1967 年是新华现代文学史最重要的年份，因为在这一年，梁明广（笔名"完颜藉"）主编《南洋商报》的文艺副刊，采取"开明与开放"的编辑政策，于是，"许多有活力、有创意、有干劲的作者不断涌现，形成一股新浪潮"。接着，南子笔锋一转，指出："其实，现代诗并不是在一九六七年才开始冒出来的，早在六十年代初叶，就有一些作者，如林方、叶绿素、白垚等开始现代诗的写作。只不过他们的作品，发表在《学生周报》、《蕉风》等刊物，由于销路关系，没有受到广泛的注意。"③ 所以南子认为，林方实乃新华现代诗的先行者。回溯五六十年代马华文坛，左翼作家倡导的现实主义横扫一切，刚刚出生的现代诗饱受弹压，例如忠扬声言："现代派艺术诸流派的随生即灭的事实，正是它的穷途末路的最好见证。"④ 不难想见，林方的先锋诗歌挑战主流诗坛的价值，受到冷落是在所难免的了。1965 年 3 月，以"爱国诗人"自命的钟祺（1928—1970）断然宣称："现代主义的本质，是一种世

　　① 周维介：《等待自己——我看我想近年新加坡华文诗坛》，收入骆明等编《独立 25 年新华文学纪念集》，新加坡文艺研究会 1990 年版，第 59 页。
　　② 李锦宗主编：《马华文学大系 1965—1996》史料卷，吉隆坡：彩虹出版公司、马来西亚华文作家协会 2004 年版，第 131—132 页。
　　③ 南子：《范北羚的诗》，收入《南子评论集》，新加坡：五月诗社 2003 年版，第 4 页。
　　④ 忠扬：《评仲达的表现主义理论——兼论现代派艺术》，收入忠扬《新马文学论评》，三联书店香港分店、新加坡文学书屋 1986 年版，第 77 页。

纪末的思想在意识形态上的反映，因而形成了现代诗在内容上的局限于自然、爱情和死的范围；而在形式上，就以词句的混乱、模糊和不合理的语法为妙。"① 钟祺的文艺观未免有点褊狭，他的知识背景、政治信仰、文学趣味与当下的"现代派诗人"大相径庭，所以笔下出现这种论调毫不奇怪。自相矛盾的是，钟祺一方面提倡"百花齐放"，另一方面又主张消灭现代主义——

> 我们坚信：这股由台湾流过来的诗歌逆流，在马华现实主义诗歌的主流冲激之下，迟早总会被消灭的；不信，试看过去中国的现代派的兴衰就是一个最好的例子。
>
> 在百花齐放的马华诗苑中，也长出了现代派这一株毒草，这是一件遗憾的事。为了使百花开放得更灿烂，固然应该施肥加土；但是，为了使百花免被侵害，拔除毒草的工作也不能松弛下去。②

甚至在原甸于 1987 年出版的《马华新诗史初稿》当中，关于林方等现代派诗人，竟无只言片语。③ 说到底，在左翼知识分子、现实主义者、文艺大众化论者的眼中，"现代主义"无论审美素质如何精妙，它终究是一种"失败的形式"和"不可能性"，唯有消除现代主义的"异端"，回归现实主义的"正朔"，新华文学才会有光辉的未来。针对钟祺的《一首"现代诗"》，林方发表《致钟祺先生》作为回应，捍卫现代主义的合法性。④ 马华诗

抒情现代主义的崛起

---

① 钟祺：《战后马华诗歌发展一瞥》，收入钟祺《谈谈诗歌创作》，新加坡：上海书局 1966 年版，第 220 页。

② 钟祺：《战后马华诗歌发展一瞥》，收入《谈谈诗歌创作》，第 222 页。钟祺另又撰写四篇诗论：《一首"现代诗"》、《新诗的逆流——现代派》、《论诗歌的创作目的——现代诗的批判》、《论诗歌创作的两条路线——现代诗的再批判》，对西方现代主义、台湾现代诗以及马华诗坛的现代派，进行严厉的批判，参看《谈谈诗歌创作》，第 111—164 页。

③ 原甸：《马华新诗史初稿》，三联书店香港分店、新加坡文学书屋 1987 年版。

④ 林方：《致钟祺先生》，收入苗秀编选《新马华文文学大系》第 1 集，新加坡：教育出版社 1971 年版，第 578—581 页。

人白垚也为方兴未艾的现代诗呐喊助威，他的观点具有历史意识和辩证精神——

> 诗人们不满足于五四以来新诗的成绩，毅然走上一条新的路，这是一种创造的精神，反对者是徒费气力而已。我认为现代诗的出现是不可抗拒的，不管你喜欢不喜欢，它仍是一股力量，正如白话文出现一样，虽然有很多反对的力量，但却是徒劳无功的，潮流是这样，文学史的步伐是这样，这是一个历史的发展。①

文心的异同：新马华文文学与中国现代文学论集

后来，孟仲季也起而声援林方："我坚信，现代诗并不如时人所言是马华文坛的'毒草'或'逆流'，在可预见的将来，势必汇成一股洪流，一切加诸其上的抨击与诋毁将在历史的见证下隐没，当我们的子孙读到这一份判词时，恐已变成遗嘱，要把现代诗当作遗产来承受。"② 时隔多年以后，林方把自己的诗论集命名为《一株毒草》，面对历史问题，他在诙谐谦卑的姿态中彰显一种抗辩的姿态。必须指出，在 80 年代后期，林方的诗观调整了早年的"纯诗"信条，走向一种辩证通达的意识：

> 我把强调"现实"意义的诗戏喻为"蚕吐丝"，它的更大要求毋宁在制造一件合适的衣服，而把醉心"现代"意味的诗谑称为"蜘蛛丝"，虽被斥为出自"旁门"，却能轻易捕捉斑斓的蝴蝶。
> 当"正统"与"异端"为确立各别的逻辑蕴涵而展开激烈论争之际，许多衣服上都出现了美丽的蝴蝶图案，那无疑是以蚕丝为经、蛛丝为纬，纵横交错用功编织出来的。③

---

① 庄钟庆等编：《东南亚华文文学与中国现代文学：中国首届东南亚华文文学研讨会专集》，厦门大学出版社 1991 年版，第 109 页。
② 南子：《孟仲季的小千世界》，收入《南子评论集》，第 47 页。
③ 林方主编：《五月现代诗选》，第 86 页。

社会意义与审美自主、现实主义与现代主义，并非水火不容。"正统"与"异端"之争无非一偏之见，两者的和解与支援很有必要。衣服上出现的美丽的"蝴蝶图案"，既是历史的事实和心血的结晶，也预示着新华现代诗的未来。

（原载汕头《华文文学》2011 年第 4 期，2011 年 8 月）

抒情现代主义的崛起

暗夜中的燃灯人

——南子诗歌论

引言　艰难时代的诗人

1970 年 4 月，一本名为《夜的断面》的诗集在新加坡文坛悄然问世了。在后记中，年青的作者"南子"傲然宣布："处于这个激烈变动的时代，一切旧有的法则，已不能桎梏每一颗谦冲博大的心灵。"[①]　这本诗集带有鲜明现代派色彩，对写实主义盛行的诗坛产生了不小冲击。2010 年 8 月，南子出版第五本诗集《打击乐器》，从序言可见，他坚守文学志业，一如既往："诗人无惧。无惧于创作，寂寞，诽谤，打击，失意，斗争，失败，不能被当代的人了解，没有鲜花和掌声……"[②]　德国诗人荷尔德林说过："在艰难的时代，诗人何为？/诗人是酒神的祭祀/在神圣的黑夜，他走遍大地"。无疑，南子就是这样一位"艰难时代"的诗人。作为新华现代诗的开拓者，他为诗歌事业战斗了半个世纪，被马仑誉为"新加坡最精微的抒情诗人"。[③]　南子，原名李元本，祖籍福建永春，1945 年 6 月出生于新加坡，1969 年毕业于南洋大学化学系，曾任教育部专科督学、《五月诗刊》主编、五月诗社总务、作家协会出版组主任、锡山文艺中心副主席等。[④]　笔名有萧勇、古禽、柳圣、芙蕖、井蛙、李吟、

---

① 南子：《夜的断面》"后记"，新加坡：五月出版社 1970 年版。
② 南子：《打击乐器》的"诗人无惧——代序"，新加坡：草根书室 2010 年版。
③ 马仑：《新马华文作家群像 1919—1983》，新加坡：风云出版社 1984 年版，第 127 页。
④ 《新华作家传略》，新加坡国家图书馆、文艺协会 1994 年版，第 281 页；骆明主编：《新加坡华文作家传略》，新加坡：八方文化创作室 2005 年版，第 296 页；马仑：《新马华文作家群像》，第 129 页。

布娃娃等。① 南子才华横溢，兼擅多种文体，笔耕不辍，数十年来不断有作品问世，包括：诗集《夜的断面》、《苹果定律》、《生物钟》、《南子短诗选》、《打击乐器》，小说集《年岁的齿痕》、《惊鸟记》等。

一 从"少年情怀"到"中年心事"

大体而言，南子诗的题材向四个方向展开。其一，抒发青春少年的生命体验；其二，表现他对诗歌志业的坚守；其三，就社会时事展开批评；其四，表达急景流年的人生之旅中的佛理妙悟。这些主题有交错重叠的地方。《夜的断面》囊括南子写作于18—25岁之间的诗四十七首，属于表现少年情怀的"青春写作"，风格单纯明净。《苹果定律》出版之际，诗人已在社会染缸中挣扎多年，视野宽广开放，技巧经过淘洗而渐趋沉着冷静。这些诗洋溢着智慧的风范，也点染了一丝悒郁落寞的情调。自《生物钟》开始，"结束铅华入中年"的诗人，一腔心事愈发沉重苍凉，笔锋所指多是人生世相的黑暗面，书写"中年心事"成为大宗主题。在晚近出版的《打击乐器》中，苦闷彷徨的调子所在多有，意象常是某种人格的隐喻。由于在佛经中浸润日久，诗人对彼岸的渴慕处处可见，诗歌变成"寓言"，说教倾向和程式化的自我重复，也就在所难免了。

（一）"一朵失去坐标的云"

《夜的断面》表现的多是"少年情怀"，想象力丰饶多姿，不乏精致的隐喻和象征，擅用内心独白，抒情笔触明朗温润。此时南子的抒情诗没有走向浪漫主义的挥洒情感、宣泄为快，他追

① 《苹果定律》，新加坡：泛亚文化公司1981年版；《生物钟》，新加坡：七洋出版社1994年版；《南子短诗选》，香港：银河出版社2002年版；《年岁的齿痕》，新加坡：潮州八邑会馆1987年版；《惊鸟记》，新加坡：莱佛士书社1997年版；《南子文集》，鹭江出版社1995年版；《南子评论集》，新加坡：五月诗社2003年版。

求的是知性化的沉潜内敛，这在当时诗坛并不多见。由于五六十年代，英国殖民当局为防止共产主义而全面禁止从中国大陆进口书刊，[①] 新马诗人只得从台湾现代诗那里汲取灵感。南子也不例外。在《夜的断面》当中，我们看到余光中、痖弦、郑愁予、周梦蝶、商禽的蛛丝马迹的影响。时为惨绿少年的诗人，体验着青春激情、迷惘与感伤。《十八岁》描画一幅生动的自画像："爱打从少女面前走过／且吹嘹亮口哨的年龄／总幻想自己是拉长翎尾的琴鸟／平凡的躯壳奔流高傲的血液"。《朵云》的"我"承认不是来自"拾穗滴汗的土地上"而是沉湎于浪漫幻想的一朵小小的"失去坐标的云"。《成长后》的"我们"告别夜的梦魇，自信地把短发"在风中招成一面旗"。芝兰年少的诗人，张扬热烈奔放的个性。在万籁俱寂的月夜，孤坐海滨的危岩上，任大风狂舞，看流星陨落（《太阴下》）。渴望鸢飞鱼跃的自由自在的生活，或像大鹏扶摇直上九万里，或像水族那样潜入幽深海底（《飞与潜》）。有时从日常生活领悟人生哲理，宣示矢志不渝的理想信念。他从跳高者的优美姿势中悟出"生命的定义原是永恒的升华"，从百米选手身上得到警示："用你最后的冲刺力／越过命运灰色的封锁线"（《运动会》）。他有时化身飞蛾，赞颂明灯"为更高更美的理想挥洒生命"（《蛾与灯》）；有时变形为巨树，永恒生长的枝叶迎向天宇，抓紧土壤的根须探测地球的心脏（《树的解剖》）。当然，面临人生的挫折横逆，诗人难免有苦闷和彷徨的时候，《流行性感冒》写道："在吸墨纸与塑胶的年龄／梦幻迷失成碎片／不可抑制的悲怆／感染或不被感染的细菌／谁能是不崩的城圯"。梁春芳指出，南子诗集《夜的断面》有浓厚的漂流意识，诗人对生命迷思的探勘又与存在主义有唱和之处，[②]这的确是敏锐的观察。其实，林方、英培安、贺兰宁、牧羚奴的诗集亦有类似主题。从《水手》、《初航》、《水手·弃妇》见出

---

① 原甸：《香港文艺界对新加坡文艺界的支援》，收入骆明等编选《独立 25 年新华文学纪念集》，新加坡文艺研究会 1990 年版，第 53 页。

② 梁春芳：《文学的方向与脚印》，新加坡：青年书局 2010 年版，第 123—126 页。

南子向往传奇冒险的生涯，这一方面是青春少年的本性使然，另一方面是受到覃子豪、郑愁予、余光中的启悟。诗人阅读存在主义哲学，追索生命奥妙难解的谜题，《蝴蝶劫》的机智风趣令人莞尔——

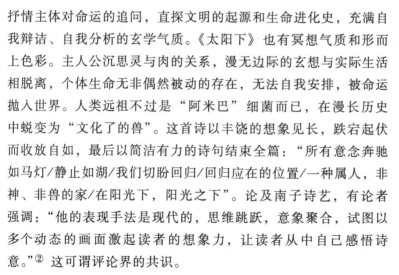

> 岁月，史芬克狮谜题的岁月
> 钟鼎文的岁月
> 岁月是钉在十字架上的天使
> 我之存在，沙特不懂
> 梦蝶的漆园吏亦不懂
> 李耳呢？
> 李耳是函谷关外的移民
> 他更不懂①

抒情主体对命运的追问，直探文明的起源和生命进化史，充满自我辩诘、自我分析的玄学气质。《太阳下》也有冥想气质和形而上色彩。主人公沉思灵与肉的关系，漫无边际的玄想与实际生活相脱离，个体生命无非偶然被动的存在，无法自我安排，被命运抛入世界。人类远祖不过是"阿米巴"细菌而已，在漫长历史中蜕变为"文化了的兽"。这首诗以丰饶的想象见长，跌宕起伏而收放自如，最后以简洁有力的诗句结束全篇："所有意念奔驰如马灯/静止如湖/我们切盼回归/回归应在的位置/一种属人，非神、非兽的家/在阳光下，阳光之下"。论及南子诗艺，有论者强调："他的表现手法是现代的，思维跳跃，意象聚合，试图以多个动态的画面激起读者的想象力，让读者从中自己感悟诗意。"② 这可谓评论界的共识。

书写"爱欲体验"在《夜的断面》中占据了很大篇幅，这

---

① 南子：《夜的断面》，第11页。

② 黄孟文、徐廼翔主编：《新加坡华文文学史初稿》，新加坡国立大学中文系、八方文化企业出版公司2002年版，第381—382页。

是诗集的看点。这些诗构思精巧，语言质地璀璨光洁，在温润明丽的抒情声音中，交织着憧憬、犹疑、苦闷、失望、自怜、自我排遣的心绪。试举数例。诗人对恋人默默发誓："我愿进入青空化为行星一颗/以椭圆的轨迹奔驰向你"（《向日葵》）；恋人的名字宛如"一朵升起的黄金意象"，敲打在诗人的梦中，蚕食在心叶上（《名字》）。热恋中的诗人谦卑地自喻为"一滴微弱的苍翠"，他沐浴在幸福光辉中，觉得"每朵微笑都是你"（《无量劫》）。爱情触礁之后，哀叹心上人冷若冰霜，感觉身后是无渡的茫海，身前是一堆狂飙（《冰雕的塑像》）。诗人对爱情至死不渝，即使如一片凋落的枯叶，也会执著地"将遗嘱写在你田田浅浅的青叶上/写在你被季节摺叠的扇面"（《夏池畔》）。失恋的打击使诗人变得成熟，他自喻为繁茂多叶的树，又像振翅高飞的鸟（《情瘦》）。有时他也发现：恋人之间缺乏互信，一方空洞承诺，另一方盲目坚守，于是顿悟到爱情神话的荒诞（《传奇》）。不少佳作值得赞赏。例如《秋之莅临》诗境开阔，手法别致："是两座以光量距的银河系/始于默契，止于默契/无法读懂人面狮妖的谜/季候风已打回转的旌旗/船长下令回航"。诗人感觉无法与恋人灵犀相通，犹如遥远的银河，难以了解对方的心思，在困惑之下，决定放弃探险。《火种》把繁复的隐喻、反常组合、星相学知识、充满张力的对比、佛经典故和民间传说，层层交织起来，充满知性的乐趣——

> 投火种于你的黑水晶
> 我原是燃灯的人
> 雨季的足踝使你发梢潮湿
> 瞻仰你甜美的面庞
> 看一颗星自你发际升起又沉落
> 盈握你冰冰叶般小手
> 自掌纹窥视星辰运行的奥义
> 而来生哪，在轮回的六道中
> 你我将是两只飘走的蛱蝶

抑或仍企立你藤蔓纠葛的窗前

看你盈盈浅浅的醉涡①

说到现代诗写作，南子这样概括他的经验："在词汇的拣选上，用自己认为灵敏度最高的字。这样一来，综观整篇作品，一定会赋有自己的华彩，自己的血脉，自己的筋肉。"② 上面这首诗以"黑水晶"比喻恋人的眸光，以"藤蔓"暗指纠葛的感情，诗人自比佛经中的"燃灯人"。他在激发了恋人热情的同时也预感到爱情可能夭折。诗人以想象逻辑组织诗篇，使用星星与发际的对照、掌纹与星辰的联系，从今生联想到来世，由宗教信条过渡到世俗爱情，这种跳跃繁复的意象、迂回曲折的笔法，让诗境走向细腻开阔。如此锐意的创新，难免引起保守评论家的非议。譬如，陈贤茂就认为，诗集《夜的断面》"还留有不少西方现代派诗歌影响的痕迹，对华语古典诗歌传统未给予更多的重视和吸收，加上高度创新的艺术表现方式所带来的一定程度的晦涩难懂，其诗作在大众中不易引起共鸣"。③ 这种看法并不新颖。五四新文学运动以来，有关现代汉诗的晦涩难懂的论争，一直是评论家们乐此不疲的话题，出于身份政治的痴迷而指责现代主义远离大众，一度是流行性的看法，如今已不再是金科玉律了。

（二）"诗歌烈士"的自画像

有学者指出，从五四新文学运动以来，"边缘化"就是现代汉诗的本然处境，这其中有历史文化的变迁和文类自身的特质，因此"从边缘出发"乃是现代诗人的命运，同时也具有特定的优势和可观的前景。④ 新加坡由于特殊的历史和国情，诗的边缘化自古而然、于今尤烈。由于自然资源匮乏，技术型知识分子居

① 南子：《夜的断面》，第 20 页。

② 贺兰宁编：《新加坡 15 诗人新诗选》"序言"，新加坡：五月出版社 1970 年版。

③ 陈贤茂主编：《海外华文文学史》第 1 卷，鹭江出版社 1999 年版，第 674 页。

④ 参看奚密《从边缘出发：现代汉诗的另类传统》，广东人民出版社 2000 年版。

多；由于都市化和消费主义盛行，大众文化排挤了纯文艺。在华校被关闭、华文成为第二语文的环境下，华族文化的衰微和文学事业的冷落，就是无法摆脱的宿命了。在这样的大环境下，新华作家的处境可想而知。更严重的在于，现代主义在 60 年代堪称异数，面临写实主义者的打压，南子这批诗人肩负着双重的任务：不仅要坚守诗歌志业以对抗蓬勃的世俗浪潮，而且要为现代主义的合法性呐喊助威。早在 1970 年，南子就无奈地承认："真正的诗人，在创作的过程中，往往要受到许多意想不到的挫败，和经历无数艰苦的历程，甚至为了写出来的作品，与众不同（为了创新）不能迎合众人的心理，被人目为标新立异。其实这些作品，反而能耐得住时间的考验，永存不朽。"① 不难想见，在边缘化的文化现实中坚守诗歌志业、为现代主义不懈正名、扮演诗歌烈士的角色，构成南子诗的一大主题。

诗集《夜的断面》已浮现这类主题。《采珠人》写道，采珠人的艰辛和冒险生涯正如诗歌创作，两者的共同点在于"以虔诚的心企求一颗永恒的晶莹"。《这一代》对笼罩诗坛的写实主义暴政表示不满，为方兴未艾的现代主义张目，认为文学的世代交替乃是天经地义："叫新的一代都萌芽起来/当旧的一代都沉萎下去"。从《苹果定律》开始，诗人每每塑造"诗歌烈士"的形象，抨击文坛陋习和酷评家，不遗余力，有时近乎含沙射影。《狂士日志》中的诗人不修边幅，恃才傲物，离群索居，坚守心中不灭的信念。《诗人宇宙观》写的是诗人用丰富的想象力美化生活，也在雅与俗之间摇摆不定。诗集《生物钟》延续了上述主题。《顿悟》回顾当年打破文艺教条、以勇气和稚气开拓新土的壮举，与五月诗社诸友砥砺节操，守望相助。《诗的证悟》前两节批评了文坛的口水之争，表明了个人坚信诗足以抗拒时光侵蚀、具有永恒的超越性的意义——

　　除了用诗

---

① 贺兰宁编：《新加坡 15 诗人新诗选》"序言"。

证明自己的存在

在银河系的一隅

感觉很难抗拒

时间的腐蚀

利用纸张与金属

塑造的形象

亦无人瞻仰

风化如一微尘

熔在宇宙的秩序中①

南子慨然以暗夜中的"燃灯人"自任，认为虽然"一盏灯"不能抗拒整个时代的黑暗，也不能自我消沉、和光同尘，因为"灯的理想/是一灯传给千灯/至无尽灯/荧荧在黑暗的氛围中"（《灯》）。小小一枚"贝壳"，面对变幻的潮流的巨大压力，虽然感到生命脆弱和被人遗忘的失落感，仍可以"磅礴的勇气与信心"彼此呼应，形成另一种洪亮（《贝壳》）。"冰"以肃杀的姿态出现，拒绝向周围的气候投降，把抽象的气节化为具体（《冰》）。"岩石"的棱角分明，蔑视无谓的云彩和胆怯的花草，坦然自述："你给我残酷的敲斥/也无法改变我的坚定"（《岩》）。这种"宁鸣而死，不默而生"的抗争姿态在诗集《打击乐器》一再浮现，真可谓"烈士暮年，壮心不已"了。《夸父》中的神话英雄夸父倒下来后，手杖化为一座郁郁葱葱的森林，森林以累累的果实，供养了一个一个的前仆后继、多如恒河沙数的夸父。《变换身份》中的抒情主人公在人海中感觉自己如孤独的牡蛎，在住家内醉心阅读，神交古人，为自己提供精神营养，"沉睡成/一粒不言不语/不听不食的石子/以自己的作品/抗拒时间的风蚀"。

（三）中年哀乐过于人

南子第二本诗集《苹果定律》荣获 1982 年新加坡书籍奖，

---

① 南子：《生物钟》，第 52—53 页。

文学史家认为此书"较六十年代的创作语句更加明朗、规范易懂，也保持了诗人的创作风格，多个动态意象聚合，用词慎重而寓意深远"。[①] 沙凡（寒川）在评价《苹果定律》时指出："南子的作品，以优美的旋律展示其内心所欲表现的思想，手法极其简洁；作者并能超越自我的感官经验，因而作品屡有新意，比较其十年前的《夜的断面》诗集，今日的意境又是另一番新层次。"[②]

把《苹果定律》与《生物钟》和《打击乐器》合而观之，即可发现，诗人把审美触角伸向广阔的天地，关注国内社会与国际政局，拓展视野，融会社会意识，不断突破自我，摆脱了现代主义的尖巧偏狭，在从容自在的抒情中带有沉潜内敛的特征。这些诗的题材丰富多彩：人生际遇的感悟，诗歌志业的坚守，对华族文化的忧心，对威权政治的批评，关于环保生态的呼吁，思考战争与和平，观察颓废淫靡的都市文化，重写历史神话，以及流连山水，即景抒情。在这些诗中，占据大宗篇幅、较有本土色彩的，乃是表达"中年心事"的作品。诗的抒情主人公是一位华校毕业生，在华文和华教被国家边缘化、南洋大学被关闭之后，在社会上为生计打拼。终于，他遭遇无可避免的中年危机，对发生在周遭的丑恶现象极为敏感，对个人生活中的挫败愤愤不平，于是逃遁到佛经中寻求拈花微笑的智慧。悲剧而又讽刺的是，他怀有本族群的历史记忆和文化认同，在人文气息贫乏的蕞尔岛国，寂寞无奈地坚持文学事业，所以笔端所及，一方面是"中年哀乐过于人，歌哭无端字字真"（龚自珍），历史遗恨和文化乡愁溢满纸上；另一方面，在袅袅轻飏的香烟和笃笃的木鱼敲击声中，清晰浮现一个伴守青灯黄卷的诗人形象。

诗人感到沉重的生活压力如影随形，挥之不去，援笔为文，每每有悲凉之气，遍布字里行间，一幅幅自恋、自怜、自闭的自画像，触目惊心。譬如，年轻人在"在冷酷的地球上"

① 黄孟文、徐廼翔主编：《新加坡华文文学史初稿》，第384页。
② 寒川：《寒川文艺评论集1976—1985》，新加坡：岛屿文化社1992年版。

碎步，经过被过滤、捶打、蒸发的历练，走向心事重重的中年，如一粒结晶的海盐，它自甘潮湿和风化的命运，不屑与别人沟通交流（《盐》）。在雨季，诗人困于斗室，心情黯淡，不敢奢望金黄的阳光布满街道和广场（《雨季》）。在无月的中秋之夜，独坐水泥城的阴影下，感叹生活压力下的人，仅是一张苍白的剪贴而已（《无月中秋》）。由"草蜘蛛"循环往复的行为，想到人世的荒诞虚无，不禁对生命意义发出质询（《草蜘蛛》）。他自认为年岁老大而成就无多，渐生的白发如同日渐嚣张的符号（《自我观察》）或者一场不宣而战的"战争"（《中年》），生活压迫感"像空洞的嘴面对天空"（《白发》）。个人受到威权体制的压迫，甚至连沉默权也被剥夺了，只好像一个皮鼓，把沉沉的悲哀封闭起来，被迫发出暗哑的声音，假装成自由自在的样子（《打击乐器》）。诗人想仰天长啸，无奈中气不足，只好颓然坐下，"如一滩浸渍在水中的烂泥"（《镜中人》）。最终，正常的人类情感和精神需要也消失了，诗人自我诊断，赫然发现个人的异化："以解剖刀／刺进灵魂的深处／才惊觉／自己竟是一具无泪的干尸"（《自我观察》）。

进而言之，这种"中年危机"不但源于巨大生活压力所带来的精神焦虑感，也起因于华族知识分子在担负文化遗产时力不从心。《镜子》中的"我"两鬓斑白，眼神失意，猛力推开玻璃，在铿然的碎裂声中，发现地上散落着不同形状的脸——

    我俯身
    拾起四溅的碎片
    拼凑起不完整的面目[1]

通过魔幻现实主义的笔法，读者不难读出对社会不公的抗议和文化认同的危机感。诗人有时从层层忧郁中探头，发现岁月苍白，人们眼色冷漠，"我们"没有共同语言可沟通，找不到熟悉的象

---

[1]　南子：《生物钟》，第72页。

形文字，只好缄默不语。在体制化的岛国，诗人感觉"像在没有声音的茧中"，周遭一片死寂（《茧》）。引人深思的是，南子诗歌把隐喻升华到象征的境界。譬如，"石头"感慨逝水流年，青春不再，英校生飞黄腾达，华校生挣扎于等级森严的社会，热忱化为冷漠，寸寸理想化为灰烬："啄木鸟以它的尖喙／叙述着空空洞洞的历史／我是一堆无可炫耀的／灰烬，在众多煊赫之间"。诗人目睹日常生活中的物什，经常产生"物伤其类"的悲剧感，几乎变成了一个浪漫主义机缘论者，把日常现实事物视为抒情的机缘。① 这方面例子很多。看到榨汁机吐出的果皮，他感觉悲哀难抑，望着自己微弓的影子，仿佛是一堆被遗弃的残渣（《果汁》）。"咖啡"辗转流徙，粉身碎骨，为人们奉献了一切精华，最后被无情抛弃，与草木同朽之外，还要遭受"蚊蝇"的说三道四（《咖啡》）。站在文化伟人的铜像下，诗人抗议社会不公，点缀草地的竟是死寂的沉默（《铜像》）。"水梅"不是出身于西洋的品种，遭到世人的讥讽，感觉在故乡竟无容身之地（《水梅悲歌》）。"相思树"是南洋大学和华族文化的象征符号，树被砍倒隐喻南大被关闭，这给华族知识分子造成了心灵创伤（《相思树》）——

> 我们有无尽的相思
> 一阵微风，叶与叶拍击
> 聒噪着，以我们的语言
> 在这样黯然，光芒微弱的年代②

周宁指出，新华文学中的"现代派诗歌可分两期，一是矫枉期，二是融通期。矫枉期的诗作大多比较生涩，有食洋不化的痕迹，融通期则注重将西方现代派诗歌的表现手法与中国古典诗歌意

① ［德］卡尔·施密特：《政治的浪漫派》，冯克利、刘锋译，上海人民出版社2004年版，第81—155页。

② 南子：《相思树》，第8页。

境、汉语诗歌的表现特点融会贯通起来，创作出有独特个性的成熟作品"。① 显然，南子的上述诗作属于"融通期"的作品。

二　诗学新秩序:反抒情主义的实践

如前所说，南子诗歌不以热情洋溢的感性抒情为主，而是有沉潜内敛、冷静克制的知性气质。在比较南子和贺兰宁的诗风之后，史英做出概括:"他们在写作上既有共同点，也有相异之处;他们的诗均以表现内心的体验为主，唯前者倾向于智性的抒怀，对现实和人生喜作冷静的思索。作品的思想内涵常呈现多义指向性，诗风略带冷峻。后者偏向于感性的倾诉，对生命和世事常作无奈的喟叹，诗作的表义结构既有单纯的，亦有多层次的，诗风明朗而豪迈。"② 应该说，南子这种诗风与其自觉的诗学追求有关。早在 1970 年，针对流行诗坛的抒情主义，南子直截了当地表达不满——

> 有人认为:"写作是感情的发泄。"我认为这句话多少有些落伍。作为现代人，在创作的过程中，"理智"的重要，应该不亚于感情，若纯以感情作为创作的"燃料"，容易使一名作者陷于狂热的气质。这和我们所要求的冷静和睿智，多少有相当的差距。③

"抒情主义"是诗学本体论上的思维方式，独尊情感，神化情绪，漠视深化生命体验或拓展社会视野的必要，执迷于神秘灵感和个人天才之类的古老信条，对语言能力、技术历练以及知识积累缺乏认识，忽视节制内敛与形式约束，不免有感伤主义之虞。④ 现代诗人对抒情主义敬谢不敏，看重迂回间接的象征、暗

---

① 周宁:《新华文学论稿》，新加坡文艺协会 2003 版，第 125 页。
② 史英:《新华诗歌简史》，新加坡:赤道风出版社 2001 年版，第 111 页。
③ 贺兰宁编:《新加坡 15 诗人新诗选》"序言"。
④ 张松建:《抒情主义与中国现代诗学》，北京大学出版社 2012 年版。

示以及自我克制。艾略特提出"非个性化"和"情感逃避",诉诸客观对应物以曲折传达情绪;瓦莱里呼吁诗人以秩序和规范约束泛滥的个人情绪;朗格认为,诗人不能以生活情感的发泄为能事,必须转化为审美经验。[①] 抒情主义信条曾有巨大影响,浪漫主义和一部分写实主义其实都是抒情主义。在五六十年代的新马文艺界,以抒情主义为指归的写实主义独霸一时。南子逆流而上,提倡冷静克制和自我内省的现代主义,彰显了一种不折不扣的抗辩姿态。

具体而言,南子诗学采取了行之有效的技术方法和微观诗学。

1. 抒情的知性化。这类诗不以即兴抒情为诗之职责,而以锻造深度品质为依归,因此拒绝直线型的喷发式抒情,代之以迂回间接的隐喻和象征,包容情绪、观念、经验、感觉、潜意识,采取反浪漫主义、自我克制的抒情,以期放射出有力的暗示。例如,表现少年情怀的《逃亡》,语言质地硬朗明快,值得称赞:"恒爱用弯弯的地平线/量我们爱情的距离/小女孩恒在距离之外/唯恐溺毙在浅浅的忧悒/乃在数字与方程式之间/作一次小型的逃亡"。年轻的诗人感觉爱情距离遥远,但没有沉溺于感伤而是采取乐观的态度,选择埋头于课业消除忧郁。《存在》作于1974年,此时的诗人已从大学毕业多年,"少年不识愁滋味"的时代渐行渐远,自感如同辛苦织网的蜘蛛,积累的知识派不上用场,反而有作茧自缚之累,生存压力接踵而至,于是,对于茫茫未来的焦虑感呼之欲出了——

> 我们将整个颜面
> 一半陷入掌中
> 一半,去面临

---

① [英] 艾略特:《艾略特文学论文集》,李赋宁译,百花洲文艺出版社 1994年版;[法] 瓦莱里:《瓦莱里文艺杂谈》,段映虹译,百花文艺出版社 2002 年版;[美] 苏珊·朗格:《情感与形式》,刘大基等译,中国社会科学出版社 1986 年版。

各种颜色的风霜

在了解寂寞以后

已沦落为生存奋斗的动物

而幻想

自己只是一尾卑劣的草履虫

总是尝试

总是难以企及成功

而后是寂寂无闻的衰老

是隐隐约约的哀伤①

诗人没有把哀伤情绪宣泄为快，而是沉潜压抑下来，反倒更有回旋的余地和感染力。《哭泣》作于 1990 年，四十五岁的诗人，满腔压抑痛苦的心事，不过并没有猛力发泄，诗中不见煽情的词句和触目的感叹号——

唯有，唯有在孤独的时候

巨大的黑碗——

一个倒置的碗

覆盖着我

使我成为一个封闭体系

不再受到外来的伤害

我才能尽情哭泣

像一条河流

雨季时候的河流②

在表达青春爱情和中年心事之时，南子诗歌彰显知性化的深度品质，令人赞叹。即使处理战争题材亦复如此。《春天似乎很远》批评美国发动的越南战争造成的灾难，叙述语调冷静克制，把几

---

① 南子：《苹果定律》，第 37 页。
② 南子：《打击乐器》，第 57 页。

个分镜头——组合："炮弹"碎片切下了农夫的胳膊，"落叶剂"的喷洒造成光秃秃的森林，机群压境，子弹如飞蝗，一名士兵靠在半截树桩上点烟，冷漠地眺望着远处的战火硝烟。最后一节仅有一行："春天似乎很远"，却有强大的收束力量。春天本应是万象更新，安居乐业的场景，但现实中的春天却是由暴力、死亡编织的残酷画面，反战主题不言而喻。《血旗》谴责日本对亚洲的军事征服和经济侵略。前面两节表现的是太平洋战争的历史记忆，结尾把焦点切换到当前的国际形势——

> 今日，旗的血光
>
> 渡河
>
> 向南方漫延
>
> 一只跨越国界的巨兽
>
> 臃肿地
>
> 一步，一步
>
> 嗅着金黄的蜜香而来①

战后日本经济腾飞，在亚洲采取新殖民主义政策，侵占弱小国家和弱小民族的国内市场，跨国资本主义犹如一只搜寻蜂蜜的"巨兽"。哀矜的情思透过充满象征的隐喻而得表现，笔调冷静克制，但同样产生了警世作用。

2. 反诗意的意象。南子诗的特色是：大量使用"非诗意"甚或"反诗意"意象，与浪漫主义诗歌中习见的软绵绵、甜腻腻的意象分道扬镳，造成明快硬朗的反抒情效果，这种微观诗学的实验也拓展了现代诗的创意空间。这种意象系统细分为两种：一种来自科技范畴——这与南子作为南大化学系毕业生的背景有关，也是许多新华诗人难以企及之处；另一种是反诗意的语汇甚或"丑字"和"脏字"，这点可溯源于波德莱尔、艾略特的实践。当然，在现代汉诗中，20年代初期，周作人、俞平伯、梁

---

　　① 南子：《生物钟》，第46—47页。

实秋曾就"丑字"可否入诗展开辩论。

　　据不完全统计，南子诗中大量出现科技范畴的术语，频率之高，涉及之广，在新华现代诗人中罕有匹敌，这造成了陌生化效果，也有助于知性抒情的形成。（1）天文学："银河系"、"仙后座"、"大、小熊座"、"黄道十二宫"、"流星雨"、"行星"、"太阳风"、"彗星"、"黑洞"、"中子星"。（2）地理学—地质学："南回归线"、"地平线"、"子午线"、"南极"、"自转"、"公转"、"赤道"、"高纬度"、"经纬线"、"侏罗纪"、"环形火山口"、"冰河期"、"稀土金属"、"板块"。（3）气象学："季候风"、"同温层"、"气流"、"碳酸气"。（4）物理学—力学："辐射带"、"牵引力"、"内燃机"、"齿轮"、"超音速"、"引力场"、"超导体"、"能量"、"牛顿定律"。（5）化学："塑胶"、"甲烷"、"低分子量"、"碳化物"、"熔点"、"密度"、"晶体"、"坩埚"、"元素"、"化石燃料"、"氧气"、"无机盐"、"矿物质"、"杀虫剂"、"落叶剂"、"氮肥"、"液体"、"原子"、"微量元素"、"二氧化碳"。（6）医学—生物学："阿米巴"、"解剖刀"、"细胞"、"基因"、"特效药"、"流行性感冒"、"温度计"、"动脉栓塞"、"免疫"、"蛋白"、"酵素"、"胆汁"、"细菌"、"麻醉剂"、"尿酸"、"血脂"、"脑髓"、"胆固醇"、"脐带"、"变形虫"、"胎盘"、"草履虫"、"双螺旋体"、"子宫"、"微细血管"、"维生素"。除了上述术语外，还有其他领域的概念。例如，电子学的"电脑"、"荧光屏"、"硬件"、"软件"、"键盘"、"磁盘"、"文件"、"中文系统"、"电邮"、"终端机"，植物学的"子房"、"羊齿植物"、"纤维"、"华胄兰"、"雀巢蕨"，军事学的"射程"、"潜水艇"；统计学："定性"、"定量"，数学的"方程式"、"铅垂线"，等等。从现代汉诗的视野来观察，南子的这种特色并非孤例。五四时期的郭沫若，30年代的卞之琳，40年代的穆旦和鸥外鸥，就是杰出的先行者。但是总体看来，现代诗的意象取自自然景观与日常生活者居多，即便汇拢于"现代主义"名下的诗篇，也认定"诗意"与那些坚硬冰冷的科技术语无缘。英国浪漫诗人对"玫瑰"、"夜莺"、

"云雀"、"水仙"、"信天翁" 等软性意象的迷恋，已不算秘密。不过，他们的诗作也对自然史和科学知识产生了"浪漫的想象"。[①] 到艾略特、奥登、燕卜逊、史本德那里，彻底转向了对于"硬性"、"非诗歌的"意象寻求，其中之一就是科技术语入诗。[②] 第法尼说："科学与哲学唯物主义的至关重要的发展，与文学艺术上的现代主义的出现，具有一种历史性的巧合。"[③] 著名例子是，奥登的诗充斥自然科学、社会科学的术语，使用废弃的矿山和牵引机等缺乏诗意的景观，这与他的家庭背景和个人教育有很大关系。布莱尔发现，奥登把数学、自然史、地理学、气象学、考古学、神话学、礼仪、烹饪引入诗中，几乎每一个意象无论来自一幅景观抑或数学，经常被道德化或人格化了。[④] 这导致奥登诗与浪漫主义诗歌存在风格学差异："反讽的，间接的，非个人的，并且主要是反诗歌的。"[⑤] 新华现代诗的先行者之一孟仲季（丘柳曼，1937—　），其诗集《第一声》也喜欢使用科学知识、地理名词、音乐概念、哲学术语，南子认为："这些名词应用适当时，常会产生一种令人惊奇的效果，和令人引起繁复的联想。"[⑥] 这可谓他的夫子自道了。南子的《蜻蜓》诗的后两节如下——

　　若将我的细胞割裂
　　自遗传的基因窥我
　　为何我不隶属冰雕的季节

　　① Noah Heringman ed., *Romantic Science：The Literary Forms of Natural History*, Albany：SUNY Press, 2003.

　　② Kurt Brown ed., *The Measured Word：On Poetry and Science*, Athens：University of Georgia Press, 2001.

　　③ Daniel Tiffany, *Toy Medium：Materialism and Modern Lyric*, Berkeley：University of California Press, 2000, p. 213.

　　④ John G. Blair, *The Poetic Arts of W. H. Auden*, Princeton：Princeton University Press, 1965, p. 90.

　　⑤ Ibid., p. 13.

　　⑥ 南子：《孟仲季的小千世界》，收入《南子评论集》，新加坡：五月诗社出版社 2003 年版，第 45 页。

我是爱纹身的少年
恒将第二季的图腾
很透明的纹于双翼
常用复眼
钉死满岸惊悸的目光
从定性到定量①

这首诗从"蜻蜓"的视角观察世界，透过内心独白表现对生命、自然和美的热爱，从生物学、医学、宗教学、统计学提炼意象。再比如《变形火》写爱欲体验——

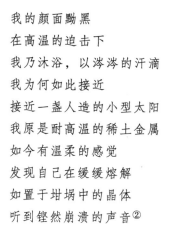

我的颜面黝黑
在高温的迫击下
我乃沐浴，以涔涔的汗滴
我为何如此接近
接近一盏人造的小型太阳
我原是耐高温的稀土金属
如今有温柔的感觉
发现自己在缓缓熔解
如置于坩埚中的晶体
听到铿然崩溃的声音②

这里使用地质学和化学的意象，以及含蓄间接的表达方式，避免滥情作风和直接明白的文字，曲折迂回地表现情爱经验。《潜水艇》对比潜水艇内部的祥和气氛和外部世界的混乱，揭示战争的残酷与和平的可贵。作者密集运用了军事学术语（"潜水艇"）、地理学和地质学知识（"经纬线"、"海沟"）、化学概念（"氧气"、"杀虫剂"）、医学意象（"脑髓与血浆"），批评帝国主义战争对于

---

① 南子：《夜的断面》，第29页。
② 同上书，第51页。

生命尊严的漠视："这一端押上战争/那一段收获死亡"。

现代诗人塑造意象时常向广阔处取材，从反诗意、丑怪、恐怖的事物中发现诗意，以丑为美，化腐朽为神奇。波德莱尔的《恶之华》，艾略特的《荒原》以及奥登、燕卜逊的诗作就是经典例证。南子诗歌也有这种实验。例如，《碎裂的蜗壳》中的"浓黄的鼻涕"和"捐尸的鱼群"，《黑罂粟》中的"旧餐巾"、"破肺的烂狗"、"虫腐的果实"、"棺椁"，《绿废》中的"鱼尸"、"烟囱"、"原油"，《流向心里的阳光》中令人呕吐的猩红的"俎上之肉"，《茧》中的"血淋漓的肝脑"，《黑色的河流》中的"裹尸布"、"粪便"、"朽木"，《酒精之一》种的"蛆虫"，《露肠之狗》中的"散发血腥味的肠子"，还有"骨灰坛"、"火山灰"、"保鲜纸"、"咖喱鱼头"，等等。这些意象孤立而言，也许毫无诗意，但是经过作者巧妙地融化在诗的肌质中，令读者有陌生感和震惊感。

3. 散文化与小说化。德国哲学家黑格尔指出，"诗"与"散文"是人类把握世界的两种方式，前者是想象的，抒情的，形象的；后者是日常的，叙述的，逻辑的——

> 等到散文已把精神界全部内容都纳入它的掌握方式之中，并在其中一切之上都打下散文掌握方式的烙印的时候，诗就要接受彻底重新熔铸的任务，它就会发现散文意识不那么易听指使，而是从各方面给诗制造困难。诗就不仅要摆脱日常意识对于琐屑的偶然现象的顽强执著，要把对事物之间联系的单凭知解力的观察提高到理性，要把玄学思维仿佛在精神本身上重新具体化为诗的想象，而且为着达到这些目的，还要把散文意识的寻常表现方式转化为诗的表现方式，在这种矛盾所必然引起的意匠经营之中，还必须完全保持艺术所应有的自然流露和原始状态的自由。①

---

① ［德］黑格尔:《美学》第三卷下册，朱光潜译，商务印书馆2006年版，第25—26页。

但是现代以来，打通或拆解诗与散文的疆界，曾经是克罗齐致力的目标。① 在日趋复杂化的现代世界，尝试诗的散文化和散文的诗化、以涵容驳杂的经验是部分作家的目标。袁可嘉、朱自清、李广田、鸥外鸥提倡诗的散文化，不遗余力。另外就是诗的"小说化"了。这指的是把虚构性、叙事性元素、戏剧性处境融化到诗的结构中，摆脱以抒情为指归的套路。卞之琳回顾个人创作的历程，曾说："人非木石，写诗的更不妨说是'感情动物'。我写诗，而且一直是写的抒情诗，也总在不能自已的时候，却总倾向于克制，仿佛故意要做'冷血动物'"；接下来，他还有这样坦率的自白："我总喜欢表达我国旧说的'意境'或者西方所说'戏剧性处境'，也可以说是倾向于小说化，典型化，非个人化……"② 南子勇于创新，有时也采小说化和散文化技法。《传奇》以叙事为主，虚构了两个人物："毛毛"和"艾艾"，这对恋人在仲夏夜的墓园山盟海誓，一方以"廉价的谎言"轻易订购了另一方的"整季的幸福"。诗的结尾采用小说的"预叙"笔法，虚拟一个戏剧性处境："于是，二零零零年/在南极，子午线猬集的顶点/冰雪堆砌的小屋中/毛毛用烘暖的面包/沾着那年夏天/那年夏天残余的蜜汁"。在遥远的时空，主人公相信恋人数十年前的甜言蜜语，这里讽刺了爱的盲目。《属于男孩子的》全篇由"或者所谓……"的排比句构成，使用漫不经心的语气和无所谓的态度，低调叙述一名失恋男孩的"恋爱观"——

> 或者所谓爱情
> 也许是图腾式的迷信
> 也许是一种没有特效药的感冒
> 想及那些冶艳的细菌

---

① ［意］克罗齐：《美学原理　美学纲要》，朱光潜等译，人民文学出版社1983年版；克罗齐：《美学或艺术和语言哲学》，黄文捷译，百花文艺出版社2009年版。

② 卞之琳：《人与诗：忆旧说新》（增订本），安徽教育出版社2007年版，第281、283页。

总觉得治愈不治愈都一样
……
或者所谓失恋
不过是一种自欺的小病
在温度计的臂弯里
不烫手的发烧
或许是一阵小小的呕吐
恨纸花不萌芽，也不凋谢①

夹叙夹议的散文化，机智俏皮的隐喻，借自医学的意象，这些手法与主人公自我排遣的内心独白，相映成趣，强化了反讽、知性、非个人化的气质。《苹果定律》这样写道——

是先有了苹果
还是，先有了牛顿
自然，我们细细咀嚼
总会感觉
这是一件愚蠢的问题
假使，那日下午
圆圆的太阳不悬挂在天际
红红的苹果不成熟在枝柯
矮矮的牛顿不假寐在树下
一阵骚扰的风不鼠窜过叶腋
一支不安的羽翼不刷拉拉飞起
那枚怀孕过重的苹果
就不会沿美丽的铅垂线直直降下
降在牛顿的额上
就这样完成了苹果定律②

---

① 南子：《夜的断面》，第31页。
② 南子：《苹果定律》，第1页。

诗人的看法是：宇宙中看似万古不变的法则，实则是机缘巧合的结果，不是必然性而是偶然性改变了历史进程。诗的第一节排比出连绵不断的假使句，透过简洁的叙述和细腻的描写制造一个戏剧性场景。在第二节，"牛顿"退场，"我"走上舞台，以近乎"旁白"的句子点出悟出的真理。散文化避免了节奏过于紧凑和语言过于稠密，显得从容自在，回旋自如；而小说化则使诗歌具有情节的生动性，制造了主体介入的客观性。

4. 移情于暗示性片刻。吴兴华发现，德国诗人里尔克具有一种非凡本领，他能够在一大串不连贯或表面不相连贯的事件中选择出"最丰满，最紧张，最富于暗示性"的片刻，加以浓墨重彩的描绘。同时，在他端详一件静物或一个动物时，他的眼睛也因训练的关系，会不假思索地撇开外表上的虚饰，遗貌取神，看到事物内心的隐秘。① 在五六十年代的台湾，夏济安主编的《文学杂志》发表过里尔克的译作和诗论，南子也许读到了这些作品，从中借鉴了一些技巧：定格于某个事件的"丰满、紧张、暗示性"的瞬间，化身为物，移情体验，自觉追求反浪漫的、客观的、沉思的诗歌品质。例如《蝶与捕蝶人》使用精雕细琢的描写和电影中的长镜头，让人与物从时间川流中分离出来，静止成为一个画面，抒情主体潜入人与物的内心，不动声色地感受其思绪起伏——

> 他觉得它是一团未能熄灭的怒焰
> 永远燃烧在风景里
> 他竟想张丝质的小网
> 把它自整个空间隔绝
> 他裸着双足逆着风向飞驰
> 迎迓而来的气流提携冷冷的湿气

---

① 吴兴华：《黎尔克的诗》，北平《中德学志》5卷1、2期合刊（1943年5月）。

它无以抗拒命运的逼近

它缤纷抖落双翼的鳞粉

一种空白的挣扎，诀别

降服在麻醉剂的小瓶中

尖细的大头钉把它标本在纸盒中

它感到死亡是纯粹美丽的过程

双翼箕张，它似已嗅到草野的清芳

但这种感觉是很飘渺①

《标本鸟》有里尔克诗学的沉静从容的风致。它写的是诗人对博物馆中一个标本的观察和思考，开篇捕捉一个丰满紧张的瞬间："时间停顿在/振翼欲飞/又飞不起的/一刹那之间"，第二、三节描绘了鸟的喙和爪，第四节复活了标本鸟，移情体验它的内心感受："它回想热带丛林闷热潮湿的夜晚蚊蚋的嗡营"，最后推出一个超越时间的雕塑般的画面："它牺牲在/一轮枪弹的围剿/然后以它的美/进入时光的永恒"。在《恐龙》这首诗中，已成化石的"恐龙"复活了，它展开生动的回忆和联想，比较今昔两种不同的生存环境。诗人通过这种移情体验，感同身受，对工业化造成的生态灾难提出了质询——

我们以巨大的足印

在沼泽地留下存在的印记

在人类还没有逐鹿中原以前

没有人类的时代，是愉快的时代

我们享受着工业化之前高科技之前

清新的空气

如今，煤炭的微粒散布在空气中

我们残破的肋骨乏力地垂下

世故的人以无知的眼光

① 南子:《夜的断面》，第44页。

　　逡巡我们的遗体

　　一种史前贵族的黄昏①

总的看来，南子诗歌讲究抒情的知性化，擅用科技意象，实验过散文化和小说化笔法，聚焦于暗示性的片刻、移情体验人物内心，锻造了反抒情的、沉潜内敛的诗风。欧清池认为："南子写诗，强调创新，强调在创作过程中发挥理性思考的重要性，不纯以感情为创作的燃料，也扬弃创作是生活场景或情感的演绎或图解。"② 应该说，这个评价大致不差。

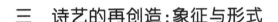

三　诗艺的再创造：象征与形式

　　在70年代的一则诗论中，南子强调："素材的处理，不应仅限于照相底片式的复制（所谓'反映现实'），也可以用显微镜式的方法，解剖式的深入考察，或如画家的笔触不仅能描出已有的，亦能写出所无的。更重要的一点：他有独创的大勇，纵使遭逢挫败，亦在所不惜。他的诗想，从宏观世界到微观世界，皆可供其驰骋。"③ 在写实主义盛行的文坛，南子大唱反调，他注重的是创造性想象。众所周知，现代主义诗学追求复杂的隐喻系统和象征的歧义性，以艾略特揭示的"想象逻辑"组织诗篇，运用"思想知觉化"和"戏剧主义"原则，为非个人的情绪寻找"客观对应物"，打造充满悖论、反讽、张力色彩的语言质地，寻索创意空间的可能性。

　　拒绝直接抒情和明白陈述，诉诸思想知觉化和客观对应物，使"象征寓意"落到实处，这是南子坚持的现代主义诗学，也是对中国诗学之"风雅兴寄"传统的继承。那些形形色色的"意象"总是某种"隐喻"或者"象征"，也是诗人的情绪、心

---

① 南子：《生物钟》，第98—99页。

② 欧清池：《新华当代文学史论稿》，新加坡：斯雅舍2010年版，第99页。

③ 贺兰宁编：《新加坡15诗人新诗选》"序言"。

境、观念、感悟的外射或具象化。"苹果"象征的是宇宙法则背后的偶然性，"水蜜桃"是幸福生活的隐喻，"罂粟黑"代表的是厄运和遭遇厄运的人，"大树"被砍伐的行为是南洋大学被关闭和华族文化式微的象征，"藤"与"蚕"构成了亲子关系的巧妙隐喻，"常绿植物"、"岩"、"鼓"是诗人志业的形象化写照，"潜水艇"象征和平宁静的世界。一些象征具有歧义性。例如《雁是一种怎样的鸟儿》中，诗人多次强调，"雁儿"是会写字也爱写字的鸟，在彤云密布、风暴欲来的铅灰色天空中，它们向更南的南方艰难地飞翔，希冀的不是枪弹的呼啸和鱼群的浮尸而是累累的稻穗。诗的主题可以是宣扬动物保护和生态主义，也可以是作家对文学志业的坚守，以及对于宽松和平的文学环境的渴望。《美鳞狮》写的是新加坡的国家图腾"鱼尾狮"（Mer-lion），但是题旨却有复义的象征色彩。诗人写道，这头怪兽以石质的眼，冷冷凝视三界的生死流转，以不带激情的坐姿旁观潮水的涨退——

> 变的是轻率的诺言
> 变的是匆匆的颜容
> 不变的是狮的意志
> 它张开口
> 竟嘶喊不出一丝声音
> 呕吐、不得不呕吐
> 一根水柱
> 作为游客的话题

这首诗的"鱼尾狮"具有双重的象征色彩。"狮子"发不出怒吼和咆哮的声音，只会呕吐出一根水柱作为游客的娱乐，隐喻个人的反抗精神被威权体制阉割了，屈从于消费主义的生存法则。或者有另外一种解释：人世劳劳，生死流转，狮子的眼神、坐姿和意志没有改变，而人的容颜匆匆衰老、政治人物出尔反尔，诗的主旨转向社会批判和政治讽喻。此诗作于 1982 年 10 月，距离南洋大学和华校被关闭并不遥远，如果联系到这一点，那么，诗的政治寓言的色彩就不言而喻了。

南子的不少诗歌中的隐喻和象征经常被"寓言化"了。"鱼"、"豹"、"鹰"、"盐"、"灯"、"镜子"、"咖啡"、"茧"、"果汁"、"贝壳"、"玻璃鱼"、"兔子"、"蜘蛛"、"麻雀"、"蟾蜍"、"鱼龙"、"白孔雀"、"鹅卵石"、"松鼠"、"鳄鱼"、"水梅"，等等，成为某种人格类型、人生际遇的隐喻。有的寓言倒是品质良好，例如，《缠绕二首》、《常绿植物》、《雁是一种怎样的鸟儿》、《白孔雀》、《鹰翼远扬》、《绝望的树》、《逃豹》、《保鲜纸》，等等，能够放射出深厚的暗示力量。但是，一些寓言的内涵被固化、单一化了，缺少丰富的寓意和想象，变成道德说教，甚至是个人恩怨的发泄和含沙射影的攻击，仿佛《百喻经》中的佛理故事，譬如《蜘蛛》、《花园》、《蟾蜍》、《鹅卵石》、《蛇》、《虾婆河粉》、《咖喱鱼头》、《乌鸦》、《鸟巢蕨》，等等。

多姿多彩的形式实验，构成了南子诗歌的另一个鲜明特色，从初试啼声的《夜的断面》到晚近问世的《打击乐器》，南子以充沛的精力，尝试多种形式与体裁，而且成绩不菲。

（1）绝句体和俳句体。这类诗歌短小精悍，有时寥寥数行，无法展开细腻的描写和完整的叙事，也不能进行说理或议论，而是以表达主观情绪、个人经验和瞬间感悟为题旨。《伞下》属于青春写作，意象玲珑剔透，语言含蓄婉约。抒情主人公在雨季借景抒情，喃喃独语，思绪飘忽，在追怀往事中流露出甜蜜幸福的心情："风雨飘摇，道路都泥泞啦/就这样把手藏在我的手里吧/就这样蹚过小径？//且撑我们的小伞/让它绽开，颤曳/像一叶池塘的枯荷/就这样蹚过小径/在那年的雨季/那天的雨中"。诗人巧妙地化用了李商隐的名句"秋阴不散霜飞晚，留得枯荷听雨声"，借助于由雨季牵动的情绪记忆，由眼前回溯以往，片刻的思绪与疏落的意象勾连起来，构成了诗的整个表现内容，让人想到杨牧的《黑衣人》和余光中的《等你，在雨中》的缩微版本。南子的《灯》短短三行，大有意象派诗歌的味道："我以湖泊般的眼睛看你/伏羲的火种/以一盏灯的形式出现"，所谓"火种"

代表了文明初启，缀以"伏羲"二字则点出了中华文化，它化身为"灯"的形式，在岛国熠熠生辉，可能暗示着华族文化的辗转流传，而诗人就是这盏灯的守护者。和《灯》的宁静沉着的语调相比，《虫》的激愤情绪就过于明显了："我告诫萤火虫/千万不要以米粒大的灿烂光泽/将夜的自尊撕破"，萤火虫带来的微弱光亮居然让"夜"坐立不安；看到萤火虫面临着潜伏的杀机，"我"忍不住对它发出了善意的规劝，甚至对其不识时务有责怪之意，这其中的讽刺力道，入木三分。有时候，南子采用了更加精短的诗体，近似日本文学中的俳句。例如《随写录》七则。其一："一觉醒来/跌进一片风景中"，其二："蛹睡醒来/把记忆写在蝶的翅膀"，其三："花朵凋谢后的记忆/是泥土的记忆"。有的连意象或场景也省略了，只是简洁的陈述和说理而已，例如其五："我肯定自己/然后抛弃自己"，其六："我用手抓住/——什么也没有抓住/除了冷冷的空气"，其七："我喊自己的名字/听起来多么陌生"。南子有时干脆采用了格言体，例如《指月录》读来仿佛佛经偈子。

（2）书信体。这方面只有《在澳洲》一例。其实，书信体的诗歌在中国古代不乏传统，例如李商隐的《夜雨寄北》。南子这首诗借着书信体的形式，询问和想象好友"忠夏"在澳洲留学的情况，文字轻松俏皮，洋溢着可爱的童趣和对友人的关怀之情——

> 在澳洲，尤其是冬天
> 袋鼠们有没有学企鹅们
> 堆很多卵圆石求爱？
> 然后，去滑雪，用长长的后退
> 母袋鼠的袋里袋着小袋鼠
> 小袋鼠的袋里
> 有没有袋着更小的袋鼠？

（3）戏剧诗。《根与地球对话》整首诗采用了戏剧对白的形式，"根"（人类的隐喻）的感恩与愧疚对照着"地球"（比喻大地母亲）的宽仁与慈爱，两者互相依赖、亲密合作，表达的是生态环保的严肃主题。

（4）散文诗。《岁月》是这方面的成功的例子，可能受到台湾现代诗人商禽的影响——

> 阳光伸着七只手从窗口跃入，带着刀锯斧凿，在我额际雕满岁月，以我的面影塑成石膏模型，带到市场去贩卖。我清晰地听到有人在墙角嘤嘤哭泣，回头一看，原来是自己的影子。

生命流逝的悲剧意识以及自我的无助和苦闷，在这段散文诗中表现的惊心动魄。

（5）打油诗。《水蜜桃》可算这方面的尝试，近似西方诗中的"胡诌诗"（non-sense poetry），利用电影中的分镜头和音乐中的变奏形式，刻画幸福甜蜜的新婚生活，结尾处转向了通感和夸张手法："他殷盼的眸光/乱得不能织成一件衣裳/乱得像菜市的噪音/但是热得可以熔解/小小的一枚水蜜桃"。何绍庄在评介南子诗集时候说过，贯穿着南子诗作的主要主题是反叛一切固定的形式，并且不断地寻找自己生活的规律。① 评论者针对的是《夜的断面》而言，如果放大视野，把南子的五部诗集合而观之，则作者的形式实验和不凡成就，更为彰明较著。

（原载汕头《华文文学》2012 年第 3 期，2012 年 6 月）

---

① 马仑：《新马华文作家群像，1919—1983》，第 129 页。

记忆书写的诗学与政治

——希尼尔小说综论

引言 何谓"孤岛遗民"

　　"微型小说"是新加坡对世界华文文学最重要的贡献。城市国家的快速生活节奏、中西文化在本地的碰撞和交汇、报章杂志与创作比赛的推波助澜，以及文体自身"轻薄短小"的特色，无不促成了新华微型小说的成形茁壮。[①] 经过黄孟文、周璨、林锦、方然、张挥、怀鹰、林高、董农政、谢裕民、吴耀宗等老中青三代的踵事增华，新华微型小说现已粲然可观；一系列文学制度的建立，亦有力地奠定了微型小说在文学场域中的位置。[②] 希尼尔（1957— ）作为岛国的文学能手，俨然有"后来居上"之势，他为微型小说奋斗了三十年，经典化的趋势愈发明显了。希尼尔，原名谢惠平，祖籍广东揭阳，1957 年出生于新加坡加冷河畔。著有散文集《六弦琴之歌》（与谢裕民合著，1978），诗集《绑架岁月》（1989）、《轻信莫疑》（2001）、《希尼尔短诗选》（2002），微型小说集《生命里难以承受的重》（1992）、

---

　　① 赖世和：《新加坡华文微型小说史》，新加坡：玲子传媒 2004 年版。

　　② 新加坡作家协会在 1992 年创办《微型小说季刊》。玲子传媒公司出版了"微型小说丛书"。"世界华文微型小说研究会"在 2002 年成立，举办了一年一度的学术会议。新华微型小说进入了各种文学选本和华文教材。参看黄孟文的《微型小说微型论》，新加坡世界华文微型小说研究会 2007 年版。这些文学生产机制促进了微型小说的繁荣，见黄孟文、徐廼翔主编的《新加坡华文文学史初稿》，新加坡国立大学中文系、八方文化企业出版公司 2002 年版，第 262 页。

《认真面具》（1999）、《希尼尔微型小说》（2004）、《希尼尔小说选》（2007）。希尼尔在 1982 年、1993 年获得"金狮奖"小说及诗歌组首奖，在 1992 年荣获"亚细安青年文学奖"，曾两度获得新加坡书籍发展理事会颁发的"书籍奖"。

希尼尔小说每以"浮城"喻指新加坡，对华人常以"孤岛遗民"呼之，盖有深意存焉。据《现代汉语词典》的解释，遗民指改朝换代后仍然效忠前一朝代的人。也泛指大乱后遗留下来的人民。[1] 维基百科全书补充指出，遗民或指沦陷区之百姓，不事异朝之百姓。"遗民"起源甚早，周武王克殷之后，有伯夷、叔齐者，义不食周粟而饿死首阳山。宋朝养士最厚，南宋灭亡后，许多读书人不仕蒙元，以侍奉蒙古人为耻。遗民谢枋得（1226—1289）自称："大元制世，民物一新，宋室孤臣，只欠一死。"[2] 更有好事者博稽群籍，展开全面精致的考证，认为遗民另有"后裔"、"百姓"、"隐士"等含义。"孤岛遗民"的隐喻乃是希尼尔对新加坡华人之历史境遇的自我理解和自我规定。稍事推衍，即可发现，"孤岛"一词，歧义纷陈。与大陆地理空间的阻隔，与世界主义（cosmopolitanism）相对的、保守狭隘的岛民性格或岛国心理（insularity），与文化母体之血缘关联的疏离和断绝，由此导致赤裸裸、毫无遮蔽的身体状态，无处无之的挫折、横逆与流离失所，作为集体意识的焦虑感和寻根冲动，以及挥之不去的无穷的遗恨和乡愁。栖居孤岛的"遗民"，既产生于空间距离的拉大、中原与边陲的对抗——华裔祖籍中国大陆，百年来背井离乡，流落南洋；亦产生于时间失序之感——华族传统迷失久矣，寤寐思之，恍若前尘往事。当然还有其他含义：历经太平洋战争、新马分治和社会丧乱后遗留的庶民；在国家教育政策变天之后，华族志士守望相助，鸡鸣风雨，拒绝就范于英文文化霸权；甚或遗世而独立、甘于在扰攘

① 中国社科院语言所词典编辑室编：《现代汉语词典》（修订本），商务印书馆 2001 年版，第 1485 页。

② 维基百科 http://zh. wikipedia. org/zh-cn/% E9% 81% BA% E6% B0% 91。

尘世中扮演独清独醒的一介隐士。所谓孤岛，所谓遗民，如此而已。

希尼尔的小说可看作孤岛遗民之族群记忆（ethnic memory）的书写。那么，这种"记忆书写"有哪些具体的范畴和内容？它的文体特征和和修辞技艺是什么？在全球化和后殖民的语境中，这种记忆书写是否具有文化政治的指涉？本文第一节，分疏记忆光谱的三种形态（集体记忆、历史记忆与文化记忆），勾勒文学想象与历史经验之间的互动，凭借晚近西方的记忆理论和后殖民论述，就记忆的生产机制作初步探讨。第二节返回文体和修辞层面，分析希尼尔记忆书写的美学素质。第三节围绕族群与国家、本土与全球的议题，针对第一节揭示的记忆书写之文化政治议题，作进一步探析、推衍和辩难。

一　历史记忆现象学：乡土、战争与文化

在展开本文的论点之前，有必要对几个概念稍作解释。"记忆"（memory）是一种保存某些信息的能力，首先指的是诸多心理功能，允许我们把过去的印象或我们再现给自己的信息界定下来，就此而言，与记忆研究相联系的是心理学、心理—生理学、神经生理学，生物学等知识源流。① "集体记忆"是一个伞状术语（umbrella term），它涉及的一方面是历史和纪念性符号，另一方面是个人对过去的信仰、情感和判断，集体记忆覆盖两者之间的诸多关系，它的基本事实在于：不同个体和世代采用不同方式去解释和纪念同一个事件。② "历史记忆（Historical Memory）不是普通的生理和心理行为，它指的是过去的一些情节，可以通过叙事形式加以讲述。叙事性的解释以社会结构和连续性作为自己的主要特征，正是在这种叙事框架中，个体和集体的认同才能

---

① Jacques Le Golf, *History and Memory*, trans. by Steven Rendall and Elizabeth Claman, New York: Cambridge University Press, 1992, p. 51.

② Mark D. Jacobs and Nancy Weiss Hanrahan eds., *The Blackwell Companion to the Sociology of Culture*, Malden: Blackwell Publishing Ltd. , 2005, p. 254.

形成并且得到传播。"① 图像或者语音性的书写作为一种符号媒介，为集体记忆的保存和编码开启了新的空间。小说作为近代以来繁盛的文类，通过想象、虚构和变形等手法再现人类的生活实践，以"文字"形式把过去和现在联系起来，因而是一种保存和传播历史记忆的载体。大抵而言，希尼尔小说有三个题材：现代化背景下乡土与都市的变奏，太平洋战争幸存者后代的创伤记忆，华族文化的式微与无处不在的认同迷失。很难说这些记忆之间存在泾渭分明的边界，它们有时逸出了各自轨道而相互交织在一起，构成一道醒目的历史记忆现象学。第一种题材以普遍的、具体直接的日常生活为表现内容。第二种题材是对不可逆转的历史事件的回放，中心关怀是华族共同体遭受的心理创伤、加害者群体有意抹杀历史记忆，以及部分受害者后裔罹患的历史健忘症。第三种题材超越时空限定而以现代寓言出之，离不开夸张变形和高度象征色彩。

（一）现代化背景下的乡土记忆

新加坡重视城市规划。立国之初即礼聘联合国专家，历时四年以勾画发展蓝图。经济腾飞，集金融中心、商埠、旅游观光胜地于一身，联合国最佳人居奖，无不增强了国人的自信心。然则，现代化进程的遽变，都市与乡村关系的历史性重构，促成新加坡的文学场域发生了显著变化。② 不言而喻，叙说乡土社会的集体记忆以及都市病，成了希尼尔第一本小说集的主题。《鸭子情》中的孩童"小达"一直生活在乡下老家，"睡房窗外，就是鸭寮"，如今搬到城里的组屋区，听不到熟悉的鸭子叫，彻夜难眠。《让我回到老地方》中的父亲不习惯组屋区的生活环境，一

---

① ［美］德兰迪、伊辛：《历史社会学手册》，李霞、李恭忠译，中国人民大学出版社 2009 年版，第 580 页。

② Wong Yoon Wah, "The Impact of Urbanization on the Recent Development of Singapore Literature in Chinese," see *Post-Colonial Chinese Literature in Singapore and Malaysia*, Singapore：Department of Chinese Studies, National University of Singapore and Global Publishing Co. Inc., 2002, pp. 149 – 157.

月之内两次"失踪",子女无奈之下,只好把他送回安老院。《青青屠边》中的"外公"多次接到政府土地征用的通知,被迫搬迁到城市居住。后来,他外出时在地铁站多次迷路,发现加冷河畔的熟悉建筑,已经消失殆尽了。《布拉岗马地》讲述在土地征用法令下,"父亲"从乡间迁徙到都市,多年以后,他重病之际,怀念"布拉岗马地"(马来文 Pulau Blakang Mati,中文名"绝后岛")的乡土生活,听说那里要大兴土木,他兴致勃勃,但是不久即撒手尘寰了。中秋节后,一家人意兴阑珊,故地重游。此时的布拉岗马地,已改名"圣淘沙"(Sentosa),发展为著名旅游胜地。在喧腾的气氛中,"我"把父亲的骨灰悄悄洒下,算是完成了他的一个遗愿。与乡土对立的是都市,它的负面形象充斥读者的视野。个人在都市中感到的时空错置,成为横亘情节之下的主题。前者已被时间川流冲击而去,成为无可逆转的历史,后者是正在延续的、惊心触目的现实。《伤心海岸》中的鱼类由于环境改变的压力,体质脆弱,患上一种严重的传染病"Vibriosis"(弧菌病),大批死于海滩。身为残疾人士的"我",迫于都市工作的压力,也得上难以治愈的皮肤病,束手无策。城市沦为一座恐怖的"疾病之都",人们与之疏离而又无所遁逃,绝望中找不到生活的意义——

> 每天下班路过这所医院时,总会听到一阵阵的呻吟语呼叫,医院左边以前是荒芜的丛林,现在正在打地桩砌水泥。而在这座高度紧张的城市里,城内大夫的数目远远追赶不上日渐增加的呻吟次数。

小说结尾处,主人公毫不犹豫地跳入大海,与浪潮和石斑鱼嬉戏,找到了失落的快乐和自由。

与亚洲其他城市相比,新加坡以卓有成效的城市规划和生态保护而享有"花园城市"的美誉,但从历史上看,七八十年代由于现代化发展而产生生态问题,也是无法回避的事实。希尼尔的小说注意到这些问题。例如,为建造一座电视转播站,大片树林被夷为平地，鸟类栖息地被破坏了，园林局忙于组织抢救队，银行不失时机地展开一系列公益活动（《所谓苍鹭，在水何方?》）。岛国资源贫乏，国人挥霍无度，"青蛙队长"被困于浑浊、充满垃圾的水源里，植树绿化变为口号，空气中的二氧化碳逐年增加，人们无法制止塑胶品的流行，多年后，臭氧层不复存在（《浮城六记》）。希尼尔有时逸出常规，采用动物寓言的形式，代表作是《生命里难以承受的重》。小说叙述一群生活在林野中的"大象"，为城市建设带来的问题所困扰，于是，它们在风高之夜渡海峡，企图到德光岛回归自然，结果，登陆时行踪暴露了，陷入困惑和恐慌中。① 在这些乡土小说中，人与自然的亲密关系、人对土地和家园的深情，萦绕在主人公的记忆中。由于记忆的重塑机制，过去和往事被浪漫化了，作家赋予它们不可思议的魅力，因此产生出社会文化的意义，正如社会学家哈布瓦赫所说："我们保存着对自己生活的各个时期的记忆，这些记忆不停地再现；通过它们，就像是通过一种连续的关系，我们的认同感得以终生长存。"② 希尼尔的乡土记忆取材于本土经验，但也许有更长远的用心，王润华敏锐地发现——

> 希尼尔虽然取材新加坡的土地，他的最终目的是都市，甚至是世界性的。他所写的乡村已变成大都市，小村镇的木屋已变成组屋和摩天大楼，旧生活与文化传统都遭到极大的变化，在人类心灵上会有些什么困境？这不但是新加坡的现象，也是世界各国的现象，这不但是新加坡人（特别是华人）的困境，也是全人类的危机。③

① 希尼尔：《生命里难以承受的重》，新加坡：潮州八邑会馆文教委员会1992年版，第151页。

② ［法］莫里斯·哈布瓦赫：《论集体记忆》，毕然、郭金华译，上海人民出版社2002年版，第82页。

③ 王润华：《〈华人传统〉被英文老师没收以后——希尼尔微型小说试探》，原为《生命里难以承受的重》序言，收入王润华《从新华文学到世界华文文学》，新加坡：潮州八邑会馆文教委员会1994年版，第240页。

现代化意味着高速的都市化、资本积累、信息爆炸与市场扩张、乡土意识的出现以及屡见不鲜的生态危机，这是 19 世纪以来东西方共同的经验，那么，把希尼尔此类小说置于这个脉络中，意义和特殊性何在呢？我以为，它的独特性不在于反映了亚洲国家的现代化模式与西方帝国主义国家的差异性——后者透过垦拓海外殖民地而转嫁了自身在现代化进程中付出的代价，巩固了本国在世界政治格局中的霸主地位；而刚刚摆脱了殖民枷锁的蕞尔岛国只能乞灵于原宗主国完成自己的现代化方案；也不在于作家以"微型小说"的文体实践成功拓宽了环保主题在小说家族中的地位；而恰恰在于：这种现代化经验交织着"本土"种族与文化的印迹，以及咄咄逼人的全球化浪潮的信息。关于这一点，下文会提供更多证据。

（二）帝国主义战争、历史记忆与尊严政治

希尼尔的部分小说反映东南亚人民在太平洋战争中的苦难史。1942 年 2 月 15 日，日本南方军第 25 军，在山下奉文指挥下，攻陷新加坡，俘虏十三万名英国、印度与澳洲联军将士，把南方军总部设置在新加坡，改名"昭南岛"，山下由此得到"马来亚之虎"的绰号。嗣后，日军当局设立"甄别中心"，大量处决华人游击队及反日分子，此即著名的"大肃清行动"（大检证）。关于确切的伤亡人数，新加坡华社给出的数字是十万，战后审讯中提出的数字约在两万五千人至五万人之间。新加坡的"肃清大屠杀"是太平洋战争中规模最大的屠杀平民事件，与"马尼拉惨案"、"南京大屠杀"一起被列为"二战"期间日军屠杀平民的三大惨案。大屠杀导致新加坡战后反日情绪高涨了较长一段时间，两国还就赔款和道歉问题进行了多次外交斡旋。[①]

---

① 关于日据时期新马社会的情况，参看崔贵强《新加坡华人：从开埠到建国》，新加坡宗乡会馆联合总会、教育出版公司 1994 年版，第 212—224 页；Paul H. Kratoska, *The Japanese Occupation of Malaya: A Social and Economic History*, London: C. Hurst, 1998.

1967 年 2 月 15 日，日据时期死难者纪念碑正式落成。

希尼尔作为 50 年代生人，太平洋战争不是他这辈人的"集体记忆"，但是，作为大屠杀遇难者的远亲，他的小说构想了一种过去，这种过去反映某个共同体的当前文化，而不是与直接经历相连，因而是一种"历史记忆"。希尼尔小说之所以重溯国史、抚摸伤痕，原因在于他的圣淘沙年度郊游的观感——

> 日子不断翻版，土地不断翻新，日复一日，更变了馆名，不变是岛情，反反复复地在每回的游览过程中，我见到了一张张诡异的神态，尤其是来自其先辈曾经自由"进出"岛国的远方游客的脸上。原本是冷漠的神情在一系列的展出效应后竟反射出对历史的惊讶与失措！——集子里部分的作品恰恰承担了记忆与记载的功能，并视为抗拒历史健忘的最基本努力。①

这正如一位西方学者的论断："历史记忆超越了个人直接经历的范围，让人想起一种共同的过去，是公众用来建构集体认同和历史的最基本的参照内容之一。"② 希尼尔首次处理这种题材的小说，大概是发表于 1982 年的《野宴》，最近一篇可能是 2001 年的《运气》，两者的时间跨度相距二十年。在前者中，惨痛的历史记忆没有随时间流逝，它强行进入幸存者后裔的现实生活。一位日本朋友吹嘘少时在神户农场偷鸡进行"野宴"的琐事；而"我"对日本侵华战争耿耿于怀，故意重提这种"野宴"作为回应。《退刀记》包含一页惨痛的家族史。某日，一位华族老妇来到店铺，坚持要退还所买的一把刀具，理由是这把刀曾杀害包括自己亲属在内的许多人。她的解释让店员大惑不解，因为这种款式的刀具在市场上非常流行。在店员一再追问之下，谜团终于揭开了。原来老妇人所谓的"杀戮"发生在 1937 年的南京，而刀

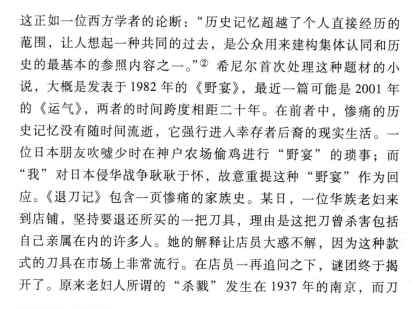

---

① 希尼尔：《认真面具》"后记"。

② ［美］德兰迪、伊辛：《历史社会学书册》，第 581 页。

具上的"日本制造"字样也暴露出事件的底细。在这里，历史梦魇冲破了时间之幕，侵入幸存者的现实生活。

有学者指出，"集体记忆"以四个一般原理为特征：社会性、选择性、"选择"被各种各样的有意或无意的加工所驱使、临时性，所以在重建过去方面，记忆有时是扭曲（distortion）的再现。特定的利益集团通过工具化（instrumentalization）、叙事化（narrativizaion）、认知化（cognitivization）、成规化（conventionalization）选择和扭曲记忆，服务于当前的兴趣。[①] 揭露帝国主义制造的记忆扭曲对受害者后裔造成的心灵创伤，经常是希尼尔小说的一个主题。例如，《异质伤口》交织历史伤痕与现实事件、私人生活和公共世界，"力比多"（libido）与政治是互换的隐喻，演绎集体记忆的惨痛一页。"他"的祖父在新加坡沦陷时被日军残杀，此事成为家族的记忆史。"祖母"把日据时期侵略军的子弹头与盖有血色通行证的衣衫送交文物馆参展。日本政府篡改历史教科书，掌控文本资源，有意"祛除记忆"。军国主义幽灵卷土重来，家族记忆刻骨难忘，唤起这名青年人的爱国情操。他的女友不巧是侵略者的后裔，这也激发了他的道德负罪感。这些问题纵横交错，致使男主人公遭受巨大的精神压力，出现了阳痿和幻觉，最终与女友分道扬镳了。研究者指出，历史记忆分为两种形式，一种是有意的努力，旨在保存和复制关于过去的知识；另一种是以往现象的无意的重现，某些局面或者遭遇可能引发这种情况，"在这里，记忆不是一门技术或艺术，而是一种力量，也就是一股闯入我们头脑中、几乎难以压制下去的力量。在这种情况下，记忆同样跟遗忘互相对立，但其对立方式不同。即便我们希望遗忘某事，过去的力量依然更加强大。在关于过去的创伤性指涉中，作为一种重现的记忆居于核心位置"。[②] 无疑，《野宴》、《退刀记》和《异质伤口》中的创伤记忆就是往事的无意重现，它执拗地进入幸

① Daniel L. Schacter ed., *Memory Distortion: How Mind, Brain, and Societies Recollected the Past*, Cambridge: Harvard University Press, 1995, pp. 346 – 364.

② ［美］德兰迪、伊辛:《历史社会学手册》，第 581 页。

存者后裔的头脑中，挥之不去。

希尼尔小说迂回在历史和现实之际，一方面控诉侵略战争给亚洲人民带来的心理伤痕，另一方面对部分国人的历史健忘症进行严厉批评。《新春抽奖》以 1989 年日本裕仁天皇驾崩、明仁继位为叙事起点，采用问卷调查和有奖竞猜的形式，故意把严肃的政治课题进行娱乐化的处理，意图讽喻新加坡年轻人的政治冷感症和历史健忘症。《其实你不懂我的伤》的题材来源于 1991 年日本首相海部俊树向饱受战争蹂躏的亚洲人民谢罪。小说罗列了不同年龄、职业的国民的反应：战争幸存者怀疑道歉者的诚意，宗教信徒主张宽容，保险从业人员趁机劝别人买人寿保险，华族青年沉醉于消费主义、对于历史伤口懵懂无知。《金鸡王朝的最后一本奏折》影射 1992 年中日外交关系，明仁天皇访华被喻为"黄鼠狼给鸡拜年"，作者回溯两国的历史纠葛，批判军国主义阴魂不散，暗含强烈的讽世之意。《让我们钓鱼去》的背景是 1998 年中国保钓人士的爱国壮举，甲午战争以来中国在国际舞台上的悲情记忆卷土重来。1992 年，因应中日关系的重大变动，希尼尔发表了三篇小说，叙说他对历史记忆和尊严政治的关注。《认真面具》写在新加坡沦陷五十周年之际，原日本侵略军将领携孙重游。老者追怀往事，毫无谢罪之意，他当年错过了"昭南"战争，面对文物馆遗物，难以置信历史的残酷性。他的孙子更是充满了惊疑和困惑，因为官方的历史叙事通过国家生产出来，借助文本斡旋而渗透在公民的正规教育中。① 显而易见，发生在个人日常生活中的"普通遗忘"（ordinary forgetting）是司空见惯的现象，不具太多意义，甚至连病理学、生理学和神经医学领域的"健忘症"也无人文价值。② 只有当这种遗忘与社会、政治、意识形态和文化的框架联系起来，才会彰显出重大意

① 关于国家生产的官方历史叙事的分析，参看 James V. Wertsch, *Voices of Collective Remembering*, Cambridge: Cambridge University Press, 2002, pp. 67 - 86。

② 关于普通遗忘的探讨，参看 Edmund Blair Bolles, *Remembering and Forgetting: An Inquiry into the Nature of Memory*, New York: Walker and Company, 1988, pp. 179 - 237。

记忆书写的诗学与政治

义。就此而言，希尼尔关于战争记忆以及遗忘症的表述，把犀利的笔触直指帝国主义的话语政治，揭示发人深省的含义。

希尼尔小说描写了历史记忆的纠缠和负担，也预示着其他的进路和可能性。因为一方面，历史记忆是对记忆者的一种束缚，让他忍受痛苦折磨；但这种历史记忆经过有效表述，可能启蒙历史健忘症者，让他们从愚昧卑下的精神胜利法中觉悟起来，恢复记忆，治疗创伤，通向新生的道路。这是历史记忆的悖论和辩证法。或者换言之，记忆可能是一种奴役力量，同时蕴蓄着解放的潜能，美国学者舒衡哲（Vera Schwarcz）关于欧洲犹太人的种族灭绝和中国"文化大革命"的著作揭示了这一点。①

（三）铭刻"文化记忆"

德国海德堡大学教授、埃及学家阿斯曼（Jan Assmann）认为，"文化记忆"（Cultural Memory）通过文化形式（文本、仪式、纪念碑）得到维持，在日常生活中，节日、仪式的交流形式形成"时间的岛屿"（islands of time）。为保存、延伸和唤醒"文化记忆"，人们制造纪念碑和标示物：书籍、假日、雕像、纪念品。② 无疑，表现华人的"文化记忆"和"历史遗忘"是希尼尔小说的大宗主题，它从各个角度展示历史记忆的断绝与文化认同的迷失，在深广度上超越侪辈的文学实践。

1. "华文"受冷遇与华文教育被边缘化。有论者指出，战后二十年新加坡社会发生了遽变，华校繁盛加强了华人社会的融合，越来越多的教育活动倾向居住地的政治认同："这一趋势不仅是新加坡华人本土化的一个有机组成部分，它也强化了这一不可逆转的潮流，并为之打上了中华文化的鲜明烙印。"③ 70 年代，

① Vera Schwarcz, *Bridge across Broken Time*：*Chinese and Jewish Cultural Memory*, New Haven：Yale University Press, 1998.

② Jan Assmann, *Religion and Cultural Memory*：*Ten Studies*, translated by Rodney Livingstone, Stanford：Stanford University Press, 2006, pp. 24 - 30.

③ 刘宏：《战后新加坡华人社会的嬗变：本土情怀、区域网络、全球视野》，厦门大学出版社 2003 年版，第 130—131 页。

出于经济发展需要和"去中国化"的政治考量，政府强调双语政策，英文成为第一语言。后来又关闭包括南洋大学在内的一批华校，这对华人占大多数的社会结构产生决定性影响，华校生和华文教育被边缘化了。专攻民族主义的史密斯指出，所谓"族群"或"族裔"（ethnic group 或 ethnicity），指的是这样一个共同体，其成员基于一套共同遗产——经常由共同的语言、共同的文化（经常包括一种共享的宗教）以及一种强调"共同祖先"的意识形态所构成——来互相认同，并据此与其他族群进行识别。① 可见"语言"是族群的构成要素，弃绝母语无疑是文化身份的自我剥夺，这种被德里克批评的"自我殖民化"② 经过制度安排，黄皮肤、白面具成为流行于华社的怪现状。《一课将尽》中的教师失去了教职，对华族文化的未来忧心忡忡，他百无聊赖，徘徊海边，昏沉沉地睡去了。《回》逐一对比"浮城初级学院"从 50—90 年代历届学长代表的致辞，凸显华文沦为第二语文的现实。《校庆》的某间华校改名、迁移，校长和主任操着蹩脚的华文，篡改校庆周年的数字，自觉切断历史记忆，暴露当事者的愚蠢和浅见。《流年》讲述一位华文教师的落魄生涯。由于华文教育被边缘化，他被学校辞退，朝夕为生计奔波，穷困潦倒，斯文扫地。后来在走投无路之下，申请华社自主会的华文补习班，终于返回校园。在重新做人之际，他痛苦地发现，一切需要从头开始。男主人公的生理疾患"挺而不举"，既暗示身世沦落和人格萎缩，亦是华族文化之"认同迷失"的隐喻。

2. 华族的传统价值观与生活习俗的式微。聚族而居，安土重迁，长幼有序，孝悌人伦，这是华人传统的生活模式；怀祖念孙、慎终追远是核心的价值观。在现代化、拜金主义、西化、全球化的冲击下，这些东西日渐失落了。缅怀剧变中的文化传统一直是希尼尔偏好的题材，他敏锐的笔触捕捉到了发人深省的

① Anthony Smith, *The Ethnic Origins of Nations*, Oxford: Blackwell, 1986, pp. 21 – 31.

② Arif Dirlik, *The Postcolonial Aura: Third World Criticism in the Age of Global Capitalism*, Boulder: West View Press, 1997.

现象。

华社崇洋媚外之风盛行，父母一厢情愿地把子女送往海外留学，青年人寄居海外，家国情感淡薄，文化认同感消失了。这是发生在《海德公园的某个黄昏》的一幕。小说人物"王贵兴"对长辈的怨言说明了两代人的代沟，他拒绝与家人联络是出于青春反叛期的"弑父情节"。吊诡的是，他被放逐于故土之下的另一个空间里，一方面逃避了父权制的束缚，另一方面失落了血缘意义上的文化传统，削弱了对祖国的忠诚，沦为异国中的边缘人。《移民》反映华人价值观念的变化。身居国外的"我"忙着为"岳父"办理移民，大功告成，在正式移民之前举办了一个家庭团圆餐，孰知天有不测风云，他突然去世，"移民"到了天国。

新加坡华人的祖辈从大陆离散至此，经历共同的漂泊、苦难、受歧视、受排挤的集体记忆，这种集体记忆提供一个重要的基础用以创造和维持群体。从殖民统治时代至今，他们成立了众多的社会组织，把族群和共同的祖先、历史和文化联系起来："被建构的过去无所不在地与人们在当下的自我意识、与他们的文化认同密切地纠缠在一起。殖民地环境把人们的自我意识复杂化了，有可能损害他们的文化认同，所以，在这种环境中，'过去'反而获得了特殊的分量。"① 但是在现代化、西化和全球化的境遇中，华族价值观发生了剧变。《让我们一起除去老祖宗！》讲述某华社为庆祝成立五十周年，拟议在报章上登载特刊，由于财政赤字，于是动员成员慷慨解囊。然而，传统价值观最终抵不过拜金主义，捐款活动以失败而收场。最后，工作小组做出决议：凡没有捐款者一律在报章上撤除玉照，而且"原本占有五分之一版位的千年老祖宗的彩色肖像，也在版面上正式除去，原因：老祖宗从没有出过任何钱！"这里的"老祖宗"指称的是儒家文化、华夏文明的开创者"孔子"。如前所论，对于"共同祖

① Jeannette Marie Mageo ed., *Cultural Memory: Reconfiguring History and Identity in the Postcolonial Pacific*, Honolulu: University of Hawaii Press, 2001, pp. 4–5.

先"和血缘世系的"承认"是构成族群的要素之一，这种情感和记忆的消失导致华人"文化身份"的解体。《南洋 SIN 氏第4代祖屋出卖草志》通过"细弟"瞒着父亲卖掉老家四代祖宅的故事，嘲讽金钱观念排斥了人伦亲情、历史记忆被自觉遗忘，都市化排斥了乡土意识。《变迁》对照三代人的讣告语言（由文言到白话再到英文）、字数和篇幅（越来越短小）、出席人数（越来越少）、墓地选择（由华人墓地改为基督教坟场）、生活方式（由聚族而居到家庭成员离散外国），不动声色地呈现了华族传统价值观和生活习俗的衰落。

3. 历史记忆的淡薄和文化认同的迷失。民族（nation）和族裔（ethnicity）的知识、思想和信仰，必须通过口头、文字、图像、实物保存下来，这构成价值的中心地带和意义的泉源，社会共同体的成员依靠历史记忆而传承文化，在时间川流中建构身份认同。考察希尼尔小说的文化记忆主题，必须把它放回到新加坡一百多年的历史背景中。1819 年 1 月 29 日，英国东印度公司雇员莱佛士（Stamford Raffles）登陆新加坡，开始管辖该地区，1824 年，新加坡正式成为英国殖民地。1959 年，遭受一百四十年殖民统治的新加坡成为自治邦，在 1963 年加入新近成立的马来亚联邦，完全脱离了英国统治。长期殖民统治造成的恶果是，居住地人民的历史意识和文化认同被大幅度削弱了。在希尼尔的《关于"春"的几种传说》中，文化记忆的重要载体——华人传统的节日"春节"——的意义被扭曲和利用了。某公司的备忘录上的"春节"二字被汉语拼音代替，旅游传单上写错的"春"字导致商业利润直线上升。部门主管甚至建议将错就错，以此作为促销手段；公司顾问自作聪明地在答复读者来信里广征博引，辩称"春错"有历史渊源。笔误并非简单的个人行为而是折射出一种集体无意识，这里表现了文化健忘症延伸在日常生活中，商品拜物教把公共记忆"商品化"了。

希尼尔小说呈现了许多文化符号以象征、记忆和召唤文化传统，包括：遗迹（祖屋、文物、名人故居、宗族墓地）、纪念物（宝剑、国画、纪念碑）、仪式、节日。在现代社会，这些文化

记忆书写的诗学与政治

符号的命运如何？一个华族家庭参观兵马俑展览，老一辈人流连忘返，年轻一代兴味索然，还把"秦国兵马俑"误作"泰国马桶"（《俑之生》）。一名华校毕业生重访母校，结果失望地发现，象征正义和友情的"宝剑"被弃置在垃圾箱中（《宝剑生锈》）。中国艺术家在本地举办画展，遭受冷遇，直到临近结束时，才有一名爱好中华文化的印度人买走了七幅画（《黑伯乐》）。华族学生"符家兴"与同学一道，观瞻"华族传统展览馆"，兴致盎然。返校后在课堂上翻阅《华人传统》画册，结果被科任老师"金毛狮王"检举，罪名是"阅读不良刊物"（《舅公呀呸》）。"人面鸟身的禽族"沦为追逐利润的经济动物，竞相染羽，"鹰纹一组"据认为顺应了全球化潮流，而"凰纹鸟"进退失据，处于下风（《伤痕经补余》）。一家驻外公司的华人职员"安东尼"对本族文化知之甚少，沾沾自喜于"没有文化包袱"。女职员"伊丽莎白蔡"的港、台、大陆的历史文化常识惊人的匮乏，对于时事毫不关心、漠然置之（《旧梦不须寄》）。

　　在表现"认同迷失"的主题上，下述三篇小说最为精彩。《王朝继续沉淀》写的是"我"和友人手持一份某外国大学的《南洋地方志》问卷，前往市镇会询问"人文概况"，结果大失所望，岛国充斥商业娱乐之类的垃圾资讯，问卷成了"陌生的问题，迷失的答案"。《我等到鱼儿也死了》中的垂钓者发现，大群人经过吊桥前往展览馆不是为观赏"宋元明文物"而是购买"地铁卡"，附赠入场券他们无意问津，认为是浪费时间。这些身份年龄各不相同的华人不知"宋元明"为何物，有人还把它与人名地名混淆，令人啼笑皆非。部族文物近在咫尺却失之交臂，唤不起历史记忆和文化认同。老人年复一年在河上垂钓，最后钓到一个"鼓涨着肚皮、不怎么挣扎的鱼"：

　　　　我翻了翻苍白臃肿的肢体，像似一种支那科的 SINGA 鱼。我按了按鱼身，
　　　　拨开鳃，回望着好奇的眼神，略有所思。
　　　　"这尾是土生的，好像感染了'纹化冷膜症'"。

文心的异同：新马华文文学与中国现代文学论集

我把鱼扔回河里，随即浮了起来，鱼肚朝天。此刻，我别无选择地以同一个姿势，继续等待着……

垂钓的老者就是一位"孤岛遗民"，面对集体麻木的族裔，伤心失望，无可奈何，只能静观事变而已。大抵而言，希尼尔小说表现华族文化在本土境遇中遭受的创伤，但是这种"文化创伤"（cultural trauma）的产生原因，远比西方学者的分析来的错综复杂——他们认为，当一个集团的成员感到一个恐怖事件（例如纳粹大屠杀、越南战争、"9·11"事件等）为他们的集体意识留下了不可磨灭的印痕、标志着永远的记忆，并且以基本的不可逆转的方式改变了他们的未来身份的时候，"文化创伤"就于焉而出现了，[①] 而希尼尔表现的文化创伤乃是形形色色的国内外原因导致的。本文第三部分将做进一步的辩难和分析。

二　技巧与形式：从文体实验到修辞创新

（一）文体实验

　　微型小说由于文体的天然限制，无法勾勒社会生活之复杂宏大的"纵剖面"，难以对事物进行精雕细琢的描写，只能截取"横断面"甚或拼贴零碎化的生活场景，压缩时间于空间之中，开拓想象视野，于形式技巧上花样翻新。希尼尔小说在文体实验、情节模式和修辞技艺上有不凡的成就。《生命里难以承受的重》中的早期作品大多是讲述一则小故事，善用推理、悬疑、延宕和巧合，有时平铺直叙，笔无藏锋。从《新春抽奖》开始，希尼尔的"文体意识"彰明较著，消解传统小说的故事性，融合诗歌、散文、杂文、戏剧，以实验"非线性叙事"与"文类混杂"为职志，不断突破自我。面对小说在文学结构中从边缘到中心的转变，希尼尔认为微型小说必须肩负起重大使命——

---

　　① Jeffrey C. Alexander et al. , *Cultural Trauma and Collective Identity*, Berkeley：University of California Press, 2004, p. 1.

它是否能开拓创作技巧的新潮，照应到一般文体所不能触及的角度与深度，非支流式地纳入整个文学的正统，并完成一个"观照时代"的体系，以本地区的华文文学而言，鉴于传统的文化观念，还有待文学工作者继续努力探索。①

从《认真面具》开始，作家追求体式花样翻新，臻于出神入化，堪称"文体家"。计有：（1）"问卷调查体"，例如《新春抽奖》；（2）"书信体"，例如《关于鼠族聚居吊桥小贩中心的几点澄清》、《我来到了马尼拉》；（3）"学术论文体"，例如《吃香口胶的正确方法》；（4）"会议记录体"，例如《让我们一起除去老祖宗》、《回》；（5）"新闻剪报体"，例如《醋蛋之约》；（6）"采访报道体"，例如《其实你不懂我的伤！》；（7）"手机短信体"，例如《就在半懵半懂之间 SMS 给老妈》；（8）"讣告体"，例如《变迁》；（9）"调查报告体"，例如《姻亲关系演变初探》；（10）"工作手册体"，例如《后设行动训练摘要》；（11）"练习作业体"，例如《新闻加工练习》、《成语练习》；（12）"拼图游戏体"，例如《禁忌的游戏》；（13）"节目稿件体"，例如《所谓苍鹭，在水何方？》；（14）"备忘录体"，例如《关于"春"的几种传说》；（15）"戏剧体"，例如《I & P》，等等。历史记忆和文化认同是宏大严肃的题目，在其他作家那里并不罕见，若不在技巧上锐意革新，难免落入俗套。是故，希尼尔的文体新颖活泼，寓庄于谐，以俄国形式主义的"陌生化"（de-familiarization）技巧，刷新读者的审美感受，传达历史记忆和文化认同的题旨。"新闻性"和"寓言体"也是作者的匠心所系。考虑到个人经验的有限性、微型小说的体式限制以及岛国社会生活的特点，希尼尔习惯于从新闻中取材，加以变形改造——

在日新月异的二十世纪末，历史不仅是消失的过去，也

---

① 希尼尔：《生命里难以承受的重》"后记"。

是继续完成的现在，以及不可预测的未来；许多事件在历史的单摆中来回摆荡，新闻的"实"再融会小说的"虚"，刚好完成了观照时代的一种"适度摆荡"的文学形式。《辑3》中的新闻小小说是个人颇偏爱的文体，现实事件与小说情节的虚实胶葛及渗透，再辅以叙事结构的反讽、戏谑与后设，自成一种辩证张力。①

文学虚构和历史叙事在希尼尔的小说世界，互动互济。然则，新闻报道既有"纪实性"亦有"时效性"，当时读者能够读懂"纸背深意"，只是年深月久，后之来者需要查证彼时的国内外大事，才能求得对文本的透彻理解。希尼尔一些小说采用动物视角，禽言兽语，意在言外，可谓"现代寓言"。80年代后期，他的技艺渐趋精巧，语调冷静克制，擅用多种叙事技巧，有魔幻现实主义乍现，透过虚实交织的情节，召唤历史记忆，痛陈文化伤痕。例如《伤心海岸》、《我等到鱼儿也死了》、《我们决定重建余阁》、《王朝继续沉淀》。

記憶書寫的詩學與政治

（二）隐喻与象征

希尼尔的小说体现为强烈的"诗化"特色。他从日常生活和新闻报道取材，加以变形改造，调动悬疑、巧合、谐音、双关语、戏剧性场景、讽刺等手段，把隐喻（metaphor）提升到象征（symbo）的境界，以一当十，蕴藉无穷。② 一些批评家认为，就风格和技巧而言，微型小说与诗歌颇为接近，王润华发现希尼尔小说运用现代诗技巧，即此谓也。③ 落实在三种记忆的范畴中，小说的意象、隐喻和象征系统又细分为三类。

（1）乡土与都市的隐喻。希尼尔的"浮城"意象在作品中

---

① 希尼尔：《认真面具》，第127页。

② ［美］韦勒克、沃伦：《文学理论》，刘象愚等译，生活·读书·新知三联书店1984年版，第204—205页。

③ 王润华：《〈华人传统〉被英文老师没收以后——希尼尔微型小说试探》，见《从新华文学到世界华文文学》。

复现，这座现代都市，被命运之神从大陆、土地和家园连根拔起，投入浩瀚大海中，丧失了存在的实在感和根基感，没有时空限制，"漂泊"成为永恒的宿命，"浮城"是新加坡之身世的象征。乡土意识是希尼尔早期小说的主题，"布拉岗马地"、"青厝"、"祖屋"、"鸭寮"、"苍鹭"、"青蛙队长"、"德光岛"等意象，喻指乡土记忆和生态环保。（2）战争的隐喻。希尼尔小说一系列意象，回旋在历史和现实间，铭刻着创伤记忆。《退刀记》中印着"日本制造"字样的阴森的刀具，《异质伤口》中的紫铜色子弹头、印有血色通行证的衣衫、日据时期发行的香蕉钞票，见证了新加坡的惨痛国史。金鸡王朝灭亡于银狐王国的寓言，隐喻的是中日两国百余年的关系。《让我们钓鱼去！》中的"忠邦村民"隐喻炎黄子孙，外湖礁台"插上两个村庄的庙旗"隐喻爱国举动。《其实你不懂我的伤！》中的华族青年对"战争、历史、篡改教科书"毫无印象，倒是日本歌星激起了他的兴趣，这里隐喻健忘者的愚昧麻木。《认真面具》中的前朝遗将把日军对东南亚的侵略比作"剑客"为追求自我超越而进行的武术竞技，肃清大屠杀被轻描淡写地解释为"一念之差"，说明历史被剪接之后变为意识形态。（3）华人文化的隐喻。包括：子女不愿观瞻的"兵马俑"，蒙尘的"宝剑"，荒疏的"咏春拳"，被拆毁的"余阁"，被没收的"《华人传统》画册"，印度访客订购的"水墨画"，被人特意拿掉的"老祖宗"的画像，在经济大潮中迷失的"凰纹鸟"，旅游传单上印错的"春节"，在吊桥上等待的垂钓老人，为反击西方文化的围剿而投书报馆的"鼠族"，为文化的未来而忧心的华文教师，住在旧皇宫里的"年迈的族群"，等等。

（三）反讽与反仿

"反讽"（irony）是修辞手段，源于希腊语，意谓"佯装无知"（feigned ignorance），现已成为一个基本的诗学概念，主要有：（1）语言反讽（verbal irony 或 ironic statement）。这是一种陈述方式，说话者的实际含义不同于字面含义，在语言情境中表

达一种非常不同、经常是相反的态度和评价。① 《野宴》中的
"我"以"野宴"比拟日本侵华战争,在上下文中具强烈的反讽
意味。《横田少佐》提到祖辈在"皇军进出"时被无辜杀害,
《认真面具》中的主人公向日本祖孙指出:纪念碑是为凭吊当地
平民历经一次"进出"的教训而建造,这些都是语言反讽。
(2)情景反讽(situational irony 或 ironic situation)。这指的是主
观期待与客观事实间的错位,或是行为产生的结果与人的意图相
反,所谓"事与愿违"。《宝剑生锈》中的主人公在五十周年校
庆之际,一大早赶往母校,想看看当年的那把宝剑是否还挂在教
员休息室内,结果,他发现宝剑不见了,取代的是一幅现代画。
《黑伯乐》中的中国画家始而吃惊于画展在本地受到冷落,终而
愕然于印度游客慷慨订购画作,这是双重的情景反讽。《我等到
鱼儿也死了》中的华族老人钓到一尾奇怪的"SINGA 鱼"。《生
命里难以承受的重》中的大象意欲泅渡到德光岛,结果行踪暴
露。《流年》中的女生当年立志当上"人类灵魂的工程师",后
来,差点把灵魂出卖给前华文教师。《王朝继续沉淀》中的当事
人四处调查浮岛的人文概况,结果两手空空——上述篇章写到种
种"事与愿违",制造这种"情节反转"是希尼尔小说的叙事模
式之一。(3)戏剧性反讽(dramatic irony)指的是文学作品中
的人物角色出于对真相的无知而做出错误的言行,也可以说是角
色/演员和观众/读者/听众之间的"意念"的不一致。即,听众
或观众或读者理解了某种语言和行为的含义,但是言说者或剧中
人并没有理解。② 《舅公呀呸》中的英文老师"金毛狮王"把
《华人传统》画册指认为"不良刊物",《醋蛋之约》中的新闻
记者把商品的功效吹嘘得天花乱坠,《校庆》中的校长誓言抛开
传统文化的包袱,《关于"春"的几种传说》中的公司顾问文过
饰非、巧言狡辩——这些人物深信真理在握,自信满满,然而在

① M. H. Abrams, *A Glossary of Literary Terms*, 5th edition, New York: Holt, Rine-
hart and Winston, 1988, p. 91.

② Alex Preminger ed., *Princeton Encyclopedia of Poetry and Poetics*, Princeton: Prin-
ceton University Press, 1974, pp. 407 – 408.

读者眼中，他们的言行是如此荒唐。这两者之间产生戏剧性反讽。有时，希尼尔综合运用多种反讽。譬如，日本祖孙二人重游故地，发现了被剪辑的历史和他们原先的印象大相径庭；祖父对战争的个人化诠释与读者的看法构成对照（《认真面具》）。金鸡王朝皇帝对银狐王国的狼子野心不加防范，一味轻信，他抱着善良愿望出行邻国，结果中了奸计，身死国灭（《金鸡王朝的最后一本奏折》）。宗乡会发动成员踊跃捐款，结果大失所望；工作小组被迫做出除去老祖宗画像的决定（《让我们一起除去老祖宗!》）。各色华人蜂拥而至，不是为了参观文物而是为了购买打折的地铁卡。至于宋元明究竟是何物，他们七嘴八舌的解释让读者啼笑皆非（《我等到鱼儿也死了》）。小说作者佯装无知，不断编织情节，小说人物感觉到事与愿违，他们的所思所想，自有一套逻辑；但在读者心中，是非正误一目了然。这就是情景反讽和戏剧性反讽的综合。（4）浪漫反讽（romantic irony）是弗雷德利希·施莱格尔和其他 18 世纪后期、19 世纪初期德国作家引进的术语，命名一种戏剧或叙事作品的模式。在这些作品中，作者建造了艺术幻觉仅仅是为了摧毁它，借以显示作者和艺术家一样，是人物角色及其行动的专横的创造者和操纵者。① 《认真面具》的开头写道，"浩浩荡荡地我们来到圣淘沙"，接着出现老人站在古树下指点江山的一幕，旋即过渡到展览馆的战争画面，气氛变为凝重，最后出现了鬼火、冷月、冥纸、骨灰瓮等可怖的镜头，消解了开头的光明的调子。《移民》的大部分篇幅描写"我"怀着感恩之心，为岳父办理移民，而篇末出现的凄凉画面解构了前面的喜庆气氛。《我们决定重建余阁》的前面和中间部分，铺陈有关古迹重建的争论，热闹非凡，而结尾部分，余东璇在九泉之下泪眼婆娑的场面，构成了一个浪漫反讽。

　　"反仿"（parody），又译为"戏拟"、"谑仿"，源自希腊文 parodia。喜剧性反仿接近于滑稽模仿（burlesque），文学反仿或批评反仿密切遵循的是一个既定作者的风格或者一件特定的艺术

文心的异同：新马华文文学与中国现代文学论集

---

① M. H. Abrams, *A Glossary of Literary Terms*, p. 94.

作品。在更宽泛的意义上说，反仿和文学性滑稽模仿起源于古典戏剧，表达的是对悲剧主题进行情感反抗的基本冲动。批评性反仿被定义为，在歪曲原作的基础上，对一件艺术作品的夸张模仿。[①] 有学者指出，"反仿"具有源远流长的演变，众多西方文论家对"反仿"理论有所推进。[②] 另有研究者认为，"反仿"实为一种基本的文化实践，不限于文学作品甚至亦不限于文本媒介。[③] 希尼尔的反仿对象有文学经典和流行文化。《所谓苍鹭，在水何方?》是对《诗经》名句"所谓伊人，在水一方"的反仿，《生命里难以承受的重》是对捷克小说家米兰·昆德拉的《生命中无法承受之轻》的反仿，但是希尼尔表现的是乡土记忆和生态环保。此外，《浮城六记》是对明代作家沈复《浮生六记》的反仿，但其主题不是古典爱情而是对现代化的质询。《我等到鱼儿也死了》、《其实你不懂我的伤!》、《我的来世不是梦》是对港台流行歌曲《我等到花儿也谢了》、《其实你不懂我的心》、《我的未来不是梦》的反仿，主题转变为文化认同和历史记忆。《金鸡王朝的最后一本奏折》中的亡国之君所做的《虞美鸡》是对李煜《虞美人》的反仿，《伤痕经补余》中的"乳浆思想"反仿的是"儒家思想"。

（四）含混与悖论

含混（ambiguity），又名"模棱"、"朦胧"，意谓语义重叠和复义，属于表现方法。[④] 燕卜逊的《含混七型》（William Empson, *Seven Types of Ambiguities*）把含混发展成为一个重要的批评术语，提高了读者对诗歌语言丰富性和复杂性的认识。[⑤] 希尼尔小说中的"遗民"的歧义如前所示。《其实你不懂我的伤》中的

---

① Alex Preminger ed., *Princeton Encyclopedia of Poetry and Poetics*, p. 600.

② Margaret Rose, *Parody: Ancient, Modern and Post-Modern*, Cambridge: Cambridge University Press, 1993.

③ Simon Dentith, *Parody*, New York: Routledge, 2000.

④ Alex Preminger ed., *Princeton Encyclopedia of Poetry and Poetics*, pp. 18 – 19.

⑤ M. H. Abrams, *A Glossary of Literary Terms*, pp. 9 – 10.

记忆书写的诗学与政治

"你"，既可指日本政府也可指新加坡的历史健忘症患者。《生命里难以承受的重》之"重"字包括了"体重"、"生态破坏的严重"、"心情和代价的沉重"、"环保的重要"等复义。"流年"既有习见的似水流年、世事无常的含义，也指的是"流转之年"（从华文源流转为英文源流）。"悖论"指的是一种"似非而是"的陈述，它表面上看来是不真实的、自相矛盾的或荒谬的，然而在经过省思之后却证实了它的真实有效。悖论是诗歌的一个重要元素，反映了诗歌所模仿的世界之悖论性质。[①] 布鲁克斯的名著《精致的瓮》指出，悖论是一种"间接性"的形式，后者乃是诗歌语言和结构的一般特性。[②] 希尼尔的"认真面具"构成语义学上的悖论："面具"本是虚假之物，意图掩盖真相，冠以"认真"二字，则有以假当真、真假混淆之意。既然面具为真，则面具背后之物是真是假？董农政对此有敏锐的观察："认真面具，不但有认清假象的含意，面具能是认真的，多少也有假作真时真亦假的嘲讽，算是对现实与历史的无言抗议。"[③]

三　族群与国家，本土与全球：文化政治的再检讨

记忆表现为各种形态。"集体记忆"、"历史记忆"、"文化记忆"属于记忆光谱的不同面向。集体记忆指的是同时代人的共同经历和生活世界，它假设过去的集体和现在的集体之间存在着一种连续性，它只存在于自己的载体人群的寿命期限之内，并随着他们的去世而消失。历史记忆不以个人经历为基础，仅仅通过集体方式而存在，它必须在社会关系中得到传播和表述，因此，历史记忆是一种集体记忆。但是，历史记忆又不同于集体记忆，这是因为它建构了一种关于社会共同体的共同过去，超越了其个

---

① Alex Preminger ed., *Princeton Encyclopedia of Poetry and Poetics*, p. 598.

② Cleanth Brooks, "The Language of Paradox," in *The Well Wrought Urn: Studies in the Structure of Poetry*, revised edition, London: Dobson, 1968, pp. 1 – 6.

③ 第一届亚细安青年文学奖评语，见希尼尔《认真面具》，第 12 页。

体成员的寿命范围，而民众则是依靠历史记忆来建构集体认同。文化记忆是历史记忆的具体形式，它没有时间性和集体记忆具有的日常性，场所、遗迹、仪式、日历、纪念物是常见的文化记忆的载体。

我们不难辨识希尼尔记忆书写的微言大义，但是一些难以察觉的冲突也游离在字里行间，透露出作者的焦虑迷茫，以及在面对复杂现象时的无力。按照历史社会学家的研究，"历史记忆"体现有复兴、进步、衰退、危机四种范式。所谓"衰退范式"指的是一种思维——

> 它假定存在着一种衰落和颓废趋势，即一边是美好的、黄金时代的过去，另一边是不好的、正在衰败的现在。美好的古老理想和品德正在被人们抛弃，腐败、污染、衰退和犯罪正在发生——只有彻底回归自然的根源或者传统的品德，才能阻止厄运甚或大劫难的降临……这种退化模式的一个变体导致了浪漫主义的怀旧，即怀念那种隐藏在陈腐的现在背后的神秘过去，它只能通过遗迹和碎片得到表征，通过斑斑铜锈得到暗示，也就是说，只能体现为时间在物体表面流下的自然痕迹。①

自卢梭以来，"回归自然"成为浪漫主义者和现代主义者的宿命般的立场。特里林认为现代文艺之一大特征是对于现代社会的敌意和对荒蛮原始生活的向往，② 卡利尼斯库曾把"颓废"视为现代性的五副面孔之一。③ 虽然希尼尔小说中形形色色的人物不是宗教信徒而是世俗男女，但是当他/她们在都市中凭吊乡土和过去、缅怀文化遗产的时候，这种浪漫的颓废感缭绕

---

① ［美］德兰迪、伊辛：《历史社会学手册》，第 594 页。

② Irving Howe ed., *The Idea of the Modern in Literature and the Arts*, New York：Horizon Press, 1968.

③ Matei Calinescu, *Five Faces of Modernity：Modernism, Avant-garde, Decadence, Kitsch, Postmodernism*, Durham：Duke University Press, 1987.

不去。在希尼尔那里，"传统"是铁板一块，超越时空、静止不变，经常被理想化、单一化甚至本质主义化了，在碎片化的堕落的现代生活中，它是价值的中心地带和意义源泉，至于传统中那些黑暗的、压迫的力量则被忽略了。这种非此即彼的思维把传统和现代当作二元对立的存在。艾略特的《传统与个人才能》认为传统不是僵死静止的东西，而是处在流动和变化的、被现代性所激发并且与现代性保持张力对话的历史意识。[1]艾略特在"文学"范畴内理解传统的概念，可推而广之，用以理解普遍意义上的传统。霍布斯鲍姆提出一个著名看法：文化人类学中的传统与现代的区分，并非历史事实而是历史想象的一端而已，"传统"仍旧处于时间之中，它被创造性地加以激活，并非真确的（authentic）东西而是一种人为的发明。[2]有时，希尼尔对"传统"缺乏辩证的理解，视之为整体主义的、没有时间性和负面因素的完美存在，诉诸文体修辞，抒发浪漫的文化乡愁。希尼尔陷入"记忆书写"的两难：他本着思想启蒙的责任感，召唤历史，描写现实；然则吊诡的是，越是深入描写现实，越是发现改造现实的无望。因此，记忆书写颠覆了书写者的初衷，构成自我解构的逻辑。在《我等到鱼儿也死了》、《伤痕经补余》、《王朝继续沉淀》、《星光依然灿烂》、《旧梦不须寄》等有寓言、黑色幽默和魔幻现实主义的文本中，这些张力和冲突尤其明显。

希尼尔小说无论表现集体记忆、历史记忆，还是文化记忆，一无例外隐含了文化政治的修辞，尤其是他对遗忘之生产机制的探讨，呼应后殖民理论的思考。希尼尔的小说主题是和他经历相似的华人的集体记忆。他们是新加坡"兴国历程"的知情人、见证人和参与者。历经 50 年代的学潮和工运，左翼青年的北归热潮，1965 年的国家独立，华巫英印四大种族和文化的混杂，

① T. S. Eliot, *The Sacred Wood: Essays on Poetry and Criticism*, London: Methuen, 1934.

② Eric Hobsbawm and Terence Ranger eds., *The Invention of Tradition*, New York: Cambridge University Press, 1983.

华人由侨居心态向定居模式转变，都市化进程和乡土景观的消逝，经济腾飞，商品拜物教和消费主义的横行，华校关闭、华文教育边缘化、英文成为第一语言的事实，全球化，新殖民主义，华人的历史健忘症和文化冷漠症，此辈作家痛感"时空错置"的阴影无所不在，他们的"新加坡经验"之丰富复杂，几有超乎笔墨所能形容者。《我们决定重建余阁》批评华人的"传统文化冷漠症"。主政者为追求商业利润，拆毁名人故居"余阁"。二十年后，自欧美游历归来的国人，发觉"浮城"没有清楚的身份，决定重建古迹。历史悠久的"余阁"承载华族文化记忆，它的对立面是大型购物中心"福厦"，可见市场逻辑排斥了文化遗产、西洋文明腐蚀了华族文化。小说结尾处出现一段超现实主义的情节——

> 有一位先贤，据说叫余东璇，居九泉，不断地摇首。当年拆毁余阁的尘埃飞扑飞扑，覆盖在他的陋居，同时弄伤了他的眼；他的泪，轻轻弹落；他的梦——据说是重建余阁之梦，在来来往往的隆隆车声中——幻灭了……

这是发展主义模式与文化认同建构的冲突。动物栖息地的毁灭，水源污染和植被被破坏，老式民居的拆迁，交通改造，地理空间的重新规划，这在现代化进程中司空见惯。只有那些铭刻文化记忆的文物、古迹、纪念碑、民俗、节日、庆典等象征符号的消失，才会削弱和瓦解族群认同、文化认同乃至国家认同。历史古迹被商业中心取代，西方列强倾销商品，导致的不仅是弱小国家、弱小民族在经济上再次被殖民化，还有历史记忆的遗忘与文化认同的迷失。可以说，作者致力于揭示的正是现代化具有的"意识形态"性质，在全球化境遇中，这种意识形态摆脱不了与新殖民主义的共谋关系。

希尼尔的战争记忆小说之意义是：它批判了历史健忘症者——无论是加害者群体的后裔还是受害者的后裔，揭示了遗忘的生产机制及其文化政治。从历史上看，曾经卷入太平洋战争的东南亚国家在战后与日本的关系很微妙，他们希望日本在地区事务中发挥领导作用，他们在经济、科技、防务上放弃自己的独立性，自觉抹杀历史记忆，就范于新殖民主义的霸权。日本这一边，也把经济赔偿作为向东南亚进行战略扩张的诱饵，迫使他们开放市场，这对日本战后经济复苏起到了推动作用。反过来看，日本仰仗经济实力和军事后盾，在面对历史问题时态度强硬，在国际舞台上拒绝公开谢罪；反复篡改历史教科书，对加害者后裔进行洗脑，启动"强制遗忘"的国家工程。在这样的历史框架下阅读希尼尔，也许会有新的发现。在《认真面具》中，高大的纪念碑与堂皇的旅店相比显得格外渺小，这暗示了消费主义的横行与世人的历史健忘症。根据 2000 年新加坡的一项社会调查，10% 的新加坡青年华人来世想当日本人。针对此，希尼尔写下《我的来世不是梦》，披露日本高科技商品在本地的泛滥，认为这是导致（华族青少年）文化认同迷失和历史记忆断绝的根本原因——

> 至于选择做东洋人嘛，嘿！你没注意到我们周围都是 Japanese products——路上的汽车，家里的电器，办公室里的电脑、电话，街边的餐馆、卡拉 OK，哪一样不比他人强？日本高科技引导新潮流，年轻人都很 cool，很 in！——还有，也不用浪费时间去学那要命的 Chinese！考不好还得考虑去移民！

《横田少佐》把中、韩、新三国面对历史的态度进行对比，批评日本政府扭曲历史记忆、重建过去，也对本地年轻人的哈日时尚和历史健忘症进行暗讽。"二十万人抢购十合百货公司的日本商品"的细节，反映了全球资本主义的威力，也说明消费主义作为一种跨越国界的意识形态，无孔不入地重构了世界图景，成为安德森批评的新"霸权"。[①] 针对这种新殖民主义的杰作，希尼

---

① ［美］佩里·安德森：《霸权之后？——当代世界的权力结构》，《文化纵横》2010 年第 1 期。

尔一针见血地批判道："他们是成功的，侵略别人不需要武力。"这篇小说作于 1985 年，到了 2000 年，全球化势头更迅猛。阿帕杜来指出，"全球化"的五种图景是：跨越国界的人种、资金、观念、媒体图像以及技术流动。[①] 老牌帝国主义依靠赤裸裸的军事手段称霸世界，如今它改头换面，向原先殖民地输出让人眼花缭乱的高科技产品，不断刺激主体的消费欲望，在经济上再次将弱小国家、弱小民族"殖民化"。反过来看，弱小国家把"他者"的凝视内化为无意识结构，通过想象复制、商品消费的活动，提升了社会地位，推动了国家繁荣和进步，实际上，这是自欺欺人的幻象而已。他们表面上跻身于发达国家行列，其实在不知不觉之间，他们的历史认知能力和文化身份已被削弱和瓦解了。这一得一失，其价值岂可同日而语？当然，历史遗忘症和文化健忘症在华人共同体的泛滥，不但出于外部原因也有内部条件。岛国自然资源奇缺，导致国家对国际社会严重依赖。理工、法律和商业一类的知识源流的盛行，使得文化事业走向羸弱贫瘠。威权政治的操控，文化精英被收编，市民社会的瓦解，导致政治冷感症、商品拜物教以及消费主义的流行。母语沦为第二语文的残酷现实，加重文化认同迷失的趋势。语言殖民主义的事实，助长"黄皮肤、白面具"现象的流行。希尼尔的微型小说看似轻薄短小，其实尺幅千里，他对遗忘的再生产机制的探讨，触及当代世界秩序的霸权结构，也对阿尔都塞揭示的"意识形态国家机器"顺手一击。

当我们把希尼尔的记忆书写与他国文学进行对比时，必须注意情形的复杂。例如，当我们讨论全球化视野中的中国与西方之关系的时候，中国经常被描述成为一个均质、整一的文化实体，具有历史传统、民族性和地方色彩——不管它是单一的"民族—国家"还是白鲁恂（Lucian Pye）所谓的"文明体"。但在

① Arjun Appadurai, "Disjuncture and Difference in the Global Cultural Economy," in Jana Evans Braziel and Anita Mannur eds., *Theorizing Diaspora: A Reader*, Malden Blackwell Pub., 2003, pp. 23 – 48.

新加坡，这种情况稍微复杂一点。新加坡的社会结构、人口构成和文化源流呈现多元的特性，华、巫、印、英四大族群的语言、文化、习俗有很大差异，和而不同，共生互济。希尼尔对文化认同的追寻，不仅是华人族群念兹在兹的大事，也是马来族与印度族的共同心声。他对抗无孔不入的全球化、新殖民主义、新帝国主义，他作为"岛国遗民"为文化请命，也是其他族群的共同关怀。事实上，希尼尔不仅对全球化和跨国资本主义进行批判，而且对国内的政治意识形态加以反思：如何避免把他者的凝视内化为自己的无意识结构？如何避免被全球化和新殖民主义所俘虏以至于丧失了主体性？新加坡小国寡民，资源奇缺，夹处强邻间隙，在虎视狼顾之下，时有朝不保夕的危机感。幸亏举国一心，励精图治，跻身亚洲强国之列，政治人物合纵连横，在国际舞台上走出一条稳健扎实的路子。虽然漫长的殖民主义统治结束了，它给居住地人民造成了严重的精神创伤、历史健忘和心灵破碎，国家独立后取得的经济成就并不意味着主体性的自动生成。

　　希尼尔的《关于测量薯条长度的几种方法》篇幅不长，然而深刻揭示了这个问题的症结。此篇小说布满曲折迷人的隐喻象征，主人公故弄玄虚地搬出科技知识，围绕历史和现实、时间和空间的问题，往返论辩，这既是关乎国家前途和文化认同的寓言，也是一个诠释了后殖民主义理论的杰出文本。1990年8月9日，新加坡独立二十五周年。在举国欢庆之中，希尼尔那温和而忧郁的目光越过了柔佛海峡，思考新加坡的过去、现在和未来。从空间距离讲，新加坡与北方的马来西亚一衣带水；从时间距离讲，两国分治有二十五年之久，可谓咫尺天涯。在独立后的岁月中，新加坡走的是一条日趋西化的道路，虽然摆脱了马来西亚首任首相东姑·阿都拉曼的掌控而取得"独立国家"的身份，但同时重回以新加坡开埠者莱佛士为象征的大英帝国的怀抱，这又有何"独立性"可言呢？难怪书中人物感叹："我们已迷失了方向。""薯条"意象含义深远，指代西方文明和殖民主义。"薯条"的长度惊人，从冷雾弥漫的大不列颠半岛一直延伸到赤日炎炎的东南亚。在"二战"结束后，亚非拉地区竞相摆脱殖民控制，走上民族独立之路，为国际主义的梦想而呐喊奋斗。但是数十年后，帝国主义幽灵再度君临，它这次的胜利依靠的不是船坚炮利的军事征服，而是新殖民主义和亚洲弱小民族、弱小国家的自我殖民化。对此，每一个有良知的作家都应扪心自问：我们是否甘愿如此？希尼尔三十年来的记忆书写，他那机智过人的文体修辞，他对文化政治的不屈不挠的思考，对此提供了最佳答案。

（原载新加坡《南洋学报》第 65 期，2011 年 8 月）

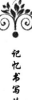

记忆书写的诗学与政治

新加坡:文化与怀旧的政治

——梁文福小说论

引言 怀旧的魅影

英语中的"nostalgia"意谓对过去的地方、时期与生活的怀念,这是一种由时空距离造成的心理感受,经常被人翻译为"乡愁"或"怀旧"。不过,乡愁指的是空间或地理上的分离,而怀旧更准确地说指的是一种时间的分离,因而具更宽泛的意义。研究者指出:"怀旧就像与它一同运作的经济一样,无所不在。但它是一种文化实践而非一个既定的内容;它的形式、意义以及效果,随着语境与变化,它取决于发言者在当前图景中所占据的位置。"① 新加坡文艺(英语文学、华语戏剧与视觉艺术)中的怀旧近年来已得到关注。② 其实,怀旧亦是梁文福③等新华作家雅好的题材。梁氏的散文集《最后的牛车水》、诗集《其实我是在和时光恋爱》以及众多歌词,莫不流露怀旧

① Kathleen Stewart, "Nostalgia—A Polemic," in George E. Marcus ed., *Rereading Cultural Anthropology*, Durham: Duke University Press, 1992, p. 252.

② Sonya Wong Pei Meng, *Nostalgia in Singapore Mandarin Theatre*, Department of English Language & Literature, National University of Singapore (hereafter abbreviated NUS), 1997; Dorcas Tan Towh Liang, *Nostalgia in Singapore Literature*, Department of English Language & Literature, NUS, 2003; Low Jat Leng, *Nostalgia in Singapore Visual Arts*, MA thesis, Department of Southeast Asian Studies Program, NUS, 2001.

③ 梁文福,笔名文符,祖籍广东新会,1964 年 4 月出生于新加坡。获新加坡国立大学中文系学士和硕士学位、南洋理工大学博士学位,现任学而优语文中心总监。获新加坡国家艺术理事会颁发的青年艺术奖和书籍奖,金狮奖和文化奖等奖项。

情调。小说集《梁文福的 21 个梦》和《左手的快乐》的怀旧抒写亦可圈可点。詹姆斯的名言："小说家的优越的地位，他的奢华的享受，如同他的痛苦和责任一样，在于作为一个创作的实践者，可以供他尝试的东西是没有限度的——他的各种可能的实验、努力、发展、成功，都是没有限度的。"①移用来评价梁文福小说艺术，也颇恰当。二书共收录七十二篇微型小说，对比来看，从题材、主题到技巧和风格都有显著的自我突破；合而观之，则"怀旧"情调一以贯之，而且超出个人心理意识、呈现深化和扩展的迹象，这正如孙爱玲所说："文福的作品回荡在六七十年代怀旧的情意和新时代的社会模式里，因此读者在他的作品中找到旧的情怀，也看到新的生活上的印证，可以说那些都是我们一路走来的片段，似曾相识或也十分熟悉。"值得寻思的是，梁文福是如何叙述怀旧的，而我们又该如何理解这种怀旧情调？除个人心理外，怀旧之得以产生的社会—文化机制何在？梁氏调动哪些修辞技艺和诗学理念以支持这种怀旧书写，所谓怀旧的"政治"到底是一种什么样的政治？下文以这两部小说集为主，从具体文学现象的分析入手，提炼出怀旧这一核心的分析范畴，将其放回历史视野和理论框架中，展开多角度多层次的批评探索。

关于梁文福的传记资料，参看骆明主编《新加坡华文作家传略》（新加坡：文艺协会、作家协会、锡山文艺中心联合出版，2005 年），第 214—215 页。梁氏年富力强，笔耕不辍，兼擅多种文体，富于实验精神，共出版十二部文学作品，成为本土文学教育的典范。此外，他还是闻名东南亚的音乐人，出版了大量的歌词曲谱，成为新谣莫基者之一。梁的散文集有《曾经》，新加坡：冠和制作 1987 年版；《最后的牛车水》，冠和制作 1988 年版；《眉批情》，心情工作室 1993 年版；《自然同窗》，心情工作室 1994 年版；《半日闲情》，莱佛士书社 1997 年版；《散文＠文福》，大众书局 2001 年版；《越遥远，越清晰》，八方文化创作室 2011 年版。诗集有《盛满凉凉的歌》，文学书屋 1985 年版；《其实我是在和时光恋爱》，心情工作室 1989 年版；《嗜诗》，云南园雅舍 1996 年版。小说集有《梁文福的 21 个梦》，心情工作室 1992 年版；《左手的快乐》，八方文化创作室 2006 年版。

① ［美］亨利·詹姆斯：《小说的艺术》，朱雯、乔佖、朱乃长等译，上海译文出版社 2001 年版，第 11 页。

一　童年的消逝，成长的烦恼

　　怀旧是人类社会中常见的一种心理感受和文化现象。根据西方学者的研究，nostalgia 这个概念最初来自医学而非诗歌或政治学。1688 年，为寻找一个恰当的医学术语描述极度思乡的病症，瑞士内科医生 Johannes Hofer 在其医学论文中首次把希腊文 nostos（还乡）和 algos（痛苦，悔恨）结合在一起，发明了这个词汇。怀旧被诊断为一种悲哀的心情，源于回归个人故土的渴望；这名医生强调说，此类疾病必须得到正视，因为它有可能是致命的。在大多数病例中，这种新发现的疾病在字面上的含义就是乡愁，受害者主要是士兵、水手，以及刚刚离家的青年男女，他们由于强烈的还乡冲动导致了肉体的病痛。怀旧不但很快被视为一种器质性的疾病而且与爱国主义特别是瑞士人联系在一起——后者对自己国土的渴望据说显示了他们国家有更大的自由。一百多年后，康德在提到这种"瑞士病"时强调，怀旧依赖的是时间而非地方，还乡治愈了思乡病，因为前者只不过驱散了它所创造的幻觉而已，他从经验上把怀旧当作一种对于往昔或者旧的家园的渴望，而不是那个时代盛行的关于爱国主义和思乡病的理解。后来，怀旧越来越多地成为诗歌创作的主题，18、19 世纪的旅行书写都把怀旧看作在探险者和殖民者当中常见的疾病，也看作一种渴望和期待，这使得缺席的家园更珍贵了。① 不仅如此，怀旧也关系到人类的身份认同。因为怀旧是把我们的过去与我们的当前与未来联系起来的一种手段，它隐含在我们是谁、我们往哪里去的意识当中，是最容易使用的心理透镜之一，在永无穷尽的建构、维持、重构我们身份的过程中加以使用。② 在某个时刻，一个人忽然对过去的生活发生了兴趣，这往往起源于他/她对当下境遇的不满以及对未来的某些憧憬和期待。怀旧积淀了个人的情感体

---

　　① Tamara S. Wagner, *Longing: Narratives of Nostalgia in the British Novel, 1740 - 1890*, Lewisburg: Bucknell University Press, 2004, pp. 14 - 17.

　　② Fred Davis, *Yearning for Yesterday: A Sociology of Nostalgia*, New York: The Free Press, 1979, p. 31.

验，有时甚至是一个社会的集体记忆或一个时代的时尚趣味，在所谓"世纪末情绪"中，怀旧与颓废的密切关系不言而喻。三十多年以来，学者从病理学、心理学、社会学和文化人类学的角度诊断怀旧，探勘乡愁，业已产生了可观的成果。① 进而言之，随着现代性、全球化和大众传媒的崛起，怀旧经历了去军事化（demilitarized）、去医学化（demedicalized）、去心理化（depsychologization）的过程，被大众和商业用法所点染，变成"媚俗"（Kitsch）的消费文化。因此可以说，怀旧之风古已有之，于今尤烈。

巴什拉说过，成年人都有一种理想化了的童年情结，这对一己的生命历程提供秩序和意义："一种潜在的童年存在于我们身心中。当我们更多的是在梦想中而不是在现实中重寻童年时，我们再次体验到它的可能性。我们梦想着这一童年本可以成为的一切，我们梦想着历史及传说的极限。为达到对我们的孤独的回忆，我们使我们在其中曾是孤独孩子的世界理想化。"② 《梁文福的 21 个梦》关注童年（childhood）的消逝和成长的烦恼，挪借和重写了大量的神话传说、历史故事和文学经典，这些重生的幽

---

① George Steiner, *Nostalgia for the Absolute*, Toronto: CBC Publications, 1974; Fred Davis, *Yearning for Yesterday: A Sociology of Nostalgia*, New York: Free Press, 1979; Susan Stewart, *On Longing: Narratives of the Miniature, the Gigantic, the Souvenir, the Collection*, Baltimore: John Hopkins University Press, 1984; William Stafford, *Socialism, Radicalism, and Nostalgia: Social Criticism in Britain 1775 - 1830*, Cambridge: Cambridge University Press, 1987; Christopher Shaw and Malcolm Chase eds., *The Imagined Past: History and Nostalgia*, Manchester: Manchester University Press, 1989; Ackbar Abbas, *Hong Kong: Culture and the Politics of Disappearance*, Minneapolis: University of Minnesota Press, 1997; Jean Pickering & Suzanne Kehde eds., *Narratives of Nostalgia, Gender and Nationalism*, London: Macmillan, 1997; Phil Powrie, *French Cinema in the 1980s: Nostalgia and the Crisis of Masculinity*, Oxford, U. K.: Clarendon Press, 1997; Nicholas Dames, *Amnesiac Selves: Nostalgia, Forgetting, and British Fiction, 1810 - 1870*, New York: Oxford University Press, 2001; Helen Groth, *Victorian Photography and Literary Nostalgia*, New York: Oxford University Press, 2003; Vera Dika, *Recycled Culture in Contemporary Art and Film: The Uses of Nostalgia*, New York: Cambridge University Press, 2003; Janelle L. Wilson, *Nostalgia: Sanctuary of Meaning*, Lewisburg: Bucknell University Press, 2005; Judith Broome, *Fictive Domains: Body, Landscape, and Nostalgia, 1717 - 1770*, Lewisburg: Bucknell University Press, 2007; Alastair Bonnett, *Left in the Past: Radicalism and the Politics of Nostalgia*, New York: Continuum, 2010.

② ［法］加斯东·巴什拉：《梦想的诗学》，刘自强译，生活·读书·新知三联书店 1996 年版，第 126 页。

灵纷纷客串起角色。作者巧施夸张变形的笔触，讽喻人生，嘲弄现实，富于魔幻现实主义和荒诞派文学的乐趣，[①] 中心主题乃是对生命意义的探索。众所周知，微型小说由于文体限制，无法在时间流动中展示人物性格的发展和社会历史的变动，塑造出来的难免是单一、静态的人物类型，有时连故事发生的时代背景也无法描述。《梁文福的 21 个梦》与传统小说不同。写实主义的典型人物，完整连贯的情节，多样化的叙事技巧，故事和细节的真实性，抒情小说对情调氛围的强调，这些与它无缘。从叙事层面说，每一个梦讲述的是松散简单的故事，拼接若干个隐喻或象征的戏剧性处境，在扑朔迷离的梦境中编排机智风趣的人物对话，放弃背景描写而着重于风景、事物的象征意义以及人物对它们的整体感受。这些小说的素材有的来自作者的个人经验，但是他并不将其转化为小说的具体形象，而是像 T. S. 艾略特的"客观对应物"（objective correlative）理论那样，为个人的感受、情绪和观念寻找到恰当的载体，而这些载体就是古今中外的神话传说和历史故事。这些小说有的选取一个场面，有的截取一个情节，有的甚至铺叙一个完整曲折的小故事，或者安排人物对话，在对话中推进情节，表现主题。有的小说淡化社会背景，而以情调描绘和氛围渲染为主，带有明显的抒情气质。这部小说对人生、爱欲、教育、政治有哲理寓意的描述，有时也被称为"寓言小说"。纵览二十一个梦，就会发现，叙事者采用第一人称叙事视角，但是这个年青的男性的"我"很少充当故事主人公，他经常是入戏不深的线索人物，作为旁观者、见证人以及有限的参与者而出现，耳闻目睹了荒唐古怪的人与事，萦绕于他心中的还是对纯真年代的眷念和对成人世界的疑虑，散发着浪漫感伤的怀旧

---

① 早在 1995 年，王润华就正确地指出："近年来，荒诞、魔幻现实主义小说非常流行，像马奎斯的《百年孤寂》风靡一时，这种外来的小说，打破虚构与事实的界限，小说与新闻报道相混，真实与荒诞不分，小说与非小说不分。我国近几年出版的小说集如张挥的《十梦录》、希尼尔的《生命中难以承受的重》、《梁文福的 21 个梦》，就呈现了许多后现代的文学因素。"参看王润华为韦铜雀《孤独自成风暴》（点线出版社 1995 年版）写的序言。

气息，所以切合"成长小说"（Bildungsroman）的要旨。有论者指出："21 个梦以梦中的'我'同寻猫少年的相逢、失散首尾相应，在同各色人物的对话中，夹杂以现实的生活场景，正是他对'生命的意义'的寻求。作者织梦的笔调妙思纷集，机巧屡见，其嘲讽、调侃、戏谑，却又都在机锋中透出真诚。"① 这大约是不错的论断。

怀旧情调和氛围贯穿二十一个梦的始终，每一个梦都是一则独立的小故事，而这些小故事连贯起来构成一个首尾连贯的大故事，是对人生这部大书的整体隐喻。弗洛伊德指出："梦并不是代替音乐家手指的某种外力在乐曲上乱弹的无节奏鸣响；它们不是毫无意义，不是杂乱无章；它们也不是一部分观念在昏昏欲睡而另一部分观念则刚刚醒来。相反，它们是完全有效的精神现象——是欲望的满足。它们可以被插入到一系列可以理解的清醒的心理活动之中；它们是心灵的高级错综复杂活动的产物。"② 因此可以说，梁文福这二十一个梦表现了他的隐秘的潜意识。开篇是《梦到猫的小孩我的梦》，其中出现一个小男孩和一只猫，两者像幽灵一般游荡在每一个梦中，瞻之在前，忽焉在后，经常是不速之客，而又倏忽消逝，让人莫名所以。前者是人的"内在自我"，天真未凿，涉世不深，对眼前的人世充满好奇；后者宛若《爱丽丝漫游奇境记》中的柴郡猫，机智过人，默然不语，对纷纭人世抱着超然旁观的态度，时常露出神秘莫测的微笑，代表了人性中"社会性"的一面。不少篇章嘲讽了成人世界的虚伪、自私和机巧，对失落的童真充满深沉的缅怀。《一条长街梦到我》③ 中的主人公穿越时空，漫游于异乡长街上，寻访失落在童年的旧梦。他从一连串事件中体悟到生命的荒谬感和无意义感，他的背包中跌出数不清的手表隐喻不同的人生阶段，滴答滴

① 黄孟文、徐廼翔主编：《新加坡华文文学史初稿》，新加坡国立大学中文系、八方文化企业公司 2002 年版，第 310—3111 页。

② ［奥］弗洛伊德：《释梦》，孙名之译，商务印书馆 2001 年版，第 119 页。

③ 《梁文福的 21 个梦》，第 11—14 页。

答的声音代表岁月的流逝和童年的终结。《我的梦穿了别人的衣服》①把道德品质给予人格化处理，揭示人格面具的无所不在。它讲述"诚实"和"虚伪"对调了位置，前者坐在后者的位置上，充当裁判员。他违心地处理了几宗案例，反而赢得了掌声。当他看到人群中站着的那个小男孩时，忽然良心发现，具有讽刺意味的是，他这次的判决遭到民众围攻，被从代表了公平正义的坐椅上推翻了。这篇小说暗示民众由于长期被蒙蔽，习惯于颠倒是非，混淆黑白，人性中的虚伪欺诈成了成人的专利，只有在恢复了赤子之心的时候，才有可能接近事物的真相，而这是大众不愿正视、不敢接受的。《我看到自己躺在梦里》②中的叙述主体分裂为两个，一个"我"躺在平台上，任人观瞻，另一个"我"隐身幕后，扮演世态的观察者。主人公发现自己的葬礼变成了露天吟诗会，本该庄重悲痛的场合却出现了虚假可笑的一幕：偷偷赚外快的提琴手，演奏不伦不类的曲子；昔日的情人们如今坐在观众席上，一边吃零食一边流眼泪；贾宝玉在人丛中忙着募捐；主人公的初恋情人抛弃了誓言，嫁入豪门之际，表演言不由衷的喜剧；侍应生旁若无人地派发传单；教授在满头大汗地修理麦克风。结果，这场葬礼变成了乱哄哄的嘉年华，主人公从梦境中忽然醒来，若有所失，怀旧之情于焉而生了。《裸梦》讽喻文明的虚伪和成长的烦恼。在热闹的广场上出现了这样的场景：

> 我看到父母在为子女买衣，老师在为学生买衣，丈夫在为妻子买衣，大家忙得不可开交。到后来，人人身上已添了不止一件衣，但人人都在继续为身边的人添自己满意的衣，一件，一件，又一件，层层叠叠，仿佛人只是衣服的架子，晃来晃去的都是衣。③

---

① 《梁文福的 21 个梦》，第 27—32 页。
② 同上书，第 33—38 页。
③ 同上书，第 131 页。

"衣服"是礼仪、规矩和身份的体现，衣服作为礼物在父母/子女、老师/学生、丈夫/妻子之间进行流通与交换，蕴含一系列不平等的权力关系。一方主动给予而另一方被动接受，实际上包含着前者对后者的劝诱、规训和期待。在此前提下，"裸体"无疑是回归了人的原始天性，也是对虚伪文明的抗议。一个"裸男"不满于这种陈规陋习，他拒绝穿衣，结果被众人"衣葬"而死。小说结尾出现一群裸体的儿童，起初在花园中嬉戏，不知衣服为何物，最后被"孩子王"勒令穿衣。这篇小说表达对虚伪礼俗的不满，希望回归无拘束的自然、童真以及一个没有等级的社会。"二十一个梦"结局是《最初的梦》，① 重回小说的开端。奇怪的是，原先沉默微笑的"猫"此时开口说话了，当初的寻猫男孩如今已长大成人。岁月消逝，男孩变得成熟、世故和冷漠，失落了天真热情。这个带有悲观调子的结尾，演奏的是一曲"天真与经验之歌"，它表现的是梦如人生，而人生是一个难以选择、无法规避的过程，这就意味着必然的结局：童年消逝，个人踏进了社会染缸，戴着面具过活，被迫与虚假为伍，接受各式各样的礼仪，而在他们的潜意识深处，则时时缅怀梦中童年，渴望"寻猫男孩"自由自在的生活。Rubenstein 指出，"怀旧"包含的不仅是对字面上的地方或实际人物的怀念。即便能够回到他/她在那里长大成人的字面上的宅邸，一个人也永远不能真正回到最初的童年家园，因为它主要是作为一个地方（place）存在于想象当中。尽管怀旧一词本身的含义随时代而变化，但是从本质上说，它逐渐表示的不仅是一个人家园的丧失而是童年本身的消逝。因此，在某种意义上，怀旧（或者意义与之密切联系的乡愁）是成年人的生存状态；尽管"流放"一词是在后殖民意识的语境中流通的术语，然而我们所有的人——不管性别、家园或出生地如何——都是从童年而来的流放者。② 从这个意义上

---

① 《梁文福的 21 个梦》，第 141—144 页。

② Roberta Rubenstein, *Home Matters: Longing and Belonging, Nostalgia and Mourning in Women's Fiction*, New York: Palgrave, 2001, pp. 4–5.

说，怀旧乃是本体论意义上人类的存在困境，以及与生俱来的一个宿命。

小说的叙事者对成人世界充满的忧惧和不信任，还体现在他通过童真之眼，对阿尔都塞所谓的"意识形态国家机器"——学校、媒体、家庭、教会以及其他机构——进行辛辣的讽喻，威权主义的、理性化的、官僚化的体制以及形形色色的愚民术，遭到无情嘲弄，这方面的代表作有《鸡蛋变小鸟飞出我的梦》、《锁住梦的大房子》、《梦之排演》、《上不了车的梦》、《像广场那样大的梦》，[①] 其中的人物有"魔术师"、"导演"、"垂帘后的老人"、"玩木偶戏的人"、"抄写员"、"关卡官员"、"警察"、"教师"、"主考官"、"老者"，等等，都是这种等级秩序的维护者和游戏规则的制定者。作者为何要采取魔幻现实主义和荒诞派的笔法？王润华对此有精准的观察："魔幻写实主义通常是兴起于一些压迫、独裁或极权的殖民或后殖民社会里，表现了对于这样一个高度危险的政治现实的禁忌一种调适。通过这种手法，魔幻写实不但在超越社会限制之余，还带有去中心与抵抗的意义。"[②] 弗洛伊德的名著《梦的解析》认为，梦无非是个人之被压抑的潜意识的不自觉流露；庄子强调的是人生如梦、梦与醒的辩证关系。梁文福对此心领神会，他的二十一个梦从多个角度讽刺成人世界的虚伪不堪，对寻猫少年代表的纯真年代眷念不已，充满感伤的怀旧情调。众所周知，"寓言"指的是一种包含道德训诫的叙事性的文体，在简洁的篇幅中传达出超越时空的普遍真理，故事是一个本体性的象征，即便是动物故事也经常被人格化了，带有强烈的道德说教味道。寓言作者往往是阅尽人间沧桑体验的人——例如，古希腊的伊索、法国的拉封丹、德国的莱辛、俄国的克雷洛夫，等等。黑格尔说过："同一句格言，从年轻人

① 关于《鸡蛋变小鸟飞出我的梦》、《锁住梦的大房子》、《梦之排演》、《上不了车的梦》、《像广场那样大的梦》的内容，参看《梁文福的 21 个梦》，第 21—26、47—52、53—58、65—70、123—128 页。

② 王润华：《新加坡小说中本土化的魔幻现实现象》，新山《南方学报》第 3 期，第 47—60 页。

（即使他对这句格言理解得完全正确）的口中说出来时，总是没有那种在饱经风霜的老年人的智慧中所具有的意义和广袤性，后者能够表达出这句格言所包含的内容的全部力量。"①《梁文福的21个梦》有来自个人生命史的"本事"（譬如，他在国大读书期间的不愉快经历），洋溢着简单明了的智慧哲理，其实仍有青涩单薄、故作深刻之处。这里的吊诡在于：一个年轻人眷恋着长不大的童年，由于他的心理情感受到过长者的伤害，所以对成人世界抱有严重的焦虑和恐慌；但是，这位伪装成儿童的叙事者虽然渴慕童年，但是他不愿意积极参与儿童游戏，而是保持着超然机智的成年人的姿态，他试图通过讲述带有童话色彩的传奇故事，传达出一个个关乎成人世界的寓言。Colley 通过分析英国作家史蒂文斯的诗集而发现了怀旧经验的困境，这同样适用于梁文福小说的悖论：不能充分进入游戏世界的成年人类似于怀念过去的成年人，对于缺席事物的想念也陷入了自我意识的枷锁中，并且绊倒在雅努斯的双重视界中。②

　　怀旧在梁文福那里至少有两种形式，一个是小说人物的怀旧，另一个是作者的怀旧，有时候两者交叉和重叠。博伊姆区分了有实质意义的两种类型的怀旧：一种是"修复型"怀旧，它试图重建失去的家园和弥补记忆中的空缺；另一种是"反思型"怀旧，它关注人类怀想和归属的模糊含义，并不避讳现代性的种种矛盾，在废墟、时间、历史和梦境中低回流连。③ 如果说，《梁文福的21个梦》表达的是一种缅怀童年、不欲长大的修复型怀旧的话，那么，《左手的快乐》则把批评的笔触直指理性化的现代体制，揭示都市生活和技术进步如何加速了童年的消逝，暴露了现代性、全球化和消费主义对个人家园的侵蚀，这显然是

　　① ［俄］列宁：《黑格尔〈逻辑学〉一书摘要》，见《列宁全集》第38卷，人民出版社1986年版，第98页。

　　② Ann C. Colley, *Nostalgia and Recollection in Victorian Culture*, London：Macmillan Press Ltd, 1998, p. 120.

　　③ ［美］斯维特兰娜·博伊姆：《怀旧的未来》，杨德友译，译林出版社2010年版，第46—63页。

不乏批判精神的反思型怀旧。一些篇章批评现代世界对速度和效率的病态崇拜，使得人的童年过早丧失了。《星期七和动物园》[①]描述的是快速的都市生活节奏戕害了儿童的天性。孩子希望父亲在"星期七"带自己去非洲看狮子、大象、长颈鹿，但是父亲推说没空，希望儿子长大一点，找个星期天带他去动物园。结果很多年过去了，父亲一直没有实现儿子的梦想，"非洲"始终是一个想象的地理空间，父子把六天的光阴各自耗费在无休止的工作和学业中，只有到了星期天，两人才能在电视机前短暂相聚。儿童正当的娱乐和游戏时间被无奈地剥夺了，他成为一个被忽略的物化的人（小说以"它"字指代儿子）。《象来了》[②]表现都市生活的压力。"她"一天到晚在家对着电脑做翻译工作，无暇顾及儿子的情感需要，儿子那充满童趣和想象力的话语引不起她的兴趣。只有当"地铁列车"这种与实际生活有关的东西出现时，她才忙中偷闲，放下手中工作，与儿子来到窗前快乐地望了很久。《关于爷爷和爸爸童年的风》把时间给予了空间化的处理，避免了传统的线性叙事模式，指向风景与怀旧的主题。小说的结构是三个场景和童年经验的并置：祖父时代的自然风景、父亲绘制的风景画以及我的个人电脑图片，结尾处写道——

> 直到今天，当我代表公司来到陌生的中国设厂，在郊区生平第一次看到一头水牛低头吃草，我的眼泪，竟然簌簌流了下来。夏天的风静静吹过，我好想念，那一台早在 10 岁那年，宣告永远当机的个人电脑，还有那早已当机的，我的童年。[③]

在过去的日常生活中，儿童亲近的是真实广阔的大自然，快乐自由的生活占据了祖辈的童年记忆。然而现代社会的儿童面临先天

---

① 《左手的快乐》，第 149—150 页。
② 同上书，第 171—172 页。
③ 同上书，第 170 页。

的困境：乡土景观被都市取代，见不到真实的自然风景，整日与电脑电视为伍。"我"在这种环境中长大，在遥远的异国第一次目睹了只有在祖父辈的童年才会出现的画面，不由自主地产生了伤逝怀旧的情绪。不过，正如周蕾在分析香港电影《胭脂扣》时所说的那样："尽管这种对过去的怀恋，似乎在这个强调理性与消费的高科技社会中，提供了另外一种身份认同的途径，但是怀旧却并不是企图真正回到既定过往的一种情感，而是一种时间上的错位—— 一种在时间中某些东西被移位的感觉。"① 或者换言之，梁文福的怀旧与其说是起源于他回归往日生活的冲动，不如说是出自他对当下生活处境的困惑和不满，怀旧情绪在急切捕捉它的客体，透过"稻田"、"青山"、"蓝天"、"白云"、"低头吃草的牛"等图像，表达自我的主观境况，而这些图像又浸透着对某个过去的特殊记忆。

新加坡：文化与怀旧的政治

二　现代性、新加坡与怀旧的风景

往深一层看，梁文福小说中的怀旧情结，还起因于对"现代性"（modernity）的反思和批评，这是全球范围内的现代性批判在新加坡的一个表现，有本土化和个人化的一面。何谓"现代性"？作为西方文明的一个阶段，现代性其实与民族—国家、科技进步、产业革命以及资本主义生产密切相关，它被启蒙思想家规划为人类发展的蓝图。后来，"现代性"概念在西方历史进程中获得错综的含义，不同的知识体系从自身角度对它演绎出复杂的历史叙事。马克思的《共产党宣言》指出，现代性一方面创造了前无古人的生产力和艺术奇迹，另一方面，"它使乡村依赖城市，使野蛮和半开化国家依赖于文明国家，使农民的民族依赖于资产阶级的民族，使东方依赖于西方。"② 英国社会学家吉

---

① ［美］周蕾：《写在家国以外》，香港：牛津大学出版社 1995 年版，第 59 页。

② ［德］马克思、恩格斯：《马克思恩格斯选集》第 4 卷，人民出版社 1995 年版，第 276—277 页。

登斯指出："现代性指的是社会生活或者组织模式，大约十七世纪出现在欧洲，并在后来的岁月里，程度不同地在世界范围内产生着影响。……现代性以前所未有的方式，把我们抛离了所有类型的社会秩序的轨道，从而形成了其生活形态。在外延和内涵两方面，现代性卷入的变革比过往时代的绝大多数变迁特性都更加意义深远。在外延方面，它们确立了跨越全球的社会联系方式；在内涵方面，它们正在改变我们日常生活中最熟悉的和最带个人色彩的领域。"① 伯曼发现，现代性冲击着人们的思想世界、价值判断和日常生活的方方面面，以至于它所到之处，一切坚固的东西都烟消云散。② 现代性首先意味着一种直线向前、不可重复的时间意识，一种与循环、轮回的时间认识框架完全相反的历史意念。现代性被一种历史区分的行为所标示，它不但改变了对过去的态度，也改变了对现在和未来的态度。1850 年，作为西方文明的一个历史发展阶段的"现代性"与作为美学观念的"现代性"之间产生尖锐对立。这两种现代性截然不同：前者体现为对历史进步、理性、科学技术和自由理想的信仰，是一种实用的现代性（practical modernity）；后者却具有反对资产阶级世俗化（secularization）的倾向。在另一个场合，加利尼斯库指出——

　　无法确言从何时开始人们可以说存在着两种截然不同却又剧烈冲突的现代性。可以肯定的是，在十九世纪前半期的某个时刻，在作为西方文明史一个阶段的现代性同作为美学概念的现代性之间发生了无法弥合的分裂。（作为文明史阶段的现代性是科学技术的进步、工业革命和资本主义带来的全面经济社会变革的产物）从此以后，两种现代性之间一直充满不可化解的敌意，但在它们欲置对方于死地的狂热

---

① ［英］安东尼·吉登斯：《现代性的后果》，田禾译，译林出版社 2000 年版，第 1—4 页。

② Marshall Berman, *All That Is Solid Melts into Air: The Experience of Modernity*, London: Verso, 1982.

中，未尝不容许甚至是相互激发了种种相互影响。关于前者，即资产阶级的现代性概念，我们可以说它大体上延续了现代观念史早期阶段的那些杰出传统。进步的学说，相信科技造福人类的可能性，对时间的关切（可测度的时间，一种可以买卖从而像任何其他商品一样具有可计算价格的时间），对理性的崇拜，在抽象人文主义框架中得到界定的自由理想，还有实用主义和崇拜行动与成功的取向——所有这些都以各种程度联系迈向现代的斗争，并在中产阶级建立的胜利文明中作为核心价值观念保有活力得到弘扬。相反，另一种现代性，将导致先锋派产生的现代性，自其浪漫派的开端即倾向于激进的反资产阶级态度。它厌恶中产阶级的价值标准，并通过极其多样的手段来表达这种厌恶，从反叛、无政府、天启主义直到自我流放。因此，较之它的那些积极抱负（它们往往各不相同），更能表明文化现代性的是它对资产阶级现代性的公开拒斥，以及它强烈的否定激情。[1]

社会现代性提倡进步与发展的意识形态，迷信科技理性，奉行极端实用主义，对速度和效率抱着盲目崇拜的态度，这是东西方共同存在的问题。现代性的思维方式还表现为，认为从现代到传统应该有根本性的断裂，对新事物和新观念充满迷恋。[2] 在这种认知模式之下，旧有的文化符号、信仰、景观、建筑被认为是不合时宜，变成了阻碍进步和繁荣的消极力量，不再被细心保存而是遭到忽视、弃置和摧毁，人们生活其间的社会弥漫着愚蠢浅薄的时代欣快症，以及自认为达到了历史顶点的狂妄谵语。在直线前进的现代性意识和历史目的论之外，怀旧文学逆流而上，利用时间的逆转而重访过去的空间，为日益流动、充斥戏剧性变化、无法命名的社会生活赋予必要的秩序和意义。

---

① ［美］马泰·卡利尼斯库：《现代性的五副面孔：现代主义、先锋、颓废、媚俗、后现代主义》，顾爱彬、李瑞华译，商务印书馆2001年版，第47—48页。

② Antoine Compagnon, *Five Paradoxes of Modernity*, trans. by Franklin Philip, New York：Columbia University Press, 1994.

现代性对新加坡的冲击在所难免。梁文福出生于 1964 年，是共和国同龄人，见证了新加坡的兴国历程：甘邦（马来文 Kampung，意谓"农村"）景观的消逝，都市化进程和商业金融业的繁盛，交通、住房、医疗卫生与生活条件的改善，新加坡崛起为"亚洲四小龙"之一，地缘政治占据重要位置。随着殖民主义统治在东南亚的终结，新加坡从一个"殖民地都市"（colonial city）变成一个"全球都市"（global city）。根据文化研究者的观察，新加坡同时变成了一个没有个性和独立身份的城市，新事物的数量完全压倒了旧事物的数量，殖民历史恢复了地位，各种焦虑感小心翼翼地浮现了；不仅如此，"在 80 年代，全球的消费狂热将新加坡的形象歪曲成一幅令人作呕的漫画：整座城市被看成是一个购物中心、一场欧亚风格的粗俗不堪的狂欢、一个真实性与高贵性荡然无存的城市"。① 为凝聚国家认同、提升公民道德感，政府启动社会工程，宣扬亚洲价值观，把儒家文化推广到教育中，以抵御西方文化对青年的冲击，又组织国际儒学研讨会，成立东亚哲学研究院。② 另一方面，由于自然资源贫乏，高度都市化进程，发展主义的流行，生活节奏紧张，致使新加坡人尽管生活在花园城市之中，然而幸福指数的低迷几成梦魇。近年来，在关于"幸福指数"的全球调查中，新加坡的排名经常在一百名左右，于是，"新加坡人为什么不快乐"竟成了媒体热议的话题。王润华、淡莹、南子、希尼尔等作家对发生在本土社会中的动植物的消逝、老式建筑的拆迁、华族文化与语言的衰微等现象，充满困惑与忧心。这代人承载共同的文化传统，对太平洋战争、新马分治、殖民统治的终结、国家独立、城市化进程，拥有共同的集体记忆，

---

① ［美］莱姆·哈库斯：《新加坡的版图：波将金式大都市的画像——抑或一张白纸的三十年》，余莉译，汪民安、陈永国、马海良主编：《城市文化读本》，北京大学出版社 2008 年版，第 417 页。

② 梁元生：《新加坡华人社会史论》，新加坡国立大学中文系、八方文化创作室 2005 年版，第 133—157 页。德里克的《边界上的孔子：全球资本主义与儒学的重新发明》对东亚儒学复兴现象进行了极有洞察力的批判，收入［美］阿里夫·德里克《后革命氛围》，王宁译，中国社会科学出版社 1999 年版，第 227—263 页。

借用威廉斯的说法，怀旧是这代人共享的"感觉结构"（structure of feeling）。① 西方学者 Davis 指出，在现代世界，具体位置含义上的家——以及本质意义上的乡愁——的存在显著性（existential salience）缩减了。旧式意义上的家园的消逝，起源于人们在其职业、居住地、位置甚至出生国度上的巨大流动，这是现代西方的工业秩序的众多特征。到 20 世纪 50 年代之前，这种在社会地理空间中的持续运动，越来越开始剥夺人们对一个特定位置和地区中的特定家屋的依恋感，而后者正是在过去世纪中由农业和小乡镇社会的固定和延长的计划安排所培育的。② 所以，怀旧情绪不再指向对实际的"家"的缅怀而是对过去或未来生活的臆想。梁文福笔下，现代社会中人的无家可归和异化，体制对人性无所不在的压抑，科技为人带来的影响，现代人的主体性、激情、想象力和创造性的消逝，得到淋漓尽致的表现。准此，身心疲惫的都市人（包括作者、小说人物以及读者）怅然回首，怀旧之情油然而生。有些作品表现都市人感到的时空错置感。《海/孩》中的"我"每天拎着重重的公文包，下班后回到公寓，发现楼梯口坐着一个小男孩，身上带着海水和阳光的味道，把一个大贝壳贴近耳朵，似乎在聆听美妙的音乐。"我"受到感染，从小男孩手中接过贝壳，放到自己的耳边，听到童年的声音，看到了久违的大海和沙滩。小说结尾出现了情节翻转——

> 第四天，小孩不见了，地上留着那个大贝壳。我捡起来，翻过来看，那贝壳原来是个电动玩具，里头的电池干了。谁遗弃了一个玩具呀？什么时候，天地和海，又失去了一个小孩？重重的公事包拎着我，在下班后回到自己住的公寓。③

---

① "感觉结构"指生活在同一种文化中的人们共同享有的经验和独特的生活感受，参看［英］雷蒙德·威廉斯《马克思主义与文学》，王尔勃、周莉译，河南大学出版社 2008 年版，第 141—142 页。

② Fred Davis, *Yearning for Yesterday: A Sociology of Nostalgia*, p. 6.

③ 《左手的快乐》，第 144 页。

被生存焦虑感纠缠的成年人缅怀童年的时光，以前与儿童亲密相处的自然风景现在被仿真电动玩具取代了，这种人与自然的疏离让生活在都市中的人产生了时空错置感。也许那个扑朔迷离、人鬼难辨的小孩就是主人公在精神压力下产生的一个幻觉而已。表面上看，怀旧是对某个地方（"大海"、"沙滩"、"蓝天"等）的乡愁，实际是对一个消失时代的眷恋，因为"从更广泛的意义上看，怀旧是对现代的时间概念、历史和进步的时间概念的叛逆。怀旧意欲抹掉历史，把历史变成私人的或者集体的神话，像访问空间那样访问时间，拒绝屈服于折磨着人类境遇的时间之不可逆转性"。① 这篇小说写的幻视到了《蟋蟀》被置换成幻听，既是生理疾患和心理冲突的表征，也是现代人和都市文化的寓言。"他"属于上班族，每日在电梯里遇到面无表情、忙于上班和上学的邻居。某天早上，他突然在电梯里听到蟋蟀叫声，感到惊喜莫名。夜里，他疲惫地乘搭电梯回家，再次听到蟋蟀叫声，精神为之一振。从此，乍现的蟋蟀打破了他原先的生活轨道，变成了他独享的隐秘的情感寄托和快乐源泉——

> 从那天起，他开始拥有了一桩秘密——属于他和一只蟋蟀之间的秘密。他仿佛因为这个小小秘密，背叛了整栋公寓大楼，不，应该说，是整座城市。每天早上，目无表情的邻人，继续上班和上学，没有看到他嘴角的微笑，那是他和蟋蟀之间的默契。每天，他赶着回家——不，应该说，是赶着在回到家之前，独自享受电梯里和蟋蟀——应该说，和蟋蟀声约会的快乐。②

都市不是一个开放自由的空间而是一个封闭、压抑的地方，大多数人可悲地沦为焦虑忙碌的工作机器，不曾拥有蓝天绿草之类的大自然风景，感觉钝化，听不到蟋蟀叫声。缺乏（或者不愿意

---

① ［美］博伊姆：《怀旧的未来》，第4页。
② 《左手的快乐》，第131页。

与他人进行精神交流，情感贫乏，灵肉分裂，以至于有人只能从他与蟋蟀的"约会"中获得短暂的快乐。"他"原来坚信的那个稳固可靠的价值体系在某一日突然坍塌了，空间破碎，时间断裂，自我从社会漩涡中抽身，重新寻求秩序和意义。"蟋蟀"这种带有乡土气息的渺小生灵，现在成了他日思夜想的牵挂，以至于当他从蟋蟀消逝的梦魇中醒来，一种失落感伤的情绪涌上心头："醒来的时候，庆幸自己还在——黑暗的电梯操作间里，一只蟋蟀，不知道为什么，困在某个目无表情的城市，某个目无表情的大厦里，出不去了。"① 现代人在都市迷宫中失去灵魂的归宿，犹如迷失于电梯里的蟋蟀，不得其所，无法突围。主人公由蟋蟀的鸣叫联想到了父辈"小时候在故乡捉蟋蟀的日子"，发现自己没有可回归的故乡，以至于"电梯成了某种故乡"，这是时间与空间的双重错置，与其说是蟋蟀引发了"他"对自己不曾经历过的旧家的乡愁，不如说是指向一种理想化的生活方式，这就是美国学者博伊姆的洞见："现代的乡愁是对神话中的返乡无法实现的哀叹，对于有明确边界和价值观的魅惑世界消逝的哀叹；这也可能就是对于一种精神渴望的世俗表达，对某种绝对物的怀旧，怀恋一个既是躯体的又是精神的家园，怀恋在进入历史之前的时间和空间的伊甸园式统一。"②

现代性是一种工具理性，一种组织模式，讲求科学主义、速度至上、效率优先、规范化管理和数字化发展，不但塑造了都市文明和社会生产的整体布局，也重构了人们的情感、欲望与看待世界的方式。梁文福有的小说讲述现代人吃惊地发现自己变成了"机器人"，而父女之间、母子之间互相隐瞒这个真相，以图苟且因循地生活，例如《怎么办》。③ 有的表现了教育市场化、管理体制的官僚化导致师生之间温情的消逝，例如《排队》。④ 有

---

① 《左手的快乐》，第132页。
② ［美］博伊姆：《怀旧的未来》，第9页。
③ 《左手的快乐》，第23—24页。
④ 同上书，第59—60页。

的描述了科技进步给人带来事与愿违的结果，例如《点名》。①
这个小说由四个片段构成：开始是一则关于全国中小学准备采用
智慧卡和感应器点名的新闻报道，接着是一位临终教师对于往日
的点名活动的回忆和内心独白，第三是感应器经过学生刷卡后呈
现的一连串数字，结尾处是秘书向校长报告感应器由于学生的喊
到而发生故障，这个喜剧性的细节戳穿了高科技神话。有的小说
叙说在城市化的压力催逼下，人们熟悉的景观建筑逐一消逝了，
新建筑不断涌现，稳定的空间分崩离析了，人的日常世界变得陌
生起来，例如《憋》，② 一位老人在家属陪同下外出游玩，发现
克拉码头变成了他几乎认不出的外国风景，"李德路的小圆圈"
过去曾是他经常光顾的厕所，如今成了一个歌台。由于国家在向
"优雅社会"迈进，日常口语中的"上厕所"被人改成了"去唱
歌"。这一切变化让老人困惑不已。晚上他做了一个奇怪的梦：
他梦中如厕，发现里面的男士居然在齐声歌唱，吓得他忍住了小
便，从窘迫慌乱中醒来。有的描写现代人的无家可归和异化以及
城市飞速发展给人带来的困扰，例如《第一次回家》。法国哲学
家巴舍拉（一译巴什拉）认为，家屋是人类思维、记忆与梦想
的最伟大整合力量之一，"在人类的生命中，家屋尽力把偶然事
故推到一旁，无时无刻不在维护延续性。如果没有家屋，人就如
同失根浮萍，家屋为人抵御天上的风暴和人生的风暴，它既是身
体，又是灵魂，是人类存在的最初世界"。③ 这篇小说描述家屋
丧失、无家可归的情形。主人公是一家建筑公司的助理，由于工
作过分劳累，睡眠不足，他在回家的车上多次睡过站，迷失在这
个熟悉的城市里。坐在令人昏昏欲睡的车厢中，进入他眼帘的，
是让人感到困倦、压抑、单调乏味的都市风景线：车厢里有节奏
地打哈欠的人，数不清的表情一致的住宅区，同样的车站、多层
停车场和组屋，同样的电梯，同样的面无表情、熟视无睹的邻

---

① 《左手的快乐》，第85—88页。
② 同上书，第5—6页。
③ ［法］巴舍拉：《空间诗学》，龚卓军、王静慧译，台北：张老师文化事业有
限公司2003年版，第68页。

居，以及电视机上同样的播报员、同样的语速和表情。这一次，"他"决心回到自己家中好好休息，然而他又一次迷路了。具有荒诞色彩的是，他在一家陌生人的客厅中小憩片刻，而两个家庭成员（一个干家务的老妇人和一个放学归来的男童）竟对他视若无物。他醒来后，惊觉自己又一次下错了车、走错了路。当他从这座外表相像的组屋中迷茫地走出的时候，他发现，无家可归已是他不得不面对的宿命了："第一次，在这个整齐规划的城市里，第 N 个整齐规划的住宅区中，作为过着整齐规划人生的第 N 个市民的他，在第 N 个回家的傍晚，面对万家灯火，找不到回家的路。"① 这个结尾带着回肠荡气的苍凉情调，深于一切言语和一切啼笑。

现代性意味着什么？它所带来的后果是什么？宇宙间神秘事物的祛魅，对大自然无穷无尽的盘剥，社会的繁荣和进步，科技和商业一刻不停息的发展，严密整齐的制度化管理，对充满温情的过去事物的告别，对工作时间的剥削式利用，对休闲和娱乐的巧取豪夺，以及对人的内心生活、情感与欲望的科学主义管制，凡此种种，莫不与现代性相关。这一切最终造成了灾难性的后果："人的异化"。梁文福当然有他自己的观察。实际上，他的《第一次回家》和《蟋蟀》表现的都是存在的孤独感，以及遏制不住的对人与人之间相互关情的渴望，这里的"怀旧"呼之欲出了。不过，这种怀旧不是对个人经历的某个地方或时代的眷恋，而是指向一种从来不存在的更加合乎人性的生活。广义而言，在时间中流动、变形、衰朽和消逝的现象，不仅存在于物质现代性的层面，它也延伸到语言、文化和艺术领域。《反正是史》② 采用魔幻荒诞的技巧和讽刺幽默的手法，叙写与华文文学相关的一系列"消逝"现象。诗人在 2004 年重生，发现修订出版的文学史著作与二十年前的版本相比，大幅度删改了自己的资料，真确的出生地和就读的学校改为"不详"，他的一本诗集没有被提到书名，甚至连

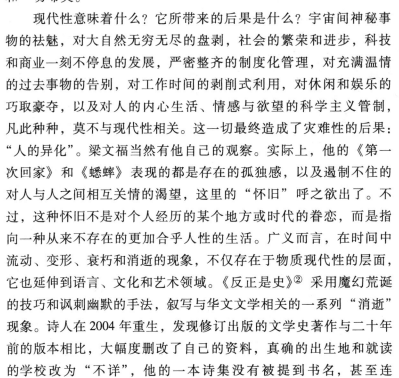

新加坡：文化与怀旧的政治

---

① 《左手的快乐》，第 34 页。

② 同上书，第 43—44 页。

"诗"也被改成"某文体"了。他向编者提出抗议，而后者解释说，由于都市化进程，旧有的景观和建筑纷纷被拆迁，更改校名司空见惯，"诗"早被人们遗忘了。在后殖民境遇中，消逝与怀旧其实有复杂面向。由于现代性价值尺度和发展主义思维的流行，拆迁、涂抹、改名、遗忘等行为构成了历史本身的内容，商业消费主义和拜金主义大行其道，后之来者无法从残存的历史遗迹中唤回集体记忆、增加对本土文化的认同和对文学艺术的热爱。

在描写现代人的时空措置感、价值迷失和精神的流离失所之外，《左手的快乐》出现不少关于疾病和反常行为的描述，例如：幻视（《海/孩》），幻听（《蟋蟀》），梦（《憋》），失聪（《右边的耳朵》），遗忘（《文化交流》），迷路（《第一次回家》），失声（《舅舅说话的那一天》），超现实（《反正是史》、《怎么办》），魔幻变形（《鳍》），这些无非是生存困境的隐喻。《右边的耳朵》的主人公必须戴着耳机听音乐，才能排除干扰，专心工作，这样就变成了一个焦虑症患者和工作狂。为了对着荧光屏赶制一份报告，他连续听了三天三夜的耳机，结果出现了失聪和幻听的现象。更离谱的是，右边的耳朵最后竟然"失踪"了，惊恐的主人公到处寻找自己的耳朵："世界可以暂停，报告还是要赶。启动电脑，荧光屏上，孤伶伶地，出现了我右边的耳朵。我居然还听得到，它在轻轻啜泣。"① 这个荒诞的故事可能从俄国小说家果戈理的《鼻子》得来灵感，但表达的思想主题却截然不同，它批评的是现代管理体制和工作方式给人造成的难以修复的伤害，一味讲求速度和效率的意识形态加剧了现代人的生存困境，患病、异化、迷失和无家可归无非是征兆而已。准此，这构成了梁文福小说的常见主题：由于现代性和全球化导致的城市地理学意义上的集体家园的消逝，一个孤独的健康受损的现代人，在生存困境中苦苦挣扎，徒劳地寻找自己的身份归属和精神意义上的故乡。生活在这个历史记忆和日常事物不断消逝和遗忘的时代，作家心中涌起的最强烈的感情必然是挥之不去的怀旧和乡愁。

---

① 《左手的快乐》，第92页。

文心的异同：新马华文文学与中国现代文学论集

三　离散、全球化、后殖民与文化悲悼

　　梁文福小说的怀旧主题还可溯源于新加坡华人社群的历史记忆；祖辈辛苦辗转、筚路蓝缕的离散经验已然融入年轻华人的血脉之中，梁文福的怀旧抒写就是族裔记忆的投影和折射而已。

　　新加坡属于东南亚十一国中的海洋国家之一，长期以来处于华、巫、英、印四大种族与多元文化的杂交状态，在这个主要由跨国移民构成的新兴国家里，华人占据了全国人口的75%，他们祖籍中国的南方诸省（福建人、潮州人、广东人、客家人、海南人占据优势）。由于战争、动乱、饥荒、贫穷，中国人从宋元时期就向东南亚迁徙；19世纪后期，由于帝制倾覆和军阀混战，社会流动更频繁，马来亚的橡胶工业和采矿业也达到非常发达的地步，在这种推拉作用下，中国人向马来半岛移民很快达到高潮。"二战"结束后，新马华人由于在本地生活了较长时间，增加了对居住地的国家认同意识，于是由"叶落归根"的侨居模式向"落地生根"的定居模式转变。[①] 20世纪后期开始，尤其在"文革"终结后，中国与新加坡的经济交流和文化合作重新火热，南下狮城的移民增加。从这个历史视野看，"离散"（Diaspora）经验已嵌入新华族群之集体记忆，原乡怀旧构成新华文学的主题之一。梁文福祖籍广东新会，曾祖为晚清官员，后在战乱中携家带口迁移到马来亚。梁文福作为土生华人，已是第四代移民了。不难理解，关于漂泊离散的历史记忆蔓延开来，波及他的小说、新诗、散文、歌词等不同文体，组成一道醒目的风景线。例如，《年糕的味道》[②] 写祖辈的移民经验和亲人之间相濡以沫的情谊。"大伯"当年南来讨生活，把年轻的伯母留在家乡，伯母赶做了年糕，让他

　　① 关于东南亚和新马华人的移民史，参看王赓武《南洋华人简史》，张奕善译注，台北：水牛出版社2002年第3版；崔贵强《新马华人国家认同的转变，1945—1949》，新加坡：青年书局2005年版；刘宏《战后新加坡华人社会的嬗变：本土情怀·区域网络·全球视野》，厦门大学出版社2004年版。

　　② 梁文福：《左手的快乐》，第25—28页。

带到南洋来度过异乡的第一个春节，谁知从此天各一方，由于历经丧乱，双方音讯断绝。数十年后，他们终于辗转取得联系，伯母每年都亲自做年糕，委托外派到广州工作的"我"在春节时带回狮城，给大伯品尝。这几乎成了一个仪式，也给迟暮之年的大伯带来很大的安慰，以至于他在病情加重的情况下，坚持等待这一年一度的赠礼，品尝满足他口味的伯母做的年糕。小说出现了一个欧·亨利式的结尾：远在广州的伯母在半年前就已去世了，她临终前嘱托家人保守秘密，不让新加坡的大伯知道真相；而我为了安慰老病孤独的大伯，就在邻里商店买了一盒年糕，谎称是伯母所做的，成功地骗过了视力衰退、味觉丧失的大伯。在这篇构思精致的小说中，离散、乡愁、食物与味觉紧密联系在一起，巧妙地配合了情节叙事的起承转合，刻画了狮城老辈人的怀旧情绪，这正如一位美国学者指出的那样："怀旧的功能发挥是通过一种'联想的魔幻'，亦即，日常生活的全部的方方面面都和一种单一的着魔连接了起来。在这方面，怀旧近似于偏执狂，不同的仅仅是，怀旧者不是总怀疑受迫害的妄想狂，而是怀想狂。另一方面，怀旧者具有惊人的能力，牢记各种感觉、味道、声音、气味、那失去的乐园的全部的细微末节，这是那些留在故乡的人们所从来注意不到的。"① 在这篇小说中，怀旧的主体或者表达怀旧情绪的人，不是作者本人而是小说中的人物角色。

与离散经验有关的，还包括华人的母语乡愁。语言代表了一个人的身份认同，又是维系文化的载体，在新加坡华人从离散到侨居再到定居的生活模式之转变中，母语起到了凝聚身份认同、保存文化记忆的作用，也构成了日常生活中的价值的中心地带和意义的源泉。在殖民地时代，华人当中出现了一种社群意识和身份认同，他们通过集体记忆和文化创伤来想象一个离散社群。② 在新加坡成为主权国家之后，华族的语言文化遇到了新挑战。从

---

① ［美］博伊姆：《怀旧的未来》，第 4 页。

② 类似的研究，参看 Anh Hua, "Diaspora and Cultural Memory," in Vijay Agnew ed., *Diaspora, Memory, and Identity: A Search for Home*, Toronto: University of Toronto Press, 2005, pp. 191 – 208.

20 世纪 70 年代开始，政府采取了双语教育的政策，作为外来语的英文变成了"第一语言"，华人的母语华文反倒成了"第二语言"。政府又下令关闭了包括南洋大学在内的一大批华校，一部分华校生被迫流转到英校，而另一部分走上社会后生计艰难。华文被国家有意边缘化了，也严重伤害了华人的情感和自尊，这种情绪记忆在资深新华作家的笔下一再流露出来。① 华文在新加坡遭遇了日甚一日的危机，华族文化传统和价值观念被人忽略和遗忘了，文化认同的迷失和危机开始浮出水面，这可以说是新加坡文化的结构性危机。梁文福小说对此有精彩的描述。这当然也是一种另类的怀旧，只不过它缅怀的对象不再是具体有形的器物、景观、建筑或某个地方、某个时代的生活方式，而是指向了语言、文化、礼仪、习俗和抽象的价值符号。不妨试举几例。梁文福小说《子孙》② 的开篇出现了一个华文课堂，一名小学生在作文中风趣地解释了他一家三代人的姓氏为何有三个不同的拼法，从而带出了祖辈们令人难忘的离散经验。令人啼笑皆非的是，他的华文老师在语重心长地告诫学生不能"忘本"之后，就在黑板上郑重其事地写下了"淡黄子孙"的字样，这两者之间构成了一幕讽刺性的对照，而笔误的细节暗示着华人的文化遗忘症已经蔓延到知识群体了。

进而言之，华族文化的认同迷失以及梁文福小说的怀旧情结之所以会出现，不仅来自现代性进程和教育政策的理性选择，而且包括全球化浪潮的冲击，这使得岛国的民族文化的主体性面临严峻挑战。如果说现代性体现了时间维度上的现代与过去的根本性断裂，那么，"全球化"（globalization）则企图从空间维度上

---

① 也有学者对新加坡政府的华文政策给予了积极评价，例如吴元华的《务实的决策——新加坡政府华语文政策研究》（当代世界出版社 2008 年版）。新加坡政府还发起旷日持久的"讲华语运动"，政治人物经常透过媒体表达对华文教育的关注，开国总理李光耀数十年来坚持学习华语。2011 年，李光耀出版新著《我一生的挑战——新加坡双语之路》，讲述他学习华语的甘苦体验。2012 年 3 月 15 日，《联合早报》报道李光耀捐款 1000 万新币成立双语基金的事迹（http：//www. zaobao. com/sp/sp120315_ 003. shtml）。

② 《左手的快乐》，第 103—104 页。

抹平区域差异、掩盖各种不平等的权力关系、制造世界大同的假象。阿帕杜来指出，"全球化"包含了跨越国界的人种图景、金融图景、观念图景、媒体图景以及技术图景，这五个方面相互交织，以前所未有的速度、规模和深度冲击民族—国家的疆界，塑造着国际政治经济的新秩序。① 全球化罔顾发达国家与后进国家从历史传统到现实状况的种种差异，竭力把出自普遍主义思维模式的经济制度、文化模式和价值观念强行推行到全世界的每一个角落，从而在沃勒斯坦所谓的"现代世界体系"中重新制造了中心与边缘、霸权与弱势的等级关系。按照阿明著名的"依附理论"，由于全球化的影响，弱小国家、发展中国家和第三世界国家臣服于新殖民主义的政治经济文化的宰制。全球化对地方知识的冲击和历史记忆的涂抹，使人们对地方性事物——语言、文化、器物、习俗、礼仪以及多样化的日常生活实践——萌发出强烈的怀旧情绪，所以梁文福对华文与文化的衰落非常敏感，他对"黄皮肤、白面具"的社会怪现状唱出一曲无尽的挽歌。譬如，《文化交流》② 就是一个很好的样本。一批美国中学生来到本地参加文化交流，中学生们很高兴，华文教师鼓励他们写下最想推荐的景点的名字，以便在课余时间带领新朋友参看瞻仰。结果，一个名叫"贾汉仁"（"假汉人"的谐音?）的华族学生，第一次上交的小纸条上写的是英文，遭到教师批评之后，第二次交上了汉语拼音，还可怜兮兮地表示自己不会写华文，这让教师大为光火。后来，这个华族学生借着字典的帮助，终于呈交了景点的华文名字："高岛屋"、"麦当劳"、"驳船码头"。教师满意地称赞学生寻回了自己的文化之根，然后，顺便问他带领新朋友去驳船码头做什么，于是，小说出现了一个充满喜剧性的结尾："他回过头来，笑得很灿烂：'去那里吃墨西哥餐。'"高岛屋是遍布全球的日本连锁店，麦当劳代表了美国消费文化，和这两个跨国

① Arjun Appadurai, "Disjuncture and Difference in the Global Cultural Economy," in Jana Evans Braziel and Anita Mannur eds., *Theorizing Diaspora: A Reader*, Malden Blackwell Pub., 2003, pp. 23–48.

② 梁文福：《左手的快乐》，第29—30页。

文心的异同：新马华文文学与中国现代文学论集

企业并列的是新加坡本土的标志性建筑"驳船码头"。小说揭示的主题至少有两个：席卷全球的消费主义浪潮改变了弱小国家居民的日常生活方式；在后殖民境况中长大的青少年，由于受到日甚一日的西化风气的影响，对自己的族裔文化出现了淡漠、隔阂和认同迷失的现象。梁文福忧心忡忡的是，跨国资本主义对商业利润的攫取，全球化冲击着弱小国家的民族主体性，英文成为语言霸权，年轻的华人把自己的母语遗忘和抛弃了。

考虑到新加坡走过的历史道路，在全球化的冲击之外，我们有必要把梁文福小说放回到"后殖民境遇"中阅读。全球化固是大势所趋，但各国历史境遇迥然有别，其中之一端是殖民地和非殖民地之别，它的冲击力和反应不尽相同。新加坡自16世纪以来惨遭葡萄牙与荷兰的侵略，自1819年沦为大英帝国的殖民地，在太平洋战争中遭受日军蹂躏，至1959年才成为自治邦，在1965年脱离马来亚，宣告为主权独立的国家。有学者认为，肇始于欧洲的帝国主义侵略的整个历史过程，本身其实有着统一连贯的关注，因此，后殖民一词包括自殖民化开始到今日，所有被帝国化过程影响的文化，包括新加坡、马来西亚在内的许多国家的文学都是后殖民文学。[①] 王润华亦曾深刻指出："新加坡一九六五年独立，一九六四年才出生的梁文福完全没有在英国殖民主义统治下生活的经验，但是后殖民的迷思，正是他成长的岁月所形成的道路。所以《梁文福的21个梦》具有典型的后殖民文学的特点。在后殖民的社会里，一切都是多元的、驳杂的存在，历史如此，文学更加多元。他的二十一个梦，都是后殖民社会各族文化传统与本土文化的交融（syncreticity）与驳杂（hybridity）产品。"[②] 因此可以说，在现代性和全球化之外，后殖民是解读梁文福小说的关键词之一。怀旧是这两部小说集最显著的精神气质。推而广之，如果要为新加坡的文化空间进行定位的话，我们

----

① ［澳］阿希克洛夫特等：《逆写帝国——后殖民文学的理论与实践》，刘自荃译，台北：骆驼出版社1998年版。

② 王润华：《新加坡小说中本土化的魔幻现实现象》，新山《南方学报》第3期。

可以说，在多元杂交的表象之下，隐藏一个不难识别的怀旧文化的核心。怀旧是前殖民地人民的集体无意识，是新加坡华文作家的情感结构，而扫荡一切旧事物的现代性进程，以及冲击一切地方知识的全球化浪潮，加速了风景消逝的速度，使得人们的怀旧心理愈发强大。《没了 LP 之后》① 从有关台湾与新加坡之 "外交" 冲突的新闻中汲取题材，融入超现实主义技巧，让唐代大诗人 "L君"（即李白）重生，走入新加坡华文课堂，刻画了由此产生的戏剧性反响。作者借此嘲讽了当下华文教育中一系列反常现象，包括：以玩成语纸牌游戏为代表的教学改革，对流于形式、制造噱头的华文教学创意奖的揶揄，教育部推行 "少教多学" 原则而删减华文教材，学生的华文学习出现只会读不会写的问题，文学教育被流行文化所排挤。一个有趣的细节是，把西方汉学家对李白的称呼（Li Po 或者 Li Pai）简称为 "LP"（在闽南话中指的是 "卵葩"，阳具），制造庄谐并出的效果；而一个男生的直率感言 "没了 LP 以后，华文课果然更轻松有趣了" 具有强烈的弦外之音：华文和文化是华人的命根子，而对华文教育的粗暴做法，无意于对男性的阉割。这里出现的阳刚气质的毁损和阉割焦虑正是华人之文化认同迷失的隐喻，对此，作者感慨系之。《历史之一日》是梁文福精心结构的小说。它的情节是，导演甲在制作一部名叫《历史之一日》的影片，戏中作为万世师表的 "孔子" 正襟危坐地阅读《鲁春秋》，背后的导演甲多次催促他删减其中的章节，他无奈地表示同意了。收工的时候，一直在旁边拍摄纪录片《历史之一日之制作》的导演乙，要求导演甲就指导孔子删《春秋》补上几个镜头，他还坦承，为了呈现纪录片的真实感，他已经删去了其他所有的镜头。于是，结尾出现了这样一幅意味深长的画面："说着，说着，该补拍的也拍完了。孔子，《历史之一日》的导演，还有《历史之一日之制作》的导演，一起喝酒去。账，是由后面的人来付的。"② 小说重写

① 《左手的快乐》，第 163—167 页。

② 同上书，第 4 页。

了历史典故，借着电影拍摄花絮的形式，嘲讽了任意删减华文教科书、制造强制性文化遗忘症的行为，充满后现代的游戏感和入木三分的讽刺力道。在历史、现实、文艺之间，作者制造了具有张力感的隐喻。历史上的孔子删减《春秋》乃是自觉主动的行为，目的是为了宣扬礼乐教化的原则。现实中的华文教育工作者，奉命一再删减教材，美其名曰"减轻学生负担"，实则暴露出轻率粗暴和不负责任的底细，不免把这一严肃的教育问题娱乐化了，犹如由多个导演合谋制作的一出荒诞派戏剧。小说亦暗含新历史主义的信条：所谓信史和纪录片标榜的权威性和客观性其实并不存在，无非是权力运作的产物，任人篡改和涂抹而已。删减华文教科书与孔子删订《春秋》一样，其后果和代价必将由后人承当。

在表现由语言危机引发怀旧的时候，梁文福的小说有时候采用了魔幻手法。《鳍》当中的一个家庭，回顾祖辈的离散经历而得出的经验是，讲"易利易利语"（英文）是身份高贵的标志，身上一定要长出"鳍"才算得上成功的进化，祖辈无此物，子孙生而有之，这是一定要珍惜的优良遗传。小说中的父亲固执地相信："只有真正忘了哗啦哗啦语（华语——引者注）的人，才会长鳍。我和妻约定，为了下一代，一定要长鳍。人前人后，我们努力地说服自己，我们不懂哗啦哗啦语，连梦里也要说易利易利语。"[1] 荒唐的是，父亲对自己的华族身份自惭形秽，他出于虚荣心，偷偷买了一个"假鳍"戴上；而专卖假鳍的店主揭发说，其实满街走着的人，有一半是在摇摆着做工精细的、难以识别的假鳍。根据查特吉的研究，在殖民统治时代，知识精英复制殖民者的语言、文化和礼仪，以自我殖民化的方式制造自己的身份认同，从而在族群当中维持着阶级地位，而民族主义者则疏离这套价值观念，视之为应该遭到批判的对象。[2] 虽然新加坡独立

---

① 《左手的快乐》，第 57 页。
② ［印］帕塔尔·查特吉：《民族主义思想与殖民地世界：一个衍生的话语》，范慕尤、杨曦译，译林出版社 2007 年版。

建国已有数十年之久，但在后殖民境遇中，华族文化的主体性丧失了，华人不再有自我意识和族群归属感，而是认为自己已经进化到了"他者"的境界，以此作为傲视同侪的资本，这岂非一种自欺自认的精神胜利法？梁文福另一篇小说《獍，有此事》表达同样的文化忧思和怀旧。它发表于2004年新加坡《联合早报》文艺副刊，带有魔幻现实主义、意识流小说和象征主义色彩，在文体、语言、叙事技巧上，是对《狂人日记》的重写。"獍"乃中国上古神话传说中的怪兽，又名"破镜"，状若虎豹而身形较小，生性凶残，幼兽生而吞噬其母。古人把"枭"、"獍"对举，认为枭为食母恶鸟，獍为食父恶兽，都是残酷无情、忘恩负义之人的喻指。新加坡素有所谓"精英"（英校毕业生）与"精华"（华校毕业生）的区分。语言无非是一种中性媒介，然而在新加坡，这种语言霸权和歧视造成了社会等级。所谓"精英分子"指的是这群黄皮肤、白面具的年轻华人。作者利用"獍"与"精"的谐音讲述了南洋版的《狂人日记》。他一针见血地指出，所谓的"社会精英"在一个极端意义上无非是正常人类的退化和变种，一个人面兽心的"獍"而已。表面上看，新加坡华人由第一代移民至今，早已落地生根，历经国家独立、现代化乃至全球化进程，终于进化到"发达国家"的行列。然而付出的代价是：华人的历史记忆断绝、文化认同丧失、母语受到冷落和排斥。梁文福的才华不仅在于他把关于鱼尾狮和獍的神话诗学转化为超现实主义的日记体小说，并对人物和主题做了象征化、寓言化、反讽的处理，而且在于他以机敏过人的洞察力和知识人的凛然风骨，戳穿了无所不在的进化论意识形态。试想，华人社会中以精英自居的年轻一辈，却变成了半人半兽的异形，这不是让人啼笑皆非的"退化论"么？

华族文化的危机不仅表现在华文的被冷落和面临消逝之虞，还体现在华人的生活习俗和伦理信条遭遇了禁忌、损坏或弃置。《奉养》① 提出了两种形式的怀旧：一个是隐含的叙事者的个人怀

文心的异同：新马华文文学与中国现代文学论集

---

① 《左手的快乐》，第17—18页。

旧，一个是官方设置的"国家文化历史博物馆"，这是怀旧的制度化和机构化，过去不再是没有被认知的或者不可认知的，过去的器物通过被挖掘、整理、编排和叙事而变成了国族遗产。在申请成为博物馆藏品的时候，有两个物件落选了。一个是某子女邀请众人观瞻自己在大酒店公开给父母签发支票的"请柬"，另一个是律师信，内容是敦请养老院中的某位年迈老人规范自己的支票签名。小说借此表达了长期以来作为华族传统美德和核心价值观的"孝道"被拜金主义侵蚀了。通过对这种行为的否定，作者从反面带出了自己的怀旧。具有反讽意味的是，这种具体而微的"文物"不被国家文化历史博物馆所认可和接纳，暗示了这种负面现象在社会中广为蔓延、世人见怪不怪，从而在表层的制度化怀旧与深层的个人怀旧题旨之间制造了错位和张力，加重了小说的怀旧和反讽意味。《舅舅说话的那一天》①也是表现了作者对失落已久的华族风俗的怀旧。其中提到了新加坡政府提倡华语（普通话）而废止方言，年轻一辈对族裔的母语、风习、节日和景观建筑抱着淡薄的态度，公共场合禁止放鞭炮的禁令三十四年之久，解禁之后，竟有二十万人拥挤到牛车水观看燃放烟花爆竹的场面，小时候由于受到鞭炮惊吓而患上失语症的舅舅，目睹此景，居然开口说话了。研究怀旧文学的 Rubenstein 发明了"cultural mourning"（文化悲悼）这个术语来表示个人对于那些带有集体或者社群联系的"丧失之物"的反应：一种生活方式，一个文化家园，对于较大的文化集团具有意义的一个地方或地理位置，或者整个族裔或文化集团——他/她感到自愿或不自愿地与之被切断和被流放——的相关历史。因此，文化上移位或流放的人，会悲悼他们远离了家园/土地、社区、语言，以及/或者有助于身份认同的种种文化实践。②《舅舅说话的那一天》中的叙事者是一名接受英文教育的华族中学生，通过他的淡漠的观察、感受和叙述，小说对比了长幼两代人对于华人的习俗、语言和文化记忆的不同反应，凸显的

① 《左手的快乐》，第13—15页。
② Roberta Rubenstein, *Home Matters*, pp. 5 – 6.

不仅是心理体验而且是一种文化经验，即，文化实践的迷失和文化认同的危机所造成的怀旧和悲悼。

四 怀旧的政治及其未来

怀旧的字面义指的是一个人对自己经历的时代、生活和人事的记忆和怀恋，这在纪实性文学作品当中体现出真实性的一面。但是，梁文福的两部虚构性作品则指向怀旧的隐喻和象征的层面，不拘泥于有限的个人经验而是反思现代人尤其是新加坡（华）人的境遇。在稍纵即逝、支离破碎、充满焦虑感的都市环境中，微型小说以其特有的优势成为表述都市经验的体裁，这也与它发挥的怀旧功能有关。近代以来，对怀旧的研究产生了林林总总的认识，怀旧在当代世界中反复出现在大众文化和批评话语中，提醒人们去重新认识它的隐秘而复杂的运作机制。詹明信认为，在风格创新不再可能的一个世界中，所留下的就是模仿死去的风格，通过面具说话，带着想象的博物馆中的风格的声音说话。在后现代主义文化景观中，怀旧的电影表现的是一种精神分裂式的兴奋。① 有的批评家强调，怀旧作为对过去的党派性的曲解，导致对怀旧的商业化处理，或者，更有破坏力的是，怀旧经常充当一个保守的政治方案。文学批评家走得更极端，他们修正怀旧定义以突出其反动和压抑的倾向，把怀旧视为一种令人恐惧的、反女性主义的冲动。但也有人认为，怀旧绝不是与生俱来的保守，它的确经常具有乌托邦构成和灵活的因素，它创造性地培育了一种充满想象力的个人记忆，因此，有必要在新历史主义和文化唯物主义的议程内，重评怀旧的文化史，尤其是它的文学史。②

①　Fredric Jameson, "The Nostalgia Mode and Nostalgia for the Present," in Peter Brooker and Will Brooker eds., *Postmodern After-Images: A Reader in Film, Television and Video*, London: Arnold, 1997, pp. 23 – 35.

②　Tamara S. Wagner, *Longing: Narratives of Nostalgia in the British Novel, 1740 – 1890*, pp. 19 – 22.

依靠着时间意识的逆转和断裂，怀旧笔触叙述的是一个充满魅力的失落的、非现实的世界，它呈现多重的参差对照：在自然和社会之间，在过去和现在之间，在都市与乡土之间，在儿童与成人之间，在家园与异邦之间，在情感与理智之间……怀旧在梁文福的想象和记忆当中扮演了组织力量的角色，彰显出反思和批判的特质。如前所述，这种怀旧其实是多重原因的纵横交织。童年的消逝激发了诗人的怀旧心理和对成人世界的忧惧。弱小国家的现代性追求不可避免地导致了喜新厌旧的风气，老式的景观建筑，象征文化传统和历史记忆的器物，加快了消逝的速度。全球化抹平了区域差异和地方知识，掩盖不平等的权力关系，也对文化多元主义的价值观构成了威胁。这些都是一般性的社会状况和人类境遇。新加坡的特殊性还在于以下两个事实。第一，作为一个主要由移民构成的新兴国家，华人的离散记忆很自然地带出了一部分人的故国想象和历史缅怀。第二，长达一百四十年之久的后殖民境遇召唤人们重建国族文化的主体性，吁请人们去正视华族社区文化认同的迷失问题。借用阿巴斯的说法，新加坡这个城市的文化空间就是一个消逝的空间（Space of Disappearance），这种国族文化在急切地寻找自己的主体性。① 梁文福的怀旧小说把批判矛头指向了现代性、全球化、后殖民，在这个重叠境遇中，作为华人的个人由于遭遇了一系列的丧失、危机、迷失和消逝——童年、过去的时代、景观、建筑、语言与文化，产生了严重的心理冲突和文化悲悼。

梁文福小说中的怀旧作为一种文化实践的形式，也打上了种族、阶级与性别的烙印，这其实就是怀旧的政治学。怀旧是弥漫在华族社区的普遍心态和情绪，中心关怀是族裔的语言和文化危机，在全球化和后殖民语境中，这一问题愈加迫切了。《左手的快乐》的怀旧主人公都是社会中下层人士、政治上的无权者、经济上的受压迫者，包括年迈的华族老人，饱受资本和市场摧残

---

① Ackbar Abbas, *Hong Kong: Culture and the Politics of Disappearance*, Minneapolis: University of Minnesota Press, 1997.

的工薪阶层，中小学华文教师，懵懂无知的惨绿少年，等等，他们都是身处弱势、底层和边缘的群体。在现代性和全球化境遇中，他们为生计而辛苦辗转，由于生存压力而艰于呼吸视听，开始缅怀消逝了的童年时代、梦中的遥远家园、乡土社会的礼仪习俗，以及一种乌托邦式的生活方式。饶有趣味的是，两部小说集中的怀旧主体大多数是"男性"，作者经常是从男性的视野、立场和经验去叙述怀旧的冲动，例如《年糕的味道》中的"大伯"，《舅舅说话的那一天》中的"舅舅"，《憋》中的"他"，《未完》①中的"爷爷"；而在《蟋蟀》、《海/孩》、《第一次回家》、《关于爷爷和爸爸童年时代的风》等篇章中，怀旧主体转换成了都市男性。当男主人公的心神暂时离开了苦闷压抑的当下，沉湎于怀旧遐想中的时候，女性的声音和感觉往往处于缺席和喑哑的状态。当然，女性主人公也出现在《找狮子》、《滴》、《象来了》、《贞操》、《街景》、《关键时刻》等作品中，②但她们并不是怀旧主体。《象来了》通过对都市的批评而表达作者的怀旧，但在小说中，作为母亲的"她"，并没有流露出丝毫的怀旧或者乡愁的冲动，相反，她为生计所迫，把本来应该轻松惬意的家居空间变成了忙碌的办公场所，她在家办公的同时还负责照顾年幼的孩子，因此是不折不扣的双重负担。对女性主义来说，家庭是一个压抑女性的个性、埋没女性的创造力的空间，为了自我发现和个性独立，家园必须是女性由此逃离的一个出发点。《滴》关注家庭妇女受到的多重压迫：来自丈夫的性掠夺、无休无止的家务劳动、来自男性邻人的语言暴力。《贞操》在笔误当中刻画了大龄女性的性压抑心理。《街景》从相对论和宿命论的角度展示了女性经验的轮回。《关键时刻》对充当了二十年替身演员的"她"表示了深沉的同情。也许，只有在《找狮子》当中才真正出现了"女性"怀旧的话题，这个小说表现的是女主

---

① 《左手的快乐》，第173—177页。

② 关于《找狮子》、《滴》、《贞操》、《街景》、《关键时刻》的内容，分别参看《左手的快乐》，第139—142、7—11、11—12、37—38、71—73页。

人公对雄健刚强的狮子般的男性气质的渴望。

　　然则，真正使得梁文福的怀旧焕发出魅力的，乃在于作者自甘边缘的意识。萨义德说过："即使不是真正的移民或放逐，仍可能具有移民或放逐者的思维方式，面对阻碍却依然去想象、探索，总是能离开中央集权的权威，走向边缘……"① 文学史上的确有这样一些人，他们一生从未长久地离开故土，但是被周围环境的巨大变化连根拔起，于是就产生了一种另类的放逐（exile）体验和怀旧情绪。② 作为移民后代和土生华人，流亡或放逐对梁文福来说当然是一个隐喻的情景，他怀有的是这种放逐者的心态和边缘人的思考方式。新加坡是梁文福的原乡和故土，但是，他在这里并没有感到如归家园的安适自在之感，而是感到别别扭扭、难以相处、迷惘和失落，他的怀旧和悲悼于焉浮起，缭绕不散。根据周蕾的论述，与其说边缘是临时性的东西，到底要归化于永久性的事物，倒不如说边缘其实是一种基本生存状态，而"永久性"本身才是一个虚构的意念。漂泊离散意识不但是历史上的意外，而且是一种知识现实，一种作为知识分子的必经之途。③ 梁文福的怀旧抒写之所以能够产生积极的、创造性的、批判性的能量，乃在于他在现代性、全球化和后殖民境遇中，坚持知识分子的不被驯化的边缘意识，把自己从流行的意识形态信条和别人指定的路线中解放出来，愿意像不断跨越疆界的旅人和过客那样，从新视角去观察本土社会与文化的历史变迁，批判威权方式所赋予的现状，借用萨义德的话说，他"回应的不是惯常的逻辑，而是大胆无畏；代表着改变、前进，而不是固步自封"。④

（原载新加坡《南洋学报》第 66 期，2012 年 10 月）

---

　　① ［美］爱德华·W. 萨义德：《知识分子论》，单德兴译，生活·读书·新知三联书店 2002 年版，第 57 页。

　　② Ann C. Colley, *Nostalgia and Recollection in Victorian Culture*, pp. 73 – 104.

　　③ ［美］周蕾：《写在家国以外》，第 21 页。

　　④ ［美］萨义德：《知识分子论》，第 57 页。

下　　编

中国现代文学论衡

评秋吉久纪夫《缅甸战线上的
穆旦——〈森林之魅〉的主题》

　　日本九州大学中国文学部的秋吉久纪夫教授，长期从事中国现代文学，尤其是新诗的翻译和研究，已出版日文版《戴望舒诗集》、《何其芳诗集》、《卞之琳诗集》、《冯至诗集》、《穆旦诗集》等著作。《缅甸战线上的穆旦——〈森林之魅〉的主题》采自《穆旦诗集》，① 洋洋洒洒，近一万言，评述诗歌《森林之魅》的主题。综观此文，有三个方面值得一提。第一，它采用社会—历史批评的方法。第二，它注意到文本互涉的问题。第三，它旁涉比较文学的影响研究，尽管非常粗略。下面，我将分而述之，检讨此文的得失所在。此文的研究方法称得上"社会—历史批评"。根据韦勒克（Rene Wellek）的说法，文学研究方法大致有两种：外部研究（extrinsic approach）和内部研究（intrinsic approach）。前者侧重从各种外在因素——例如，社会、传记、思想、心理等——解释文本的产生过程和思想主题；后者看重文学之为文学的根本因素，强调对文本进行细腻的解读和艺术形式的分析，例如，小说的叙事技巧和情节结构，诗歌的意象、象征、隐喻、韵律、节奏，等等。无疑，社会—历史批评即是属于外部研究，它倾向于详尽考察文本的创作背景、作家的生平史实，坚信这些关于文学作品之起源的外在因素决定文本的意义结构和美学形式。平心而论，社会—历史批评有其不可抹杀的长处和优点。它为我们提供一些丰富的材料，有助于清楚了解一

---

① 　［日］秋吉久纪夫编译：《穆旦诗集》，东京：土曜美术出版社1994年版。

部作品的起源和写作背景，尤其是对自传性、私人性较强的作品，具不可忽视的指导意义。秋吉的文章首先比较《森林之魅》四个版本的异同，然后使用相当丰富的史料来描述诗歌的写作背景。这些史料来源不一、性质各异，既有旁观者和知情人的证词，譬如，王佐良的著名论文《一个中国诗人》；又有日本侵略军和中国远征军关于这场惨烈战役的详尽的军情汇编；而且还有战役的亲历者和见证人的事后回忆，例如杜聿明、李明华和丸山丰的回忆录。可以说，作者掌握的史料相当充分，而这些琐碎详实的史料也从各个方面多个角度——文学的／历史的、敌人／我方的、个人的／群体的——呈现当时的战争酷烈，很好地说明了文本的创作背景和题材来源。第二，秋吉久纪夫注意到穆旦在创作《森林之魅》之前、之后，还写作了其他一些重要作品，例如《出发》、《幻想的乘客》、《自然的梦》、《活下去》等，它们与《森林之魅》在思想主题、语法与句法等方面存在千丝万缕的联系，所谓"互文性"是也。对照阅读这些文本，能够看出穆旦思想、艺术的成长历程，更有助于理解《森林之魅》的主题。第三，此文旁涉比较文学的影响研究（influence study）。秋吉注意到穆旦在清华大学和西南联大外文系求学期间，已广泛接触西方现代主义诗歌。特别是穆旦受到威廉·燕卜逊（William Empson）的沾溉既深，遂对里尔克、艾略特、叶芝等现代诗人颇为心仪，对他们擅长的诗艺——生与死互相转化的思想、独白和对话的戏剧化，加以有选择性的吸收和创造性转化，使之与《森林之魅》的题材形式与精神蕴涵融合为有机的组成。秋吉认为艾略特名著《阿尔弗雷德·普鲁弗洛克的情歌》启发了穆旦的灵感，产生了《森林之魅》中的戏剧化手法，这个论断是靠得住的。

但是，话又说回来，此文的研究方法大可商榷，而在具体写作技巧方面也多不尽人意。作者使用的方法是社会—历史批评和传记批评。这种方法的致命缺陷在于忽视了文学之为文学的特殊性，混淆文学文本与历史文献的本质差别。雷纳·韦勒克曾说过，文学的特性在于想象性、创造性和虚拟性，它虽然与社会、传记、心理与思想有一些联系，但只能看做是文学传统、作家艺术天才和想象力的结果，而不能想当然地把它化约为后者的产物。从社会、传记、心理与思想到最后的文学作品，其间必然要经过作家的刻意的艺术经营，这是一个包括了扭曲、变形等创造性转化的过程。文学与生活、现实与虚构之间始终有一条无法消除的界限。因此，即便是最真实的文学作品也不可天真地被当作传记或文献来看待。有鉴于此，韦勒克提倡将文学批评的重心由对外在因素的研究，转向对"文学性"的探讨；后期新批评派理论家比尔兹利和威姆萨特更激进地提出"意图谬误"（fallacy of intention）的概念。回到论题上来。我们必须意识到，诗是一种精致凝练的艺术，不可大略而论，必须细读，穆旦的诗尤其如此。但是，秋吉的文章连篇累牍地征引的军事报告和当事人回忆，所占篇幅竟达总字数的70％以上，而关于文本自身的美学分析只有寥寥几段，而且浮皮潦草，语焉不详，最终完全淹没在一大堆背景史料的缕述中。令人困惑的是：在文学批评中，写作背景和创作缘起的交代竟然如此重要，以至于可以代替文本细读吗？难道文学题材竟然可以决定一个文本的艺术水平吗？是不是了解了作品的背景就等于知道了它的审美属性呢？坦白地说，一场战役的伤亡人数，多少兵团参与了围攻，战役的胜败过程，敌人逃窜的路线，以及其数不胜数的具体细节，对于文学创作根本起不到决定性的作用，充其量只是提供了一个背景而已，更不能成为裁判一个文本成就高下的标准。晓然可见，文学在很大程度上是作家的想象力、文学传统和个人才情的产物。即使作家没有这一段刻骨铭心的人生经历，凭借他的想象力，照样可以写出才华横溢的作品来。学者们不是争论过，《岳阳楼记》的作者范仲淹根本没有去过岳阳楼，王勃的《滕王阁序》提到的阎都督、王将军、孟学士实际上并无其人吗？不难理解，社会历史批评的缺点在于笨拙地将文学作品当作历史文献来阅读，往往忽略作者的艺术才华和想象力，最终对"文学性"表现出惊人的迟钝。因此，在写作技巧上，秋吉做不到紧凑连贯，详略得当，而是拖泥带水，本末倒置，他巨细无遗地罗列了如此之多的战争史料，临近文章的结尾，才终于发现尚未进入文本，于是蜻蜓点水，草草收场。事实上，作者根本没有必要在那些方面花费太多的笔墨，简单提及王佐良的《一个中国诗人》中的关于写作背景的段落就已足矣，他应当着力分析的是：主题得以成功表现的那些艺术形式、表达方式、审美原则、语言机制、诗意生成等层面。

例如，穆旦在诗中使用独白、对话等戏剧化策略，那么，这种策略的审美优长和艺术渊源何在？而它的现实针对性又是什么？其实，中国古典诗歌当中亦不乏这种表现手段，譬如，杜甫的"三吏"、"三别"就是绝好例子。当然，这只是一种个人性、自发性的美学追求，并未上升为一种审美原则和自觉的艺术潮流，而且与现代意义上的"新诗戏剧化"还有一段较大距离，目的只是为了突出现场感、真实性和感染力，服务于社会批判的目的。现代汉诗中，较早而积极从事这方面的尝试，且取得不俗成就的诗人主要是闻一多、徐志摩、卞之琳等人，他们的取法对象是英国维多利亚诗人勃郎宁（Robert Browning）。20 世纪，艾略特（T. S. Eliot）、奥登（W. H. Auden）、叶芝（W. B. Yeats）对这个文学遗产表现出浓厚兴趣，在自己的作品中精心借鉴。袁可嘉创制的"新诗现代化"方案，属意于"戏剧化"原则。他的看法是，"戏剧化"不仅是一种艺术表达方式，而且是一种思维方式和感知方式。由于现代文明进入了一个更为复杂错综的阶段，传统意义上的单一的表达技巧已经不足以传达出现代人的极为复杂的内心感受，浪漫主义的直接抒情难免泛滥无形之弊，是故，必须发展出更为复杂的表现形式。"戏剧化"的目的是为了表达的间接性和客观性，赋予感情以凝定的形式和规范的秩序，更好表达出作者的文化批判、人性解剖和哲学思考。《森林之魅》有三个角色："森林"，代表一种如影随影、无法摆脱的死亡威胁，它的甜蜜而温柔的声调魅惑着生者进入它的怀抱；"人"，即牺牲的战士，面对死神的诱惑，坚持"生的执著"精神；"葬歌"，以宁静沉思的声音表达对于逝者的悲悯和抚慰。它们的内心独白和互相对话，有力地渲染出生与死的庄严神圣，以及作者对于个体生命意义的深沉思索。非常明显，这样就避免了抗战诗歌在处理类似题材上所惯常出现的"标语口号"式语言、感伤情调、说教气息、虚假的英雄主义呐喊、浅薄的浪漫主义抒情，显得情感深沉内敛，表达更为有力。不难想象，在郭沫若、田间、臧克家、柯仲平、任钧等普罗诗人的笔下，《森林之魅》又会呈现怎样一副面目——如所周知，他们的诗歌热衷于描写血与泪、火与海等宏大叙事（grand narrative），呐喊与诅咒、抗争和预言等奇特地混杂在一起，诗中的"我"经常扮演着战士和预言家的角色。毫不奇怪，穆旦的深沉而雄健的风格与他们无缘，而穆旦诗歌的"现代性"也恰恰体现在这里。

秋吉提到穆旦熟悉里尔克的诗歌，《森林之魅》篇末的两句诗明显是里尔克的风格。这当然不错。但是，遍读穆旦诗全集，不难看出，真正对他有深度的、广度的、持续性的影响的西方现代派诗人，应该是奥登、艾略特，而不是里尔克。奥登的反讽和悖论技巧、大跨度的工业性比喻、语言的日常生活化，艾略特所擅长的戏剧化手法、思想知觉化、玄学派的机智、对于文明危机的深刻描述、对于人生困境的深入思考，在穆旦那里有极明显的影子。典型意义上的里尔克的艺术风格：在日常生活和平淡事物中发现诗意，对于万物的沉思默察，乃至于化身为物，从物的角度进行思考，冥想生与死的关系，排除主观感情的流露，追求天人合一的境界，以及语言的质朴无华和节奏的舒缓沉着，对于冯至、郑敏、吴兴华有比较清楚的影响，而对于穆旦只是短暂的灵感，《森林之魅》是一个特例。秋吉特意提到穆旦诗歌中出现频率颇高的"错误"一次，其实，这个词汇与穆旦惯用的其他一些字眼儿，例如，"智能"、"知识"、"学习"、"痛苦"，等等，都是奥登偏爱的。文章最后提到的两句诗，"过去的是你们对死的抗争，／你们死去为了要活的人们的生存"，秋吉久纪夫的解释——"'新的生存'只有在'牺牲'的基础上才能建立起来，即，'生亦死'这种思想"——恐怕并不准确。这里的意思很明确：为了民族大众的福祉而牺牲个体的生命。这是一种伦理学意义上的英雄主义思想，不是里尔克的"生死转化"的观念。要知道，里尔克关注的不是美与丑，善与恶，崇高与卑下等伦理判断，而是存在哲学层次上的"生存与游离，真实与虚伪，严肃与滑稽"（冯至《里尔克》）。

（完成于 2002 年 8 月，未刊稿）

附录

缅甸战线上的穆旦——诗歌《森林之魅》的主题

（秋吉久纪夫）

在阴暗的树下，在急流的水边，
逝去的六月和七月，在无人的山间，
你的身体还挣扎着想要回返，
而无名的野花已在头上开满。

那刻骨的饥饿，那山洪的冲击，
那毒虫的啮咬和痛楚的夜晚，
你们受不了要向人们讲述，
如今却是欣欣的林木把一切遗忘。

过去的是你们对死的抗争，
你们死去为了要活的人们的生存，
那白热的纷争还没有停止，
你们却在森林的周期内，不再听闻。

静静的，在那被遗忘的山坡上，

还下着密雨，还吹着细风，

没有人知道历史曾在此走过，

留下英灵化入树干而滋生。

（1945 年 9 月）

这是穆旦（查良铮）长诗《森林之魅》末篇的《葬歌》。刊登《森林之魅》长诗的有以下四种版本：

（A）《穆旦诗集》（1939—1945）172 页（1947 年 5 月　沈阳　私家版）；

（B）《文学杂志》第二卷第二期 77 页（1947 年 7 月 1 日 商务印书馆发行）；

（C）《旗》81 页（1948 年 2 月 文化生活出版社刊）；

（D）《穆旦诗选》96 页（1986 年 1 月 人民文学出版社刊）。

长诗《森林之魅》，全诗共六章，总计达 71 行。对以上四种版本作一比较，发现在语句上稍有差异。下面以（A）作为蓝本，来比较各版本间的差异。首先看一下诗名"森林之魅"，（A）、（C）、（D）是相同的，（B）的诗名为"森林之歌"。（A）的副标题是"祭胡康河谷上的白骨"，（B）是"祭野人山上死难的兵士"，（C）是"祭胡康河口的白骨"，（D）是"祭胡康河上的白骨"。（A）的第二篇的第八行为"蟒"，而（B）、（C）、（D）都是"陆上的蟒"。同是第二篇的第八行的"畏惧"与（B）、（C）相同，而（D）是"畏惧"。第四篇末尾行的"瘫痪"，只有（D）是"瘫奂"。第六篇的第五行的"冲激"，只有（D）是"冲击"，同是第六篇的第七行"受不了"，只有（B）是"全不能忍受"，第六篇的第九行"对死的抗争"，也只有（B）为"对人间的抗争"。第六篇的第十行是"要活的人们"，也只有（B）为"人们"。第六篇的第十一行"那白热的纷争还没有停止"，只有（B）是"然而我们的纷争如今未停止"。同在第六篇的第十五行"没有人知道历史曾在此走过"，只有（B）是"更有谁知道历史曾在此走过？"（A）的执笔年月为"一九四五年·九月"，（B）没有记载，（C）是"一九四五年·九月"，

（D）是"一九四五年·九月"。对以上四种版本诗句的差异进行了比较后，可以说（A）、（C）、（D）版本在意义上没有根本性不同。但对（B）来说，因是在杂志上刊登，有要考虑适应杂志刊登情况的一点迹象，这是从上述的刊登该诗的执笔年月时，只有（B）没有明确标记而看出来的。

对写这首《森林之魅》长诗作者穆旦作出最初评价的是王佐良，王写了《中国的一个新诗人》这篇文章，发表在遥远伦敦1946 年 6 月号的 LIFE AND LETTERS 杂志上。他当时在中国内地云南省省会的昆明，二人可以说是住在一起的年轻朋友。该文对这首《森林之魅》长诗的执笔背景描写如下："那是一九四二年的滇缅撤退，他从事自杀性的殿后战。日本人穷追，他的马倒了地，传令兵死了，不知多少天，他给死去战友的直瞪的眼睛追赶着，在热带的毒雨里，他的腿肿了。疲倦得从来没有想到人能这样疲倦，放逐在时间——几乎还在空间——之外，胡康河谷的森林的阴暗和死寂一天比一天沉重了，更不能支持了，带着一种致命性的痢疾，让蚂蟥和大得可怕的蚊子咬着。而在这一切之上，是叫人发疯的饥饿。他曾经一次断粮到八日之久。但是这个二十四岁的年轻人，在五个月的失踪之后，结果是拖了他的身体到达印度。虽然他从此变了一个人，以后在印度三个月的休养里又几乎因饥饿之后的过饱而死去，这个瘦长的，外表脆弱的诗人却有意想不到的坚韧，他活了下来，来说他的故事。但是不！他并没有说。因为如果我的叙述泄露了一种虚假的英雄主义的坏趣味，他本人对于这一切淡漠而又随便，或者便连这样也觉得不好意思。只有一次，被朋友们逼得没有办法了，他才说了一点。而就是那次，他也只说到他对于大地的惧怕，原始的雨，森林里奇异的，看了使人害病的草木怒长，而在繁茂的绿叶之间却是那些走在他前面的人的腐烂的尸身，也许就是他的朋友们的。他的名字是穆旦……"

昆明的西南联合大学是在 1937 年日中战争爆发时期，由路途遥远的北平北京大学、清华大学和天津的南开大学的教师学生们搬迁设立的临时大学。从这所大学外国文学系英文专业毕业，留校任助教的穆旦（本名查良铮）担任了中国缅甸远征第一路

军的翻译官，1942 年 2 月出征。他在出征之际，动笔写了如下
作品，诗名为《出发》——

告诉我们和平又必须杀戮，
而那可厌的我们先得去欢喜。
知道了"人"不够，我们再学习
蹂躏它的办法，排成机械的阵式，
智力体力蠕动着像一群野兽，

告诉我们这是新的美。因为
我们吻过的已经失去自由；
好的日子去了，可是接近未来，
给我们失望和希望，给我们死，
因为那死的制造必需摧毁。

给我们善感的心灵又要它歌唱
僵硬的声音。个人的哀喜
被大量制造又该被蔑视
被否定，被僵化，是人生的意义；
在你的计划里有毒害的一环，

就把我们囚进现在，呵上帝！
在犬牙的甬道中让我们反复
行进，让我们相信你句句的紊乱
是一个真理。而我们是皈依的，
你给我们丰富，和丰富的痛苦。

（1942 年 2 月）

在这首诗中充满了中途将放弃研究，不得不向缅甸出兵的心情。
然而为什么中国军队必须要在这一时间出兵的所有情况，一点都
没有加以说明。当时的战况是，日本军在 73 万平方公里，面积

大约是日本 2 倍的缅甸（现在的 myanmar）国土上投入十个师团约 30 万的兵力。1942 年的缅甸和印度一样，都是英国的殖民地。英国试图对以曼德勒作为首都的缅甸帝国阿拉乌巴亚王朝扩大权益。经过 1824 年发起的第一次，第二次（1853 年）和第三次英缅战争以后，终于在 1885 年被英军所灭亡，从此成了英国的殖民地，被强化了殖民统治。1937 年 7 月，日本使中国大陆卷入了战争，因为被全面封锁了海岸线，被掐断了供给路线的中国国民党政府不得不在云南省的昆明和缅甸西北部要塞的拉西沃之间开设汽车公路，这条公路称为滇缅公路（缅甸道路）。从昆明经过大理、保山，渡过怒江，拉孟、龙陵、芒山、遮放、畹町、库喀依、塞恩，然后向拉西沃到达天险之关。这条滇缅公路的开凿工程从 1938 年 2 月开始，到 1941 年 4 月最终完工。在龙陵边的一个小高丘上现在还立着"腾冲县修筑滇缅公路纪念碑"，碑上刻着"拔荆割草，掘土击石，使役各区各乡民夫五万名，地方负担粮资二百余万元，受瘴疠所毙达二千余名……"而从昆明经过大理、保山，通向缅甸的道路，在渡过刚才提到的怒江惠通桥的那条路以外还有一条路，那就是自古以来许多商队往来的道路，是马可·波罗走过的路。那条路在离惠通桥北面约 25 公里，涉过栗柴，越过险要的高黎贡山脉，经过冷水沟，到瓦甸、海口、腾越、（腾冲）南甸、八莫。在马可·波罗《东方见闻录》的 1272 年一项中，有忽必烈大汗的缅甸地方攻略记事："为了迎头阻击奈斯拉夫丁指挥的一万二千蒙古军骑兵，缅甸联合军调用了二千头大象和四万步兵向敌军驻屯的区昌（现在的永昌）大森林突进。但是，敌方把箭都集中射到大象身上，象群如同天崩地裂似的凶暴地向自己军队反突而来。"该事件在缅甸史上称为"噶沙翁羌战"。

1942 年 2 月，穆旦所属的杜聿明指挥的中国缅甸远征第一路军十万人的（第五军、第六军、第六十六军）部队从云南省保山，越过徒有其名的国境，攻击在缅甸中部西京河东岸同古地区的日本军。当然，还有统治缅甸的是英国军（英国本国军队以外，有印度军、缅甸军等），共有四万五千余名。日本军队侵略缅甸的时间是在1941年12月8日太平洋战争开始以后的1942年1月。目的是为了封锁滇缅公路。首先把驻留在泰国的第十五军（饭田祥二郎中将指挥）、第三十三师团（弓兵团）和第五十五师团（楯兵团）从泰国和缅甸国境向南缅甸派遣。3月8日，缅甸首都仰光沦陷，接着新加坡沦陷，与此同时二个师团（北九州岛的第十八师团——菊兵团和第五十六师团——龙兵团）从海路登上郎觉，以铁路和步行急速在同古周围会拢。这样一来双方军队就在同古激烈冲突起来了。在同古的12天的攻防战中，联军终于开始崩溃了。这以后，想要逃脱的联军完全被如乘怒涛而来的日本军所压倒，拉西沃在4月29日，蔓德勒在5月1日，八莫在5月3日，堂吉在5月4日，中国境内云南省架在怒江上的惠通桥的对岸在5月5日，密支那在5月8日，云南省的腾越在5月10日，塔卡窝、卡热屋在5月12日先后失陷。英国、印度、缅甸军经过英帕尔向西印度撤退，中国缅甸远征第一路军也七零八散，从拉西沃渡过萨路屋河向东，或经英帕尔向西印度撤退，还有的经八莫向怒江以东撤退。而包括杜聿明在内的第五军直属部队，和新编第二十二师，由于密支那的失陷，通向云南的退路被切断，最后只能从蔓德勒的西部退入到中国自古就感到恐惧的缅甸北部属于"野人山"地域的胡康溪谷，7月3日，到达新平洋，7月25日，抵达印度东部的阿萨姆州热都。此时新编第二十二师的兵力已经从15000名减少到3000名，杜聿明本人几乎患传染病而死。穆旦当时就在这支被围困在胡康溪谷的部队里。前面我们对照了四种《森林之魅》长诗版本的异同，在（A）、（C）、（D）的副标题上都是"胡康河"，只有（B）改成了"野人山"。这是因为在那一时期，他认为在《文学杂志》上发表诗歌，用一般中国人自古就听惯了的带有恐怖色彩的"野人山"这一词要比按原来用的"胡康河"一词更引起人们的注意。

缅甸的大致地理是由行走在印度和缅甸的国境线上的阿拉干山系（宽300公里至600公里，海拔300英尺至12000英尺）和横跨缅甸与中国国境内的掸邦高原以及位于这两地之间的平原地带所划开的三块地域，再加上被在平原地带中央纵向行走的旧比山脉（宽约100公里，海拔5000英尺）分为伊洛瓦底江和亲德文江的两个流域构成。胡康溪谷就在亲德文江的上游，属于缅甸中北部，那里的气候，一年二季相当分明，从十一月到五月是旱期，几乎不下雨，六月到十月是雨期，连日暴雨。特别是包括胡康溪谷在内的缅甸和印度境内的降雨量更大，被称为世界降雨最多地区。因此，这个姜古泇地区是一个可怕的瘴疠地带，其中的亲德文江流域、胡康溪谷、怒江流域更是恶性疟疾的猖獗地，是历史上有名的"鬼门关"。和穆旦同时被围困在胡康溪谷的指挥官杜聿明（中国缅甸远征第一路军司令长官部副司令兼第五军军长）对当时的状况描述如下：

> 自六月一日以后至七月中，缅甸雨水特大，整天倾盆大雨。原来旱季作为交通道路的河沟小渠，此时皆洪水汹涌，既不能徒步，也无法架桥摆渡。我工兵扎制的无数木筏皆被洪水冲走，有的连人也冲没。加以原始森林内潮湿特甚，蚂蟥、蚊虫以及千奇百怪的小巴虫到处皆是。蚂蟥叮咬，破伤风病随之而来，疟疾、回归热及其他传染病也大为流行，一个发高烧的人一经昏迷不醒，加上蚂蟥吸血，蚂蚁啃啮，大雨侵蚀冲洗，数小时内即变为白骨。官兵死伤累累，前后相继，沿途白骨遍野，令人触目惊心……

李明华当时作为第五军政治部干事也在"野人山"，与穆旦他们同行，她是两个仅能活着回来的从军女性中的一个。她说："如果前面没有开路的话，就是向前走一寸都很困难，我们总是结队向前。毒蛇、猛兽被走在前面的人群惊吓而逃，有时被我们杀死，我们走在后面的不太碰到这些情况，但经常会碰到唧呀……唧呀……叫唤的猴子，最让人害怕的是成群的野象和在黑暗中危害人生命的毒蚊和蚂蟥。雨下得越来越大，我们的行程一天比一天困难，山川边、小路旁，还有大树下，路上的尸体也不断增加，双眼能看到的所有地方，整天都被雨打着，泡得膨胀了起来，失去了人形，看到尸体满身爬着的蛆虫，登时恶心想吐。这些人许多是饥饿、疲劳再加上被蚊子、苍蝇、蚂蟥吸了血，染病而死的。还有人是误食了有毒果子中毒而死的。有一次，溪谷的水突然暴涨，在溪谷边上的 12 名战友全都被吞没掉了。那种悲惨的情景真比神仙、妖怪小说中描写的十八层地狱还要可怕。活着的人如果长时间置身于这样的环境中的话，谁都会变得极端绝望的。"

穆旦从自古就被中国人所惧怕的包括胡康溪谷在内的"野人山"地区逃脱出来，8 天未能吃饭，患着疟疾，一面发着高烧一面流浪，经过印度到达云南昆明的时候是在失踪后第七个月的 1942 年 11 月。他好不容易到了以后，高兴地拿起笔写《自然底梦》——

说我曾经迷误在自然底梦中，
我的身体由白云和花草做成，
我是吹过林木的叹息，早晨底颜色，
当太阳染给我刹那的年轻，

那不常在的是我们拥抱的情怀，
它让我甜甜的睡；一个少女底热情，
使我这样骄傲又这样的柔顺。
我们谈话，自然底朦胧的呓语，

美丽的呓语把它自己说醒，
而将我暴露在密密的人群中，
我知道它醒了正无端地哭泣，
鸟底歌，水底歌，正绵绵地回忆，

因为我曾年青的一无所有，
施与者领向人世的智慧皈依，
而过多的忧思现在才刻露了
我是有过蓝色的血，星球底世系。

（1942 年 11 月）

评秋吉久纪夫《缅甸战线上的穆旦——〈森林之魅〉的主题》

227

以上是诗歌《自然底梦》，各篇分别为四行。在那以后的 1942
年 12 月，穆旦执笔写了作品《幻想底乘客》——

> 从幻想底舱线卸下的乘客，
> 永远走上了错误的一站，
> 而他，这个铁掌下的牺牲者，
> 当他意外地投入别人的愿望，
>
> 多么迅速他底光辉的概念
> 已化成琐碎的日子不忠而纤缓，
> 是巨轮的一环他渐渐旋进了
> 一个奴隶制度附带一个理想，
>
> 这里的恩惠是彼此恐惧，
> 而温暖他的是自动的流亡，
> 那时他自由的只是忍耐的微笑，
> 秘密地回转，秘密的绝望。
>
> 亲爱的读者，你就会赞叹：
> 爬行在懦弱的，人和人的关系间，
> 化无数的恶意为自己底营养，
> 他已开始学习做主人底尊严。

（1942 年 12 月）

这两篇作品中，强烈地渗透出他在上述缅甸战线中的亲身经历体
验。在《自然底梦》里他写道："我曾经迷误在自然底梦中，/
我的身体由白云和花草做成，/我是吹过林木的叹息，早晨底颜
色，/当太阳染给我刹那的年轻。……"在《幻想底乘客》里他
写道："这里的恩惠是彼此恐惧，/而温暖他的是自动的流亡，/
那使他自由的只有忍耐的微笑，/秘密地回转，秘密的绝

望。……"但是对穆旦本人来说，把在缅甸战线的体验，进行最彻底无遗描写的作品并不是其他诗歌，而是我们所要讨论的《森林之魅》长诗——

在阴暗的树下，在激流的水边，
逝去的六月和七月，在无人的山间，
你的身体还挣扎着想要回返，
而无名的野花已在头上开满。

那刻骨的饥饿，那山洪的冲击，
那毒虫的啮咬和痛楚的夜晚，
你们受不了要向人们讲述，
如今却是欣欣的林木把一切遗忘。

过去的是你们对死的抗争，
你们死去为了要活的人们底生存，
那白热的纷争还没有停止，
你们却在森林的周期内，不再听闻。

静静的，在那被遗忘的山坡上，
还下着密雨，还吹着细风，
没有人知道历史曾在此走过，
留下英灵化入树干而滋生。

(1945 年 9 月)

然而，在他回国后为什么没有立即尝试要把这些体验作品化呢？为什么在经过三年后的 1945 年 9 月才好不容易下决心写这首《森林之魅》长诗的呢？第一，刚在王佐良所发表的《中国的一个新诗人》中写道："他并没有说。因为如果我的叙述泄露了一种虚假的英雄主义的坏趣味，他本人对于这一切淡漠而又随便，或者便连这样也觉得不好意思。"这可以说只有生活在穆旦身边的人，对他当时心情进行仔细观察后才会产生这样的看法。也就是说，有一种尽管生死与共，却留下不知多少被荒弃的战友，有从黄泉国里逃了出来的那种罪恶感。第二个原因是，有一种如同经过长时间旅途的火车颠簸，在旅行结束后，那轨道的响声和身体的摇晃一直都还不断地继续着的感觉。还有是，在1945年9月的时候发表这一点，当然不考虑排除1945年8月的日本无条件投降，以此作为一个句点，也作为一个出发点。现在这时候应该是对死亡战友们的幽魂大唱"哀歌"了。

在穆旦日夜呻吟的时候，有一个和他完全类似的年轻诗人，名字叫丸田丰。他就在穆旦当年所在地附近的日本军第五十六师团中。1944年1月7日，由日本军计划发起了英帕尔战争。在1942年战斗中，把滇缅公路完全封锁的联合国军，自第二年1943年起，开始在空中用飞机从印度东北部向中国四川省的重庆运送战略物资，再在返回的飞机上向印度运送中国军队，并以美国的新式武器加强武装。从当年穆旦他们狼狈不堪好不容易逃脱出来的印度东北部勒朵延伸开掘了连向云南省的新陆上公路（勒朵公路）。日本指向印度马尼布尔州的中心英帕尔的战争就是对此的反击。当时，与布阵在云南省怒江对岸的中国云南远征军约十五个师相对峙的是日本第五十六师团（龙兵团），防卫着片马、拖角、马面关、桥头、明光、固东、大塘子、松山、腾越、龙陵、拉孟、芒市、平嘎、遮放、畹町等据点。日本军第十八师团（菊兵团）驻扎在上述北缅甸胡康溪谷的新平洋周围、于邦、大白家、塔拉祖、大洛、孟关等的内地一带，和中国新编第一军约四个师以及美国的伽拉哈多旅团、英国第三十六师团的联合军相对峙。然而到了3月5日，联合军的中国巴拉秀脱部队特空挺兵团，为了断绝这个长长延伸的日本军供给线路，降落在加佐和北缅甸战略基地的密支那之间。被夹攻的日本第十八师团（菊兵团）受到了如此毁灭性的打击，开始了像退潮似的撤退。这个师团和第五十六师团（龙兵团）一样，原来是北九州岛的久留米师团，在日中战争爆发时在杭州湾登陆后参加攻击南京战，并在巴伊亚斯湾登陆，进入广东攻略战，太平洋战争开始后，又立刻被动员进入马雷进攻战，一直是日本军中配备最先进的师团。尽管已经陷入了如此重大的局面，而日本军已经实行了列入日程的英帕尔战役，1944 年 3 月 8 日，第三十三师团（弓兵团）从南，第十五师团（祭兵团）从东，第三十一师团（烈兵团）从东北，分别经亲德文江直指英帕尔进行攻击。当时在缅甸战线的联合军兵力已经达到 160 万。英国军及其殖民地的印度军是 120 万，美国军和中国的合编军为 10 万，再加上中国远征军 30 万。与此相对的日本有关部队为 25 万多，其中的日本军是 22 万，印度国民军是 1 万多和缅甸国防军 1 万多人。

　　5 月 11 日，待机在怒江对岸，由卫立煌指挥的中国远征军第二十集团和第十一集团一起开始了总攻击。5 月 17 日，联合军在轰炸机、战斗机的携带下，巴拉秀脱部队的驻印度军第五十师第一五〇团和新编第三十师第十八团降落在密支那机场。被这些激变所震惊的日本军当局，当天对向胡康溪谷进行增援的龙兵团第一八四连队的第一大队发出救援密支那的命令，同时，对守备在腾越的龙兵团步兵第一一三连队的一个大队和炮兵一个中队（山炮二门，约 150 名士兵组成，在步兵团长水上源藏少将指挥）发出救援密支那的命令。在这个救援部队中有一位 19 岁的陆军军医，那就是中尉丸山丰。这个被有十五倍兵力的中国和美国军包围在密支那的日本军菊兵团第一一四连队，在 5 月 30 日，增强了二个步兵大队，山炮四门、野炮二门、士兵约 2000 名。到了 8 月 3 日，经过 3 个月的攻防，完全被消灭了。怒江西岸的日本军第五十六团（龙兵团）各据点也一个一个地失陷。5 月 24 日的大塘子，6 月 16 日的桥头、马面关、明光、固东，9 月 7 日的松山，9 月 10 日的拉孟，9 月 14 日的腾越，然后是向英帕尔攻击的日本军毁灭。至 6 月上旬引起的总雪崩，派向缅甸的日本军队全面瓦解，失去了十八万五千的英魂而败北。

　　丸山丰从密支那把水上少将的遗骨缝入一块三角巾里，换了便衣，穿过密林山径，花了大约两个月的时间，在仅剩下几名部

评秋吉文纪夫《缅甸战线上的移旦——〈森林之魅〉的主题》

下的带领和寻找下，于失陷前夕来到了云南省的芒市第五十六师团司令部，那时是 1944 年 9 月下旬。11 月 3 日龙陵陷落，11 月 20 日他归队的所在地芒市也被占领了。丸山丰的作品有下面的《地下水》，这首诗在 1947 年 11 月，由元音社刊发的《地下水》所收录。

（丸山的日文诗，略）

很明显，这首诗笼罩在从死亡的密林中逃脱出来的人对死去亡友哀悼声之中。丸山丰从 1969 年 6 月到 8 月，在《西日本新闻文化栏》连载的《月白之路》随笔中作了以下叙述："我至此还在简要地记述对密支那攻防战的追忆，我始终体验着对死的悲哀。我的部队只留下我们几个人就从这个世界上消失了……有时我想，我的性命之所以能够活下来，那是在战场上死亡战友的血供给了我一种生命的食粮。我不能满足于一个人逃脱的性命，只有死者的声音向着将来，活生生地真的苏醒时，我的生命才开始变得有生气。这就是我的梦。"

诗歌《地下水》也是丸山丰自己生平的一首歌。丸山丰从战场上回到久留米，在 1946 年写了《拉底给颂》。在诗中写道，"拉底给啊，从你升天之时我们有了生命，经你书写之时起我们出发游历……拉底给啊，你经历的是第一次世界大战，我们忍耐的是第二次"。对丸山丰来说，该诗的背景世界是他中学时代所阅读过的崛口大学翻译本《莱孟·拉底给》，这首诗的世界是他自身在日本风土中生活，又经过以后缅甸战线的彷徨而构筑起来的。

和丸山丰有着敌对的彼此关系，而又完全存在于同一时间，同一空间，后来执笔写了《森林之魅》的穆旦，在他诗中有什么样的世界呢？他的诗是把中国传统的诗歌领域再扩大，以现代视野来形成的诗的世界。

对穆旦《森林之魅》这一长诗，至此已有唐湜、周珏良和唐祈等几位评论者涉及该诗的原本思想。唐湜在《忆诗人穆旦》中写道："他对那些面临着死亡的受难者抱着深深的同情和怜悯，这是因为自己本人在以前也面临过死亡之谜。在诗的末尾

文心的异同：新马华文文学与中国现代文学论集

说：'没有人知道历史曾在此走过，留下了英灵化入树干而滋生'。从人类的死亡转化到自然中成为新的生命。这是一种无论如何都难以感悟或者说是解脱的里尔克式的哲理。"周珏良在《穆旦的诗和译诗》中说："一方面是以森林为代表的死的诱惑，另一方面是人类要生存的激情。……他说他已经掌握了把原是痛苦的死变成美丽的一切，死是替代生别的梦，死不是一切的完结，是长长生命的开始。反复而又进一步地写了对人类的死的反应，这并不是并列的，所以更具有威力。与叶芝的《那依次给露歌》的描写非常相似。情况虽然各异，但把死化为乐，而叶芝的诗是想要极乐而死。"还有唐祈在《现代杰出的诗人穆旦》中说："在人类历史中即使已经死亡了，也仍然在自然中重新复苏。抵抗日本军而壮烈牺牲的烈士，视死如归，在此有着深远的意义。……其他诗人不想进入的禁区，他却充满了进行探索、突破的勇气。正如在艾略特的《东科柯》中所说的那样，'任何冒险都有一个新的开始，这是对无言事物的一种袭击'。穆旦正是具备了这种高度自觉性精神，创作了他的长篇诗歌。"

　　确实，穆旦的诗和里尔克、叶芝以及艾略特的作品有关，为什么呢？那是因为他们曾经孕育了穆旦诗的思想世界。早在1938 年云南省昆明设立的西南联合大学外国文学部英文专业学习时，他已经阅读过了里尔克的诗和诗歌论。在那里他接触了中国研究里尔克的专家、诗人冯至。还有英国现代派研究的年轻研究者、诗人卞之琳也是他的直接教师，关于叶芝，1936年，在北平（就是现在北京）的清华大学英文专业学习时，穆旦曾经有被以雪莱为首的英国诗歌所吸引，并读了他们许多作品的经历，以后在 1956 年，因为翻译刊行了雪莱的《云雀》和《叶芝诗选》，对他们的作品达到了爱好的程度。对艾略特，同时还对奥登等人的爱好，都是在 1938 年西南联合大学学习期间，受到英国讲师燕卜逊（William Empson）的启发而引起的。特别是，他还熟读了艾略特的作品 The Sacred Wood 和艾略特的《传统和个人的才能》。这样看来，《森林之魅》中独白、对话的剧本形式也许和艾略特的《J. 普鲁弗洛克的恋歌》是有关联的。但是，与穆旦的西欧现代诗相关的那些博学知识，这不仅仅是受里尔克、叶芝和艾略特等人的影响，早在1945年9月那段时间里，穆旦已经有了许许多多知识的积累并混融进了西欧诗歌世界里的很多东西，在通过残酷的缅甸战线的体验、过滤以后，他的诗歌主题也立即迸发出来了。我认为把这一点提出来能够确切地说明这首诗的主题以外，其他没有什么好的方法。

《森林之魅》中有如下的诗句："过去的是你们对死的抗争，／你们死去为了要活的人们底生存，／那白热的纷争还没有停止，／你们却在森林的周期内，不再听闻。"其中对"你们死去为了要活的人们生存"的认识是"新的生存"只有在"牺牲"的基础上才能建立起来的这种弓张提灯的思想。那就是说，所谓"生"亦"死"这种意识是不同性质的东西，这在穆旦以前的作品中，是没有出现过的语句。"牺牲"这一语句和"新生"这一语句在他作品中集中出现的时间是在1942年11月缅甸战线以后。较典型性的语句有"错误"、"迷误"（与"错"不同）。这样的用词也是以原来的诗歌句中完全没有出现过的。而在意思上，也同样明确地显示出"错误"必然联想到的"坏的（不行）"意义倾向。

"一个圈，多少年的人工，＼我们的绝望将使它完整。＼毁坏它，朋友！让我们自己＼就是它的残缺，比平庸更坏。"——《被围者》

人注意到自己的"错误"时，谁都在检查其内在的东西。穆旦也谈论此事，"因为我曾年青的一无所有，／施与者领向人世的智慧皈依"（《自然底梦》）。也就是说，不仅是肉体，而是在认识上要有自己的"牺牲"，正是这种自觉必然地带来了他自己的复生。他的想法已经不是被动式的思考了。1942年3月，穆旦执笔写下面《祈神二章》，其中有这样的诗句：

> 他是静止的生出动乱，
> 他是众力的一端生出他的违反。

他给安排的歧路和错杂！
为了我们倦了以后渴求
原来的地方。
他是这样的喜爱我们
他让我们分离
他给我们一点权利等它自己变灰。
他正等着我们以损耗的全热
投回他慈爱的胸怀。

由此再看上述《幻想底乘客》末尾"他已开始学习做主人底尊严"和《自然底梦》的最后"我是有过蓝色的血，星球底世系"和"彼此再现"、"多余的忧愁"等诗句的意思就完全明白了。而这些不久就作为"中心"，到达向"永远的人"的思慕。在执笔写作长诗《森林之魅》的前一年 1944 年 9 月，他写了《活下去》这首诗——

活下去，在这片危险的土地上，
活在成群死亡的降临中，
当所在的幻象已变狰狞，所有的力量已经
如同暴露的大海
凶残摧毁凶残，
如同你和我都渐渐强壮了却又死去。
那永恒的人。

长诗《森林之魅》的主题，确实是在他曾经作为翻译从军，从北部缅甸的密林那活地狱中逃脱出来以后，对现在仍然长眠在那里的无数战友的"悼念之歌"。同时也是诗人穆旦对自身"十字架"的一种描写。他的诗到了这一作品时，更润饰，更加升华，在中国现代诗歌中绽放出了独特的光辉。

（陈一心 译）

解构本质主义与超越决定论

——汪晖《反抗绝望》的学术史意义

汪晖的《反抗绝望——鲁迅及其文学世界》是一部重新塑造鲁迅形象的著作。它所关注的中心问题不再是从社会政治学的角度来考察鲁迅的小说与思想，而是"在鲁迅小说世界的复杂的精神特征与鲁迅内心世界之间找到关联的纽带"。[①] 所以这本书提供的是对鲁迅的思想与文学世界的深入描述与分析。显而易见，汪晖使用的研究视角、理论模式具有深刻的原创性，他所塑造的鲁迅形象与中国大陆学术界流行了数十年的鲁迅观截然不同，因此在国际汉学领域引发持久而热烈的争议也就在所难免了。

本书的方法论意义在于：它超越了中国大陆鲁学界相沿成习的"本质主义"的思维模式和决定论的解释框架，避免从政治意识形态的先定前提出发，而是尽量贴近研究对象关于自我与世界关系的思考，试图从时间和空间两个方面重建当时的语境，努力发掘出鲁迅精神结构的矛盾性、复杂性和悖论性特征，以此呈现鲁迅小说在叙事结构、叙事原则等方面的文化心理内容。何谓"本质主义"？简单地说，本质主义认为事物有着一个单一的、固定的、不变的本质，从而忽略了事物本质的历史性和时间性特点。解构本质主义不是说取消掉一个事物的本质，而是要求我们认识到事物的复杂性、差异性和多样性，否认一个事物只有单面、静态、不变的本质。至于决定论，则倾向于对现象、事物进行"本质性的"、"规律性的"、"必然性的"界定，漠视偶然性

---

① 汪晖：《无地彷徨："五四"及其回声》"自序"，浙江文艺出版社1994年版。

和可能性在历史发展中的巨大作用，不可避免地具有目的论特征和宿命论色彩。本质主义和决定论实乃一体之两面：二者密切联系，具有自然的因果关系，殊途而同归。在西方学术界，本质主义和决定论的思维方式遭到卡尔·波普尔、维特根斯坦、罗蒂等人的彻底清算，已经风光不再；但对中国传统的鲁迅研究而言，它们却是描述和解释鲁迅思想与文学的不二法门。学者们一般公认，有三本著作可以标志中国鲁迅研究的阶段性成果：一、陈涌的《鲁迅论》（1984）；二、王富仁的《中国反封建思想革命的一面镜子——〈呐喊〉〈彷徨〉综论》（1986）；三、汪晖的《反抗绝望——鲁迅的精神结构及〈呐喊〉〈彷徨〉研究》（1991）。当然，这只是粗略的划分。因为在王著与汪著之间，就有钱理群的《心灵的探寻》（1988）这样观察敏锐的著作诞生；而在汪著之后，又有王晓明的颇有争议性的《鲁迅传》（1992）行世。为了说明汪晖著作的"范式"意义，有必要从鲁迅研究的学术史脉络出发，不但比较上述几本著作在研究方法上的分歧，更要揭示深层的思维模式之差异。陈涌从先定的政治意识形态前提出发，把原本非常复杂的鲁迅的生活道路和精神历程简化为"从进化论到阶级论"、"从民主主义到共产主义"的线性进化过程，将鲁迅小说定位为"中国反封建政治革命的一面镜子"，试图从中印证中国的政治精英关于近代社会政治的一系列经典论述，最终把鲁迅塑造成"民族英雄"和"阶级斗士"的光辉形象。不言而喻，这种简单化和偶像化的努力所导致的直接后果是：鲁迅本体不仅被抽空了原本就有的复杂内涵与深层矛盾，并且无法挽回地对普罗大众失去了亲切感和感召力。对此，王富仁率先提出"回到鲁迅那里去"的革命口号，试图把理解鲁迅的重心从社会政治领域转移到思想文化领域。他力图否定鲁迅研究的先定的政治意识形态前提，从理性启蒙主义层面描述鲁迅小说和思想的意义，在宏观和微观方面进行了精彩深入的分析，他的理论勇气和批判观点使这部著作具无法替代的意义。

必须承认，陈涌和王富仁的著作分别代表了不同时期对于鲁迅研究所作出的杰出贡献，任何视而不见或故意抹杀的态度都是非理性的表现。但同样无法否认的是，无论是陈涌的"政治革命说"还是王富仁的"思想革命说"，尽管在基本结论和研究方法上截然不同，但思维模式却如出一辙：二者都倾向于不加分析地使用一些普泛性的政治概念；而没有认识到：这些概念的产生有其特定的西方历史—文化语境，除非加以中国化的改造才能真正适用于描述中国的思想人物。除此而外，陈涌和王富仁对于"本质"、"规律"和"必然性"有一种过分的偏好。这种本质主义和决定论的思维模式要么全然无视鲁迅关于国民性的批判思想以及他与现代西方文化思潮的内在关联，视之为与"本质"无关的东西而不予置评；要么虽然给予了一定的篇幅进行浮光掠影的论述，但却曲意解释为鲁迅在特定时期的"思想局限"和"历史性的误解"。与之相比较，钱理群的《心灵的探寻》前进了一大步：他不从外在的历史情景变迁去解释鲁迅思想的来龙去脉，而是尽力贴近鲁迅的复杂而丰富的内心世界，将他的文本中反复呈现的独特"意象"——例如，"希望"与"绝望"、"生"与"死"、"天上"与"深渊"、"黄金世界"与"现世"、"战士"与"无物之阵"等等——提炼出来，认真检讨它们所蕴含的文化的、哲学的、审美的、伦理的含义。不过，钱理群似乎将文学批评的任务理解为研究主体与研究对象之间的对话与交流，以至于个人的情感因素介入过多，"了解的同情"淹没了应有的理性审视与批判立场。王晓明的《无法直面的人生——鲁迅传》以个人的主观体验和精神内省为特色，这种研究视角使此书具有迷人的思想魅力。在他笔下，鲁迅头上所笼罩的神圣光环早已消退干净，代之而来的是一个走投无路、处处碰壁、在肉体和精神方面都饱受挫折的人生失败者的形象；一个年事渐长、愤世日深、对个人和人类的前途都充满怀疑和不信任感的伟大先知；一个"二十世纪中国最苦难的灵魂"。值得玩味的是，作者有意在写作过程中介入强烈的主体性和当代性，几乎把一部"鲁迅传"写成了自己的"心灵史"。

一言以蔽之，传统的鲁迅研究所设定的论题限制了自身的视野，而理论的建构又缺乏原创性，所以，出现"鲁学"研究表面上热闹非凡，而实际上并无实质性进展的局面也就不难理解了。汪晖对此进行了自觉的理论反省，在《反抗绝望》一书的研究模式上寻求突破。他积极走出本质主义和决定论的解释框架，努力把历史理解为一个不断变化的、充满可能性的领域，将鲁迅研究的重心从客体方面转移到主体方面。汪晖的研究视点是鲁迅的"精神结构"及其文学形态，而他的基本结论是：鲁迅的思想和文学世界是由许多自相矛盾、彼此冲突的观点、情感和思维方式构成；这些矛盾的、复杂的、非统一的方面在不同时期虽互有消长，但同时共存和发展，形成了一种悖论式的张力结构，导致鲁迅的内心焦虑和灵魂分裂；更为重要的是，鲁迅的内在矛盾并不仅仅存在于情感与理智、历史与价值之间，而且存在于情感和理智领域的内部。因此，那种试图把鲁迅思想纳入一种和谐有序的辩证统一过程的做法，或者，那种用东西方文化冲突或传统与现代的矛盾来解释鲁迅的模式，都在不同程度上简化了鲁迅思想与文学的复杂性与多元性。从这样独特的理论设计出发，汪晖深入揭示传统的鲁迅研究所忽视或漠视的一些关键性问题——诸如：反现代的个人如何被置入现代的历史？创建民族国家的历史愿望为什么表现为民族自我批判的现代工程？反传统的个人与传统的关系到底如何？轮回的心理经验为何瓦解了进化的时间观念？鲁迅为什么在寻求变革、倡导科学、主张人道主义、支持共和革命和民族主义的同时，却对法国大革命及其自由平等原则深表怀疑？为什么这样一位伟大的思想人物却热衷于尼采式的超人、叔本华式的生命意志、拜伦式的英雄、施蒂纳式的唯一者？为什么他的以"为人生"和"改造国民性"为宗旨的文学创作，却充满了"安特莱夫式的阴冷"和对于现实世界的决绝？这些问题反映了鲁迅文化心理结构的矛盾性、复杂性和悖论性特征，而传统的鲁迅研究无法对此作出令人满意的解释。从这些"问题意识"出发，汪晖着重考察了"单元思想"在鲁迅精神结构中的发展历程，并且发现了一些阶段性特征：例如，1903—1924 年间的"个人、自我及其对启蒙主义历史观的否定与确认"；1920—1936 年间的"自我的困境与思想的悖论"。这里值

解构本质主义与超越决定论

得注意的是，汪晖的鲁迅研究与别人有所不同，他研究鲁迅的起点是鲁迅在1907—1908年的思想，特别是鲁迅与施蒂纳、尼采、叔本华等哲学家以及他们在文学上的代表——易卜生、安特莱夫、阿尔志跋绥夫、安德烈耶夫、厨川白村等人——的关系；他所着力分析的鲁迅文本——例如，《摩罗诗力说》、《文化偏至论》、《科学史教篇》、《人的历史》等——也是别人忽视的方面。

汪晖这部书的最重要的贡献在于：对鲁迅的"历史中间物"意识的发现、对"反抗绝望"的人生哲学的分析。通过对于大量文本的独到诠释，汪晖令人信服地证实了他的结论："中间物"概念标示的不仅是鲁迅个人所处的"在"而"不属于"两个社会的历史位置，而且是一种深刻的自我意识，一种把握世界的具体感受世界观；这一概念的前提是对进步或进化的信念以及反传统的价值取向；作为一种自我意识，它标志着对于自身的不可克服的内在矛盾的洞察，从而使得鲁迅在观察社会事务时获得了一种历史性的定位和感觉方式。也许从个人的阅读经历可以证实这一点：我想，每个认真阅读过鲁迅作品的读者，都会直接而深切地感受到弥漫其中的那种黑暗的思想、幻灭的体验、无家可归的惶惑、对病态人心的异样敏感以及根深蒂固的怀疑主义倾向，那种将过往的历史当作眼下的现实来体验、觉得历史只不过在上演一出轮回的把戏的深沉的失望感，但苦于无法给予合理的解释；而此前的为数不少的鲁学研究者对此也束手无策。恰恰在这一点上，汪晖的超卓的判断力得以颖然秀出：他不仅对于这些非理性的思想因素和情感体验有着敏锐的感受，而且能够从鲁迅的文学世界中寻绎出一条潜在的思想脉络，将其抽象为思辨性极强的理论表述（conceptualization）——"中间物"意识，并且将这个"分析范畴"置于20世纪中国与西方、传统与现代的文化冲突的特殊语境中加以考察，以期发现它在理解自我与世界、个人与历史关系时所体现出来的洞察力。非常明显，汪晖对"中间物"意识的阐发具有强烈的论辩性，所以它在中国和日本的鲁迅研究界不断引起讨论，并且顺理成章地成为第二届"亚洲国家现代化与民族性因素"国际学术讨论会的中心议题之一。

文心的异同：新马华文文学与中国现代文学论集

关于"反抗绝望"的人生哲学，汪晖认为它与现代西方文化思潮，尤其是存在主义哲学有内在的关联，而传统的鲁迅研究只是涉及了鲁迅思想中的人道主义、进化论和个性主义等理性启蒙主义方面，关于非理性主义思潮对于鲁迅的意义则绝少提及。应该说，这并非汪晖的个人创见。至少据我所知，在他之前和同时，美国的舒衡哲已注意到了这一重要方面；林毓生在《中国意识的危机》中专辟一章来讨论"鲁迅意识的复杂性"；夏济安提出了"黑暗的闸门"这个著名的隐喻；日本的山田敬三也曾以存在哲学来解释鲁迅思想；中国的解志熙更以探讨鲁迅与存在哲学的事实联系与文学影响作为自己的博士论文的中心议题。但汪晖的着眼点显然不在于以冲击—回应模式来解释鲁迅这种思想的外来渊源，甚至也没有兴趣对二者之间的关系作细致绵密的考证。这并不意味着比较文学领域的"影响研究"无足轻重，而是说汪晖的主要关注点是鲁迅精神结构及其内在矛盾；这也不是说外在的动力是不重要的，而是说这种外在动力只有进入中国、成为中国自身面临的问题才是真正的中国问题，因而才能对中国的历史显现出重要性。或者换言之，"必须把中国的思想与文学的发展视为人们对自身的（中国的、因而也是独特的）历史及其危机的回应和演变，而不是外在的动力的结果"。① 从这个基本预设出发，汪晖首先将论述的焦点集中在《野草》这部具有形而上学意味的散文诗上，努力彰显其中与存在哲学相互发明的因子；然后，把论述中心转向《呐喊》、《彷徨》等小说文本上，检讨隐含在文字背后的"明暗之间的绝望的抗战"。与传统的鲁迅研究有所不同，汪晖在这里所使用的方法明显有竹内好的影子，也与解志熙的《野草》研究有近似之处：他不是就具体篇章作现实性的还原和实证性考察，而是把《野草》当作一种完整的人生哲学体系去阐释。通过将具体的文学现象升华为抽象的理论表述，汪晖深入考察了《野草》中的一系列重大命题："无

① 汪晖：《中国的"五四观"——兼论中国现代文学和思想史研究的历史前提》，参看《无地彷徨：五四及其回声》，第 228 页。

解构本质主义与超越决定论

家可归的惶惑"、"走向死亡的生命"、"荒诞与反讽"、"自我与选择与反抗绝望"、"罪感、寻求、创造"、"超越自我与面对世界"，最终证实了"反抗绝望"的人生哲学之特质——一种不同于人道主义、个性主义、进化论等普遍性的意识趋向的东西，一种对生命的非理性的把握、一种属于人生"态度"范畴的精神现象。值得注意的是，汪晖并没有因此而把《野草》夸大为一部存在主义的作品。他正确地指出，尽管鲁迅对尼采、克尔凯郭尔这两位公认的存在主义先驱投以极大的热情已成为众所周知的事实、因而人们可以确立鲁迅与存在主义之间存在着某些共同的思想渊源和文化背景；但是，人们同样无法忽视这样一个严峻的事实：《野草》中的"我"及其内心体验具有深刻的文学特点，而不甚关心抽象的哲学命题，而且鲁迅也曾明确表示他丝毫没有将个人的生命体验夸大为世界命运的企图。我觉得，区分这一点是极端重要的，否则，人们就有充足的理由来质疑：在一个明显缺乏普遍性的"现代文明"的氛围中，仅仅凭借鲁迅与个别存在先驱的极为有限的事实联系，就将他的作品冠以"存在主义"的标签是否有些过于轻率了？

按照阐释学的观点，所有的解释都离不开解释者自身的历史性与个人性；在这个意义上说，任何对于鲁迅的看法都只不过是"我的"鲁迅观；而鲁迅作为一个已经沉入历史的思想人物，任何对于他的描述也只能属于一种"想象历史"的方式。不过，话又说回来，以上的分析并不表明汪晖的鲁迅研究已经完美得无可挑剔了。不言而喻，鲁迅复杂的精神本体和文学世界为各种解释方式提供了可能性，但任何一种解释方式在显示了理论优长之同时又不可避免地暴露出自身的局限性。《反抗绝望》一书的研究思路有商榷的余地。简而言之，是关于思想与文学的关系，以及文学史研究的思想史取向问题。汪晖的一个理论预设是，作家的思想世界与他的文学世界有一种密切的对应关系，他的心灵冲突与思想变迁必然在他的文学作品中反映出来，而通过对于他的文学作品的精细解读也可以反观到他的思想世界的深层矛盾与发展变化。要之，文学可以视为思想的折射、投影与回声。因此，作者关心的主要是鲁迅的思想而非文学问题，文学只是提供了思想的脚注而已。从篇幅的长短可以看出这一点。全书分三章，共计三百五十页，第一章分析鲁迅思想，有一百三十页，第二章兼及思想与文学，一百四十页，第三章纯粹探讨"文学性"问题，七十二页。看得出来，作者分析"思想"的篇幅大概二百一十页，占据了全书的至少五分之三，而"文学"部分则不到五分之二。章节的安排不只是个纯技术性的问题，它反映了作者对于研究对象的整体思考。《反抗绝望》一书结构上的特点难免给人一种印象：汪晖似乎过于迷恋鲁迅的精神结构以至于忽略了文学自身。坚持从文学与思想的对应关系出发从事研究，有可能忽视文学的性质与思想的特点，将作家本人的思想与作品中人物的思想混为一谈。汪著有大量的类似论述——

> 其实，全部的鲁迅小说都是这种态度的客观化，它们既是这种态度的表述，又是这种态度的结果；在这个意义上，小说家鲁迅的形成正依赖于这种态度。

> 从这个意义上说，整个鲁迅小说，包括那些这里没有直接分析的小说，都是反抗绝望的人生哲学的体现和结果。

> 对于鲁迅来说，这相互对立的思想因素在很长时间里，尤其是在《呐喊》《彷徨》时期，不是处于一个克服另一个的线性发展过程，而是处于相互并存、相互否定、相互消长的状态。可以说，创作主体的多结构性和矛盾性正是鲁迅小说"悖论式反讽"的主观根源。

> 《头发的故事》中 N 先生的感想、追忆、观点乃至思维方法（由小及大、由辫子问题到历史过程）、情感特点（冷中见热）、语言风格（冷话反语中见热情焦灼、苦闷愤激）都直接地呈现著作者的思想与心态。

对偶式主人公是和作者内在精神结构的矛盾性相联系的，小说人物的论辩性及小说内容的未完结性，恰恰说明作者内心的矛盾的尖锐性和未完结性。

对偶式主人公的对话过程是作者自己观察自己，同时又竭力表现并超越自己的过程，客观的、独立存在的、具有社会学和性格学的典型性的人物之间的论争关系，实际上又是创作主体在揭示自我、确立自我、超越自我的矛盾过程的一种双重思维，一种内在意识冲突，这种冲突是作家正在经历并且未完结的思想状态。

鲁迅小说的对偶式主人公的论争关系其实正呈现着鲁迅内在精神结构的论争关系。因此，这些小说的结构原则同时表现了作者内心世界的结构特点。①

在我看来，汪晖对于结构主义的方法论抱有相当乐观的态度，以至太过强调鲁迅的精神"结构"对他小说的支配作用，同时又辅助性地使用鲁迅的小说文本来印证他的精神"结构"的印记，突出二者之间的"天衣无缝"、"若合符节"。

尽管如此，汪晖的《反抗绝望》在汉语学术界的"鲁迅研究"领域仍具有里程碑式的意义。在对鲁迅的思想与文学世界进行深入的描述与分析方面，他使用的研究视角、理论模式具有深刻的原创性，而他所塑造的鲁迅形象与学术界流行了数十年的鲁迅观截然不同，因此，本书于 1991 年出版以来，广被博及，佳评如潮。

（原载上海《跨文化对话》第 11 期，2003 年 3 月）

① 汪晖：《反抗绝望：鲁迅及其文学世界》，河北教育出版社 2000 年版，第 318、321、331、333、336、337 页。

现代主义新诗研究的先声

——梁秉钧《对抗的美学》评议

　　现代汉诗研究在国际汉学界向来是一个冷僻的领域，七十多年以来，学者们一直在寂寞耕种"自己的园地"。若论多少产生过一些反响的著作，大概只有下列数种。陈世骧与艾克顿合编的英译现代汉诗，汉乐逸的卞之琳研究和十四行诗研究，秋吉久纪夫对戴望舒、何其芳、卞之琳、冯至的诗歌翻译，白英、许芥昱、宋淇、林明慧、欧阳桢、叶维廉、杜博妮、锺玲、顾彬、杜迈可的现代汉诗翻译和研究，张错的《冯至》和台湾诗歌翻译，利大英的戴望舒研究和多多诗歌翻译，奚密的现代汉诗研究与翻译，贺麦晓的《雪朝》研究，柯雷的多多研究。① 至于三四十年代新诗研究，梁秉钧的《对抗的美学：中国现代主义诗人研

---

　　① Harold Acton and Chen Shih-hsiang eds., *Modern Chinese Poetry*, London: Duckworth, 1936; Lloyd Haft, *Pien Chih-lin: A Study in Modern Chinese Poetry*, Dordrecht: Foris Publications, 1983; Lloyd Haft, *The Chinese Sonnet: Meanings of a Form*, Leiden: CNWS Publications, 2000; Robert Payne, *Contemporary Chinese Poetry*, London: Routledge, 1947; Hsu Kai-yu trans. and ed., *Twentieth Century Chinese Poetry: An Anthology*, Garden City: Doubleday, 1963; Hsu Kai-yu, *Wen I-to*, Boston: Twayne Publishers, 1980; Stephen C. Song and John Minford eds., *Trees on the Mountain: An Anthology of New Chinese Writing*, Hong Kong: Renditions Books, 1984; Julia C. Lin, *Modern Chinese Poetry: An Introduction*, Seattle: University of Washington Press, 1972; Julia Lin, *Essays on Contemporary Chinese Poetry*, Athens: Ohio University Press, 1985; Julia C. Lin trans. and ed., *Women of the Red Plain: An Anthology of Contemporary Chinese Women's Poetry*, New York: Penguin Books, 1992; Ai Qing, *Selected Poems*, tr. and ed. Eugene Chen Eoyang, Beijing: Foreign Languages Press, 1982; Yip Wai-lim ed., *Modern Chinese Poetry: Twenty Poets from the Republic of China, 1955-1965*, Iowa City: University of Iowa Press, 1970; Yip Wai-lim ed., *Lyrics from Shelters: Modern Chinese Poetry, 1930-1950*, New York: Garland （转下页）

究》① （以下简称《对抗的美学》）值得关注。

　　梁氏于 1978 年来到美国加州大学圣迭戈分校，师从著名诗人和学者叶维廉教授攻读比较文学博士学位。《对抗的美学》是其博士学位论文。此书之研究对象是中国三四十年代现代主义诗歌，它的视角选择与以前的研究有所不同，"不把文学现代主义仅仅定义为一种技巧实验或对于都市生活的描写，而是视之为一

（接上页）Pub, 1992；Bonnie S. McDougall, trans. and ed., *Paths in Dreams*：*Selected Prose and Poetry of Ho Ch'i Fang*, St. Lucia：University of Queensland Press, 1976；Bonnie S. McDougall, trans. and ed., *Notes from the City of the Sun*：*Poems by Bei Dao*, Ithaca：Cornell University China-Japan Program, 1983；Kenneth Rexroth & Ling Chung trans. and eds., *The Orchid Boat*：*Women Poets of China*, New York：McGraw-Hill, 1972；Wolfgang Kubin, "The End of the Prophet, Chinese Poetry between Modernity and Postmodernity," in Wendy Larson and Anne Wedell-Wedellsborg eds., *Inside Out*：*Modernism and Postmodernism in Chinese Literary Culture*, Aarhus：Aarhus University Press, 1993；Wolfgang Kubin, "Writing With Your Body：Literature as A Wound-Remarks on the Poetry of Shu Ting," in Tani E. Barlow ed., *Gender Politics in Modern China*：*Writing and Feminism*, Durham：Duke University Press, 1993；Michael S. Duke ed., *Contemporary Chinese Literature*：*An Anthology of Post-Mao Fiction and Poetry*, Armonk：M. E. Sharpe, 1984；Dominic Cheung, *Feng Chih*：*A Critical Biography*, Boston：Twayne Publishers, 1979；Dominic Cheung trans. and ed., *The Isle Full of Noises*：*Modern Chinese Poetry from Taiwan*, New York：Columbia University Press, 1987；Gregory B. Lee, *Dai Wangshu*：*The Life and Poetry of a Chinese Modernist*, Hong Kong：The Chinese University Press, 1989；Gregory B. Lee trans. and ed., *The Boy Who Catches Wasps*：*Selected Poems of Duoduo*, Brookline：Zephyr Press, 2002；Michelle Yeh, *Modern Chinese Poetry*：*Theory and Practice Since 1917*, New Haven：Yale University Press, 1991；Michelle Yeh ed., *Anthology of Modern Chinese Poetry*, New Haven：Yale University Press, 1992；Michelle Yeh and N. G. D. Malmqvist eds., *Frontier Taiwan*：*An Anthology of Modern Chinese Poetry*, New York：Columbia University Press, 2001；Michelle Yeh and Lawrence R. Smith trans. and eds., *No Trace of the Gardener*：*Poems of Yang Mu*, New Haven：Yale University Press, 1998；Michel Hockx, *A Snowy Morning*：*Eight Chinese Poets on the Road to Modernity*, Leiden, Netherlands：CNWS, 1994；Maghiel van Crevel, *Language Shattered*：*Contemporary Chinese Poetry and Duoduo*, Leiden：CNWS, 1996；秋吉久纪夫编译：《穆旦诗集》，东京：土曜美术出版社 1994 年版；奚密：《现当代诗文录》，台北：联合文学出版 1997 年版；奚密：《从边缘出发：现代汉诗的另类传统》，广东人民出版社 2000 年版；奚密编选：《二十世纪台湾诗选》，中国社会科学出版社 2003 年版。

　　① Ping-kwan Leung, *Aesthetics of Opposition*：*A Study of the Modernist Generation of Chinese Poet*, *1936 - 1949*, unpublished Ph. D. dissertation, University of California at San Diego, 1984.

个具有创新与批评精神的、截然不同的创作模式，它实际上在40年代达到成熟"。① 为何将时段限定在1936—1949年？这实际上出自作者对中国新诗的整体思考——按照罗兹曼（Gilbert Rozman）《中国的现代化》的定义，中国"现代化"在三四十年代呈现一个更复杂的形态，其后果之一就是城市作为重要经济中心的崛起及城乡之间差距的扩大；② 而现代主义文学此时亦迅猛发展：这一年，何其芳、卞之琳和李广田的《汉园集》出版；戴望舒联络梁宗岱、孙大雨、冯至、卞之琳创办《新诗》月刊；李健吾、茅盾对新诗的更有深度的批评接连不断出现；大型刊物《文学》出版了关于新诗的回顾专号，"这些现代主义趋势的出版，标志着一种新气质的开始，一种对新诗之特质的自我反省和批评态度的开始"。③ 之后，中国新诗的"现代性探索"于40年代走向繁荣，出现了"九叶"等诗人，他们的现代性追求到1949年才中断。梁氏认为，"这些诗人生活在不同的地域，具有不同政治立场，风格上大不相同，他们之所以作为现代主义者被集中起来研究，不是因为他们属于一个更自觉的运动或一个统一的流派，相反，他们的作品展示了一种现代主义精神，这使得他们区别于那个时代的其他诗人的作品"。④ 不难看出，作者将时段设定在1936—1949年，自有一定考虑；此书在研究视点、理论框架及史料方面都不乏贡献，因而有推介和述评的必要。

中国现代主义新诗迄今已有八十余年历史。早在五四新诗运动时期，周作人、沈尹默、周无不满于初期白话——自由诗潮对美学形式的漠视，而尝试在创作中使用初步的"现代主义"技巧。这只是零星的实验、自发的探索。真正称得上自觉的现代主义追求并且蔚为风气的，是从1925年开始的。尤其是李金发的

---

① Ping-kwan Leung, *Aesthetics of Opposition：A Study of the Modernist Generation of Chinese Poet, 1936 – 1949*, unpublished Ph. D. dissertation, University of California at San Diego, 1984, p. 12.

② Ibid., pp. 18 – 19.

③ Ibid., p. 5.

④ Ibid., p. 6.

《微雨》、穆木天的《旅心》、王独清的《圣母像前》、冯乃超的《红纱灯》的相继出版，以及胡也频、姚蓬子、石民等人的诗歌大量出现，俨然形成了一个"象征派"潮流。到了30年代，以戴望舒、何其芳、卞之琳、林庚、徐迟、废名、曹葆华等为代表的"现代派"诗歌，踵事增华，极一时之盛。到40年代，一大批诗人崭露头角，他们对新诗现代性的多方探索，更上一层楼。关于这个诗人群的崛起及其文学史意义，梁秉钧在《导论》中说得明白：这批诗人，包括后来被追认为"九叶"的诗人群体，沦陷区北平的吴兴华，"七月"派的绿原与他们的前辈诗人——冯至、戴望舒、何其芳、卞之琳——在战前战后出版了最重要的作品集，"他们在文学作品中对于危机四伏的时代做出的反应截然不同于当时的文学主流。他们作为敌对文化而对抗主流文化的立场，他们对于当下危机的直接意识，以及他们对于语言和形式革新的反思性的关切，构成了他们的现代性。不再是关注于类似现代主义的一般要素，他们也把特定的西方现代主义诗人作为志趣相投的同行。不满意标语口号式的诗歌和千篇一律的战争诗歌，他们在西方现代主义诗人们的作品中发现了一种可能的替代物（他们对于一个急剧变化的价值规律崩溃的世界作出了敏感的综合性的反应）"。他们热情翻译奥登、艾略特、里尔克、艾侣雅、洛尔迦和波德莱尔的诗歌，引用并且扩大了理查兹、史本德、布鲁克斯的批评理论来捍卫一己的诗学。这些诗人和批评家检验西方典范为己所用，也根据社会语境和社会形势，接受、挪用、扬弃了许多因素。他们实验语言和形式但没有达到荒谬的程度，"也许由于它与西方现代主义的惟妙惟肖，以及他对时代的主流社会文化趋势的对抗，这种新型诗歌被政治左派右派团体所排斥，这种现代主义者变成了一个边缘群体，几乎被遗忘的一代人。特别是1949年后，大部分人停止了写作。三十年内，他们在大陆和台湾都不被承认，他们的作品，尤其是写于40年代后期的作品在官方诗选中没有出现。只有一小部分作品可以在海外出版的选集中找到，或者在香港被盗版重印。由于40年代的大部分材料已经消失，他们实际上不为公众所了解，他们被排除于

文心的异同：新马华文文学与中国现代文学论集

文学经典之外"。① 由此看来，三四十年代现代主义新诗，在中国新诗发展的脉络上，承先启后，继往开来。遗憾的是，如此重要的文学史长期遭到忽略。80年代以前的官方文学史对"九叶"诗人只字不提。王瑶《中国新文学史稿》仅简单提到冯至和卞之琳，且多负面评价，根本没有注意到其他诗人。张明慧的《中国现代诗导论》以"战时及普罗诗歌的兴起"这个术语来描述1937年至1949年的新诗实践，完全抹杀了40年代现代主义新诗的存在。即便是在更加包容性的选集中，尽管他们注意到现代主义的趋势，总是遵循一般性的共识，把《现代》视为现代主义出版物的唯一例子；李欧梵注意到戴望舒1936年创办的《诗刊》，但他视之为一个时代的结束而不是开始，认为现代主义从此在中国大陆永远消失了，只在台湾的五六十年代有所发展至今。② 这批诗人之所以成为"被遗忘的缪斯"或"文学史上的失踪者"，首先与大陆官方的有点傲慢与偏见的文艺政策大有关系，其次由于西方学者得不到诗歌文本的缘故（因为证据不充分，W. J. F. Jennifer 谨慎地将"中国现代文学是可能的吗"这个问题存而不论）。但话又说回来，无论出于何种原因，对那一代作家来说委实是不公平的。早在1979年，梁秉钧就从事过这方面的研究，他的论文《从辛笛诗看新诗的形式与语言》③ 是颇有分量的论述，而这部博士论文的完成，则标志对"九叶"派的系统研究已正式开始了。此书至今尚未有中译本问世，个别章节（例如《穆旦与现代的"我"》④）曾公开发表，引起一定反响。我们知道，中国大陆的"九叶"研究是由孙玉石、蓝棣之等人发起的，之后，热潮渐起，迄今不废，梁氏此书与之颇有呼应之处。

作者在导论中说："这个研究有两个目的，首先，我希望勾

① Ping-kwan Leung, *Aesthetics of Opposition*, p. 2.

② Ibid., pp. 11 - 12.

③ 梁秉钧：《从辛笛诗看新诗的形式与语言》，收入王圣思编选《九叶诗人评论资料选》，华东师范大学出版社1991年版。

④ 梁秉钧：《穆旦与现代的"我"》，收入杜运燮等编《一个民族已经起来》，江苏人民出版社1987年版。

勒这个被遗忘的一代的复杂形态。通过挖掘短命的期刊，绝版诗集，以及对健在的诗人及批评家的采访，我希望复活三四十年代的诗歌与诗学。第二，我希望能建构一个理论框架来接近他们的诗歌及他们的现代性的特殊性。通过分析丰富的、多样化的现代主义理论（它们产生于从 30 年代到现在的欧美），我希望比较和对照各种理论表述，最终发展出一种合适于理解这一代诗歌的方法，这一方法能够在自己的文化/历史语境中解释自己的特殊的诗歌质量，反过来，亦有助于理解总体上的文学现代性。"①相应于这个目标，作者使用的方法是"比较视野中的现代主义"。何以故？因为现代主义是一个来自西方的概念，因此当人们谈论中国现代诗时，常常出现一种攻击性的看法：所讨论的仅仅是西方化的诗歌。中国新诗也遭到这种指责。第一代诗人寻求新诗形式的尝试被认为是不成功地模仿西方诗，缺乏原创性。因此有必要从比较的视野去研究中国诗中的现代主义，"此项研究的目标是要追问：这一代诗人，遵循前辈的步伐，在（即将会补充和调整主导的思考方式的）现代精神中发现了什么？它的成员接受和排斥了哪些因素？出于何种理由？最终，这代人所发展的特殊的范围和观点是什么？"② 而为了完成这样一个目标，有必要在某种程度上使用比较文学方法。③ 第二章"背景与理论"缕述了多种现代主义理论，原因是"为了理解中国现代主义作品的错综复杂关系，有必要检验各种关于现代主义的理论表述，以便可以挑选出一种特定的理论，用来研究中国的现代主义诗歌。对于这些合适理论的检讨，有助于澄清中国现代主义的特殊性质，使他们的类似与差异区别于其他文化中的现代主义"。④换句话说，这样做的目的是：通过检验和改造西方的各种现代主义理论，建构起一种适用于中国语境的理论模式和分析范畴。这样一来，作者对于中国现代主义诗歌的描述和分析，就不再是单

① Ping-kwan Leung, *Aesthetics of Opposition*, p. 10.

② Ibid., p. 14.

③ Ibid., p. 15.

④ Ibid., p. 21.

纯的印象主义鉴赏，而是具有理论深度和思辨色彩。基于这种目的，作者首先回顾现代西方关于"现代主义"的种种学说，逐一评述卡利尼斯库（Matei Calinescu）、威尔逊（Edward Wilson）、豪（Irving Howe）、特里林（Lionel Trilling）、列文（Harry Levin）、史本德（Stephen Spender）关于文学现代主义的讨论；阿多诺（Adorno）的"否定美学"（negative aesthetics）；洛特的"对抗的美学"（aesthetics of opposition）；巴特（Roland Barthe）的对现代主义文本语言的讨论。尤其值得注意，梁秉均在探讨、运用这些西方理论时，能够了解它们的普适性一面，也看出它们的限度，从而自觉发展出一种综合的理论模式和分析范畴，使之应用于中国语境中的现代主义文学。例如，他发现卡利尼斯库把现代性的主要特征视为自我意识，伴随永不停歇的追求变革的冲动，以及聚集于当前某种形式的时间意识，这种作为时间危机文化的现代主义理论，有助于我们理解中国 40 年代诗歌的某些因素，例如绿原、吴兴华、穆旦诗中的时间意识；梁秉均看到卡利尼斯库关于两种"现代性"的论述——"实用现代性"（practical modernity）和"美学现代性"（aesthetic modernity）——可以当作一个标尺来区别 30 年代以《现代》为代表的现代诗，以及 40 年代现代主义新诗。但作者也注意到另外一个事实：卡利尼斯库提出的现代主义的三种类型的概念——"先锋、颓废和媚俗"——并不适用于中国经验。因为"先锋是美学上的极端主义和实验精神，因此被视为美学现代性的矛头，它反对秩序、清晰性甚至成功，与之相联系的是游戏（playful）、滑稽（unserious-ness）、神秘化以及不体面的实用玩笑（practical joke）"，在这些方面，中国的三四十年代的诗人几乎不能被当作是"先锋"的。新诗的革新者们确实扮演了偶像破坏者的角色，但中国有一个更僵化的传统，使得接受"先锋"所显示的新奇性与激进主义变得困难。除此之外，先锋观念在一个缺乏明确的、充分发展的现代意识的情况下，几乎是无法想象的。[1] 而且

① Ping-kwan Leung, *Aesthetics of Opposition*, p. 26.

"颓废"与"媚俗"在这一代诗人中是觉察不出来的。又如，作者认识到佛克马的理论也不适用于中国诗的模式，他说："我的目的是要考察中国现代主义诗人的特殊素质，这些素质在文本与文学外的现实之间波动。佛克马关于现代主义符码的研究无法充分地涵盖中国现代主义的反抗美学，我们不得不用其他的现代主义理论来补充它。"① 梁秉均也发现保罗·德曼关于现代主义审美意识的悖论特征与我们对中国现代主义诗人的研究没有直接联系，而且，"在我们关于中国现代主义的研究中，我们将会发现，有一些时期，世代，诗人与作品，他们具有一些可以辨识的现代主义特征"。② 这直接批驳了保罗·德曼的看法："现代性是一种存在于各个作家各个时代的普遍特征，这种普遍特征逐渐淡入历史而让位于现代性的新形式。"

　　比较文学领域的纯粹的影响研究拘泥于史实考辨，不免导致"对材料的盲目崇拜"（钱锺书语），因此有必要辅之以灵活的"平行研究"。作者一方面发掘中国现代诗与西方现代主义诗的同一性，另一方面彰显"中国性"（Chinese-ness），强调中国 40年代现代主义新诗尽管分享了西方诗人的某些相似关注点，但是特定社会/文化语境，例如中日战争和战后的社会/经济的不稳定，塑造了中国现代主义新诗的特殊形态。作者强调现代主义并非铁板一块而是呈现为不同层次和模式，不能化约为单一的声音，本应呈现"众声喧哗"的局面，这尤其显示了诗人鲜明的艺术个性和创造才能。此书第四章逐一探讨 40 年代现代主义新诗的诸多模式。第一节对照卞之琳的"新型战争诗"《慰劳信集》与奥登的《战时在中国》之平行关系，指出以田间、臧克家、鲁藜和柯仲平为代表的抗战诗歌的主题是呼吁拿起武器抵抗日本侵略者，通常直截了当地表达他们的观点，付出的代价是诗歌变成说教和重复，但卞之琳战争诗在视角上保持了一个现代主义者的复杂性，以及对形式的充分关切；第四节分析的是现代主

---

① Ping-kwan Leung, *Aesthetics of Opposition*, p. 36.

② Ibid., p. 39.

义抒情诗，冯至与里尔克的关系，以及郑敏诗歌中的空间形式；第五章则以较多的篇幅分析了辛笛诗的语言艺术，在诗人的三个发展阶段中如何操控语言，使之服务于自己的现代性探索。我以为，就 40 年代现代主义新诗而言，最可见出此书之价值的，当是第二节和第三节。第二节标题是"穆旦与现代的'我'"。梁秉钧认为，穆旦的现代性在于，他自觉操控诗中的"我"，在使诗中的"我"变得模棱两可甚至更加应受责难时，穆旦并没有描写一幅英雄图像而是试图理解人性中的复杂性，甚至是困惑、不连贯、非理性的方面，这一点清楚表现在《防空洞里的抒情诗》、《从空虚到充实》、《蛇的诱惑》、《长夜》等诗篇中。作者征引了史本德（Stephen Spender）关于"现代的我"与"伏尔泰式的我"的著名见解，阐述了穆旦的现代性。[①] 根据这个说法，穆旦的显示在《防空洞里的抒情诗》中的人物被事件施加影响，他不是一位先知，也很少谴责，这使得穆旦、卞之琳及其他的中国现代主义者区别于艾青、田间、延安诗人群体——他们的"我"经常扮演先知与战士的角色。梁氏对穆旦的总结性评价——"他对历史困境的外部意识，连同他与传统句法和措辞的断裂，使他成为中国现代主义的一个极端例子。在现实生活中，他的生涯是一个中国现代主义者的人生缩影"，[②] 可以说是为穆旦作出了准确的历史定位和切当的价值判断。在第三节"城市诗"当中，梁着重分析 40 年代现代主义诗人笔下的"城市"形象，这的确是抓住了现代主义文学的本质特征和产生源泉，因为现代主义文学产生于城市，而且是从波德莱尔开始的——尤其是从他发现人群意味着孤独的时候开始的；城市的吸引力和排斥力为文学提供了深刻的主题和观点：在文学中，城市与其说是一个地点，不如说是一种隐喻："40 年代诗中，城市是一个反复出现的意象，既是一个物质存在，又是一个主观符号，在那里，标明了现代生活中的挫折与不和谐，正如 Monroe Spears 所指出的

現代主義新詩研究的先聲

---

① Ping-kwan Leung, *Aesthetics of Opposition*, p. 101.
② Ibid., p. 102.

那样，对现代人来说，城市被认为是正在坍塌的或已经坍塌的，因此运动的方向是地狱之城而非天国之城。中国 40 年代现代主义者与这种气质相一致，在他们的诗中，城市以一个陌生的城的形式出现，一个燃烧的城，一个垂死的城或混乱的城。"[1] 梁注意到陈敬容曾与自然和谐相处，如今看到春天被繁忙的都市生活、媒体中的商业主义以及内战的消息所撕裂，《无线电绞死了春天》、《逻辑病者的春天》、《致雾城友人》、《我在这城市中行走》反映出诗人越是感受到城市的敌意和威胁，越是隐退到内心世界中，怀疑外部世界的不可知性。梁氏发现唐祈的《时间与旗》与艾略特的《焚毁的诺顿》有相似之处，都聚焦于对时间的处理，但艾略特的时间观明白无误是属于基督教的，而唐祈则把时间当作朝向一个独特的、明确目的的不可逆转的运动，潜藏其下的宇宙明确地不是基督教的，它不是朝向一个宗教的永恒乌托邦而是通向一个政治乌托邦，它允诺社会变革，对于时间的焦虑是在一个特定的社会语境中的焦虑。[2] "通过唐祈的诗，我们看到，在这一代中国诗人身上，尽管他们可能展示了形而上学的、修辞的或时间的断裂，他们很少坦诚绝对的美学断裂——史皮尔斯定义为艺术世界与真实世界之间的完全断裂。即便是乐赫的《复活的土地》，以其蒙太奇手法、拼贴及其他的现代大胆的现代主义景观，也不例外。"[3] 和时下的对于唐湜的高度评价相反，作者认为《骚动的城》并没有像唐祈和杭约赫那样使用明显的现代主义形式实验。这个看法我很赞同。我在阅读唐湜诗作的时候，经常觉得，虽然唐湜本人是一个现代主义文学的坚定拥护者，也曾译过艾略特和里尔克的诗，发表过数量可观的才气飞扬的诗评，后来结集为《新意度集》出版，但坦率地说，我认为他的大多数诗篇仅仅是浪漫主义的"光、花，爱"的渲染与异国情调的展示，缺乏真正的现代主义品格，例如深邃的思想主

①　Ping-kwan Leung, *Aesthetics of Opposition*, p. 109.

②　Ibid., p. 118.

③　Ibid., p. 120.

题和形式技巧上的实验精神。

作者搜集了"九叶"诗人的作品集或旧报章，一些是出版于 1949 年之前原始材料，例如陈敬容的《星雨集》和《盈盈集》，唐祈的《时间与旗》，杭约赫的《撷星草》和《噩梦录》，辛笛《夜读书记》，卞之琳《芦叶船》，戴望舒《恶之花掇英》，等等。在七八十年代，搜集这些资料是要下些功夫的。当然，近年来随着电子图书的普及和开放，要在网络上得到这些资料也并非难事。此外，作者还采用口述历史（oral history）的形式，采访了卞之琳、萧乾、袁可嘉、辛笛、谢蔚英等人，从这些见证人、知情人和当事人那里了解当时情景，这种"口述历史"与"书面材料"彼此参证的做法，值得肯定。不过，作者使用的一些史料有讹误，兹列举如下： （1） 陈敬容的诗名为《陌生的我》，此书误认为《陌生的城》（the alien city）。① 在叶维廉主编的 *Lyrics from Shelters: Modern Chinese Poetry, 1930—1950* 中，梁氏重复了这个错误。（2）作者说："一些现代主义诗人回到北平和上海，创办了《文学杂志》、《文艺复兴》、《大公报》副刊。"② 实际情况是，《文学杂志》是由朱光潜于 30 年代创办的，后因抗战爆发而停刊，1947 年在北京复刊，但朱不是诗人而是学者；《文艺复兴》是由李健吾和郑振铎于上海创办的，但两人都不是诗人而是学者；《大公报》文艺创办的时间更要早一些。（3）作者说冯至从德国海德堡大学毕业后回国，在北京大学德文系教书，③ 此说错误。事实上，冯回国后受聘于上海的同济大学中国文学部，后来任教于西南联合大学。当然，以现在的眼光细察 40 年代现代主义新诗，除了"九叶"诗人之外，尚有一大批诗人在 1939—1949 年进行过苦心孤诣的现代性探索，他们的成就并不比"九叶"逊色甚至更加精湛，例如，西南联大的王佐良、杨周翰、俞铭传、罗寄一，沦陷区的吴兴华（作者在导

---

① Ping-kwan Leung, *Aesthetics of Opposition*, p. 108.

② Ibid., p. 71.

③ Ibid., p. 129.

论中提到他的名字，但正文中完全没有分析其诗创作，实在奇怪）、南星、路易士，中法大学的罗大冈、沈宝基、叶汝琏、王道乾，以及活跃于平津文坛的刘荣恩、李瑛，等等，都对以艾略特和奥登为首的英美现代派诗人，法国的波德莱尔、兰波以及超现实主义诗歌表现出浓厚兴趣，并且加以有选择性的吸收和创造性转化，创造了各种现代主义的新声音，在相当大的程度上丰富了新诗现代性的探索。倘若我们能够把这些"文学史上的失踪者"加以研究，以广知闻，则庶几不辜负了先贤的一片苦心。遗憾的是，由于上述诗人的作品散见于昆明、桂林、重庆、贵阳、上海、北京、天津等地的知名度较小的文学杂志和报纸副刊上，迄今为止也没有系统地结集出版，而且他们早期作为诗人的尝试也被日后作为学者和翻译家的光辉淹没了，以致声华刊落，默默无名，作者未注意上述诗作，实乃意料中事。

（原载台湾《当代》第 189 期，2003 年 5 月）

现代主义及其文化政治

——史书美《现代的诱惑》评介

史书美的《现代的诱惑：书写半殖民地中国的现代主义（1917—1937）》[①] 在 2001 年由美国加利福尼亚大学出版社刊行。此书前身是作者在 1986—1992 年游学加州大学洛杉矶分校，攻读比较文学时的博士学位论文，厚达四百多页，计三编、十二章，采用后殖民主义分析框架，从全球与本土的交叉语境出发，细察中国现代主义文学及其文化政治。在序言中，著者自述她的写作目标："对现代中国文学和历史领域的学者而言，本书提供一个关于从 1917 年的五四时期开始、延续到 1937 年中日战争爆发这一时期的中国文学现代主义的解释，结合文本、历史与理论的探索；对西方现代主义理论家来说，本书勾画出中国、日本与西方的现代主义之交叉处，从多重殖民轨道和文化相遇中追溯这种跨国路线的描绘，因此解构了比较文化研究中所习惯预设的中心/边缘、东方/西方的二元对立；对殖民主义与后殖民主义理论家来说，本书从理论上探索了中国半殖民主义如何表现一套不同于正式殖民主义的文化政治与实践。"[②] 颇有"发凡起例，以待来者"的意味。考虑到此书的理论设计、分析范畴和研究视点都有原创性，目前尚无中文译本在华文圈出现，[③] 虽有简短的评

---

① Shu-mei Shih, *The Lure of the Modern: Writing Modernism in Semicolonialism China, 1919 – 1937*, Berkeley: University of California Press, 2001.

② Ibid., xi.

③ 按：此书的中译本《现代的诱惑：书写半殖民地中国的现代主义（1917—1937）》已在 2007 年由江苏人民出版社出版。

论见诸报端，但未从学理上给予更全面细致的批评探讨，① 所以有必要加以推介，以广知闻。

时至今日，在东亚汉语学术界议论"中国现代主义"早不是时髦话题了。相比之下，西方汉学界的情况则有所不同。个别学者对"当代中国的先锋文学"给予一定的注意，90 年代以来，一系列著作相继问世。包括张旭东《改革时代的中国现代主义——文化热、先锋小说与新中国电影》、吕彤邻《厌女症、文化虚无主义和对抗的政治——当代中国的实验小说》、王瑾《高雅文化热——邓小平时代中国的政治、美学和意识形态》、钟雪萍《被围困的男性？——20 世纪末期中国文学的现代性与男性主体性问题》、王斑《雄浑的历史符号——20 世纪中国的美学与政治》、柯雷（Maghiel van Crevel）《破碎的语言——当代中国诗与多多》、张颂圣《现代主义与本土抵抗——当代台湾华文小说》，② 等等。至于对 1949 年之前中国现代主义文学（尤其是小说）的研究也远称不上繁荣，只有利大英（Gregory B. Lee）《戴望舒诗研究》、汉乐逸（Lloyd Haft）的《卞之琳诗歌研究》、张错《冯至评传》等专书；以及林明慧《当代中国诗论》、李欧梵《铁屋子的呐喊——鲁迅研究》、奚密《现代汉诗：1917 年以来

---

① 葛以嘉：《现代的诱惑：半殖民地中国的现代主义写作》，《中国学术》第 10 期；纪大伟：《史书美赶上"上海热"》，《中国时报》（2001/ 10）；佚名：《美国出版旧中国文学思潮研究专著》，《新民晚报》（2001/5/13）。

② Xudong Zhang, *Chinese Modernism in the Era of Reforms*: *Cultural Fever*, *Avant-garde Fiction*, *and the New Chinese Cinema*, Durham: Duke University Press, 1997; Lu Tonglin, *Misogyny*, *Cultural Nihilism*, *and Oppositional Politics*: *Contemporary Chinese Experimental Fiction*, Stanford: Stanford University Press, 1995; Jing Wang, *High Culture Fever*: *Politics*, *Aesthetics and Ideology in Deng's China*, Berkeley: University of California Press, 1996; Xueping Zhong, *Masculinity Besieged? Issues of Modernity and Male Subjectivity in Chinese Literature of the Late Twentieth Century*, Durham: Duke University Press, 2000; Ban Wang, *The Sublime Figure of History*: *Aesthetics and Politics in Twentieth Century China*, Stanford: Stanford University Press, 1997; Sung-sheng Yvonne Chang, *Modernism and the Nativist Resistance*: *Contemporary Chinese Fiction from Taiwan*, Durham: Duke University Press, 1993; Maghiel van Crevel, *Language Shattered*: *Contemporary Chinese Poetry and Duoduo*, Leiden: CNWS Publications, 1996 .

的理论与实践》①　等著作的个别章节才论及这些议题。因此，回顾英语学术界的中国研究史，不难发现，现代主义文学之研究相对冷落。《现代的诱惑》论述中国现代主义文学，有继往开来的意义。此书至少在三个方面具有开拓性：其一，给予中国现代主义以合法性的位置；其二，揭示中国现代主义与殖民话语之间的复杂关系；其三，阐明日本在中国现代主义形成过程中所扮演的调停人角色。如前所论，中国现代主义研究在西方汉学界一直少人问津，不外三种理由：一是缺乏基本资料；二是文学史应当忽略"次要"（minor）文学运动的观念；三是根据西方文学批评的"优越性"和"普遍性"标准评判中国文学。第三个原因最为盛行也很成问题。这种看法认为：既然乔伊斯已把意识流发挥到极致，那么没有中国作家能达到他那样的美学层次，因此中国文学不存在现代主义。②　不消说，这当中隐含了欧洲中心主义者的傲慢与偏见。史书美发现，"在使用西方批评术语分析非西方作品时，很容易动摇欧洲中心主义的文化话语范式。当我们使用现代主义这个术语时，情况尤其如此——这个词几十年来受到注意，已在西方获得了一种含有霸权意味的文化价值"。③　《现代的诱惑》揭示了个中缘由："尽管西方话语把现代主义视为一个国际性文化运动，但是它系统性地拒绝给予非西方、非白人的现代主义一个成员资格。布拉德白瑞和麦克法兰合编的《现代主义》就是如此。地理、文化与种族的中心主义鄙视非白人参与现代主义，既使西方预示了这个运动的国际特征"、④　"话语统治在两个

①　Gregory B. Lee, *Dai Wangshu: The Life and Poetry of a Chinese Modernist*, Hong Kong: Chinese University Press, 1989; Lloyd Haft, *Pien Chih-lin: A Study in Modern Chinese Poetry*, Dordrecht: Foris Publications, 1983; Dominic Cheung, *Feng Chih: A Critical Biography*, Boston: Twayne Publishers, 1979; Julia C. Lin, *Essays on Contemporary Chinese Poetry*, Athens: Ohio University Press, 1985; Leo Ou-fan Lee, *Voices from the Iron House: A Study of Lu Xun*, Bloomington Indiana University Press, 1985; Michelle Yeh, *Modern Chinese Poetry: Theory and Practice Since 1917*, New Haven: Yale University Press, 1991.

②　*The Lure of the Modern*, p. 42.

③　Ibid., p. 1.

④　Ibid., p. 2.

方面都很明显——不但现代主义被认为是西方所独有的而且'非西方'的现代主义如果被承认的话，后来也被当作西方现代主义的变体"——出于这种欧洲中心主义的偏见，"现代主义"经常被描述为从西方向非西方的运动，显示西方与非西方之间话语不平衡状态。史书美也发现，欧洲中心立场（Eurocentric stance）在这个问题上竟与汉学本土主义（Sinological nativism）不谋而合：后者认为现代主义在中国的缺席恰恰证实了中国文学是独一无二的，所以它的文化差异应当被保存。但无论出于何种用意，两者干脆利落地排除了现代主义在中国的存在。① 针对这些历史叙事，著者根据文化多元论者的观点，指出中国是西方现代主义的主要影响泉源之一，正是由于对中国文化的误读才促成了庞德这样的现代主义大师的出现，② 这反驳了卡利尼斯库（Matei Calinescu）和安东尼·吉登斯（Anthony Giddens）关于现代性起源于西方的著名见解，③ 令人信服地说明"中国现代主义既挑战了主要作为一个欧美事件的现代主义的历史建构，也驳斥了西方现代主义宣称的本体重要性与美学独特性"。

　　本书虽然涉及西方和日本现代主义对中国的影响，但作者无意展开比较文学的"影响研究"，也不进行文学史的美学分析。此书自我定位于文化研究与文学批评的结合，之所以如此，因为非西方国家的现代主义崛起于不同现代性、国族与民族主义的概念，许多情况下，密切联系殖民主义与帝国主义的历史，而且每一种现代主义都有它与西方斡旋的模式：从心甘情愿、非政治化的参与西方现代主义运动（尽管不被西方承认），到为了本土需要而调控现代主义、斡旋关于现代主义的

　　① *The Lure of the Modern*, p. 42.

　　② Ibid., p. 4.

　　③ Matei Calinescu, *Five Faces of Modernity*: *Modernism*, *Avant-Garde*, *Decadence*, *Kitsch*, *Postmodernism*, Durham: Duke University Press, 1987, pp. 1 - 42; Anthony Giddens, *The Consequences of Modernity*, Stanford: Stanford University Press, 1990, pp. 1 - 54.

殖民遗产的焦虑，到彻底颠覆欧洲中心主义的现代主义，林林总总，不一而足。[①] 换言之，现代主义在中国并不单纯是个文学事件，牵涉到文化间的交往行为和语言的历史约定，因此在考察中国现代主义时，有必要从半殖民主义历史—文化形态的角度对它进行再次语境化（re-contextualization）。当然话又说回来，追问中国现代文学尤其是五四文学与殖民话语的关联，也不乏先例。譬如，刘禾曾论述鲁迅的"国民性神话"如何与殖民主义同谋，造成自我东方化的现象。[②] 张宽也颇有同感："从后殖民的角度来重新看五四运动，就会发现一些以前一直被忽视了的问题。大家都清楚，中国的五四文化运动，大体上是将欧洲的启蒙话语在中国做了一个横向的移植，正像我已经指出过的，西方的启蒙话语中同时也包含了殖民话语，而五四那一代学者对西方的殖民话语完全掉以了轻心，很多人在接受启蒙话语的同时接受了殖民话语，因而对自己的文化传统采取了粗暴不公正的简单否定态度。如果我们承认中国曾经是一个半殖民地国家，那么我们也应该正视近代以来中国的知识分子的心灵和认识论曾经被半殖民的事实。"[③] 李欧梵和利大英注意到中国现代主义文学产生于西方帝国主义殖民中国的历史进程中，不可避免与后者保持矛盾暧昧的关系。[④] 但只有此书才真正深入论述了这个问题。作者追踪西方现代主义的兴起过程："现代主义是伴随帝国主义扩张的意识形态合法化与中立化（neu-tralization）的一个部分，通过以开化使命的名义在殖民地传播帝

---

① *The Lure of the Modern*, p. 3.

② Lydia H. Liu, *Translingual Practice：Literature，National Culture，and Translated Modernity—China，1900 - 1937*, Stanford：Stanford University Press, 1995, pp. 45 - 75.

③ 张宽：《文化新殖民的可能》，《天涯》1996 年第 2 期。

④ Leo Ou-fan Lee, *Shanghai Modern：A New Urban Culture in China，1930 - 1945*, Cambridge：Harvard University Press, 1999; Gregory B. Lee, *Troubadours，Trumpeters，Troubled Makers：Lyricism，Nationalism，and Hybridity in China and its Others*, London：Hurst & Co., 1996, p. 74.

国主义的文学而确立"。① 不少西方现代主义者作为外交家、名人或寻欢寻乐者到中国旅行，一些人明目张胆地出于收集中国文化材料的目的，他们与中国文化的接触对现代主义的形成至关重要。在他们笔下，中国作为一个真实具体的历史—文化实体消失不见了，代之而起的是一个被表述、被窥探、被异国情调化（eroticization）的"他者"，它的野蛮落后正好反衬西方的文明崇高，因而凸现了被拯救、被殖民的紧迫性和合法性。② 不仅如此。《现代的诱惑》还描述与分析了"日本"在西方现代主义传播到中国的过程中所发挥的"调停"作用（mediate）。明治日本提出"脱亚入欧"、"和魂洋材"的口号，迅速成为亚洲唯一的成功现代化的例子，因此成为中国类似努力的典范。日本通过日文翻译和其他文化形式调停了西方文学，然后把它输入到中国去，中国作家尤其那些与创造社有关的人曾经留学日本，翻译日本现代主义作品和日本对西方现代主义的讨论，他们的西方文学知识都是通过日文翻译而调停的。③ 日本人对他们的文化优越感的信仰采取了一些文学形式：文化论文集，游记，小说，不但令人想起19世纪西方的东方主义作品，也令人想到西方对中国的现代主义挪用（appropriation），所谓"中国通"也写过一些有关中国民族性的著述，把它描写成反现代、反理性、反道德的，中国知识阶层热情阅读了这类著作。例如，夏丏尊1926年在《小说月报》上刊载他翻译的芥川龙之介《支那游记》，文中的中国形象充满肮脏、娼妓和顽固、势利的知识分子，这从反面确认了他自己的文化纯粹感和充沛的青春活力。具有讽刺意味的是，出于民族拯救的信念，中国知识分子不加质疑地接受了芥川对中国的诊断。④ 日本新感觉派小说家片冈铁兵的《上海》显示了帝国主义意识形态如何在文本的层次上运作起来。上海被描绘成一个道德、精神与物质都走向堕落的中心，一个巨大的亚洲垃

---

① *The Lure of the Modern*, p. 12.
② Ibid., pp. 8 – 9.
③ Ibid., pp. 16 – 17.
④ Ibid., pp. 21 – 24.

坂场，充斥各色污秽之物。① 史书美深信，即便中国作家认为他们对日本的挪用——形式，技巧，经常还有用以刻画现代主义体验的词汇——是一个接近西方的纯粹功利手段，但是，那种"挪用"对中国作家的影响不可避免。譬如，中国新感觉派作家令人诧异地复制了那种在日本新感觉作家身上发现的从左到右的意识形态转变，被日本文本斡旋的弗洛伊德心理分析中的种族与性别偏见原封不动地保留下来。不仅如此。日本化了的中国现代主义作家被迫面临着与日本文化的类似处境：在他们的现代主义与民族主义之间被撕裂了，在渴望与憎恨之间被撕裂了，因此充满压倒一切的忧郁情调。由于许多中国现代主义作品是由留日作家写的，它的艰难接受，进一步照亮了中国民族主义与现代主义之间的冲突。② 不难看出，从发生学角度追踪中国现代主义文学的兴起，必然涉及日本帝国主义的意识形态，史书美的研究证明："中国现代主义进一步离开了习见的非西方与西方对抗的二元对抗模式：中国/西方或东方/西方。这方面更有意义的是在中国现代主义形成的过程中，日本作为西方文化的调停者所发挥的角色。这种三角关系显示了中国在欧美、日本帝国主义的多重宰制下（multi-domination）的政治—文化状态，这反过来又质疑了比较文化研究中的习见的中/西二元对立的模式。"③

《现代的诱惑》以整合理论范式见长，立意在历史与政治环境中"语境化"文学，这是威廉姆斯（Raymond Williams）的《现代主义的政治》所倡议的方法：文学分析不得不牢牢地扎根于历史的形态分析。④ 此书的理论资源颇为驳杂：后殖民理论家法农（Frantz Fanon）和萨义德（Edward Said）关于"东方主义"、"文化与帝国主义"的见解；杜赞奇（Prasenjit Duara）关于现代性、民族主义和殖民论述的分析；詹明信（Fredric Jameson）关于"现代主义与帝国主义"的看法；斯皮瓦克（Gayatri

---

① *The Lure of the Modern*, pp. 27 – 29.
② Ibid., p. 30.
③ Ibid., p. 4.
④ Ibid., p. 31.

Spivak）和莫维（Laura Mulvey）的女权主义理论；弗洛伊德和拉康（Jacques Lacan）的心理分析学说；安德森（Benedict Anderson）关于现代性、时间与民族主义的论说；波迪厄（Pierre Bourdieu）的符号资本理论。作者整合多种理论，实乃出于对研究对象的问题意识：中国现代主义产生于全球与本土的双重语境，它的跨国主义性质在多重的话语、政治权力的领域表现出来。① 因此，这些不同的分析方向要求发展出一套整合了历史、文本与理论的互相交叉的方法论。作者声明：她使用这种方法论的混合（amalgamates），反对研究方法上的画地为牢（compartmentalization）：历史研究的传统的实证/理论的分野、文学研究的文本/文本之外的分野，以及跨文化研究的西方理论/非西方文本的分野。② 更重要的是，作者对西方理论的普适性保持心防，她深思文学史的实际，对西方理论进行调整，使之更适用于对中国语境的描述。例如，胡适的"八不主义"部分取自于美国意象派宣言，而后者又受日本俳句与中国古诗的影响。施蛰存注意到"意象派"的部分起源是中国，它在美国取得了成功，接着又被带回中国——那么，"意象派"到底是起源于中国还是西方？再如，小说的"蒙太奇"技巧建立在由艾森斯坦发展的电影技巧之基础上，被认为由京剧和中国文字的"并置"特点（juxtaposition）而产生。另外，废名经过西方现代诗迂回到六朝唐诗，寻求一种接近于意识流小说的句法来源和语言结构。这些说明赛义德的"理论旅行"③ 在解释观念运动时构想一条单向的连续性，无法说明中国与西方的交叉影响（cross-fertilization）之复杂性，当现代主义旅行到中国时，它的原点已经变得模棱两可了④。史书美发现，詹明信太过强调帝国主义之间的竞争关系而

---

① "Preface", *The Lure of the Modern*, x – xi.

② Ibid., xi.

③ Edward W. Said, "Travel of Theory," in *the World, the Text, and the Critic*, Cambridge: Harvard University Press, 1983.

④ *The Lure of the Modern*, pp. 11 – 12.

低估了帝国主义者与被殖民的人民之间的剥削关系；① 《跨国资本主义时代的第三世界文学》提出的"民族寓言"，解释力度相当有限：用以指称鲁迅则可，阐释陶晶孙则未也。因为陶晶孙的小说实验主义没有锲入社会现代性方案，只是暗示一种都市的、世界主义语境。② 再比如，史书美也批评冯客（Frank Dikotter）通过评价第三世界本土人士对于第一世界文化的忠实与尊敬的程度而巩固欧洲中心主义的话语霸权。③ 除此之外，此书还指出陈小眉把中国的"西方主义"（Occidentalism）与西方"东方主义"（Orientalism）等量齐观的做法是成问题的，不仅因为她转移了责任承担，而且因为她"抹平"（flatten）了西方主义得以出现的历史特定性（specificities），东方主义不仅是一种为了话语目的而在国内利用东方的策略，在西方帝国主义入侵东方之际，它影响而且有时塑造了特定的政治宰制（domination）策略；从另一方面看，无论五四时期还是后毛泽东时代的版本，西方主义从来没有涉及任何形式的对西方的政治统治。即使作为一种文化话语（Cultural discourse）而言，西方主义也不能与东方主义等同，因为它从来没有为了"自我巩固"（self-consolidate）的目的而征服西方；相反，西方主义自作主宰的冲动来自于对中国"自我"的否定。史书美还引用黑格尔《精神现象学》关于主奴关系的见解，阐明在使用"他者"（the other）时，东方主义与西方主义之间不平等的辩证关系：西方的"东方主义者"否定东方而确认他作为主人的立场，中国的"西方主义者"从来不否认西方，因此揭示了他自己臣服于西方的状态。④

《现代的诱惑》的贡献在于：它提出一个分析范畴"半殖民主义"（semi colonialism），以及这种境遇中的中国作家在进行文学实践时采用的"分岔策略"（bifurcation strategy）。长期以来，人们一直在讨论，民族国家和民族主义话语在现代中国的出现，

---

① *The Lure of the Modern*, p. 32.

② Ibid., pp. 94, 74.

③ Ibid., p. 132.

④ Ibid., pp. 134 – 135.

是由于西方列强入侵的结果，但很少有人持这种看法：帝国主义或者它在殖民地的实践形式，从根本上影响了现代中国的文化生产。相反，共产中国的反封建主义方案（这构成了它早期的合法性基础）把有关帝国主义的讨论仅限制在政治领域。这不是要暗示所有文学生产都是对帝国主义的反动，而是要暗示现代中国的文学生产已陷入一个由日本与西方帝国主义确立的半殖民主义历史状态中。① 因为"殖民地"这个术语被运用到中国时具有明显的局限性，所以人们就用"半殖民地"、"次殖民地"等五花八门的术语称呼民国时期的中国。但是，这些术语都无力描述外国列强间的竞争，以及在外国列强与中国之间的多重支配；更重要的是，它不能充分反映西方列强在中国的协作。② 史书美使用"半殖民主义"描绘现代中国的文化政治状况，以突出中国殖民结构的多重性（multiple）、多层次性（layered）、集中性（intensified）、不彻底性（incomplete）、破碎性（fragmentary）。这种半殖民主义对中国文化、美学和意识形态的影响何在？史书美认为，尽管多重殖民存在增加了控制、加重了剥削，它们也使得严密的整齐划一的殖民管理变得不可能，这让中国知识分子较之于正规殖民地的知识分子享有多样化的意识形态、政治与文化立场。③ 与此相连的是"分叉策略（实践）"。对启蒙思想家来说，批判封建主义和推进西化的紧迫性，经常置换了对抗与批判殖民霸权的直接需要。这种置换关系经常伴随"西方"概念的分裂："都会西方"（metropolitan west，在西方的西方文化）与"殖民地西方"（colonial west，在中国的西方殖民文化）。在这个二分法中，前者被优先考虑为一种仿效对象，经常忽略了本应作为批判对象的后者。通过分岔二者，知识分子可以皈依西方而不必被认为是殖民者的合作者。④ 由于中国本土文化已经被解构，无法充当一种毫无疑问的抵抗中心，这种半殖民主义的状况削弱

文心的异同：新马华文文学与中国现代文学论集

---

① *The Lure of the Modern*, p. 31.
② Ibid., p. 32.
③ Ibid., p. 35.
④ Ibid., p. 36.

了殖民关系的清晰性，在中国人的文化想象与殖民现实的关系方面灌输了不确定性与模棱两可。[①] 史氏把"分岔策略"抽象化为一种理论表述，发现它贯穿于1917—1937年的中国现代主义文学实践当中："五四"时期的西方主义与日本主义；京派作家的文化折衷主义；海派的都市主义。这三种相互联系而激烈冲突的文学现代性模式——她分别名之为"渴望摩登"（desiring the modern）、"重思摩登"（rethinking the modern）、"炫耀摩登"（flaunting the modern）——构成全书的论述焦点。李欧梵先鞭着人，注意到达尔文进化论与五四现代性之间的关系。[②] 史书美踵其武步，深究五四启蒙话语的独特性，她揭示的不是具体文学技巧而是深层思维模式。她发现，时间而非空间是五四时代激进地重新思考中国文化与文学的一个重要范畴，也就是说，五四的时代精神的本质体现是渴望跃入现代。这种直线性的时间意识形态（Ideology of linear temporality）支撑五四的启蒙话语，它源于黑格尔的世界历史时间、达尔文的线性发展时间与现代西方的日历时间，在本土的话语语境中，用来合法化诸如反传统主义和世界主义等五四方案。不仅如此，这种目的论的意识形态服务于一个明确的目的：允许五四知识分子暗藏"与西方平等"的幻想，如果时间是中国与西方的唯一差别，那么，中国就可以仅仅通过尽快迎头赶上而在一个由西方支配的世界中成为一个平等的伙伴。[③] 在本书第一编中，作者探索了文化与时间差异、时间与新浪漫主义、时间与被翻译的现代主义哲学（尼采、弗洛伊德、柏格森）之间的关系；鲁迅与陶晶孙作品中的进化论与实验主

---

① *The Lure of the Modern*, p. 37.

② Leo Ou-fan Lee, "In Search of Modernity: Some Reflections on a New Mode of Consciousness in Twentieth-Century Chinese History and Literature," in Paul A. Cohen and Merle Goldman eds., *Ideas Across Cultures: Essays on Chinese Thought in Honor of Benjamin I. Schwartz*, Cambridge: Harvard University Press, 1990, pp. 109 – 135; Leo Ou-fan Lee, "Incomplete Modernity: Rethinking the May Fourth Intellectual Project," in Milena Dolezelová-Velingerová and Oldrich Král eds., *The Appropriation of Cultural Capital: China's May Fourth Project*, Cambridge: Harvard University Asia Center, 2001, pp. 31 – 65.

③ *The Lure of the Modern*, p. 50.

义；郭沫若小说中的心理分析与世界主义；郁达夫和滕固等人的情色书写、国族建构与颓废寓意。长期以来，中国学术界习惯于用本质主义、二元对立的思维来理解京派与海派作家（例如杨义的"京海对峙"说），史书美则持异议。她通过分析废名小说中的意识流技巧与中国传统诗美学之间的协调、林徽因和凌叔华以性别化的立场斡旋本土的文学传统从而表达一种与男权制度和殖民文学的暧昧关系，来尝试理解京派的写作模式为何在后五四时代出现，它的"非目的论"立场如何标志为一种特殊形式的现代性和现代主义，以及这种具有"主体间性"（inter-subjectivity）色彩的现代主义在它们与全球语境中的文化相联系时，如何表述空间、地方与本土性。

　　20世纪80年代以还，西方学术界兴起了一股声势浩大、绵延不绝的"上海热"，在社会—政治—经济领域和思想—文化—文学方面，留下一大批不乏影响的著作。当然，诸种著作中，以李欧梵的《上海摩登》之反响最强烈。《现代的诱惑》有三分之一篇幅纵谈上海的新感觉派小说，踵事增华，更上一层楼。在海派研究学术史上，学者们习惯于从道德立场出发，批判它的商品化、颓废与浮纨，归于十里洋场的资本主义影响，而没有揭示它与半殖民地文化政治之间的复杂关系。虽然西方学术界关于颓废的研究已经颇为丰富了，但中国现代文学中的颓废问题一直缺乏深入研究。史书美则从后殖民理论角度，给予认真的清理。她考察上海的印刷资本主义对文化工业的促进，① 分析刘呐鸥、穆时英、施蛰存的新感觉派小说与日本新感觉派小说的关系，认为前者反映半殖民地的主体性，它们将视觉性、商品化、欲望、种族

文心的异同：新马华文文学与中国现代文学论集

---

① 　Leo Ou-fan Lee, *Shanghai Modern* Cambridge: Harvard University, 1999; Michel Hockx ed., *The Literary Field of Twentieth-century China*, Richmond: Curzon, 1999; Michel Hockx and Ivo Smits eds., *Reading East Asian Writing: The Limits of Literary Theory*, London: Routledge, 2003; Michel Hockx, *Questions of Style: Literary Societies and Literary Journals in Modern China*, *1911 - 1937*, Leiden: Brill, 2003; Joan Judge, *Print and Politics: "Shibao" and the Culture of Reform in Late Qing China*, Stanford: Stanford University Press, 1997.

与变态的色情—怪诞传奇（erotic-grotesque）结合起来，通过对资本主义都市的批判置换了殖民现实，通过对摩登女郎的刻画而颠覆男权体制，以及如何在现代主义和民族主义之对抗中曲意周旋——这诸多关于都市的声色光影的点染，构成一道醒目的上海都市风景线。可惜，中日战争爆发，对殖民地西方的批判压倒一切地成为时代主旋律，中国作家关于殖民地西方的世界主义文化想象戛然而止，它在沉默四十年后浮出水面，大放异彩。史书美惊奇地发现，80年代"文化热"盛极一时，其中"西方主义"话语与五四时期颇为相似，这不禁让人顿生疑问：假使三四十年代现代主义未被干扰，而径直发展，那么，中国现代主义现在是否会呈现另一副面目？

阅读《现代的诱惑》，我的困惑在于，它仅使用"小说"作为文本证据而排除了其他文类。中国现代主义文学包含小说、诗歌、戏剧等。且以新诗为例。早在五四新诗时期，周作人、沈尹默、周无不满于初期白话—自由诗潮对美学形式的漠视，而尝试在创作中使用初步的"现代主义"手法。当然这只是零星的实验、自发的探索。真正称得上自觉现代主义追求并且蔚为风气的，是从1925年开始的。尤其李金发《微雨》、穆木天《旅心》、王独清《圣母像前》、冯乃超《红纱灯》相继出版，以及胡也频、姚蓬子、石民的新诗的出现，俨然形成一个"象征派"潮流。到了30年代，以戴望舒、何其芳、卞之琳等人为代表的"现代派"诗歌，极一时之盛。到了40年代，燕京大学诗人吴兴华、西南联大诗人群体、中法大学四位诗人沈宝基、罗大冈、叶汝琏、王道乾，都崭露头角，他们对新诗现代性的多方探索，有超越前人者——这些现代主义新诗也受了西方现代主义的巨大影响，那么，它们与殖民主义话语之间的关系怎样？我的阅读感受是：也许和文体的特性以及自身的边缘处境有关，中国现代主义新诗尽管也产生于西方与日本帝国主义入侵的历史语境中，但缺乏明确直接的意识形态的流露。这实际上对史书美的观点构成了挑战。不过话说回来，作者在序言中已明确说过，她所选择的文体是小说而非其他，因此，《现代的诱惑》副标题改为"书写半殖民地中国的现代主义小说"更恰当。另外，书中有少量讹误不应忽视。例如，《少年中国》被翻译成"青年中国"；《上海摩登》误写为 *Shanghai Modern*: *A New Literary Imagination and Urban Culture in China*, *1930 – 1945*；周作人的笔名"仲密"被拼成"Zong Mi"；"舶来品"被拼成"Pai Lai Pin"；《维摩诘经》被拼成"Wei Mo Ji Jing"；"淫雨"（连绵不断的雨）被解释成 erotic rain（"淫荡的雨"）。当然，这些细节无损于全书观点的解释力度。总结我的看法，《现代的诱惑》称得上国际汉学领域的一部开创性著作，它的学术思路和理论设计已经引起多位学者的讨论，[①] 而且我深信，随着中文版在大陆的问世，现代文学界必然会从中获益匪浅。

（原载台湾《当代》第 199 期，2004 年 3 月）

文心的异同：新马华文文学与中国现代文学论集

---

① Wang Zheng, *The American Historical Review* 107. 2（April 2002）；Guiyou Huang, *South Central Review* 19. 4 & 20. 1（Winter-Spring 2002 – 2003）；Stephanie Hemelryk Donald, *Intersections* 8（October 2002）；Robin Visser, *Journal of Modern Literature in Chinese* 5. 2（January 2002）；Gang Gary Xu, *The Journal of Colonialism and Colonial History*.

王润华的中国现代文学研究

——一个批评回顾

在东亚、东南亚的华语学术界，王润华先生是一位举足轻重的人物。20世纪60年代末，他负笈远游、万里寄踪，受业于汉学名家周策纵、卢飞白，取得博士学位后，依次任教于南洋大学、新加坡国立大学、台湾元智大学、马来西亚南方大学。执教三十多年以来，王氏通过讲习、笔耕与心传，将中国文学精神传播到东南亚地区，持之以恒，迄今不辍。王氏既是文史淹通的学者，又是才华横溢的作家，他的诗人气质与学者情怀相互映发。作为一名中国文学研究者，他发扬一己之才情与史家之博雅，自由出入于唐代诗学、中国现代文学、比较文学和新马华文文学这四个方面，取得了卓越成就。本文试图对他三十余年来的学术志业作一个批评性的回顾，我关注的不是对其著作进行编年史的罗列，而是检讨他时常采用的理论、方法与视角，他一以贯之的学术性格以及他在汉学发展史上的贡献。

王润华对英美新批评的学术思路表现出强烈偏好。1983年，他着手翻译了韦勒克（Rene Wellek）和沃伦（Austin Warren）的经典《文学理论》的章节，收入《比较文学理论集》① 出版。从50—70年代，新批评在美国的势头迅猛，如日中天，影响文学批评、文学史和文学理论等领域，许多汉学著作概莫能外。例如，宇文所安《韩愈和孟郊诗研究》与《初唐诗》，刘若愚《中

---

① 王润华编译：《比较文学理论集》，台北：国家出版社1983年版。这几章是《文学与社会》、《文学与传记》、《文学与心理》、《文学与思想》。

国诗歌艺术》和《中国文学理论》，林明辉《现代中国诗歌导论》，夏志清《中国现代小说史》和《中国古典小说导论》。①新批评理论家主张文本是一个自外于世界、作者、读者的自足体系，不满于实证主义批评和社会历史的方法，反对从社会、历史、传记、心理、思想等外在因素解释文学（他们称为"外在研究"，extrinsic approach），主张精细研究作品的语言—艺术形式，例如小说的主题、结构、情节、叙事等，诗歌的象征、隐喻、韵脚、节奏、神话等内在构成（所谓"内部研究"，intrinsic approach），在具体的操作方法上是文本细读（close reading）。韦勒克呼吁打破作家意图而研究文学："作者意图是文学史的合适的论题的观点看起来是相当错误的。一件艺术品的意义不能被意图所穷尽，甚至也不等同于作者的意图。"新批评派后期，威姆萨特（William K. Wimsatt）和比尔兹利（Monroe C. Beardsley）激进地提出"意图谬误"（intentional fallacy）和"感受谬误"（affective fallacy），反对从创作意图、写作过程和读者的感受评价作品②。王润华借鉴新批评的"文本细读"法，也对"意图谬误"保持清醒和自觉，以超卓的艺术敏感，细读经典文本的形式，每每有惊人发现。甚至那些原本无足观的作品，经过他的疏解，呈现为"尺幅千里，微言大义"的佳作。例如，他在研究老舍小说时，一反学者们习见的阐释模式而主张"打破限制在创作目的诠释法"，他一针见血地指出："《老舍论创作》与《老舍序跋集》固然是研究老舍与解读其作品必读的文章，

① Stephen Owen, *The Poetry of Meng Chiao and Han Yu*, New Haven: Yale University Press, 1975; *The Poetry of the Early T'ang*, New Haven: Yale University Press, 1977; James J. Y. Liu, *The Art of Chinese Poetry*, Chicago: The University of Chicago Press, 1966; *Chinese Theories of Literature*, Chicago: The University of Chicago Press, 1975; Julia C. Lin, *Modern Chinese Poetry: An Introduction*, Seattle: University of Washington Press, 1972; C. T. Hsia, *A History of Modern Chinese Fiction, 1917 – 1957*, New Haven: Yale University Press, 1961; *The Classic Chinese Novel: A Critical Introduction*, New York: Columbia University Press, 1968.

② William K. Wimsatt, *Verbal Icon: Studies in the Meaning of Poetry*, Lexington: University of Kentucky Press, 1954.

而且非常有参考价值，但是目前研究老舍及其作品的著述，多数都受到老舍自己的见解的影响与限制，变成老舍这些自评文章，是最高也是唯一的权威。这是目前需要打破的一种解释框架。一部艺术作品的意义，不等于作者的创作目的，也不停留在其动机与目的重。一篇短篇或长篇小说、一首诗、一篇散文，都有他艺术价值的独立生命。作品的意义不受作者或她的同代人所看见的意识所局限。文学作品在不同时代甚至具有不同的意义。"① 本着这种阐释模式，他对老舍的《断魂枪》的解读，新见迭出。老舍本人在1959年自评小说主旨是："许多好技术，就因个人的保守而失传了"，许多学者据此诠释小说，自谓"若合符契"，实则大谬不然。王氏走出"意图谬误"的解释框架，描述特定时代气候如何使老舍言不由衷，继之以揭示"断魂枪"和"沙子龙"的悖论含义："它原本是使人断魂的枪，现在自己却是断了魂的枪"，"沙子龙固然令人想起他是西北沙漠的龙头，也寓意是一盘散沙的中国人民的首领"，他进而探索了"断魂枪"、"镖局"、"客栈"、"王三胜"、"孙老头"、"白天"、"黑夜"等人与物的象征含义，发现这篇区区两千多字的小说如何被建构成一个寄意宏远的"民族寓言"。②再比如，粗枝大叶的批评家认定《小坡的生日》只是内容浮浅、游戏笔墨的儿童文学而已，但王润华却"于不疑处有疑"，经过他的细心研读，他发现这个不大起眼的作品实则隐含了老舍对未来新加坡的多元种族图景的文化想象。③ 他认为老舍小说并非像人们议论的那样，深受狄更斯的影响，从深处看，它们与康拉德的渊源关系更有深度、规模与持续性，其中一个主

---

① 王润华：《老舍小说新论的出发点》，《老舍小说新论》，台北：东大图书公司1995年版，第11—12页。

② 王润华：《快枪使神枪断魂，镖局改成客栈：论老舍的"断魂枪"》，《老舍小说新论》，第127—142页。

③ 王润华：《老舍在〈小坡的生日〉中对今日新加坡的预言》，《老舍小说新论》，第29—46页。

题是"人物被环境锁住不得不堕落"。① 王润华运用新批评方法,得心应手,每有创获。他细察沈从文的小说世界,敏锐发现《边城》中的山水画结构、自然象征和过去与现在的对比手法;② 他认为《渔》不仅是一条河流上扩大的抒情幻想而且是一篇探索人类灵魂意识深处的小说;③ 他重新解读了一篇不大引人注意的小说《静》,发现其中三个寂静的世界如何辩证地结合在一起,而且使作品产生眩惑的艺术魅力。④ 王润华将新批评方法用之于鲁迅小说,也有重大发现,他由《长明灯》中"疯子"的口号入手,剖析反叛旧文化的思想内容如何通过象征性的人物、事物、风景表现出来,茶馆、客厅与社庙怎样隐喻了中国旧社会制度的缩影、"长明灯"与《野草》的火和黑暗意象的相关含义是什么。⑤

值得注意的是,王润华的现代文学研究并非专意于单薄的文本细读,他擅长大处着眼,小处入手,抓住主要文学现象展开论述。如果我猜得不错,他走的就是鲁迅《中国小说史略》的路子。鲁迅拟想的文学史写作模式,变平面的罗列为纵深的开掘,抓住主要文学现象展开论述,以"酒、药、佛、女"来勾画出魏晋文章之风貌。王润华发觉相当多的五四作家——例如,鲁迅、郁达夫、庐隐、王鲁彦、许钦文、蹇先艾、台静农——不约

---

① 王德威认为,《二马》的马威的性格相似于莎士比亚的哈姆莱特:被环境宰制,优柔寡断,沉湎哲学思考,缺乏行动勇气,这与王润华论述非常接近,David Der-wei Wang, *Fictional Realism in Twentieth-Century China: Mao Dun, Lao She, Shen Congwen*, New York: Columbia University Press, 1992, p. 126.

② 王润华:《论沈从文〈边城〉的结构、象征及对比手法》,收入《沈从文小说理论与作品新论——沈从文小说理论、批评、代表作的新解读》,台北:文史哲出版社1988年版,第105—121页。

③ 王润华:《一条河流上扩大的抒情幻想——探索人类灵魂意识深处的小说〈渔〉的解读》,《沈从文小说理论与作品新论——沈从文小说理论、批评、代表作的新解读》,第145—160页。

④ 王润华:《沈从文散文小说〈静〉中的三个寂静的世界》,《沈从文小说理论与作品新论——沈从文小说理论、批评、代表作的新解读》,第197—208页。

⑤ 王润华:《从口号到象征:鲁迅〈长明灯〉新论》,见《鲁迅小说新论》,学林出版社1993年版,第141—163页。

而同对"狂与死"主题表现出浓厚兴趣，继之以文学形态传达出来，而这种复现的思想主题既显示五四文学的时代特征，又与西方的死亡意识不大相类而具有民族特色。① 王润华发现鲁迅小说都有一种或隐或显的"游记结构"，这种游记结构的三种类型——故乡之旅、城镇之旅、街道之旅——在叙事手法和表现技巧上各不相同，② 他看到沈从文《菜园》中的"白色"无所不在，反复出现的"三"字产生了魔术力量，最终表现的是现代文明如何毁灭了田园乐趣以及作者不忍明言的隐痛。③ 王润华也注意到沈从文小说经常出现的"野花"意象具多重含义，他的细致绵密、要言不烦的解读，令人豁然开朗。④ 当然，捕捉文学作品复现的意象展开论述，接近于洛夫乔伊的"单元思想"（unit of idea）方法，⑤ 也与威廉姆斯"关键词"（key words）研究⑥相去不远，这种思路在文学研究中不少见。不过话又说回来，新批评虽富于创见，但又存在与生俱来的缺陷，它对实证主义文学批评之偏重社会历史因素而忽略美学价值之弊端进行了反叛，但到后来，又不可避免地走到另一个极端：将

---

① 王润华：《五四小说人物的"狂"和"死"与反传统主题》，收入《鲁迅小说新论》。

② 王润华：《鲁迅小说中的游记结构》，收入《鲁迅小说新论》。

③ 王润华：《沈从文〈菜园〉中的白色恐怖》，《沈从文小说理论与作品新论——沈从文小说理论、批评、代表作的新解读》。

④ 王润华：《每种花都包含着回忆与联想——沈从文小说中的野花解读》，收入《沈从文小说理论与作品新论——沈从文小说理论、批评、代表作的新解读》。

⑤ Arthur Oncken Lovejoy, "Introduction," *The Great Chain of Being: A Study of the History of an Idea*, Cambridge: Harvard University Press, 1950. 将"单元思想"运用到文学研究，并非尽善尽美，韦勒克批评洛夫乔伊把文学作品当作稀释的哲学来研究，忽视了文学的整体性，导致"见树不见林"，参看"Introduction," *A History of Modern Criticism, 1750 - 1950*, Vol. 3, New Haven: Yale University Press, 1965。但王润华节制地使用了这种方法，避免了洛夫乔伊的误区。

⑥ Raymond Williams, *Keywords: A Vocabulary of Culture and Society*, London: Fontana Press, 1990. 王润华对于这种方法有理论自觉，他编译的《比较文学理论集》有一节谈论"关键语"，尽管简略。和洛夫乔伊的"单元思想"方法的强调内在理路而忽略了外缘因素相比，威廉姆斯的"关键词"方法注意在社会/文化的变迁中把握"关键词"的含义，凸显了"语境化"的阐释策略因而更值得赞赏。

文本与世界、作家、读者隔离开来，既不能说明文学的起源，也无法解释读者的感受，因此使自己陷于偏至之途，也为后来的接受美学和读者—反应批评之兴起埋下伏笔。王润华意识到新批评本身的误区与盲点，发展补偏救弊的另类思路：在"文学对话"之外，进行"历史重建"；注重文本（text）和语境（context）之间的互动；打通文学的"内部研究"与"外部研究"，超越新批评的藩篱，获致一种辩证的精神、一种宏通的视野，一种理智审慎的文化历史观。他的鲁迅小说研究习惯于在进行美学分析之前不厌其烦地缕述语境知识，绝非无的放矢而是有深意存焉：自觉走出新批评的误区，给予文学现象以语境化的解释，这在更高层次上回归了孟子"知人论世"的批评传统。譬如，他对《孔乙己》的现实性与象征性的论述，对《故乡》的自传性与对比结构的分析，对《白光》中多次县考、发狂和掘藏结构的探索，对《长明灯》的象征含义的考察，集中了日记、自传、传记、回忆录、访谈录、随笔、书信等材料，使之与文本细读接榫，把握住 text 和 context之间的关系，沟通了文学的"内部研究"与"外部研究"。

进而言之，王润华虽使用"历史重建"和"语境化"弥补"新批评"的不足，但他并非绝对的历史主义者，也称不上绝对的文化整体主义者。一方面，他注意到某些文学现象尽管产生于具体特定的历史文化语境，但有本体象征色彩与形而上含义以及超越性和永恒性的美学价值，因此他的运思方向超越了时空限制，由特定文学现象生发，把握住普遍主义历史情景中的人类意识；另一方面，他也谨慎避开了传统/现代的本质主义、二元对立式的思维模式，揭示传统与现代之间的张力与内在逻辑。在某种程度上，这种普遍主义思路也许与钱锺书和史华慈有暗合之处。钱锺书的《谈艺录》、《管锥编》、《宋诗选注》、《七缀集》的治学方法不局限于一时一地的文学现象之考察，而是跨越语言、文化、时空与国界，寻求天地之间的共同的诗心与文心，所谓"东海西海，心理攸同；南学北学，道术未裂"。史华慈在检讨列文森的思想史方法时，指出《儒家中国及其现代命运》①的理论预设有绝对的历史主义和文化整体主义的嫌疑,②不过他也欣慰地发现,更多证据显示列文森已对此有所补救。③史华慈相信,我们生活在一个人类的各个部分密切关联的世界里,一些观念、意识形态、态度、取向和经验,可能是跨文化的、元历史的,有必要从人类的普遍境遇意识的角度去考察历史文化,因为"历史与文化一旦脱离了普遍的人类关怀,它们本身是完全没有意义的范畴"。④同时他也认为,"过去的经验的某些部分,无论好坏,都会继续存在于当前。因为文化的整体并不是一个生物有机体的整体,即使过去的文化的整体已经死亡,但某些因素会继续存活。在某些意义上,部分比整体更有意义,也可能比整体更有生命力"。⑤回到正题上来。早在1976年,王润华就撰文分析钱锺书《围城》的"象征物"("围城"、"鸟笼"、"鬼魂"、"自鸣钟"、"泥娃娃"),他在文章结尾处有一段精彩的议论——

> 《围城》不止是写战争围困中的战乱中国,也是写受现代文明包围的具有古代文明的中国。方鸿渐的困境,是中国的,是他个人的,也是全人类的。方鸿渐受到战争所包围,新旧所包围,也受到普遍性的人类之孤寂所包围,社会的隔离所包围。他自己的心灵是一个孤岛,而外在的人类社会又是一个被围困的城堡。所以,钱锺书的现代悲剧感(Tragic Vision)是现代中国文学所少有的,如果基思堡写《二十世纪文学中的悲剧感》知道这部小说的存在,一定会把它列入他的例子中。方鸿渐是一个典型的荒谬英雄。他虽然明知被困在荒谬的环境中,他却

---

① Joseph R. Levenson, *Confucian China and Its Modern Fate*, Berkeley: University of California Press, 1965.

② Benjamin I. Schwartz, "History and Culture in the Thought of Joseph Levenson," in Maurice Meisner and Rhoads Murphey eds. *The Mozartian Historian: Essays on the Works of Joseph R. Levenson*, Berkeley: University of California Press, 1975, p. 102.

③ Ibid., pp. 105 – 106.

④ Ibid., p. 112.

⑤ Ibid., pp. 108 – 109.

尽量不欺骗自己，而冷漠的坚强的生活着。①

这真是洞幽烛微的观察，因为钱锺书在《围城》序言中就说过，他在本书中"要描写一部分中国人。既然是人，就具有无毛两足动物的基本根性"，② 或者换言之，他关注的不仅是中国的现实情形，更要思考人类基本问题。可惜不少批评家对此轻轻放过，未能深究，相比之下，王润华的看法称得上"孤明先发"，虽然是点到为止。不仅如此，王润华也发现，鲁迅小说所写的人物或背景，既有自传性，也有地方性，既反映中国社会，也有普遍的世界性意义。他超越写作时中国特定的社会背景来读《孔乙己》，结果发现"鲁迅表面上写发生在中国清末的社会与中国人，实际上他也同时在表现人类及其社会中永恒的悲剧。表面上孔乙己是一个受了科举制度毒害，'万般皆下品，唯有读书高'，但他也使普遍性地代表了个人与社会之冲突的多种意义的象征"。③ 他认为孔乙己和加缪的《异乡人》之主角罗梭、米勒《推销员之死》中的推销员同样是属于具有全人类意义的代表人物。实际上我觉得，属于这个人物谱系的还有许多：塞万提斯笔下的"堂吉珂德"，毛姆《人性的枷锁》中的主人公，黑塞笔下的孤独的"荒原狼"，哈代的"无名的裘德"与《还乡》的主人公克林·姚伯，莫不如此。王润华也揭示了《故乡》的多层次主题："他（鲁迅——引者注）在《故乡》中不但探索了中国现实社会的问题，也触及了现代人的精神困境，一些具有世界性、普遍性的问题，如现实与理想之研究，现代人的疏离感等尖端现代人类的问题。"④ 其实，具有类似本体象征意义的至少还有钱锺书

---

① 王润华：《深一层看潜伏在〈围城〉里的象征》，收入《中西文学关系研究》，台北：东大图书公司 1978 年版，第 152—153 页。

② 钱锺书：《围城》"序言"。

③ 王润华：《探访绍兴与鲁镇的咸亨酒店及其酒客——析鲁迅〈孔乙己〉的现实性与象征性》，收入《鲁迅小说新论》，第 98 页。

④ 王润华：《论鲁迅〈故乡〉的自传性与对比结构》。李欧梵注意到《故乡》的疏离感，但他在"先驱者/庸众"的框架内稍有涉及，未从普遍主义历史情景中的人类意识的角度剖析。Leo Ou-fan Lee, *Voices from the Iron House: A Study of Lu Xun*, Bloomington: Indiana University Press, 1985, p. 81.

的《围城》、艾略特的《荒原》、卡夫卡的《城堡》、戈尔丁的《蝇王》、索尔仁尼琴的《癌病房》，等等。在探讨陈士成追逐白光的悲剧时，王润华别具慧眼地议论道："白光可以解释做一切幻想、理想和希望的象征。因此陈士成是一位超越时间与空间的人物，他被白光蒙骗的悲剧，不只是代表旧中国的读书人，也是全人类的。今天每日都有人在希望的圆图上找不到自己的名字，在理想底下发现藏着一个骷髅。幻想更是藏在'万流湖'的一个陷阱，往往把人淹死。"① 这真是一语中的。长期以来，关于中国近代与现代文学的关系，学术界一直有所忽略。在国际汉学界，只有普实克注意到中国现代文学与抒情传统的历史关联。② 他的女弟子米列娜也注意晚清叙事小说与现代小说的关系。③ 后来，谢曼诺夫从中国古代的思想文化传统中寻找鲁迅的精神先驱④。李欧梵从魏晋文学、古代神话与民间传说中寻找鲁迅小说创造性之源泉。⑤ 在中国大陆，王瑶最先注意到这个问题的重大意义："对现代文学的历史考察，目光只有与三十年的范围会有很大的局限性；需要把研究视野做时间上的延伸。"⑥ 王润华认识到明清小说与现代小说的复杂

① 王润华：《鲁迅〈白光〉中多次县考、发狂和掘藏的悲剧结构》，《鲁迅小说新论》，第 138 页。

② Jaroslav Prusek, *The Lyrical and the Epic：Studies of Modern Chinese Literature*, ed., Leo Ou-fan Lee, Bloomington：Indiana University Press, 1980.

③ Milena Dolezelova-Velingerova, "The Origins of Modern Chinese Literature," in Merle Goldman ed. *Modern Chinese Literature in the May Fourth Era*, Cambridge：Harvard University Press, 1977, pp. 17 – 36. 因此，米列娜对安敏成的《写实主义的限制：革命时期的中国小说之研究》（*The Limits of Realism：Chinese Fiction in the Revolutionary Period*, Berkeley：University of California Press, 1990）不太满意，因为后者未能从古典传统发掘现代小说的起源，而是一味把写实主义的壮大归咎于西方影响。米列娜的批评，参看 *Harvard Journal of Asiatic Studies*（Volume 52：Number 1, Spring 1992），pp. 303 – 312。

④ Vladimir Ivanovich Semanov, *Lu Hsun and His Predecessors*, trans. and ed. by Charles J. Alber, White Plains：M. E. Sharpe , 1980.

⑤ Leo Ou-fan Lee, *Voices from the Iron House*.

⑥ 王瑶：《中国现代文学研究：历史与现状》，中国社会科学出版社 1989 年版，第 13 页。

关系，他提倡"不同时代文学作品的类同研究"，并且身体力行，撰写了新人耳目的《从李渔的望远镜到老舍的近视眼镜》。① 在文章末尾，他清楚明确地揭示了这种研究思路的意义："李渔与老舍虽然不同时代，但是基于要表达某些共同的思想（痛惜中国人没有把视野扩大，把心灵开放，把目光投向先进的西方），由于在一种相同的文学气候和文学传统里创作（以启蒙文学改良国民性），再加上相同的技巧（望远镜和眼镜：西洋科技产品），这两篇小说把原本分割断的小说传统连接起来。如果这种类似研究很多，我们更能了解清代短篇小说传统之河流是怎样流过现代文学的土地的。"② 这种研究，既能让我们加深对老舍小说的认识，也在一定程度上丰富了人们对于李渔的理解。

王润华的研究方法并非一成不变，而是与时俱进。早在 70 年代，他就鼓励学生重视本土知识资本，从自己特殊的文化话语（边缘话语）来解读中国现代文学，不一定都要服从由中原文化产生的解读模式："在新加坡研究中国文学，最终目标一定要本地化，以新加坡人的立场及眼光，作为出发点，这样比较有收获，而且有意义。"③ 研究者的问题意识应当来自于本土，必须把研究对象推向"他者"的位置，以确立"自我"即新加坡的位置，并且有意识地使自己所讨论的问题和当下的本土语境发生关联。这种思路让人想起了日本学者竹内好和沟口雄三。虽然两个人的着眼点在于思想史的研究，但思维方法同样适用于文学史的课题。王润华对这种思路了然于胸，进入 90 年代之后，他积极思考这一课题，《老舍小说新论》的不少论文与后殖民论述有关。这种从"新批评"到"文化研究"的范式转移，为他的现代文学研究带来了全新的气象。王氏的

① 王润华：《从李渔的望远镜到老舍的近视眼镜》，收入《老舍小说新论》，第 111—126 页。

② 同上书，第 126 页。

③ 王润华：《华文后殖民文学——本土多元文化的思考》"序言"，台北：文史哲出版社 2001 年版。

方法更新来自他对新加坡历史文化的省思："新加坡由于在地理上处于东西方的重要通道上，最早遭到西方文化的侵略与影响，成为最明显的具有东西文化的新精神新文明的国家。从殖民时期英国极权统治到高科技信息网络的新世纪，新加坡的文化处处都呈现着这是一个全球化的典范。另一方面由于新加坡原来长期遭受殖民统治，1965 年独立后，我们才开始塑造国家认同，建构自己文化的本土性。所以新加坡目前正在经受全球化与本土化猛烈冲击的考验。"① 因应全球化（globalization）与本土化（localization）的双重语境，学术研究方法自当更加复杂化。虽然有人会担心全球化会把各种文化差异逐渐抹掉，但王润华关于二者之关系的看法则辩证宏通："全球化的极致，会导致本土特殊性的重视。本土化会阻碍现代化所造成狭隘的本土中心主义，其实本土的极致就是走向全球化。唯有本土化得到重视，才有资格与信心与全球化接轨，甚至并驾齐驱。"② 基于这种认识，王润华主张超越以中国或西方文学为典范发展出来的诠释模式，从本土多元文化的视角重新打量中国现代文学，惟其如此，才能让一些被忽略的重大问题与意义，重新解读出来并得以彰明较著。例如他从后殖民角度重探老舍的《小坡的生日》，结果发现："《小坡的生日》童话后面对多元种族，多元语文与文化的新加坡社会，尤其是花园城市之预言，就是老舍用来逆写（write back）康拉德小说中的南洋。老舍通过创作一本小说，纠正白人笔下'他者的世界'"、③"小说中寓言多元种族多元文化时代之争取与来临，正是本土文化与帝国文化相冲突，强调本土文化与帝国文化之不同的思考所发出的火花"。④ 同样，王润华关于老舍对康拉热带丛林小说的后殖民论述、关于鲁迅与新马后殖民文学的关系、关于白先勇

---

① 王润华：《重新解读中国现代文学：本土多元文化的思考》，见王润华《越界跨国文学解读》，台北：万卷楼图书公司 2004 年版，第 146 页。
② 王润华：《华文后殖民文学——本土多元文化的思考》，第 7 页。
③ 同上书，第 11 页。
④ 同上。

《台北人》中的后殖民文学结构的论文,[1] 都是上述思想指导的产物,它们以其敏锐的观察,在东亚中国现代文学研究界引起争议,流波所及,至今未已。

（原载吉隆坡《人文杂志》第 22 期，2004 年 6 月）

---

① 王润华：《中国最早的后殖民文学理论与文本：老舍对康拉的热带丛林小说的批评及其创作》，《从反殖民者到殖民者：鲁迅与新马后殖民文学》，《白先勇〈台北人〉中后殖民文学结构》，收入《华文后殖民文学——本土多元文化的思考》。

边缘性、本土性与现代性

——奚密的现代汉诗研究

现代汉诗产生于 1917 年的"五四"新文学运动，迄今已走过八十余年的历程。平心而论，"现代汉诗研究"在西方向来是一个冷僻的领域，七十年来，学者们一直在寂寞耕种"自己的园地"。如果要作一个学术史回顾，有很大影响的著作并不多见。以下著作算是其中的代表。陈世骧与艾克顿（Harold Acton）合编的英译现代汉诗，汉乐逸（Lloyd Haft）的卞之琳研究和十四行诗研究，秋吉久纪夫对卞之琳、冯至、穆旦等的翻译，白英（Robert Payne）、许芥昱、林明慧、欧阳桢、叶维廉、杜博妮（Bonnie S. McDougall）、顾彬（Wolfgang Kubin）、杜迈可（Michael S. Duke）的现代汉诗翻译和研究，张错的《冯至评传》和台湾现代诗翻译，梁秉钧的三四十年代现代主义新诗研究，利大英（Gregory B. Lee）的戴望舒诗研究和多多诗翻译，贺麦晓（Michel Hockx）的《雪朝》研究，柯雷（Maghiel van Crevel）的多多诗研究，等等。在这些著作当中，奚密的研究特别引人注目。20 世纪 70 年代后期，她毕业于台湾大学外文系，负笈远游，受业于南加州大学张错教授的门下，1982 年取得博士学位，就开始研究现代汉诗。[①] 奚密的著作以宏阔的视野、新

---

① Michelle Yeh, *Modern Chinese Poetry：Theory and Practice Since 1917*, New Haven：Yale University Press, 1991；Michelle Yeh ed., *Anthology of Modern Chinese Poetry*, New Haven：Yale University Press, 1992；Michelle Yeh and Lawrence R. Smith, trans. and eds., *No Trace of the Gardener：Poems of Yang Mu*, New Haven：Yale University Press, 1998；Michelle Yeh and N. G. D. Malmqvist eds., *Frontier Taiwan：An Anthology of Modern Chinese Poetry*, New York：Columbia University Press, 2001；奚密：《现当代诗文录》，台北：联合文学出版社 1998 年版；《从边缘出发：现代汉诗的另类传统》，广东人民出版社 2000 年版；《二十世纪台湾诗选》，中国社会科学出版社 2003 年版。

颖的理论方法，在国际学术界引起很大反响①。以下文字，试图描述、分析和评价她采用的理论方法，以及她在现代汉诗领域作出的贡献。

一 "现代汉诗":学术视野的拓展

从学术史的角度来看，奚密的贡献在于：大力推动使用"现代汉诗"这个分析范畴。② 在《中国式的后现代？——现代汉诗的文化政治》这篇论战性的文章中，她特意解释说："现代汉诗意指 1917 年文学革命以来的白话诗。我认为这个概念既可超越（中国大陆）现、当代诗歌的分野，又超越地域上中国大陆与其他以汉语从事诗歌创作之地区的分野。这也是我个人研究的两个方面。"③ 在另一个场合，她补充说："我通常也喜欢用现代汉诗来涵括五四以来的白话诗，因为它超越了地区和政治体系的分野，凡是用中文（汉语）写的诗都应该是我们阅读和研究的对象。"④ 在文章的结尾，她郑重总结道："当我们评价现代汉诗时，不妨把视野放宽些，不要只着眼于国内，也多参照台湾及其它华人地区。有了较全面地认识再批评，是基本的专业态度。"⑤ 中国大陆学者习惯于把中国（华文）文学研究人为划分为现代、当代的时间区域，以及大陆、港台、新马、海外的空间区域。这种学科建制自有历史、政治、学术的考虑，也为他们的

---

① Marston Anderson, "Review of Modern Chinese Poetry: Theory and Practice since 1917," *Harvard Journal of Asiatic Studies* 53. 1 （1993）, pp. 169 – 174; Gloria Davies, "Review of Modern Chinese Poetry: Theory and Practice since 1917," *Australian Journal of Chinese Affairs* 30 （1993）, pp. 208 – 209; Stephen Owen, "Traditions and Talents," *The New Republic* （February 22, 1993）, pp. 38 – 41.

② "现代汉诗"概念早在 80 年代已经形成，芒克等人创办了《现代汉诗》杂志。不过，他们只在创作的意义上使用这个术语，而真正把它当作一个批评术语和分析范畴来看待，应该是从王光明、奚密、梁秉钧开始的。

③ 奚密:《中国式的后现代？——现代汉诗的文化政治》，香港《中国研究》1998 年 9 月号。

④ 奚密:《为现代诗一辩》，北京《读书》1999 年第 5 期，第 93 页。

⑤ 同上书，第 98 页。

研究带来方便。但是，这种画地为牢的做法也对学术研究造成负面影响。有感于此，近些年来一些学者对此进行了反思。在海外汉学界，李欧梵、王德威、周蕾、唐小兵等努力打破这种樊篱，从宏大的文学背景出发，拆解近代、现代、当代的时期划分，在空间方向上将大陆、港台、新马、海外的华文文学纳入学术视野，因此取得了可观的成就。[①] 当然，这主要是现代小说领域的创获，至于现代诗研究，大陆学术界迄今，"当代"、"近代"、"中国文学"、"港台文学"、"海外华文文学"，仍然壁垒分明。非常明显，奚密的学术视野非常宽阔。她推动使用"现代汉诗"的命题，既可超越时间上的现代/当代的划分，又可超越空间上的大陆/港澳台/海外的划分，在宏大的文学史背景上细查现代汉诗的来龙去脉，得以纠正一些流行性的误解和似是而非的定论。例如，不少文学史家断言，五四时期由冰心、宗白华实验的"小诗"在 20 世纪 20 年代盛极一时，之后就完全衰落了，因此仅仅代表现代汉诗发展的一个短暂阶段。奚密的《现代汉诗中的小诗》[②] 独持异议。她不把目光限制在 1917—1949 年的大陆，而是回顾两岸三地现代汉诗七十余年的发展历程，除了细致分析沈尹默、郭绍虞、俞平伯、朱自清、冯雪峰等五四诗人的作品之外，更把林亨泰、林泠、商禽、林帆、方启、杨泽、熊虹等台湾诗人纳入研究，因此证实了"小诗"没有在文学史上断绝，倒是一直被人写作。不仅如此，她从两方面考察现代小诗的内在性质：一方面根据它与传统绝句的关系，另一方面根据它与外国诗的关系，最后令人信服地说明小诗是现代汉诗的一个重要的亚文类（subgenre），它展示了不同于古典诗词传统的诸多

---

① 王德威编：《现代性的追求——李欧梵文化评论精选集》，台北：麦田出版社 1997 年版；David Der-wei Wang, *Fin-de-Siecle Splendor: Represented Modernities in Late Qing Fiction*, Stanford: Stanford University Press, 1997; Rey Chow, *Writing Diaspora: Tactics of Intervention in Contemporary Cultural Studies*, Bloomington: Indiana University Press, 1993; Xiaobing Tang, *Chinese Modern: The Heroic and the Quotidian*, Durham: Duke University Press, 2000.

② Michelle Yeh, "The Short Lyric in Modern Chinese Poetry," *Tamkang Review* Vol. XIX (Autumn 1988; Summer 1989), pp. 853 – 873.

特征，代表了现代汉诗的成就之一。而且，"在现代汉诗的七十年发展过程中，小诗一直在各个方向上进化：从主要记录一种稍纵即逝的心境或时刻，到寻求精确的、有效的类比，到近来作品中的更加复杂的戏剧形式，因此，从一个历史的视角来考察，现代小诗可以被正确地被看作中国传统中的短诗演化的一个部分"。[①] 再比如，"十四行诗"是一种外来诗体，迄今为止，已有不少人从事这方面的实验，那么，中国诗人是如何将它与民族文化相结合，使之转化为一种新颖独特的形式？奚密从1920年郑伯奇的《给台湾朋友》谈起，经过对闻一多、孙大雨、朱湘、卞之琳、冯至、杨牧、张错的文本解读，最后以对1995年张枣的《跟茨维塔耶娃的对话》的讨论结束全篇，纵横捭阖，议论滔滔，而以扎实的史料和精细的分析出之，彰显了中国诗人如何放弃了严谨格律而注重诗体的内在结构和语言上的原创性，证实十四行不只是个新奇的外来诗体，它已成为现代汉诗的光辉一页。[②] 不夸张地说，这篇论文与荷兰汉学家汉乐逸的专著《中国十四行诗》、大陆学者的相关研究[③]相互补充，使这个课题圆满画上了句号。再举一例。关于散文诗问题，一直乏人问津，奚密的《从超现实主义到自然诗学——台湾散文诗研究》[④] 考察散文诗在现代汉诗中的兴起与发展，先鞭着人，填补了空白。她先把这种亚文类溯源到20世纪10

---

① Michelle Yeh, "The Short Lyric in Modern Chinese Poetry," *Tamkang Review* Vol. XIX（Autumn 1988；Summer 1989），p. 872.

② 奚密：《现代汉诗十四行探微》，收入《现当代诗文录》（第81—124页）以及《从边缘出发》（第87—122页）。不过，奚密仍然忽略了一些重要诗作，例如，李惟建的《祈祷》、罗念生的《龙涎》、柳无忌的《抛砖集》以及曹葆华、吴兴华、邵洵美、唐湜、王佐良、屠岸等的十四行诗。

③ 罗念生：《十四行体》，上海《文艺杂志》第1卷第2期（1931年7月）；许霆、鲁德俊：《十四行体在中国》，苏州大学出版社1995年版；许霆、鲁德俊：《"十四行体在中国"钩沉》，北京《新文学史料》1997年第2期；北塔：《论十四行诗式的中国化》，北京《中国现代文学研究丛刊》2000年第4期，第159—188页。

④ Michelle Yeh, "From Surrealism to Nature Poetics：A Study of Prose Poetry from Taiwan," *Journal of Modern Literature in Chinese* 3. 2（January 2000），pp. 119 – 156.

年代，以鲁迅《野草》为杰出的例子，分析散文诗未能在 80 年代之前的中国大陆走向繁荣的原因，把散文诗在战后台湾的成功放置在文学、文化、社会的多重语境去考察，她正确指出，尽管这种"历史化"（historizing）的做法解释了一种文学现象为什么以及如何出现，但从根本上讲，正是诗人的个人才具及其作品而非其他外在因素，才决定了文学史的内容与肌质。五六十年代的商禽、70 年代的苏绍连的超现实主义作品，把散文诗确立为现代汉诗中的重要文类，80 年代刘克襄的自然诗学为台湾主流散文诗添加了新鲜的声音。这三个诗人代表了现代中国散文诗最杰出的成就，将为下一代诗人提供灵感与启发。① 准此，回顾奚密关于十四行诗、小诗和散文诗的研究，不难看出，正是"现代汉诗"的新思路给她的研究带来开阔的视野和全新的气度。

"现代汉诗"盖面之另一优长是：通过与"古典汉诗"的对照，既凸显"现代汉诗"作为一个文化实体的整体"现代性"，同时也不否认它与古典汉诗的联系，这条辩证统一的思路贯穿于奚密的全部著述。西方学者豪（Irving Howe）、斯皮尔斯（Monroe K. Spears）和卡利尼斯库（Matei Calinescu）等学者一致认为，20 世纪文学的现代性，尤其现代主义标榜一种与过去决裂的反叛态度，以此确立自己的文化身份，② 这个结论适用于对中国语境中的现代汉诗的分析。奚密追问：发端于 1917 年的现代汉诗，迄今已逾八十年，是否已经建立了一个现代诗传统呢？如果有，这个传统的"特质"又是什么？为了回答这个问题，她借用并改造了林庚的"诗原质"观念，使之成为分析诗情的工具。她选择

---

① Michelle Yeh, "From Surrealism to Nature Poetics: A Study of Prose Poetry from Taiwan," *Journal of Modern Literature in Chinese* 3.2（January 2000），p. 153.

② Irving Howe ed., *The Idea of the Modern in Literature and the Arts*, New York: Horizon Press, 1968; Monroe K. Spears, *Dionysus and the City: Modernism in Twentieth-Century Poetry*, New York: Oxford University Press, 1970, pp. 3 – 34; Matei Calinescu, *Five Faces of Modernity: Modernism, Avant-Garde, Decadence, Kitsch, Postmodernism*, Durham: Duke University Press, 1987, pp. 13 – 92.

"星"、"月"两个意象，按照文学史的顺序，征引大量的文本，分析它们在古典诗和现代诗的意涵的差别，说明现代诗与古典诗不但在文字、形式上不同（但非毫不相干），更重要的是它表现了新感知、新诗情："一方面，星星的出世超俗象征诗歌理想的崇高不朽；另一方面，它和眼泪的联想以及流星、彗星等相关意象又赋予它以（人生、天才）稍纵即逝的警醒和悲哀。星同时包含了圆满和幻灭、永恒和无常，理想主义和挽歌的相反象征意义。"[1]值得注意，奚密不但看到"诗原质"的出现与完成有赖于诗人才具和时间的长期酝酿，而且所包含的广泛层面是它和社会文化背景之间的有机联系。[2] 那么，古典诗与现代诗的区别究竟在哪里？奚密举出废名的《街头》与李商隐的《乐游原》进行比较阅读，发现二者的区别不仅在于形式、意象、主题；更在于感性和诗歌成规。[3] 她指出，现代诗和古典诗在诗歌前提和表现方式上的区别并非仅限于个别诗人，它暗示汉诗从传统向现代转化的根本性。由于它摒弃了大多数的传统规范，现代汉诗很自然地、几乎是不可避免会通过对基本命题的反思为诗重新定义，并建立一套新的规范。奚密还发现，现代诗在深层的哲学取向上区别于古典诗。传统诗学认同一种普遍预设：诗作为人"文"的一种表现，与天"文"或"道"若合符契，但对于现代诗人来说，这种预设的普遍性根本不存在。杜甫的《春夜喜雨》与杨牧的《黑衣人》清楚阐明了这一点：前者体现人和自然的和谐，后者揭示一种既被创造的，又是创造性的自我认同。[4] 奚密的"小诗"研究和"散文诗"研究也突出现代汉诗的现代性。她将孟浩然、岑参的绝句与现代小诗进行参照，发现现代小诗尽管与传统诗一样使用对比和复沓，但其功能大不相同：现代小诗不再于时空之间来回运动而

① Michelle Yeh, "The Poet as Tragic Hero: Images of Exile and Transcendence," in *Modern Chinese Poetry: Theory and Practice*, pp. 29-55, esp. pp. 36-53.

② 奚密：《星月争辉》，收入《现当代诗文录》，第46页；以及《从边缘出发》，第125页。

③ Michelle Yeh, *Modern Chinese Poetry: Theory and Practice since 1917*, pp. 5-10.

④ Ibid., pp. 19-21.

文心的异同：新马华文文学与中国现代文学论集

是往往由单一的意象或意象群构成，以创造某种印象或效果，带有一种含蓄隽永的情调。① 奚密指出，尽管刘克襄的自然诗学与陶渊明的《桃花源记》存在相似性，但又具有不小的差别。② 总之，奚密通过对现代汉诗史无前例的根本转变及其哲学与文学意义作一个简洁呈现，说明在寻找这些基本问题——诗是什么？诗人对谁言说？为什么写诗？——的答案的过程中，中国现代诗人一直在参与各种创造性的实验和理论话语。尽管他们的努力有时显得仓促和不成熟，有时是对西方风格的模仿，但是无可否认，通过提出一些在基本方式上有别于过去的假设，现代诗人进入了一个新时代：③ 创制"现代性"的时代。

二 "从边缘出发"：汉诗研究的新方向

早在 70 年代，席尔斯（Edward Albert Shils）提出"中心与边缘"的理论，认为中心是统治一个社会的符号、价值与信仰的地带。④ 90 年代，杜维明的《文化中国：作为中心的边缘》、⑤ 李欧梵的《在中国话语的边缘》⑥ 主张"边缘思考"的意义，之后"边缘话语"俨然成为学界竞相谈论的话题，几有成为"中心"的趋势。奚密的"现代汉诗"研究在着眼点上与他们有呼应之势，但思考对象有所不同，她使用"诗的边缘化"来形容现代汉诗的历史语境和本体精神，简言之，随着 20 世纪初中国社会、政治、经济、教育等的根本改变，诗失去原有的中心地位而必须重

① Michelle Yeh, "The Short Lyric in Modern Chinese Poetry," *Tamkang Review*, Vol. XIX（Autumn 1988；Summer 1989），p. 863.

② Michelle Yeh, "From Surrealism to Nature Poetics," *Journal of Modern Literature in Chinese 3. 2*（January 2000），pp. 150 - 152.

③ Michelle Yeh, *Modern Chinese Poetry：Theory and Practice since 1917*, p. 28.

④ Edward Albert Shils, *Center and Periphery：Essays in Macro-sociology*, Chicago：University of Chicago Press, 1975, p. 3.

⑤ Tu Wei-ming, "Cultural China：The Periphery as Center," *Daedalus* 120. 2（Spring, 1991），pp. 1 - 32.

⑥ Leo Ou-fan Lee, "On the Margins of the Chinese Discourses：Some Personal Thoughts on the Cultural Meanings the Periphery," *Daedalus* 120. 2（Spring, 1991），pp. 207 - 226.

建其生存逻辑。

奚密采用"边缘"作为一诠释与批判性的观念，探讨现代汉诗的历史脉络，触及诗史上重要的运动和争议，提供一理论架构分析现代汉诗的现代本质，包括美学和哲学特征。因此"边缘"的意义具双重指向：它既意味着诗之传统中心地位的丧失，暗示潜在的认同危机，亦暗示新的文化空间的获得，使诗得以与主流话语展开批判性的对话。[①] 在我看来，奚密的现代汉诗研究的贡献在于，她把握到其他学者忽视的一个理论问题：汉诗在由传统走向现代的历史进程中的"边缘化"现象及其深层的社会—文化原因，以及现代诗人在边缘处境中的筚路蓝缕、苦苦耕耘。这是奚密思考现代汉诗的出发点，也是她尽力阐述的一个核心问题。因此不难理解，奚密关注的既非"启蒙"亦非"救亡"，而是现代汉诗的另类传统，亦即主流话语之外的前卫诗学。这种诗学坚持将诗作为一种艺术形式与文化表现的独立意义与尊严，它无需依赖或附属于任何自身以外的、非艺术性的目的与考量，虽然它绝不否认诗可以具有艺术以外的多元意蕴，所以它的边缘性不言而喻。基于这样一个前提，奚密关注的是现代汉诗八十多年来在艺术和美学上的突破和建树、演变和更新，[②] "边缘思考"构成奚密现代汉诗研究的思维模式、核心问题和整体

---

① Michelle Yeh, "Introduction: From the Margin," in *Anthology of Modern Chinese Poetry*, New Haven: Yale University Press, 1992, p. 23.

② 奚密：《从边缘出发》"后记"。安敏成（Marston Anderson）批评奚密的方法论的危险和问题在于"给予 20 世纪汉诗强加了一种没有根据的统一性（unwarranted uniformity）……完全没有提到鲁迅、毛泽东等继续用文言写的诗歌，也很少提到或者根本没有提及郭沫若、臧克家、艾青和田间等诗人"，在我看来，他是看错了对象因而问错了问题，因为奚密并非没有意识到这种诗歌的存在，她是有意避开这种功利主义的诗歌，转而集中讨论坚持艺术自主性的前卫诗学，换言之，她不追求"面面俱到"，而是"有所为，有所不为"。对此，奚密说得很清楚："现代诗人对读者的态度呈现为一条广阔的光谱，在光谱的一端，一些诗人坚持诗歌服务于社会，这或可视为弥补现代文明里实用性和私人性彼此分裂的一种企图……由于这种艺术臣服于政治和社会标准的状态倾向于压抑诗歌和美学理论方面的实验，我在本章中对这类诗观将搁置不论。"关于安敏成的文章，参看 *Harvard Journal of Asiatic Studies* 53. 1 (1993), p. 171；奚密的言论，见于 *Modern Chinese Poetry: Theory and Practice Since 1917*, pp. 15 – 16。

风貌。现代汉诗为何会走向边缘化呢？奚密把这个问题置于 20 世纪的社会/文化语境中加以考虑。五四以来，中国政治与社会结构、教育制度及文化氛围发生了巨大变化。诗长久以来在传统文化结构中享有的优越地位——道德修养的基石，政治权力的阶梯，人际交往的最精致典雅的形式——随着以上变化而丧失殆尽。诗开始被当作一种专业化、私己、边缘的追求。① 从晚清到 1917 年的文学运动中，其动机不仅是美学的，更预设文学革命作为社会改革、文化更新之催化剂的作用，或者换句话说，文学现代性的实践镶嵌于建设民族—国家的方案中。② 但在各文类中，是现代小说担当这个宏大使命，是小说家扮演了社会代言人的角色。在传统文学的等级中，诗高高在上，小说不登大雅之堂的情形现在完全颠倒了过来。几乎与此同时，随着现代社会的商品化和大众传媒的兴起，诗所隶属的精英文化和通俗文化之间的鸿沟日益加大，但相对而言，小说一直和大众文化较接近因而比诗更少边缘化。③ 奚密同意诗人吴兴华的看法：现代诗这种困境，某种程度上也和读者群的错位有关。传统中国诗的作者和读者基本上是一群具有高度文化素养的精英分子，他们学富五车，好整以暇，倾心于绝妙诗艺的探究。在创作群和诠释群之间——或者简言之，诗人和读者之间——存在着一种相当密切的契合。然而对现代诗来说，这种诗人和读者的同质性已不再是个可以成立的前提。④ 与现代诗的先驱者意图相悖的是，虽然它使用白话作为媒介，国民教育也较以往更普及，但是现代汉诗未能因此而吸引广大读者。讽刺的是，现代诗眼看着自己到它出力建设的新世界的边缘而爱莫能助。简言之，现代汉诗一方面丧失了传统的崇高地位和多元功用，另一方面它又无法和大众传媒竞争，吸

---

① Michelle Yeh, "Introduction: From the Margin," in *Anthology of Modern Chinese Poetry*, pp. 23 – 24.

② Theodore Huters, "A New Way of Writing: The Possibilities of Literature in Late Qing China, 1895 – 1908," *Modern China* 14. 3 (July 1988), pp. 243 – 276; John de Francis, *Nationalism and Language Reform in China*, Princeton: Princeton University Press, 1950, pp. 10 – 11.

③ Michelle Yeh, "Introduction: From the Margin," in *Anthology of Modern Chinese Poetry*, p. 24.

④ Ibid., pp. 14 – 15.

引现代消费群众。两者结合遂造成诗的边缘化。进而言之，较之欧美，虽然其现代诗由于社会经济文化的变化也同样面对边缘化的命运，但由于 18 世纪（至少从康德）以来对诗之独立意义的普遍体认，诗必需证实其社会价值与意义的压力远比现代中国小。① 诗人、文学理论家，甚至政治文化体制，对现代汉诗边缘化的回应，有意无意地形成多股推动现代汉诗的暗流。

　　然而，奚密同时指出，所谓边缘本是一个相对而非绝对的意义；它象征一个游移、权宜性的策略，而非一个永久、本质性的所在。边缘的悖论在于，它一方面对本身所处的弱势有所自觉，另一方面它利用此处境所提供的新的空间，进行大胆的、纵然是短暂或片面的实验。② 相对于旧社会，现代诗人失去其原有地位；相对于新社会，它又处在外围。自我认同的危机感促使诗人不得不为诗、为自身重新定位。这种自觉和五四时期个性解放、人格独立思想的萌芽，根本上是相通的，同时彰显了诗人以个人表现为诗之宗旨的主张。这种追求自我认同的内在动力刺激了二三十年代汉诗的实验主义时期，而它反过来又为 50—70 年代台湾的现代主义，以及 80 年代以还的台湾与大陆的多元主义现代诗铺平了道路。不仅如此，奚密还论述了另外两种"边缘诗学"：女诗人和海外汉诗，前者处于性别的边缘而后者出于文化的边缘，很好地补充了她在前面的边缘思考。正如女性在传统中国社会中处于边缘位置、被禁止像男性一样参与社会文化领域，被剥夺了身体、思想和社会的自主性那样，女诗人在文学经典中也处于边缘，她们诗歌的范围受到文学成规和道德禁忌的限制，比男性诗歌范围更狭窄、更僵化。相对于男性，现代女诗人必须从双重边缘出发。③ 那么，现代女诗人如何超越传统女性诗人的主题、意象和情调的束缚，确立自己的性别角色和主体地位？

　　① 奚密：《边缘、前卫、超现实——对台湾五六十年代现代主义的反思》，收入《现当代诗文录》，第 155—156 页；亦可参看《从边缘出发》第五章"台湾的超现实主义"，第 152—153 页。

　　② 奚密：《从边缘出发》"后记"。

　　③ Michelle Yeh, "Introduction: From the Margin," in *Anthology of Modern Chinese Poetry*, p. 45.

奚密分析了现代汉诗八十多年来几个重要诗人——冰心、林徽因、蓉子、舒婷和王小妮等——的文本，阐发她们对现代女性心灵的剖析和自我的探索、对个人的认同肯定，然后探索了另一个最有创意、最具震撼力的现代诗人夏宇的作品，发现她的许多早期作品以反讽手法批判传统女性角色的局限，进而以颠覆两性角色的刻板定型为指归，证实了现代女诗人在爱情诗、自白诗和讽刺诗中无论是对男权的批评和反仿，都显示一种拓宽诗歌范围、引进新的阅读和创作诗歌新途径的尝试。① 相对于本土汉诗，海外汉诗代表的是另一种边缘：地理、文化、种族、语言的边缘，它在本土语境之外扩展对话空间。奚密正确指出，五四以降，海外汉诗占据了不小的比例，构成现代汉诗的重要组成部分；尤其重要的是，相对于大众文化和通俗文学，现代汉诗无论在本土还是海外，都处在现代社会的边缘地带，此现象普遍存在于汉语地区，国内外诗人的疏离感和孤独感，是程度上而不是实质上的差异。在某种意义上，"自我放逐"和"内在流亡"是许多现代诗人共同的精神特征，和实际空间所在没有必然的联系。如果空间——是文化的也是语言的空间——的距离是海外文学的特征，那么，诗人对于这种空间的对应态度是否相同呢？奚密争论说，相反，他们的内在世界和外在世界呈现多种面貌。为了阐述这个问题，奚密举出了三个很有代表性的例子：第一类诗人以多多为代表，表现了浓重的流放情绪；第二类诗人以张错为代表，表现了对家园的渴切和漂泊异乡的无奈；第三类诗人以杨牧为代表，漂泊与疏离并不构成他作品的主题，更多的是中西文化传统之间的互动。总之，20 世纪特殊的历史语境造成现代汉诗的边缘化，为诗人带来了强烈的（传统地位的）失落感和（与社会中心话语的）疏离感。但是"从边缘出发"自有深刻的文化批判意义，自有不可替代的文化价值，因为"边缘是语言艺术，也是一种意识形态的策略。它意味着诗的独立，从试验中摸索自身的法则，并维护诗歌与中心

---

① Michelle Yeh, "Introduction: From the Margin," in *Anthology of Modern Chinese Poetry*, pp. 45 – 49.

话语的必要距离",① 现代汉诗八十余年的丰硕成就以及奚密的精深研究，向我们证实了这一点。

三 "内在状况"：研究范式的转换

研读奚密的现代汉诗研究可以发现，她不注重影响研究而是强调"内在状况"（internal conditions）的重要："影响的接受往往以接受本体内在状况和需要为前提；没有先已存在的倾向是无法造成影响的。"② 这很可能是受了美国学者孔宝荣（Paul A. Cohen）的影响，他的《在中国发现历史：中国中心观在美国的兴起》批评费正清、列文森的冲击/回应模式，主张以"中国中心观"（China-centered approach）取而代之。③ 奚密认为现代汉诗的"现代性"不能简单理解为西方现代性的横向移植，她打破欧洲中心主义的偏见，不把现代性看作原点向非西方的运动（一方是慷慨大方的给予者而另一方是消极被动的接收者），而是强调普遍历史情境中的人类意识，强调现代中国诗与西方诗之间的类似毋宁说是产生于一种共同的现代性概念，这种概念被20世纪世界各地的艺术家所分享。④ 十多年来，在许多不同场合，奚密反复阐述这一理念。早在80年代后期，她认为——

① 奚密：《从边缘出发》，第42—53页。

② 奚密：《"差异"的焦虑——本土性、世界性、国际性的分疏》，收入《现当代诗文录》，第198页。

③ Paul A. Cohen, *Discovering History in China: American Historical Writing on the Recent Chinese Past*, New York: Columbia University Press, 1984.

④ Marston Anderson, "Review of Modern Chinese Poetry: Theory and Practice since 1917," *Harvard Journal of Asiatic Studies* 53. 1 (1993), p. 171；王德威、周蕾、史书美等人都不认为现代性的唯一起源是西方，而且现代性也没有在西方被穷尽，参看David Der-wei Wang, "Introduction, " in *Fin-de-siecle Splendor: Repressed Modernities in Late Qing Fiction, 1849 - 1911*, Stanford: Stanford University Press, 1997, pp. 1 - 12; Rey Chow, *Woman and Chinese Modernity: The Politics of Reading Between West and East*, Minneapolis University of Minnesota Press, 1991; Shu-mei Shih, "Introduction: The Global and Local Terms of Chinese Modernism," in *The Lure of the Modern: Writing Modernism in Semi-colonialism China, 1917 - 1937*, Berkeley: University of California Press, 2001, pp. 10 - 11.

追溯影响的来源及其接受，自有其重要价值，但我们也应该关注那些使现代中国诗人接受外来影响的本土传统中的诸多因素。换言之，我们必须追问：哪些中国文坛中的内部条件有助于外来模式的输入及其接受？哪些中国内部的背景力量允许并且确实创造了对于另类方法和视角的需要？当我们试图理解汉语诗歌来自中国文化内部的根本变化时，本土/外国的二元对立思维模式就显得简单化和可疑了。1917年以来汉语诗歌的现代性应该被视为诗人在多种选择中追寻不同形式和风格以表现他们复杂的现代社会的结果。尽管其中可能有来自外国文学的启发，甚至是直接对后者的模仿，但是，有些类似于外国文学的试验是来自内在需要和本土实验。尽管废名在大学里研习英国文学并且对于塞万提斯、莎士比亚和哈代等西方作家表现出非常的熟悉，但他关于现代诗的看法几乎几乎全部来自中国古典诗歌；他的评论文章显示出对于外国文学的甚少兴趣和有限知识。他自己的诗和评论受到了道家和佛家哲学的强烈影响，而且，朋友们都知道他打坐参禅。然而，他的诗无疑是现代的。①

在 1992 年，她批判后现代诗论的削足适履，再次强调——

文学理论和文学创作之间的关系本已相当复杂。当文学理论是引自外国的舶来品时，其中更充满龃龉和吊诡。在传统的影响研究里，外来的理论和接受影响的文学主体往往被简单化成一单向的主客关系。至于主体为什么独钟某些外来思潮，这过程中无可避免的主观性（即使是不自觉地）之选择和修正，并没有受到适当的注意，以致外来影响常常喧宾夺主，给放在主导性、决定性的地位，而文学主体反居于接受与模仿的被动地位。这种简单的影响论在现代汉诗研究

---

① Michelle Yeh, *Modern Chinese Poetry: Theory and Practice since 1917*, p. 12.

里屡见不鲜。早期的新诗、台湾五六十年代的现代诗和大陆80年代的朦胧诗，都曾被扣上"全盘西化"的帽子。不论其评价是正面或反面的，这个仍被普遍接受的观点既不符合文学影响复杂多面的本质，更忽略了文学传统和典范嬗递过程中求新求变的内在动力。创作与理论不应以简单的主客关系看待，而须着眼于两者互补互动的有机性运作。①

2000年，《从边缘出发》在中国大陆刊行，奚密借机重申这一见解——

> 从比较文学的角度来看，这些实验有时和西洋诗歌史上的某些主张风格类似，诸如浪漫、象征、现代、后现代主义等。其中固然有论者常常提出的对外来文学模式的摹拟的因素，但光从影响的角度并不足以涵盖其全貌。相对于目前流行的某些后殖民理论，我并不认为文化——尤其文学艺术——上的影响是仅仅用"压迫/被压迫"、"霸权/弱势"的二元对立模式就能涵括或解释的。对于外来文化资源的接受必有其自觉或不自觉的选择性，而选择的基础又往往来自诗人本人以及所在之本土的内在需求。因此，我们还是必须回到自己的文学文化传统来探讨。②

沿着这样一条思路出发，奚密的现代汉诗研究不探考中西现代诗之间的事实联系和文学影响，而是考察现代汉诗的本土传统和内在条件；不考察西方诗对中国诗的冲击和中国诗的回应，而是追问现代诗的自我演变的机制和追求变革的内在动力；不是把现代汉诗视为西方诗歌的消极被动的接收和奴性的模仿，而是凸显其自身的合法性和主体性。这样一来，奚密的现代汉诗研究超越了

---

① 奚密：《后现代的迷障——对〈台湾后现代诗的理论与实际〉的反思》，收入《现当代诗文录》，第222页。

② 奚密：《从边缘出发》"后记"，第256页。

影响研究中的西方中心主义以及中西诗学对话之间的话语不平衡状态，通过对文本解读及其与古典诗传统的联系，细察现代汉诗八十余年的内在理路、演变机制和创造源泉，从而推进了现有的学术研究。① 例如，在论述现代汉诗中的"纯诗"观念时，她在点出其外来影响之后，随即指出：不仅是受象征主义影响的诗人和批评家，诗应当依据自身的条件得到理解和评判的看法一直存在的，接着她回溯了近代美学家王国维的文艺观并且把它与中国古代的诗评家王夫之、严羽、司空图联系起来，也谈到现代文艺理论家朱光潜、宗白华、鲁迅、成仿吾、冯至等人的诗观与此一脉相承，完整勾勒出纯诗在汉诗中的内在理路和发展谱系，给人以深刻印象。但奚密也不忘指出，哲学取向的基本差异使现代的"纯诗"有别于中国传统诗学：现代的"纯诗"导源于同质性读者群的消失而且甚至在更大程度上导源于公认的整体价值系统的缺席。② 在论述现代汉诗中的"诗原质"时，奚密以"月"和"星"纵谈汉诗传统从古到今的语言形式的创新和内容方面的创意，她发现，从《诗经》以降，经魏晋到唐宋，诗歌中"月"这个意象的经营和发挥，可看作一个诗原质建立的过程与极致表现，以后的诗大多不离其窠臼，缺少再进一步的开阔，予以更丰富的内涵，但现代也偶有突破此窠臼的作品。相对于"月"的衰退，"星"是现代汉诗发展出来的一个新的"诗原质"。奚密缕述胡适、冰心、徐志摩、朱湘、冯至、覃子豪、杨唤、商禽、杨牧、纪弦、江河等人的作品，勾勒"星星"意象之内涵变迁的内在理路，令

边缘性、本土性与现代性

---

① 戴维斯在评论奚密著作时，指出她的研究的重要性在于注意到西方与传统中国诗对现代汉诗发展的影响，而没有偏爱任何一方，这无疑误解了原作的基本思路。因为奚密反复申明，她坚持的是"内在状况"而非"外来影响"。此外，戴维斯批评奚密主要根据文学影响来阅读现代汉诗，不可避免地预设某些"内在状况"的存在，我认为同样站不住脚，因为"内在状况"是客观存在的，并非是主观假定。See also Gloria Davies, "Review of Modern Chinese Poetry: Theory and Practice since 1917," *Australian Journal of Chinese Affairs* 30 (1993), p. 208.

② Michelle Yeh, *Modern Chinese Poetry: Theory and Practice since 1917*, pp. 15 – 17.

人豁然开朗："从文学传统及时代背景的角度来观察，星这一诗原质的出现不但反映了西方浪漫主义——包括个人主义和理想主义——的启发，同时更重要的是它呈现了现代诗人对诗、对社会、对时代的关涉与对应。固然星的卓然独立代表着诗人对诗的肯定和追求，但是同时也隐射诗人在现代社会里随着边缘化而产生的孤独和疏离感。"① 可以看出，此文完全在本土语境中展开论述，摆脱了对外来影响的史料考辨而集中于内在理路的梳理，辨章学术，考镜源流，持之有故，言之成理。在论述现代小诗时，奚密的着眼点仍然是它与中国传统短诗的内在联系。她说："尽管现代小诗可能与外国短诗有一些相似性，除了个别的例子（例如，冰心坦承她喜爱和模仿了泰戈尔的诗），小诗不是直接的外国影响的产物。这种相似性，可能更多的是诗人们在传统绝句之外探索新的可能性的自然结果，而不是现代诗人的有意识模仿。"② 即便在讨论夏宇这样的"后现代主义诗人"时，奚密仍认为："她作品的意义仍必须放在古典诗传统的语境里才得凸现。这不仅因为她引用《诗经》和《上邪》等典故；远比这个重要的是，中国古典诗及文化传统的整套语码和夏宇的美学企图及创作过程是分不开的。"③ 从"内在条件"出发，奚密还以卞之琳、杨牧和钟玲的诗为例证，阐释"传统"与"现代"之间超越表面的意象和主题借用，在意识形态和哲学层次上产生了微妙互动。众所周知，无论卞之琳本人还是批评家都承认象征主义和现代主义对他作品的影响，但奚密认为，他对西方影响的接受正是产生于他的传统中国的背景，尤其是道家与佛家思想，因为现代主义诗学很好地巩固了他的中国文化之根源，并且为他的诗歌表现提供了具体技巧；反过来看，潜藏在卞之琳作品背后的佛道思想也调整了他对现代主义的皈依。在此意义上，卞之琳作品可视为一个"通过吸纳传统而取得现代性"

① 奚密：《从边缘出发》，第 148 页。

② Michelle Yeh, "The Short Lyric in Modern Chinese Poetry," *Tamkang Review* Vol. XIX（Autumn 1988；Summer 1989），p. 873.

③ 奚密、崔卫平：《为现代诗一辩》，北京《读书》1999 年第 5 期，第 96 页。

的独特例子。① 奚密认为，杨牧的《延陵季子挂剑》和钟玲的《王昭君》显示"现代性"如何通过使用传统的意象和人物而挑战"传统"。这种现代的表达模式因其高度的批判性和反讽意涵，截然不同于传统诗歌。现代诗人不再通过使用典故比较和对照古今，他们故意歪曲典故原意或者至少是它们的标准解释，传达一种现代气质和主题。②

必须承认，奚密的"内在状况"确实为现代汉诗研究指明一条新方向，它对片面强调外来影响的研究模式进行富有成效的反驳，取得了可观成就。但我觉得仍有必要为"影响研究"稍作辩护。我认为，奚密之所以贬评"影响研究"的重要性，个中原因除了海外学者很难得到 1949 年之前的原始资料之外，还在于她对于"影响研究"的理解过于狭隘。正如西方学者所说，影响研究必然会涉及文化之间的对抗（confrontation）、协商（negotiation）和斡旋（mediation），接受者不可能会原封不动地接受外来影响，必然会根据自己的文化传统、接受能力和价值取向，以及语言间的历史约定，自觉对外来影响进行创造性转化，这中间体现出接受者的个人才具的差异，中外文学史的例子已证实了这一点。现代汉诗发端于五四新文化运动，产生于传统诗歌的创造性转化以及对于外来影响的有选择性的接受，正如王瑶先生所说的："传统形式的现代化，外来形式的民族化"，两股合力，缺一不可。许多现代诗人留学日本或欧美，他们对外来诗歌非常熟悉，甚至本人就是翻译家，他们和外国文学的接触对自己的诗创作有巨大影响。一些学者着力研究中西文学关系，并产生了一批杰出著作，晓然可见，倘若完全忽略对外来影响的考察，则我们无法对重要的文学现象做出深刻把握。譬如，里尔克、奥登、艾略特等现代诗人的作品在 40 年代中国受到广泛注意，相当多的文人学者参与对这些诗人作品的翻译和介

边缘性、本土性与现代性

① Michelle Yeh, *Modern Chinese Poetry: Theory and Practice since 1917*, pp. 119 – 129.

② Ibid., pp. 129 – 139. 不过，奚密将长诗《宝马》的作者"孙毓棠"误为"孙大雨"。参看此书第 141 页。

绍，并且在自己的创作中加以斟酌损益，写出了不少杰出作品。当然，话又说回来，追溯外来影响及其接收，必须考虑到本土传统中的内在条件和背景力量，并且应当凸显"问题意识"，走出"本土/外国"的二元对立模式，否则，容易出现奚密忧虑的情形："外来影响给放在主导性的地位，而文学主体反居于接受与模仿的被动地位。"

四　"四个同心圆"：方法论的更新

奚密的现代汉诗研究的第四个特色是：十余年来，她对后殖民理论和后现代话语保持深切的反思；并且提出一个新颖的方法论："四个同心圆"（four co-centric circles）。早在1991年，奚密就针对宇文所安在中国/世界、民族诗歌/国际诗歌的二元对立框架内把现代汉诗化约为西方诗的沿袭因而丧失了中国本质的论调，进行了鞭辟入里的分析和极为中肯的批评。[①]　一年后，当她看到台湾学术界盲目使用后现代、后殖民论述产生误区时，再次发出补偏救弊的诤言——

> 台湾诗坛对后现代主义的引进也产生了一些理论和方法上的问题，甚至潜在危机。其负面影响可以归纳为两点。第一，某些诗评家在读诗时，刻意强调后现代主义理论的部分概念，以致"见树不见林"，有意或无意地压抑抹杀了诗的文本丰富多样的层面与内涵；第二个问题与第一个问题其实互为表里：那就是在片面凸显诗的某些所谓"后现代"特征时，搁置、忽略或扭曲了整个文学史。前者是对诗上下文的暴力，后者乃对历史脉络的暴力。两者皆源自对理论模式的过分依赖，以致僵化、片面化了一个原具创造性和开放性的理论。[②]

①　参看奚密《"差异"的焦虑》，收入《现当代诗文录》，第197—201页。
②　奚密：《后现代的迷障》，收入《现当代诗文录》，第204页。

现代诗论（正确而且必要地）批判了将现代主义经典化、大一统化的"新批评"传统。但是如果我们只是用一批新名词（解构、延异、主题消解、意符游戏）来取代一些旧名词（意图谬误、个性逃避、语言偶像），如果这些新名词，成了对文本——包括诗和诗史的文本——无须"细读"的堂而皇之的理由，那么新的理论并不能带来更开阔的视界；只不过把红色镜片换成蓝色的罢了。后现代主义对了解台湾诗有许多启发，但这份了解必须落实在一首诗、一位诗人之作品、一脉文类传承的阅读和把握上。否则很容易沦于理论挂帅，堕入削足适履的陷阱。①

当郑敏、兼乐、宇文所安、琼斯依仗后现代理论和后殖民话语指责现代汉诗丧失了可贵的中国性而沦为西方现代诗的仿制品时，奚密据理力争："当中华性被本质化，从一个描述概念变成一个价值判断——一种主导的，甚至唯一的价值判断时，它否定、剥夺了现代汉诗的主体性。"② 在另一篇关于多元文化的文章里，奚密对盲目使用后现代理论而导致把"中国性"本质主义化的做法表示疑虑："我所质疑的是建立在民族主义、本质主义话语基础上的'真确性'概念……中国不是个不变的、同质的实体。中国性是一个持续的、自我建构的过程……我提议一种知识分子的跨国身份，既不是通过国族、种族或文化的起源来定义，也不是通过地理位置来定义。正是跨越了这些边界的比较视野才给人以那种身份。惟其如此，才是真正的文化多元主义的基石，没有了比较视野，文化多元主义仅是一个名词而已。"③ 1999 年，奚密在一篇访谈录中再次明确表示，她不赞成机械使用后现代理论来研究现代汉诗，主张针对汉诗这种文类的自身特点，发展合适的学术

边缘性、本土性与现代性

---

① 奚密：《后现代的迷障》，收入《现当代诗文录》，第 221 页。

② 奚密：《中国式的后现代？——现代汉诗的文化政治》，香港《中国研究》1998 年 9 月号。

③ Michelle Yeh, "International Theory and the Transnational Critic: China in the Age of Multiculturalism," *Boundary 2* 25.3 (Autumn, 1998), pp. 193 – 222, esp. pp. 214 – 222.

思路："虽然当代西方理论对文化政治提出了许多真知灼见，但是它们也有其片面之处；我不认为一部文学史只是权力运作的结果而已。（糟糕的是，它们可能为权力运作者提供了一个挡箭牌。）尤其在这种新版的政治正确仍相当普遍的当代学术界，我更强调文学批评应该有它自己的视角和洞见。"① 话又说回来，虽然奚密对后殖民理论和后现代话语之普适性表示了可贵的"心防"，但她不全然否定它们在一定程度上具有解释力，而毋宁说是选择有节制地、审慎地使用其合理内核，真正把握住文本和理论之间的接榫，使二者很好地结合起来。例如，她在关于陈黎诗的后殖民主义意涵、关于夏宇的女性主义诗学、② 关于50年代的《现代诗》季刊与文化生产之间的关系③等论文中，充分显示她对后现代理论的恰切运用。总的来说，奚密既不赞成后现代理论家的否认现代汉诗的主体性，指责其远离中国性而沦为西方的模仿；也不赞成后殖民理论单纯把现代汉诗与西方诗歌的关系视为霸权/臣服的关系；而是主张一种视野宏通的跨国身份，从文学史自身的实际情况出发，把理论范式落实在具体的文本解析上。

更具体一点，奚密倡导以"四个同心圆"（即文本、文类、文学史、文化史）的方法论，切入现代汉诗研究。在《现代汉诗的文化政治》中，她提出这样的见解："现代汉诗的主体性并非依赖于某种虚构的、神话的中华性，而必须从其内在结构和肌理去理解和摸索——包括对文本的细读，对文类演变的考察，对

---

① 奚密：《为现代诗一辩》，《读书》1999年第5期，第95页。早在1991年，奚密针对宇文所安使用后殖民理论评价现代汉诗的做法提出反驳："宇文教授视西方之于现代汉诗的影响为西方文化霸权（hegemony）的例证，认为那是伴随着现代西方在亚洲及其他地区军事经济上的优越地位而来的。诚然，指出文化交流潜伏的政治意涵有其积极的意义。但是仅从这方面来看待文学影响仍失之偏颇，因为这类理论的背后隐藏着文学基本上取决于社会政治现实的大前提，因而忽略了文学内在（语言、美学）的历史发展。"这与她在《为现代诗一辩》中的看法完全一致。参看奚密《"差异"的焦虑》，收入《现当代诗文录》，第199—200页。

② Michelle Yeh, "The Feminist Poetic of Xia Yu," *Modern Chinese Literature* 7 (1993), pp. 33–59.

③ 奚密：《"在我们贫瘠的餐桌上"：50年代的台湾〈现代诗〉季刊》，北京《中国现代文学研究丛刊》2000年第2期，第131—161页。

文学史的研究以及对文化史的掌握。"① 在另一场合，奚密详谈了四个层面的关系——

> 我认为理想的解读应涵括四个层面：第一是诗文本，第二是文类史，第三是文学史，第四是文化史。这四个层面就像四个同心圆，处于中心的是诗文本；没有文本这个基础，任何理论和批评就如同沙上城堡，是经不起检验的。从文本出发，然后涉及文类研究。每一种文类都有它自身发展的历史与内在变化的逻辑，不可忽略。尤其是对于中国这样悠久的诗歌传统来说，诗人往往有浓厚的文类意识，诗人之于传统，不论是承袭、修正，还是反抗的关系，都有相当高的自觉。其次，诸如文类之间（如诗和小说，诗和散文）的差别与互动，作者生平与作品之间的辩证，以至文学流派的消长等等，这些都可算是文学史方面的考量。最后是文化史的层面，即把作品放在大的历史语境中来讨论，例如诗和思想史之间的关系，诗在社会政治体制中的地位和角色等。能对这四个同心圆都给予细腻的关注，我认为是比较周延的诗歌研究，并进而从它的积累中归纳出有系统的、坚实的理论。如果仅仅用诗去套一些预设的理论架构，难免不以偏概全，见树不见林。②

奚密这段话显示了一个文学史家的清明理性，辩证精神和健全的理解力。由于对这个方法"情有独钟"，她在《台湾散文诗研究》一文中又演习了一遍，得心应手，游刃有余。③ 奚密的"四个同心圆"的命题，自内向外，层层推进，从微观到宏观，从个别到整体，既聚焦于文本自身，亦不忘外缘因素，既超越英美"新批评"的人为樊篱，又避免庸俗社会学批评的"化约论"危险，高屋建瓴，举重

① 奚密：《中国式的后现代？——现代汉诗的文化政治》，香港《中国研究》1998 年 9 月号。

② 奚密、崔卫平：《为现代诗一辩》，北京《读书》1999 年第 5 期，第 90 页。

③ Michelle Yeh, "From Surrealism to Nature Poetics: A Study of Prose Poetry from Taiwan," *Journal of Modern Literature in Chinese* 3. 2 (January 2000), pp. 152–153.

若轻，把握住 text 与 context 之间的互动，打通了文学的"内部研究"和"外部研究"，确立一种理智审慎的文化历史观。在具体文本细读和文类研究方面，奚密注重诗的艺术自主性，反对政治功利的批评原则，[①] 而且特别擅长对现代诗进行精细的形式分析。例如，《世纪末的滑翔联系》和《本土诗学的建立》，[②]《星月争辉》，《论现代诗的环形结构》，[③]《变调与全视镜：商禽研究》[④] 以及关于小诗、散文诗和十四行诗的论文，关于卞之琳、杨牧和钟玲与传统关系的论述，分别处理了现代诗的语言、意象、结构、主题、体裁以及思维等最"本己"的方面，在在显示超卓的艺术敏感。更重要的是，奚密没有划地自限而是将其引向时空交叉中的文学史，给单个文本进行历史定位，细查文类演变的过程，突出诗人的个人才能和文学传统的内在动力，也因此，她的研究不是静止的形态学描述而是动态的发生学追踪；既有宏大气度，也有纵深的历史感。确如安敏成所说，她的著作不是空泛的现代汉诗发展史研究；也不是文学流派研究；[⑤] 甚至也不是习见的传记批评，[⑥] 而是"主题学研究"，抓住主要的文学现象展开论述，以一条主线贯穿现代汉诗两岸三地八十年。虽是"长时段研究"，但大处着眼，小处入手，每每有重

---

① For Michelle Yeh's review of Innes Herdan, "The Pen and the Sword: Literature and Revolution in Modern China", see *World Literature Today* 68.1 (Winter 1994), pp. 212 – 213. 不过，奚密沿袭了作者的错误，将冰心当作新月派。

② 奚密：《世纪末的滑翔联系：读陈黎诗集〈猫对镜〉》，台北《中外文学》28 卷 1 期 (1999 年 6 月)；奚密：《本土诗学的建立：读陈黎〈岛屿边缘〉》，台北《中外文学》25 卷 8 期 (1997 年 5 月)。

③ Michelle Yeh, "Circularity: An Experiment in Form," in *Modern Chinese Poetry: Theory and Practice since 1917*, pp. 89 – 113.

④ Michelle Yeh, "Variant Keys and Omni-Vision: A Study of Shang Qin," *Modern Chinese Literature* 19 (1996), pp. 327 – 367.

⑤ 许芥昱的《二十世纪中国诗选》区分"新月派"、"玄学派"、"独立派"等流派；林明慧《中国现代诗导论》区分"形式主义者"、"象征主义者"等流派；利大英《戴望舒评传》把传主称为"现代主义者"，尽管他表示这个术语不确切。Kai-yu Hsu, *Twentieth Century Chinese Poetry*; Julia Lin, *Modern Chinese Poetry*; Gregory Lee, *Dai Wangshu*, etc.

⑥ Hsu, *Wen I-to*; Haft, *P'ien Chi-lin*; Cheung, *Feng Chih*; Lee, *Dai Wangshu*; van Crevel, *Duoduo*.

大发现。① 不仅如此。奚密的研究不局限于文学自身而是注意外缘因素，将文学现象进行"语境化"，凸显"问题意识"。例如她的《诗人崇拜》、② 《诗人之死》、③ 《前沿台湾：序言》、④ 《岩石里点灯》，⑤ 论《现代诗》季刊，皆可归入此类；同时，她不把研究对象描写为整齐划一的逻辑，而是显示它的内在张力和自相矛盾，例如《诗歌崇拜》等。

　　总的看来，奚密阐述的"现代汉诗"命题跨越了学术界相沿成习的近代、现代和当代的时间分野以及中国大陆、港台和其他华文社区的地理疆界，遂使自己的研究具有了宽阔的视野。"从边缘出发"的切入角度，又增加了对现代汉诗八十年的性质、特征的深层把握。针对着拘泥于史实考辨的"影响研究"，她主张发掘现代汉诗的"内在状况"和自我演变的机制。面对后殖民论述和后现代话语的咄咄攻势，她强调现代汉诗的主体性和合法地位。在具体研究方法上，奚密倚重"四个同心圆"的方法论，体现出宏通的识见和辩证的眼光。凡此种种，使她的著作具有了"范式"的意义，也预示了现代汉诗研究的新方向。

（原载香港《九州学林》第 2 卷第 4 期，2004 年 9 月）

　　① Marston Anderson, "Review of Modern Chinese Poetry: Theory and Practice since 1917," *Harvard Journal of Asiatic Studies* 53. 1 (1993), p. 170; Michelle Yeh, "Modern Poetry in Taiwan: Continuities and Innovations," in Stephen Harrell and Huang Chun-chieh eds., *Cultural Changes in Postwar Taiwan*, Boulder: Westview Press, 1994, pp. 227 – 245; Michelle Yeh, "Modern Poetry," in Victor H. Mair ed., *The Columbia History of Chinese Literature*, New York: Columbia University Press, 2001, chapter 24. 不过，奚密在后一篇文章里将陈敬容卒年写作 1994 年，错误，当为 1989 年，见该书第 457 页。

　　② Michelle Yeh, "The Cult of Poetry in Contemporary China," in Yingjin Zhang ed., *China in a Polycentric World: Essays in Chinese Comparative Literature*, Stanford: Stanford University Press, 1998, pp. 188 – 217.

　　③ Michelle Yeh, "Death of the Poet: Poetry and Society in Contemporary China and Taiwan," *Literature East and West* 28 (1995), pp. 43 – 62.

　　④ Michelle Yeh, "Frontier Taiwan: An Introduction," in *Frontier Taiwan: An Anthology of Modern Chinese Poetry*.

　　⑤ Michelle Yeh, "Light a Lamp in a Rock: Experimental Poetry in Contemporary China," *Modern China* 18. 4 (October 1992), pp. 378 – 409.

现代中国文学场的建构

——贺麦晓《文体问题》阅读感言

　　社团与报章的兴盛，乃是现代中国文学最应注意的现象，正如有论者指出："现代文学之不同于古典文学，除了众所周知的思想意识、审美趣味、语言工具等，还与其生产过程以及发表形式密切相关。换句话说，在文学创作中，报章等大众传媒不仅仅是工具，而是已深深嵌入写作者的思维与表达。"① 但在西方汉学界，如此重要的议题很少论及。贺麦晓（Michel Hockx）的《文体问题：现代中国的文学社团与文学杂志，1911 - 1937》② 是他在伦敦大学亚非学院的博士后课题，可谓一部劳心费力、开拓先河的作品。此书以辛亥革命至抗战以前中国文学社团与杂志为论述焦点，在整合"文化生产场"与"文学社会学"的基础上，呈现了一个自主的文学场及其文化惯例，铭刻出经典形成之前不同文体之间互动与竞争的图景，而以质疑"新文学范式"（New Literature Paradigm）的合法性为指归。在导论部分，作者概括了本书的研究视点和理论设计，也附带点出问题意识与自我期许："尽管文学社团在中国文化中历史久远，但文学杂志却是现代印刷文化的产物。然则，正如本项研究所指示，这两种现象密切相关。通过从各种视角来审视这些现象，我将对于传统的文学成规与价值观念在现代中国文学实践中的延续问题得出一些更

---

　　① 陈平原：《文学史家的报刊研究——以北大诸君的学术思路为中心》，见陈平原、山口守编《大众传媒与现代文学》，新世纪出版社 2003 年版。

　　② Michel Hockx, *Questions of Style*: *Literary Societies and Literary Journals in Modern China*, *1911 - 1937*, Leiden: Brill, 2003.

宽泛的结论。同时，我将发展出诸种方法来考量这些鲜被研究的现象，意在对于一般意义上的文学理论和阅读理论作出贡献。我尝试回答的终极问题是：现代中国的文学社团，如何在它自己与其他社区之间，以及社区内部的成员之间，确立与维持某种差异？"① 此书问世不久，尚未引起学术界的注意，然其钩沉史料，用力甚勤，而理论范式的整合亦不乏原创性，是因此有必要从学术史的脉络出发，对其进行较为详尽的论析，激发同仁对此议题的兴趣。

从学术史的角度来说，《文体问题》具有典范的意义。认真地说，中国大陆的一些学者对报章杂志向来有严肃扎实的对待，五十多年来几部有价值的辞书先后问世，优秀学者也喜欢把原始资料的"竭泽而渔"视为学术追求而且取得了杰出成就。据说目前，有心人在网罗硕儒俊彦，拟议推出《中国现代文学期刊目录汇编》续编和《中国现代报纸文艺副刊目录汇编》，这两项学术工程的完成，必将裨益于中国现代文学研究。由于种种原因，英语学术界鲜见此种著述。李欧梵的《现代中国作家之浪漫一代》立意高远，开篇即论述印刷资本主义的繁荣、文学报纸杂志的昌盛以及"文人"作为一种职业的于焉出现，如何成为现代中国文学之兴起的动力学支持。② 但是整体而言，三十年来涉及这一论题的大概有如下专著。杜博妮（Bonnie S. McDougall）的《西方文学理论进入现代中国》探讨五四时期中国文学报刊如何译介西方文学理论，虽不免挂一漏万，但其垦拓意义不容抹杀。③ 耿德华（Edward M. Gunn）的《冷落的缪斯》考察北平与上海在抗战八年中的文学活动，尽管缺乏批评观点，但广泛搜求了不少罕为人知的文学杂志，他对梅娘、苏青、杨绛、吴兴

① Michel Hockx, *Questions of Style: Literary Societies and Literary Journals in Modern China, 1911–1937*, p. 1.

② Leo Ou-fan Lee, *The Romantic Generation of Modern Chinese Writers*, Cambridge: Harvard University Press, 1973.

③ Bonnie S. McDougall, *The Introduction of Western Literary Theories into Modern China, 1919–1925*, Tokyo, Centre for East Asian Cultural Studies, 1971.

华等作家的认真对待，也为后来的沦陷区文学研究奠定了坚实基础。① 加基（Joan Judge）的《印刷与政治》把风靡一时的《实报》作为切入点，细察大众传媒如何推动晚清文化改革的蓝图。② 李欧梵的《上海摩登》杂糅哈贝马斯的"公共空间"学说与卡利尼斯库的"现代性"论述，勾画半殖民地上海的文化地理，涉及对《现代》、《良友》等刊物的探究。③ 史书美的《现代的诱惑》踵其武步，用翔实的统计数字和出版物列表，彰显西方现代主义文学与海派作家美学趣味之间的复杂纠曲。④ 纪培尔（Denise Gimpel）的《失落的现代性声音》从通俗刊物《小说月报》入手，描绘 1902—1914 年间上海主要的文学杂志，论证 20 世纪初期中国"文学场"尚未充分发展。⑤

　　相比之下，贺麦晓对报章研究投入了更多精力。90 年代中期，他联络俄亥俄州立大学的丹敦（Kirk Denton）与陈小眉、剑桥大学的苏文瑜（Susan Daruvala）、密歇根大学的梅仪慈（Yi-tsi Mei Feuerwerker）、耶鲁大学的罗福林（Charles A. Laughlin）、香港中文大学的王宏志等人，凝聚共识，通力合作，从事现代中国文学杂志的研究；⑥ 他编纂的《20 世纪中国文学场》⑦也涉及这一课题。《文体问题》兼顾一些埋没不彰的文学社团：进社、华龄社、浪花社、文艺茶话、国际笔会中国分会，剖析它

①　Edward M. Gunn Jr. , *Unwelcome Muse*, *Chinese Literature in Shanghai and Peking*, *1937 - 1945*, New York：Columbia University Press, 1980.

②　Joan Judge, *Print and Politics*："*Shibao*" *and the Culture of Reform in Late Qing China*, Stanford：Stanford University Press, 1996.

③　Leo Ou-fan Lee, *Shanghai Modern*：*The Flowering of a New Urban Culture in China*, *1930 - 1945*, Cambridge：Harvard University Press, 1999.

④　Shu-mei Shih, *The Lure of the Modern*：*Writing Modernism in Semicolonial China*, *1917 - 1937*, Berkeley：University of California Press, 2001.

⑤　Denise Gimpel, *Lost Voices of Modernity*：*A Chinese Popular Fiction Magazine in Context*, Honolulu：University of Hawaii Press, 2001.

⑥　More information maybe found at http：//deall. ohio-state. edu/denton. 2/publications/research/litsoc. htm.

⑦　Michel Hockx ed. , *The Literary Field of Twentieth-Century China*, Richmond：Curzon, 1999.

们的文学生产和运作策略，诚已难能可贵。作者也使用了较长篇幅分析现代中国两个最早、最大的文学社团："南社"与"文学研究会"，这两个社团是两种不同风格的代表，影响了许多后来的文学团体。[①] 贺麦晓认为，虽然文学性质的"社"与"会"在中国文化中源远流长——例如，明末的东林党和复社就是其中的代表，但与现代意义上的文学社团相比有较大差别。19世纪晚期以降，"社"与"会"的含义开始变化，就文学活动而言，职业化（professionalization）与专业化（specialization）才是比"政治化"更有意义的趋势。在这个混乱时期，各种新式教育、新职业吸引了原先迷恋于科考仕途的文人，在文学圈子里反映出来的职业化的主要途径是：通过文学社团介入出版工业。[②] 贺麦晓通过研究发现，从民国后期的角度打量南社，令人讶异处在于：它结合了大量的组织因素，这些因素到后来几乎是互相排斥的。由柳亚子、陈去病创建的"南社"，乃是一个全国性的复杂的文化协会，拥有大量的分支机构、清楚的营运与成员的规定，发起了许多文学风格与实践、被后世文学团体竞相采用，它的强烈的公共影响力甚至超出了文学领域。[③] "文学研究会"与此不同。这个新文学的第一个社团，由十二位发起人成立于1920年底的北京，在短短时间内，有一百多名会员，大量的文学副刊、杂志、丛书、出版物，是20年代最大的文学社团，也是现代中国文学中最大、最知名的机构之一。贺麦晓对文学研究会的考察有独到的眼光。如所周知，以前有关文学研究会的著述，主要把注意力放在它的一些关键成员所捍卫的意识形态上，一些意识形态立场被人设想成统一的，甚至变成了文学研究会自身的标签：为人生而艺术、人的文学、写实/现实主义、自然主义，等等。聚焦于这些标语口号的学者，时常把他们的论点建立于《小说月报》的大量文本上，但贺麦晓却证实：这对整个文学研究会

① Michel Hockx, *Questions of Style*, pp. 33 – 85.
② Ibid., p. 33.
③ Ibid., p. 44.

现代中国文学场的建构

来说根本不足为凭。① 贺氏的着眼点不在这些意识形态之争，而在文学研究会的成员与制度，关于这一点，下面有详细分析。贺氏对会员的年龄、性别与籍贯作详细的统计，也对文学研究会作为一个制度的功能——表现行为、从事活动、包括财产管理——作了考辨。② 文学杂志方面，本书旁搜杂取，数量不菲，除了《文学周报》、《小说月报》、《民国日报》、《现代》、《文艺春秋》、《新青年》等知名刊物外，其他报章多为埋没不彰者，例如《白露》、《草野周刊》、《繁华杂志》、《滑稽杂志》、《浪漫》、《浪花》、《眉语》、《诗声》、《文艺茶话》、《文艺座谈》、《游戏杂志》、《余兴》，等等。本书有不少附录，包括文学研究会一百三十一名成员的个人小传、京沪两地在 1920—1936 年间成立的文学社团数目的对照、1916—1936 年间创办的文学杂志的统计、文学杂志发行量、文学专书的发行量，等等，翔实完备，极有参考价值。

话又说回来，《文体问题》虽着眼于文学社团与杂志，但其依归并非指向传统意义上的文学"文献学"，而是时下走俏的"文化研究"。它的理论资源也不单一，而是整合了多种概念框架：包括艾斯卡庇（Escarpit）的"文学社会学"、贝克（Howard S. Becker）关于"艺术世界"的学说、波迪厄（Pierre Bourdieu）的"文化生产场"理论③以及有关书籍史的研究。作者斟酌损益，优势互补，发展一套综合的方法，应用于中国语境中的文化研究。艾斯卡庇的文学社会学无论在目标上还是在具体操作上，都迥异于其他方法。它认定文学是一种文化惯例（cultural institution），很少把文本分析作为终极目标，尽管在这项研究的案例中，文本分析可以是整个分析方案的一个组成部分。就方法

① Michel Hockx, *Questions of Style*, p. 48.

② Ibid., p. 49.

③ Robert Escarpit, *Sociology of Literature*, trans. Ernest Pick, 2nd edition, London: Frank Cass & Co., 1971; Howard S. Becker, *Art Worlds*, Berkeley: University of California Press, 1982; Pierre Bourdieu, *The Field of Cultural Production*, Cambridge: Polity Press, 1993.

而言，文学社会学像大多数社会科学一样，强调经验数据的搜集以及统计学分析的应用。① 贝克的"艺术世界"学说乃是波迪厄"文化生产场"理论的灵感源泉，它坚持艺术世界是一个集体活动的世界，在更大程度上，这种活动建立在确定的成规与现代市场机制之上，而一旦没有了这种活动，大部分艺术作品永远无法进入公共领域。② 现代中国作家压倒一切的偏爱是：在社团内从事文艺实践。许多学者都注意到这点，但从没有详细研究。与文学社团相关的研究，强调分析每个社团所表述的特定文学观，以及社员创作的文学作品与那些观点之间的关系。贺麦晓发现，大多数学者没有深究"文人好结社"这一行为背后的理由，以及文学社团作为制度的实际功能，而是倾向于研究孤立的成员之间的文本与意识形态联系。在这样做的时候，文学社团与文学流派之间的根本差异一直埋没不彰。③ 出于这种理论自觉，贺麦晓在考察"文学研究会"的时候，较少关注文学口号和意识形态，相反，他聚焦于"媒介"（agency）的功能。通过结合文学研究会的成员的历史数据以及它的结构与活动的调查，他发现，文学研究会使用了大量的策略，包括（但不限于）文学生产与意识形态论战，以便营造一个相对独立，甚至比南社更职业化与专业化的文学领域。贺麦晓不仅从大处着眼，更从小处入手。他考察文学研究会的章程、编辑条款、简报、明信片、照片、广告、丛书、经费等物质层面，阐发文学人物使用的一系列策略：积累符号资本、经济资本、建立网络、自我推销。令人赞赏的是，作者揭示出文学研究会在三个发展阶段上采用了不同的组织方针，这些都是其他学者所忽视的：在1921年的初级阶段，由于文学研究会组织者所受的新式教育以及随之而来的文化资本，他们通过使用排他性的"文学"概念以及对于它的独家理解，凸显自身与其他文学社团之区别；在1922—1925年的第二阶段，文学研

---

① Michel Hockx, *Questions of Style*, p. 7.

② Ibid., p. 252.

③ Ibid., p. 15.

究会与创造社之间的冲突日益剧烈，前者移师上海、创建分会，使用更加切当的经营策略；在 1925—1947 年的第三阶段，文学研究会与高效率、低成本的印刷机关相联系。

民国时期，文学生产的主要媒介是杂志，"见诸报章"实际上是所有作家的创作动机。文学作品在以"专书"的形式出版之前，事先发表在报纸杂志上，对于小说而言，尤其如此，因为小说经常连载在报章上。但是，在阅读和解释民国时期的文学文本时，很少有学者和批评家考虑到"杂志出版"这一事实，反而倾向于在使用批评方法之前就单单挑出某些诗歌、小说和散文，罔顾它们由以产生的语境。有鉴于此，贺麦晓尝试一种另类的阅读策略："集体作者"（collective authors）与"水平阅读"（horizontal reading）。何谓"集体作者"？他认为："被当作一个分析单元的杂志期号，不能被视为单一作者的产品。相反，它可以从三个另类的角度来考量：作为一个集体创作的文本；一个编辑的产品；一个没有作者的诸多声音的集合体。"① 而"水平阅读"强调的是：一份刊物的同一期号上的诸多文本在空间上的联系。在多数情形下，这种阅读策略承认单一的小说或诗歌不算是独立的意义单元，不能被称为"文本"；所谓"文本"应该指的是杂志期号本身以及它的全部视觉内容。贺麦晓相信，尝试这种另类的阅读方式具有多重意义：当处理一些生产于一个完全不同的语境中的文学文本时，西方的有关"文本性质"与"作者身份"的概念就丧失了普适性。"水平阅读"也为讲授民国时期文学的标准方式（normative form）提供了另类选择，它还导致了阐释有关文本之文化价值的新方式。② 在本书第四章，作者把水平阅读的例子限制在 20 世纪 10 年代，聚焦于这一时期在上海出版的商业杂志——因为在 20 世纪 10 年代，杂志作家可以得到各式各样的文学文体，在不同的阵营里缺乏清晰的或者严格的两极分化。尤为可观者，贺麦晓在接近文学杂志时，凸显了敏锐的

① Michel Hockx, *Questions of Style*, pp. 124 – 125.
② Ibid., p. 119.

问题意识——

第一个问题是：回到投资的问题。如果高产是标准，在单一作品上投入长期的时间与精力是不必要的策略，那么，除了稿费和版税之外，作者希望他们的努力得到什么回报？在这种高速的文学经济学中，是否可以获得一种符号资本？如是，获得这种承认的标准是什么？第二个问题是作者地位的问题。单个的作家不是这个实践中的唯一关键的媒介，而且要求更少的投资，这是否可能呢？而且，在杂志上发表作品的趋势以及在文学社团中工作的习惯，会不会驱策我们把集体的而不是单个的作者视为这个领域中的主要运作机制？最后，如果杂志是集体创作的文本，那么，我们应不应该分析它们的包括视觉材料在内的整个内容？如是，我们如何描述和分类这些内容？我们又如何阅读这个内容？[①]

出于这种问题意识，作者的"水平阅读"的对象就不再是狭义的文本而是一系列物质事实：封面、封底、插图、内容目录、广告、文坛消息、编辑后记。当然，即便在偶一为之的文本细读中，也可彰显作者的独特眼光，譬如，他对鲁迅小说《狂人日记》和陈衡哲的白话诗《人家都说我发了疯》的对比阅读，就属此类。这种单一的阅读方法使用于大量极为不同的杂志，显示了所有这些杂志——不管它们在现代中国文学中的位置如何——都是文学分析的有价值的对象。即便像《眉语》、《游戏杂志》、《新青年》这样风格悬殊、取向迥异的杂志，如果从它们的原初语境中加以阅读，也可发现它们都是观念的温床、冲突的温床、兴奋与幽默的温床，这种水平阅读可以补充既定的理解，增加一首诗或一篇小说的影响、兴趣与价值。

《文体问题》共计八章，最后一章是结论，前面六章根据实践与组织形式，追溯了现代中国文学场的发展、它的出版类型以

① Michel Hockx, *Questions of Style*, p. 126.

及个人的风格选择。贯穿其中的是，作者一直试图维持一种综合视野，强调在一个更大的文学社区中不同类型的写作与作家同时存在，总体看来，凸显出它的专业的出版方法。第七章则把更多注意力放在基本的价值观念与信仰方面——这些价值与信仰，当面临 30 年代国民政府发起政治迫害的直接企图时，可以富有成效地把社区整合在一起。① 考虑到现代中国的报刊审查制度是一个显眼的文化现象，和现代文学的文献研究以及本书锁定的"文学场"议题均有重大关系，而书报审查与文学生产之间的纠葛又缺乏学者的关注，因此，有必要简述作者在这方面的见解。

在书报检查制度实施的早期，文学作品仅仅构成了一个小小的关注点，无论对于官方还是对于出版商而言，概莫能外。无论是文学的政治意义还是其商业价值，都不足以引人注意。但是到了 1934 年，文学的书报检查突然占据了中心舞台，而且文学社区显示：即便它的政治与经济资本有限，但是它所占有的充足的符号资本，使其得以最有效地反抗官方的企图。② 贺麦晓逐一讨论了与此议题相关的几个重大现象：《中国新书月报》以及出版商的压力、1934 年上海文化界关于修订《书报检查条例》的争议、书报检查委员会对于上海文坛的冲击、在文学场中检察官作为代理人的角色、官方的政治权威与文学自主性之间的冲突如何"折射"在文学场中，等等，最终得出一个拨乱反正的结论。整个 30 年代，中国文学场仍旧相当强韧地保持自身的独立性，政治力量没有被自动地转化为文化权力，文学生产并没有遭到书报检察官和左翼人士的极大限制。出于政治理由，那些确实存在过的侵犯作家创作自由的事例一直被人为地夸大了，特别是 1949 年以后，为煽动一种更加普遍的针对国民政府的憎恶情绪，这种做法变本加厉。既然 1930—1936 年间的中国文学产品，更多产，更有活力，数量上比此前几十年来得更好，那么，文学场里的所有代理人和行为，包括书报检察官以及那些抱怨和抵抗书报检查

① Michel Hockx, *Questions of Style*, p. 222.
② Ibid., p. 232.

的人，都应为这种局面负责。从后见之明（hindsight）来看，如果人们坚持把国民政府的统治当作在所有领域中都同样是压制性的，那么，他何以解释 30 年代中国现代文学的繁荣局面？[1] 贺麦晓把结论建立在翔实可靠的统计数据之基础上，他的这一发现反驳了唐弢和魏斐德（Frederic Wakeman）的看法。

《文体问题》整合多种理论、透视文学社团与杂志，是为了挑战"新文学范式"（New Literature Paradigm）的话语霸权。长期以来，随着五四文学的"经典化"，人们愈来愈相信现代中国写作的主流风格是以白话文为载体、汲取西方形式与技巧的"新文学"，这似乎成了一个不证自明的"公理"。换言之，现代文学之"现代"，不但被历史地约定为一个"时间概念"，而且也被想当然地视为一个"性质概念"，在事实陈述之中自然也包含了某种价值判断。五四文学的先驱者通过自己的实践，一方面牢固确立了现代性方案的自我认同，同时也把那些它所判定为"非现代"的文学排斥在这个系统之外，最后形成了"新文学范式"的霸权。在更大的意义上，甚至可以说，迄今为止，我们关于现代中国文学的许多看法，一直被一种现代性的历史叙事所笼罩，结果造成一种支配性的认知框架：现代文学等同于新文学，新文学乃是现代中国写作的主流风格。事实果真如此吗？贺麦晓指出，他并不认为李欧梵、王德威等人的研究与重估现代文学经典，真正构成了"范式变革"，因为它并没有改变这样一个基本预设：五四文学乃是民国时期的主流文体。[2] 与之相反，贺氏坚信"新文学必须被看作现代中国写作的一种文体之一，它与战前时期的其他几种文体类型共时存在、展开竞争"。[3] 因此，仅仅把"新文学"的传统经典视为促进了现代中国文学之发展，这是一种错误的看法；但把这一时期的所有其他写作类型都定义为对抗、另类于经典，同样也是错误的。贺麦晓通过他所选择的

① Michel Hockx, *Questions of Style*, p. 251.
② Ibid., p. 3.
③ Ibid., p. 5.

方法与论题，尝试在此项研究中显示出：任何经典被牢固确立之前的、不同文体类型之间的互动与竞争的复杂图景。①

作者主要通过对于刘半农、曾今可的重新审视，来完成这一学术企图。尽管依据后世建立起来的批评标准，刘半农一直被认定是一个次要的诗人，但他皈依"新文化"的过程颇具代表性，而且他在新诗形式方面的试验也彰显了文体类型之间的起伏消长，因此成为本书专章讨论的对象。贺麦晓把刘半农的文类试验置于 20 世纪 10 年代上海文坛的语境中加以考察，发现他主要通过学术研究、文学创作和翻译诗歌完成自己的身份转换。正如"洗刷自己"（刘半农语）这个术语所标示的那样，不仅是刘氏的写作而且连带他的人格，也在经历这个时期的重大变化，因为他在文学上陷于竞争性的文体之间而必须做出选择。而从新文学的阵营这一边来看，胡适与周作人所倡议的新文体，至少某种程度上，挑战了海派文学的现存文体。对于刘半农这样的人来说，这意味着采用这种文体不全是一个自由选择的问题，而是尝试整体除去海派习气的一个组成部分——无论是生活方式还是写作风格，以便应对来自北京的朋友与同事们的压力。尽管刘半农最初偏好以文言与格律来移译外国诗歌，尽管他的散文诗创作从来没有真正让批评家们感到满意，但是，由于当时北京方面的知识分子垄断了对于西方高雅文化的解释权，也把自己的文学批评建立在相同的美学标准之上，这个文学场的准则迫使刘半农放弃了对于另类文体的偏爱。因此，"理解刘半农的转向新文化文体具有巨大的历史意义。因为它向我们显示了新文化运动不仅从传统的准则中解放了中国诗歌，而且它用新颖的、有时同样严格或专横的边界取代了这些准则，而这些边界继续支配着现代汉诗的写作与鉴赏方式"。②

大多数现代中国文学史即便提到曾今可，也会告诉我们说，他的声誉由于遭受《自由谈》对其作品的攻击而一蹶不振，随

---

① Michel Hockx, *Questions of Style*, p. 9.

② Ibid., p. 186.

后不久就从文坛隐退了。但事实并非如此。贺麦晓的细致研究显示现代中国文学场并非新文学的一统天下，而是多种文体竞争的复杂局面。贺麦晓认为，作为民国时期文学批评之著名的文体特征，"谩骂性"的作品值得给予更多注意：一方面，谩骂被公认为品位低下的标志，另一方面，几乎所有的文学人物经常使用它来作为自家的批评术语的一部分。贺麦晓的焦点是"骂派批评"的普遍风气，因为它清楚阐明了一种广为人知的观点：作家和文本是诠释与批评的有效客体。① 总结起来，民国时期的谩骂批评至少服务于两个重要功能：首先，它帮助在竞争性的文体与标准形式（normative form）之间维持诸多疆界，尤其是在新文学与其他类型的写作之间。这种功能服务于新文学作家与读者分享的价值观，保持了新文学社区内部的亲密联系。其次，谩骂批评帮助人们注意文学社团的美学方案，以及它们与其他社区之间的差别，经常导致严重的宗派主义。茅盾对于《新时代》的批评，很好地阐释了标准形式的概念，以及它如何联系文本与作者。对茅盾来说，曾氏的诗歌文体与语言形式诱发人联想到一种生活方式——它落伍于现代性的疆界之外，既保守，也不道德，不值得严肃的文本批评，只有讽刺与谩骂。贺麦晓缕述了"曾今可事件"的来龙去脉，发现这些批评家的谩骂，只是突出了他们的文学观念的固有的含混性：当面对不大容易纳入现存范畴的作家与文本时，他们一头雾水，因为这些文本与作家蔑视新与旧的界限、精英与大众的界限、作者与题材的界限。结果，他们的反应是一堆浅薄的鄙视与严肃的批评企图的混合。②

阅读《文体问题》，我个人的困惑在于，它太过专注于"文化史"的研究，以至于几乎完全忽略了"文学性"的问题，这显然有些偏执。必须承认，"文化生产场"理论和"文学社会学"侧重从物质层面和制度因素去打量文学现象，确实针对"新批评"的盲点进行了富有成效的反拨，向我们展示一个截然不同的艺术

现代中国文学场的建构

---

① Michel Hockx, *Questions of Style*, pp. 187 – 190.
② Ibid., p. 216.

世界。但如果完全不顾及文学之为文学的根本属性，很可能会走向另一个极端：对物质因素、经济基础和文化惯例的关注，掩盖了对美学方面的考量。毕竟，语言、形式、技巧等文学性的优劣，才是判定一部艺术品质量高下的基本尺度，恰如韦勒克（Rene Wellek）所言，文学批评不但要有描述、分析和解释，更要有价值评判。坦率地说，作者所征引的刘半农与曾今可的一些作品，就其质量而言，实在不算高明，充其量是文化研究的脚注而已。文学批评与文化研究并非势若水火，倒是有通融的可能性。如何结合"内部研究"与"外部研究"，使文学批评与文化研究浑然一体，让方法在综合中达到互补而不是把二者推向偏执，值得深思。本书的印刷瑕疵，不妨记下，留待再版订正。一些历史人物与文学流派的汉语拼音，多有错误。"周瘦鹃"误作"周寿鹃"（第41页），"陈受颐"误作"陈受宜"（第273页），"高梦旦"误作"高梦但"（第61页），"沈钟社"误作"沈种社"（第96页），"礼拜六"误作"礼拜刘"（第158页），"吕诚之"误为"吕成之"（第123页），"徐枕亚"误为"许枕亚"（第123页），"虞洽卿"误为"虞恰卿"（第191页），"Gu Chunfan"误作"Gu Chunxia"（第218页），Susan Daruvala 的专著 *Zhou Zuoren and an Alternative Chinese Response to Modernity* 误作 *Zhou Zuoren and An lternative Response to Chinese Modernity*；李欧梵的 *Voices From the Iron House* 出版日期是1987年而非1978年（第287页）。但无论如何，尽管有个人的商榷意见与印刷上的疏失，《文体问题》仍可说是一部有开拓性的作品，它的研究视点、理论框架以及挑战性的论点，显示了中国现代文学研究的新视野，必将给学术界带来新的灵感和洞见。

（原载北京大学《现代中国》第5辑，2004年10月）

历史暴力与文学想象

——读王德威《历史与怪兽》

　　20世纪中国充满暴力与苦难。然则，在反思暴力与苦难的议题上，现代史学却未恪尽其责。相对于"历史叙述"，"文学虚构"更能一展所长。当鲁迅观看日俄战争中一名中国男子被日人斩首的幻灯片时，即已昭告了现代中国文学与历史暴力的不期而遇。从忧患余生、鲁迅、沈从文，到莫言、余华、舞鹤，叙说暴力与苦难俨然成为世纪中国的一景。但是，在文学批评与文化研究领域，如此重要的议题罕被论及。王德威的《历史与怪兽：20世纪中国的历史、暴力与小说写作》① 探勘历史暴力及其文本再现，勾勒一个世纪的历史暴力如何以不同方式肆虐中国，并对其招致的伦理与技术后果细加省察。

　　此书之一大特色在于：广泛涉猎西方理论中的暴力论述，却不为其所限，而是另辟蹊径，从中国史学传统找寻灵感的奥援。众所周知，本雅明、巴赫金、阿伦特、阿多诺、福柯、德里达等西方理论大师留下不少关于暴力的论述。但是，对于治中国文学者而言，如何把西方理论付诸他所关怀的历史情境，才是应当念兹在兹的大事。王德威在启用西方理论时，不但能够品鉴西方理论的长处，而且对其限度保持深切的自省。落实到行文运事上，则以文本细读为主，当然也关怀历史脉络，对于西方理论，三言两语，点到为止，从不耽溺其中，作长篇大论。譬如，在讨论姜

---

① David Wang, *The Monster That Is History: History, Violence, and Fictional Writing in Twentieth-Century China*, Berkeley: University of California Press, 2004.

贵的《今梼杌传》时，王著借鉴了巴赫金的"身体律则"概念和巴特勒的情色/暴力学说。在检讨施明正的《魔鬼的妖恋》时，挪用斯皮瓦克的"卑下"理论；在分析"体魄美学"时，缕述本雅明、阿多诺、德里达的幻魅想象和志异论述，均恰当而且精要。作者发现，暴力与历史相互纠缠的关系，有其神话诗学的对应物"梼杌"。在中国古代神话传说中，梼杌是一种怪兽，以其邪恶本性和预知能力闻名。百度百科有更全面的介绍："梼杌，拼音 táowù。1. 古代传说中的一种猛兽。2. 传说为远古'四凶'之一，是鲧死后的怨气所化。3. 泛指恶人。4. 楚史书名。5. 梼杌是北方天帝颛顼的儿子，它还有名字叫做傲狠，难训，由这几个名字里，也可大略推知它的作为了。和穷奇一样，梼杌后来也成了四凶之一。"①《山海经·神异经》以下诸世纪，梼杌历经诸多变化，不仅用以指涉秉性邪恶之人，更获得与历史自身的认知身份。王德威坦言，他对梼杌之谱系学追踪，实受益于姜贵的小说《今梼杌传》。对姜贵而言，历史梼杌的功能在于"纪恶以警效"，当历史未能传达往昔在当下的意义时，小说升格为替代品。梼杌从怪兽，到恶人，再到历史叙述及小说虚构的不断变形，适足以说明中国文明对历史、暴力、叙事想象的一端。因此，书名为《历史与怪兽》，大有深意存焉。在第六章，王德威比较来自不同历史阶段的三部小说——晚明李清的《梼杌闲评》，晚清钱锡宝的《梼杌萃编》，20 世纪 50 年代姜贵的《今梼杌传》，集中观察它们如何自历史危机中唤醒怪兽，展演一己的"恶"之想象。全书八章扣紧历史梼杌及其文学再现，而其最终的结论令人思之再三——

> 回望中国的世纪悠长的现代性与现代化追求，萦绕于心的是盖雅的充满谜团的、令人不安的格言："理性之梦产生魔怪。"盖雅的断言，自理性时代之终结始，即已产生无数解释。当在中国历史的视野中进行解释时，它暗示怪兽梼杌

① 参看百度百科上的介绍（http://baike.baidu.com/view/302210.htm）。

可能充当了所有文明化的自我理解的前提条件。

法朗士将文学批评定义为"灵魂在杰作中的游涉",遂开启印象主义批评之先河。新批评派标举"意图谬误"（fallacy of intention）之说，拒绝以复原作者意图为职志，专意在自足的文本里一窥美学素质和修辞精髓。《历史与怪兽》规避印象主义与新批评之盲点，但同样注重文学批评的主体性和自主性。此书独排众议，不以举证作家自述与文本意义间的若合符契为己任，转而碰触常人未曾企及的问题与症结。甚至连作家本人也意识不到或者难以掌控的情感、心理、意识形态上的晦暗不明、曲折错综以及困境和吊诡之处，也一一彰显。王德威相信，时移事往，因缘际会，文学史不存在先验的目的论和历史必然性，研究者只能以后见之明重溯历史。既然不可能再现客观的历史真貌，不如径行暴露话语缝隙与经典边缘之被压抑的声音，让各种可能性与偶然性彼此竞争，编织成一幅众声喧哗、消长起落的历史图景。在讨论三部以"梼杌"为名的小说时，作者的一路追问，令自信满满的史家穷于应付——

> 如果历史书写的目的在于除恶扬善，何以史册的大宗往往充斥恶行恶事，相形之下，其原所寄托的扬善目的反倒显而不彰？换句话说，当史书以"记恶"——不断排比、积累恶行，甚至只以恶为书写对象——来达到"除恶"的宗旨，这样的书写岂不包容了历史原欲祛除的对象？……就此而言，历史只能以负面形式展现其功能：亦即只能以恶为书写前提，借此投射人性向善的憧憬。扬善是历史书写的预设及终点，但填充文本的历史经验却反证了善的有效及可行性。历史的本然存在，甚至吊诡地成为积恶之大成的见证。所以当小说以"梼杌"为名，无形托出了一种文明内蕴的矛盾。

类似吊诡现象的剖析，书中所在多有。作者不但能自繁复现象中窥知简约的核心，更能从貌似简单的事相中洞察复杂的内蕴。譬如，论及鲁迅的"砍头情结"，评者对鲁迅挥洒的感时忧国情怀居之不疑。作者没有唯作家自述马首是瞻，反而揭示叙述者自身的道德困境：鲁迅沦为观看其他同胞观看砍头的高级看客，靠着人肉盛宴补充一己之营养的神秘食客，他究竟是中国良知的守护人，抑或是中国原罪的共谋者？准此，作者的结论颇值玩味——

> 在鲁迅的例子里，砍头不只是身体的断裂，也象征家国意义系统的崩溃；写作在见证文化的病态外，本身已是作家感情及意识形态震颤的征候。描写砍头，意味鲁迅亟亟寻求、定义中国人原罪的焦虑。

耐人寻思的是，作者在此把文本视为人生的投影或折射，一秉利维斯"人生与艺术对应"的高论。小说既是生命实像的投射，由小说人物之心理情感上的犹疑困苦，自可推及作家本人在道德、意识形态层面的吊诡。此思路当然也有不少同行者，夏志清的《现代中国小说史》、汪晖的《反抗绝望》、王晓明的《潜流与漩涡》，即此例也。

在《历史与怪兽》中，王德威打通近代/现代/当代的时间畛域，跨越中国大陆/港台/新马/海外的地理疆界，把晚清以降的中文小说纳入一己之阅读地图，展开历史与文学间的辩证。相形之下，长期以来，大陆的中国文学研究，一则出于线性时间历史观，区分为近代、现代、当代；二则自限于地缘政治，规划为大陆、港台、海外。不言而喻，此学科建制有其政治、学术的考量，当然也为自家的研究带来方便。但是，夹处近代与当代文学之间、又雄视港台海外的中国现代文学，其身份颇有吊诡意味：但凸现学科自身的意识形态功能，亦加剧中原/边陲间的紧张与对抗。"截断众流"与"画地为牢"之最负面的效果是：研究者视野狭窄，无法对历史流变的痕迹，做整体把握。海外学者由于教育背景的差异，在中国现代文学研究领域，不再自我设限，反能从长计议。诚然，前辈学者的志业在学术史上占有一席之地，

文心的异同：新马华文文学与中国现代文学论集

但他们落实于"中国"、"现代"、"文学"三者，或者无力超越中国大陆/港台/新马/海外的地理疆界和近代/现代/当代的时间区域，或者未能突破文学/历史/文化的学科界限，是故，他们在为现代文学研究贡献一己才情之余，也为后之来者预留创新的空间。

本书共八章：一、邀约砍头；二、罪抑罚；三、不适意的革命；四、三个饥饿的女人；五、伤痕与国族记忆；六、历史与怪兽；七、诗人之死；八、魂兮归来。我之所以不惮繁琐，一一罗列书的章节布局，因为这涉及作者的构思命意。这八个章节涉及四个一般的领域：宏大历史与历史细节的互动；身体的磨难及其文本呈现；书写暴力与作为暴力的书写；历史作为见证以及历史作为布局。颇为可观者，八个章节几乎涵盖现代中国一个世纪内所有著名事件：义和团运动（1900），五四运动（1919），第一次大革命（1927），抗日战争（1937—1945），延安整风（40年代），国共对决（1949），台湾白色恐怖（50年代），大跃进运动（1958—1962），"文化大革命"（1966—1976），后天安门离散（1989），香港回归（1997）。八个章节代表进入现代中国历史之文学表现的八个入口，但作者并非根据传统的线性、单一的编年顺序来研究现代中国文学，而是描绘一幅多重性的时间图像，重理（reshuffle）前现代、现代、后现代的时间表，抽丝织锦，迂回前进。譬如，现代中国文学中的"砍头"语像复现于不同时期和风格的作家笔下，那么，其中包含怎样的政治、道德、意识形态的意涵？王著抽取晚清时期忧患余生的《邻女语》、五四时期鲁迅的《呐喊》、后五四时期沈从文的文本、世纪末台湾作家舞鹤的《余生》为切入点，置诸具体历史脉络以理解"砍头"语像指涉的复杂含义："每一个作家都提及一种现代中国身体政治的不同观点。斩首征候被看作世纪之久的争议的源泉——关于文明/野蛮，以及民族主义/殖民主义。"同时，在描述现代中国文学的疆域时，王德威明确表示，他拒绝沿袭以中国大陆为中心的地缘政治视角。何以故？20世纪中国见证如此多的战乱、灾变和离散，所有华文社区的作家不约而同地诉诸各种方式，解释自己的"中国经验"和创伤记忆。比如，中国古代志怪小说堪称大宗，人们可以归因于科学缺席和心智蒙昧，但何以及至号称理性、启蒙、现代化的20世纪，"幻魅想象"在中文小说中卷土重来，更盛以往？"魂兮归来"一章探讨了20世纪中文小说里的历史迷魅与文学记忆，涉及两岸三地（大陆、香港、台湾）以及马来西亚的众多作家。作者认为，一个社区的经典可能是另一个社区的禁忌，表面对抗的话语可能分享了一种相似的假设，譬如50年代海峡两岸的亲共与反共小说即是如此。是故，作者透过编织一幅相互切割的历史网络，使游荡于不同空间中的声音展开对话，但并非意在做表面的影响研究，而是企图理解文学如何响应、介入历史的变革与危机，且对历史暴力与文学表现间的张力，逼出细腻的论辩。本书开宗明义，所谓暴力，不仅指战乱、革命、饥荒、瘟疫等天灾人祸所造成的惨烈后果，而且涵盖现代化进程中种种意识形态与心理机制加诸中国人的图腾与禁忌。作者运用阶级、族群、性别等理论，在揭示政教暴力加诸人身心的创伤上，颇多新见。譬如，"三个饥饿的女人"一章探讨书写女性的饥饿如何引起消化与叙事、新陈代谢与符号隐喻之间的紧张；"罪抑罚"一章剖析丁玲小说中的女主人公"贞贞"的命运，揭示国体与女体间的辩证，在在有剀切之论。

　　既然着眼于跨越时空的纵横比较，那么，在文本选择上，就须见出典型性和普适性。为论证自家的观点，需把经典作品与边缘存在合而观之，让大师巨子和无名小卒平起平坐，令公共世界与私人历险彼此支持，甚至混合使用小说、诗歌、戏剧等不同文类。例如，忧患余生的寂寂无名的《邻女语》就和鲁迅的经典著作《呐喊》被列入"砍头"谱系中。欧阳予倩的话剧《潘金莲》就和刘鹗的《老残游记》、李伯元的《活地狱》、白薇的《打出幽灵塔》、蒋光慈的《咆哮的土地》、丁玲的《我在霞村的时候》等小说放在一起，讨论法律正义与诗学正义的论辩。"不适意的革命"一章铺排茅盾与秦德君、蒋光慈与宋若瑜、白薇与杨骚的爱情故事，用以省思情欲与政治、现实与虚构间的相互

文心的异同：新马华文文学与中国现代文学论集

指涉。当然，此类思路不免予人以攻击的口实：把既无事实联系，又无因果逻辑的不同时空中的文本并置，岂非违背了黑格尔老人的"历史与逻辑相结合"的古训么？但王氏有言在先，他挑战的正是此一相沿成习的思路。跳出线性历史观和沿革承传的窠臼，游走于不同时空背景和话语缝隙间，王书意在让跨越文化、国族、时空的众多声音展开颉颃对话。

现代中文文学在西方一向是乏人问津的冷门。不过，经过夏志清、李欧梵、王德威等三代学人的努力，如今已枝繁叶茂，前程似锦。60 年代以降，历史文化情势日新又新，现代文学研究的思路与方法也与时俱变。《历史与怪兽》在吸收、辩难、反思前代学术的基础上，另起炉灶，另创典范，为现代中文文学研究再掀新页。此外，暴力与不义既为现代中国历史的大宗，其在文化研究领域暂付阙如，两相对照，宁不堪惊！因此，《历史与怪兽》以其对暴力议题的深度探勘，有可能逸出文学批评的领地，而为眼下正走俏的"文化研究"指示一个另类的思考向度。

（原载北京《读书》2006 年第 2 期，2006 年 2 月）

校读法、实存分析与文学史研究

——解志熙《考文叙事录》述评

　　在当代中国的学科体系中，现代文学研究早已有"显学"之誉。几十年来，无论理论方法的革新抑或研究领域的拓展，均展示了许多值得称颂的实绩，一些标志性的著述我们亦耳熟能详。可以想见，在此形势下，如何突破"影响的焦虑"而另辟学术新路，不能不说是摆在学人面前的一大挑战。新近出版的解志熙的《考文叙事录——中国现代文学文献校读论丛》① 可算这方面的大胆尝试。此书收录论文十一篇、资料六篇，煌煌四百余页，都四十万言，配以典雅的装帧设计，读者一书在手，感觉既赏心悦目，又扎实厚重。承蒙作者抬爱，大多数篇章我曾先行拜读，如今展读全书，对作者的学术旨趣有了更完整的把握。如果再联系作者二十余年的学思历程以及中国现代文学学术史的脉络，我的感触之深，更不在话下。

　　作为现代文学领域的一线学人，解氏崛起于 80 年代中期。适逢改革开放，西学如雨后春笋般涌入中国，从存在主义、生命哲学、宗教神学到信息论、系统论、控制论，再到精神分析、现代主义和后现代主义，这些异邦思潮对中国学术界的冲击，真可用"道术已为天下裂"形容之。解氏的博士论文《生的执著——存在主义与中国现代文学》② 就是彼时学术气候的产物。

---

① 《考文叙事录——中国现代文学文献校读论丛》，中华书局 2009 年版。
② 《存在主义与中国现代文学》，台北：智燕出版社 1990 年版；此书的增订版易名为《生的执著：存在主义与中国现代文学》，由人民文学出版社在 1999 年出版。

此书考察存在主义哲学对中国现代作家的影响，属于正经八百的"比较文学"，将史料钩沉、文本细读、理论诠释融为一体，立意填补空白、增进知闻，其关于钱锺书、冯至、汪曾祺的研究，迄今仍是该领域最有价值的参考。历经七年的沉潜，作者推出第二部专著《美的偏至——中国现代唯美—颓废主义文学思潮研究》。[①] 在这本面目全新而又充满原创性的作品中，作者淡化"理论兴趣"而回到原初的历史现场，博稽详考西方唯美—颓废主义思潮在现代中国的跨文化运动，及其在小说、诗歌、散文、戏剧等文体中的不同程度的渗透。此书仍与"影响研究"沾亲带故，但实已超越了早期著述的"理论演绎"加上"文本解读"的研究模式，在文学思潮的起伏涨落与辨证运动中牢牢把握住主题与问题的所在，在整理浩无涯涘的原始史料中体现出惊人的诚意、细致和耐心。或者换言之，这项研究考验的不仅是文献学功夫和文本分析能力，更关系到如何从整体上描述与评价唯美—颓废思潮和现代文学的"关系"，难度之大，可想而知。从《摩登与现代——中国现代文学的实存分析》[②] 开始，作者的西学兴趣和理论热情愈加淡薄了，其著述规避理论玄谈和话语发挥，本着"独立准备资料和独立思考问题"的为学态度，坚持在历史流变中发现文学的踪迹，突破了画地为牢的"纯文学"研究而迈向前景广阔的"实存分析"。于是，对于作者从当年的"新锐"变为如今的"保守"，有学者表示惋惜和困惑，但实际上，他们没有察觉作者的"识断"与雄心，流于皮相之见。《考文叙事录》凝聚了他近年来对于现代文学的思考与洞见，其中揭示的"校读法"的理论与实践、"实存分析"的实验以及"文体多样性"的尝试，对于当下学术界的启发，所在多有。

在《美的偏至》的扉页上，作者写过这样一段格言："中国现代文学要想成为真正的学术，必须遵循严格的古典学术规

① 《美的偏至——中国现代唯美—颓废主义文学思潮研究》，上海文艺出版社1997 年版。

② 《摩登与现代——中国现代文学的实存分析》，清华大学出版社 2006 年版。

校读法、实存分析与文学史研究

范。"这既是夫子的自道与自勉，也是对于同业的劝诫和提醒，相信读过《考文叙事录》的人自会感受到此话的分量。作者标举的"校读法"针对的是现代文学的史料特征，它自传统文献学中蜕变而出，发展为切实可行的文学批评方法。晚清以降，随着都市文化的繁盛、印刷资本主义的兴起、新式教育的普及、读书市场的扩大化，文学作品在生产、发表、流通、消费等各个环节上都大大加快了步伐，作为物质载体的报章杂志，遍地开花，数量惊人。但是，由于作者的手稿有潦草、不规范和笔误之处，加上赶稿的匆率和校对的粗劣，这样就使得"许多现代文学文本从初刊本或初版本开始就留下了不少令人惋惜的文字讹误问题，而在此后或者未能结集、再版，或者即使结集、再版，也很少能得到认真的校正"（第1页）。如果再加上作家出于商业市场的考虑或者因应政治环境的变化而一再删改文稿，现代文学文本的校勘不仅是当务之急而且几乎需要从头做起了。作者藉由个人整理文献的甘苦经验，细致地例示了一系列校注问题，从"文字讹误的本校与理校"到"文本错简的校订和旧文献电子化的新错版问题"，从"'外文'、'外典'及音译词语的校注"到"'今文'与'今典'的考释"，等等，接着提供了一些切实可行的技术运用。然而我们也知道，西方学术中的"语文学"（Philology）对古希腊古罗马的研究已积累了相当可观的成就，中国传统学术中的训诂、校勘、注疏、版本学也形成了伟大的传统，而且现代知识领域之分化、重组与创新的复杂情状又远非前人所能想象，阎若璩标榜的治学境界"一物不知，以为深耻，遭人而问，少有暇日"，如今绝无可能，因此，现代人要想在这方面与前贤"试比高"，既不可能也无必要。职是之故，解氏除了把原本属于古籍研究的"校读法"运用于现代文学文献的整理与考订之外，更致力于把"校读法"推广为一种行之有效的普适性的批评方法。这样做的前提在于，文学文本固然是作者依靠想象力、情感和经验而建构起来的客体，读者和批评家对于文本意义的把握，却不能穿凿附会、天马行空、随意发挥，而必须在细读文本的基础上，倾听话里话外之音、挖掘纸背深意、发现

文心的异同：新马华文文学与中国现代文学论集

文本互涉、参照历史语境，如此才有望对于作家意图做出切实中肯的判断。这正是"语文学"的方法。萨义德指出，语文学是对言词和修辞的一种详细、耐心的审查，一种终其一生的关注："一种真正的语文学阅读是积极的，它包括进入早已发生在言词内部的语言的进程，并且使我们面前的任何文本中可能隐藏着的、或不完整的、或被遮蔽的、或被歪曲的东西泄露出来。那么，从这种语言观看来，言词不是被动的标记和记号，谦逊地代替一种更高层次的现实；相反，它们是构成现实本身必不可少的一部分。"① 准此，作者告诫文学研究者："有必要借鉴文献学如校勘学训诂学家从事校注工作的那种一丝不苟、实事求是的治学态度与比较对勘、观其会通的方法，而如果我们能够这样做，那也就有可能将文献学的校注法引申为批评性的校读法——一种广泛而又细致地运用文献语言材料进行比较参证来解读文本的批评方法或辨析问题的研究方法。"（第18页）敏锐的读者会发现，这种富于创造性而兼具可操作性的方法有多重的灵感源泉，除了古典学术的影响与乃师彭铎先生的启发之外，书中还跃动着朱自清《〈诗言志〉辨》、韦勒克《近代批评史》的清晰面影，一些章节还呼应了奥尔巴赫《摹仿论》（Ercih Auerbach, *Mimesis*, 1948）的思考方法。显然，博采众长与转益多师的结果，使得此书既有传统学问的博雅，又有现代学术的邃密。

所以，书中大部分篇章冠以"选辑"、"辑考"、"考述"、"辑存"、"辑校"、"钩沉"、"拾遗"之名，也就是"理有固当"了。实际上，这些论文牵扯的不但是字句段落的校订、不同版本的对勘或者轶文的整理这些琐碎的技术工作，而且囊括了互文篇目的追踪、作家生命史的回放、文坛情形的勾勒以及文学史的再审视，既有沈从文、汪曾祺、林庚、梁宗岱等知名作家，也有刘梦苇、吴兴华、叶公超、刘延陵之类的边缘人物，涵盖小说、诗歌、戏

① ［美］爱德华·W. 萨义德：《回到语文学》，见萨义德《人文主义与民主批评》，朱生坚译，新星出版社 2006 年版，第 69—70 页。

剧、散文四大文类。作者得心应手地运用"校读法"，涉及了现代文学的重大问题，补充、深化和刷新了文学史图像。例如，作者发现宗白华轶文《诗闲谈》继承和发展了他早年的诗论《新诗略谈》，辩驳了浪漫主义诗学对抒情的偏重和对灵感的神化，重申技艺历练、体验深化和知识积累之对于新诗创作的重要性；刘延陵的《诗神的歌哭》微妙地显示了文学研究会内部的诗学分歧，《〈孤鸿集〉自序》披露出短命诗人刘梦苇之建设一种"诗的原理与批评"的诗学宏愿；梁宗岱轶文《释"象征主义"》证实了他与梁实秋在如何理解"象征主义"诗学的问题上出现了分歧，而这又牵动着当代学人对现代诗学中一桩公案的总体看法；林庚的数量巨大的集外诗文见证出他与戴望舒的诗学分歧不在于新诗的格律与自由之争而在于诗的新旧之辨，他在执迷的探索之中完成了从30—40年代的诗学诗风之转变。不仅如此。作者通过对于沈从文的系列轶文废邮的钩沉，指出早在30年代中期，沈氏对于"现代派"新诗的京海差异就有了洞察，而在40年代中后期，沈的"乡下人"经验让他在焕发出文学创作的能量之余，也与其"自由派"的政治立场发生了冲突，这在他的文学文本中清晰地呈露出来。再比如，学术界自80年代以来一直把汪曾祺誉为最后的京派小说大师、他如何受制于沈从文的强势影响，但是解氏透过对于汪曾祺早期作品的拾遗和校读，洞察到多样化的尝试彼时已存在，从《灯下》到《异秉》的文本演变显出作家的成长与得失，汪的文学起点除了受到沈从文影响之外，其实与废名有着更深的传承关系，他不仅属于"京派"而且与"现代派"结缘——这些看法诚可谓"别具只眼"。再比如"知性散文"的问题。关于中国现代散文的著述多则多亦，但只有解氏敏锐地发现了这个新类型的存在，所以"知性散文"的发明权应该归属在他的名下。解氏认为，五四文学革命时期产生了"批判性的随感录（杂文的前身）"和"艺术性的美文（随笔或小品）"这两个散文类型，但是所谓艺术性散文并不止于"叙事与抒情"而已，其实还存在一种不离经验而又深化经验、洋溢着智慧风度和书卷气息的新类型，那就是从20年代的梁遇春、朱光潜开始，中经30年代的温源宁，

文心的异同：新马华文文学与中国现代文学论集

到 40 年代由梁实秋、钱锺书、冯至、李霁野、杨振声等人踵事增华的"知性散文"。在抽样考察了这种散文的代表篇章之后，作者从现代散文发展史的角度总结了它在 40 年代崛起的重大意义："它有力地矫正了被杂文的刻度褊急、情调散文的感伤煽情和幽默小品的轻薄玩世所左右了的 30 年代文风，恢复了中外散文艺术之深思明达、纯正博雅的传统，不仅拓展了现代散文的艺术天地，而且深化了现代散文的思想境界。"（第 346 页）实良有以也。

众所周知，中国现代文学虽只有短暂的三十年，却造就了数之不尽的作家、作品、社团、流派、报纸副刊与文艺杂志，有幸进入"文学史"者只不过是冰山一角；所以，通过披沙沥金的文献功夫，挖掘一些学术界未曾得见的史料，也不算太大的难事。关键在于：如何不被浩如烟海的史料所淹没而清晰准确地彰显一己之判断？如何才能驱遣自如地利用史料、揭示出重大的问题从而有力地推动现有的研究？这就要求研究者具备淹博的"知识结构"、谨严的"学术识断"和开放的"文学趣味"。《考文叙事录》的系列"校读札记"，关于 40 年代话剧文学、知性散文和张爱玲在沦陷时期的文学行为这三个"叙论"，就是最佳例证。作者避免史料的一味罗列、堆砌和叙述，紧紧围绕中心议题而从容地筛选、驾驭和编织史料，勾勒文学现象的总体特质而又不忘差异性的存在，在充满历史感的论述中揭出自家的判断，既纲举目明，又要言不烦，既大气磅礴，又厚实绵密。例如《"戏剧春秋"的辉煌一纪》处理的是抗战及 40 年代的话剧文学，作者广搜旁求的功夫令人赞叹，但作者的才具并不至此。他从大处着眼，以摹写世态人性的"写实剧"和表现历史与人性的"历史剧"结构章节、展开行文，显出高屋建瓴的气魄，复以经典文本的解读贯穿全篇，把纷繁的文学现象转化为井然的逻辑线索，非功力深厚者不能至此也。作者还注意到，即使"写实剧"也不是铁板一块，还存在着以陈诠为代表的"浪漫的情节剧"和以吴祖光为代表的"抒情的情调剧"；所谓历史剧其实又存在着"民族危亡史剧"、"乱世整合史剧"和"农民起义反思史剧"等相对不同的类型，三者既有区别，又相互交织；而无论何种历史剧的写作，都起因于作家之时时萦怀的现实政治问题："正是这一切，使得战时的历史剧既具有感时忧国的现实政治寓意，也夹带着深切复杂的人性人文关怀。"（第 319 页）至于如何评介历史剧之借古讽今的倾向，作者有意辩难海外汉学重镇夏志清的看法——后者出于西方中心主义的思维、政治意识形态的偏见和纯文学的趣味而故意贬低历史剧的意义，他坚持以历史化的思考和人文主义的立场来理解这一现象，眼光自然高人一筹了。

大体而言，《考问叙事录》提出了两个具有"方法论"特色的研究模式：一是兼采文献学与文学批评、立足于技术运用的"校读法"，二是沟通内部研究与外部研究、具宏观指导意义的"实存分析"。80 年代以来，"新批评"理论被译介到中国，学术界出于对庸俗社会学方法的反拨和对于学术尊严的自觉追求，转而把文学文本视为独立自足的客体，把发掘修辞素质和美学精髓视为文学的中心任务。在这种"纯文学"观念的支配下，学术界偏重于文学的"内部研究"，当然也有一些值得称赞的佳作出现。但是，晚清以来的中国文学本来就是现代历史文化的组成部分，"内部研究"不免有画地为牢之虞，对文学现象的起承转合和兴废轮替难以作出切当的判断。乍看起来，这似乎是"卑之无甚高论"的常识，然而，在频年作论、话语络绎的当下学术界，"常识"又岂无"捍卫"之必要？《考文叙事录》的作者具备辩证的精神和健全的历史理解力，他认为"方法，在综合中达到互补"，对于"纯文学"和"内部研究"的盲点保持一贯警惕，坚信"文学是一种最具主体的实存行为"，自觉把"实存分析"落实到自家的著述之中并且取得了相当可观的成绩。《摩登与现代》一书的副标题即以"中国现代文学的实存分析"名之，可见其学术依归之所在；而他对于抗战及 40 年代的新诗潮与"分析小说"的把握，对于"左翼现代主义者"艾青的论说，对于作为"现代中国生活样式的浮世绘"之师陀小说的叙论，处处见证了"实存分析"的娴熟运用。

《考文叙事录》中的《乱世才女和她的乱世男女传奇》是这

种方法论的典范。此文长达六万余字，耗费一年功夫，斟酌损益，方始告成，它对于张爱玲在沦陷时期的文学行为进行了鞭辟入里、细致周密的考察，把似成显学的"张学"研究推进到一个新高度，也有力地解构了海内外学人联手打造的"张爱玲神话"。不待说，自夏志清"发现"张爱玲以来，有关这位作家的研究如火如荼，甚至有逸出学院高墙、转化为大众文化的趋势。于是乎，"天才奇女"、"旧上海的最后一个贵族"等高帽纷至沓来。相对于这些热昏的吹捧，解氏的研究兼具理性的批判精神和感性的同情心，他通过与冯至、路翎的人生故事的比较，指出"家败"和"世乱"的生活经验形成了张爱玲早熟敏感的心理，也导致她缺乏感时忧国情怀和现代国民意识，旧家庭的生活气氛和教会学校的殖民教育影响了张爱玲为文以至为文的态度："这些不堪回首的经验确已深刻地郁积为久久难以释怀的隐痛，同时也自然而然地积淀为她可以随手取材的经验资源，直至孕育成为她最为偏爱和擅长的叙事主题。"（第350页）那么，置诸中国现代小说的发展脉络来看，张爱玲小说的"好处"究竟体现在哪里，而其"局限性"又何在呢？解文没有面面俱到展开论题而是以代表张氏小说创作最高成就的《传奇》为样本，围绕着两个最为醒目的向度来分析和论证之：一是传写末世人性之变与乱世人情之常的"叙事焦点"，二是反传奇的传奇之"叙事艺术"。一般学者看到了张爱玲之沟通新旧、兼容雅俗的艺术抱负，但这种"共识"失之于笼统，而解氏进一步具体分析了张爱玲发明的叙述策略"抓小放大、俗事文讲、凡中求奇、参差对照"，并且联系到中国现代小说的演进脉络、西方电影的现代罗曼司叙事风格来深一层进行对比论述，他认为正是这些方面构成了一种超越旧派通俗小说和新派写实小说的"反传奇的传奇"，这种叙述艺术更因为糅合了本土文学传统和外来流行文化，从而取得了雅俗共赏、新旧皆宜的接受效应；但饶是如此，解文也在张氏小说之圆熟的转化中窥见了模仿的痕迹，也对于这种文学趣味的限度做出了中肯的剖析。

如果说，上述两章还局限于"文本细读"的操演和"微观诗学"的追踪的话，那么，接下来的两章就过渡到了广阔的历史视野和文化参照，真正把"实存分析"的潜力发挥得淋漓尽致。关于沦陷区文坛上的张爱玲之争，解氏在还原历史语境、校读原始文献的基础上，细致入微地呈现出相关人士的言语行为之间的互动关联以及他们的应和或分歧在当年文坛的深层语义——傅雷、柯灵如何出于爱才之心而对张爱玲发出不忍明言的劝告？热恋中的胡兰成如何对于张爱玲展开惺惺相惜和奖掖抬举等一系列或明或暗的活动？面对"应有斗争"还是"但求安稳"的相反选择，张氏究竟该何去何从？论文对于这些"文学行为"有丝丝入扣的叙论。在全文的第五章，作者通过挖掘和细读一些不为人知的珍稀史料，结合沦陷区文坛的复杂情形、胡兰成的政治活动和文学行为、张爱玲战中与战后的创作经历、近来学术界张学研究的迷失、现代文学中"人的文学"之流变，深入周密地揭示了张爱玲小说在"妇人性"的人性宣叙中的妥协迷思，可谓难得一见的"大手笔"。论文末节涉及最近被改编为电影的《色　戒》。为了证实"即使同样钟情于战争年代特殊男女情的叙写，同样致力于乱世人性的开掘，却会因为作家为人立场和审美趣味的差异，而成为怎样迥然不同的人的文学"，作者特地把《色　戒》和法国作家韦科尔的《海的沉默》对比阅读，展开具体的历史分析，破除了学术界对于"人的文学"之笼统而盲目的执迷。

　　这几年来，学术界对"文学社会学"的兴趣有回潮之势，西方学者艾斯卡庇、波迪厄等人的著作也被译介进来作为参照，但是，机械照搬的现象颇不少见。流行的通病是陷入历史细节的罗列和社会学资料的汇编，毫不顾忌文学的"审美属性"，而真正沟通内外的"实存分析"，并不多见。《考文叙事录》的作者拒绝理论先行，以论带史，透过史料考掘和文本精读以实践"校读法"和"实存分析"，走出了一条属于个人而又有普遍意义的学术新路。

（原载香港《人文中国学报》第 18 期，2012 年 10 月）

文心的异同：新马华文文学与中国现代文学论集

经典、好诗与文学史

——关于《中国新诗总系》的选本问题

　　十卷本的《中国新诗总系》① （以下简称《总系》）历经多年的筹划和编撰，现在终于出版了，毫无疑问，这是中国学术界的一件大事。《总系》的优点是多方面的。编者都是资深学者和青年才俊，大家分工合作，对自己负责的时段有长期的知识积累和学术准备，在整理浩无涯涘的史料时体现出惊人的诚意、细致和耐心。丛书共计十卷，诗选八卷，史料和理论各一卷，约略八百万字，规模不可谓不宏大。根据现代汉诗的新视野（囊括了港、澳、台的所谓"现代诗"），从 1917 年肇始，一直选到 2000年，几乎把有代表性的流派、社团和诗作一网打尽，同时发掘了数量惊人的"沧海遗珠"。既有新诗文本的精心排列，也有序跋和发刊词之类的史料汇编，而且汇集各个时期意义重大的诗论，真是琳琅满目，相得益彰。应该说，丛书之仿效《中国新文学大系》的雄心是一目了然的，而且似乎也只有北京大学才具备这个学术实力。一言以蔽之，套用胡适的说法，《总系》的出版的确是新世纪十年来的"一件大事"。下面，我想谈谈《总系》在多方面的特色和创获，以及可能存在的一些问题。我觉得，《总系》的编纂，体现了四个方面的恰到好处的兼顾和协调。

　　1. "经典主义"与"好诗主义"的兼顾。所谓"经典"，指的是经过时光淘洗而遗留下来、为历代读者乐意重读的文本。照此标准，有些新诗的质量不错，但由于各种原因，其潜在价值

---

　　① 谢冕主编：《中国新诗总系》10 卷本，人民文学出版社 2011 年版。

尚未得到公开"承认"和文学史定位，甚至有时不为专业读者所了解，因此只是"好诗"，而与"经典"无缘。但是，既然这套丛书的自我定位是"新诗总系"而不是"新诗经典"，编者自可放宽尺度和视野，从文学事实出发，在铆定公认的经典之外，尽可能地打捞和筛选"好诗"，借此保留"岁月的遗照"。这套丛书兼顾两者，既保留名家经典，又钩沉无名佳作，这种折中的做法，符合文学史的实际。文学史就是中心与边缘、主流与支流、霸权与弱势的互动，它从来就不是一个停滞静止的存在而是一个不断被发现和重写的过程，一个充满动态平衡的、未完成的、开放的系统。同时，文学史书写有一套严密的自我理解、自我规定的主体意识和叙事程序，它不是单纯的经典积累的历史过程，也不应是文化英雄、大师名家的光荣榜和排行榜。文学史关注的主题和问题，还包括对于文学与历史、个人与集团、大作家和无名氏、前卫和主流、制度与生产之间的一系列"张力"的梳理、叙说和诠释。所以，出于"好诗主义"的尺度和逻辑，一些原本默默无闻的作家被发现和重读，恢复了他们在文学场域中的位置和意义，有的甚至迅速蹿红、赢得"大师"称号，例如，迪金森，玄学派诗人，约翰·克莱尔，史蒂文斯，等等。晚近西方学者强调，就历史研究而言，单单研究精英人物、中心、宏大叙事是远远不够的，还必须把思考的触角延伸到普通大众、边缘存在和日常生活之中。是故，近年来，研究者注意挖掘一些新诗史上的失踪者或被冷落的缪斯，例如吴兴华、朱英诞、刘梦苇、鸥外鸥、灰娃、食指，等等，除了出于学者的考据癖，更有西学东渐的学术史背景。回到《总系》上来，这种经典主义和好诗主义相交织的编辑方针，凸显了历史意义上的经典，重现了一些前卫、边缘、弱势的无名好诗，在满足了读者的"经典期待"心理之外，也给予他们以"发现的喜悦"。第二卷（1927—1937）的编者孙玉石致力于这种挖掘和打捞的工作，复活了一大批诗人——例如，常任侠、陈雨门、冯宪章、甘运衡、关露、郭子雄、何非、贾芝、蒋有林、溅波、刘廷芳、刘振典、罗慕华、许幸之、厂民、朱企霞，等等，劳苦功高，更不在话下。政

文心的异同：新马华文文学与中国现代文学论集

治思想史家萧公权在《问学谏往录》中说过，治学者面对浩瀚无垠的历史材料，应该秉持"以学心读、以公心述、以平心取"的学术原则，显而易见，《总系》正体现了这种严谨公允的精神。

2. "好诗主义"与"历史主义"的协调。"好诗主义"暗示一个没有时间性、永恒、普适性的标准，这来源于一种纯粹的"文学批评"的思路。考虑到《总系》主编谢冕先生的知名"文学批评家"的身份，产生这种总体性的编选方针并不奇怪。因为在文学批评当中，我们习惯于把单个文本视为自足的审美客体和意义结构，并不关注互文性、历史地位和充满变数的关系网络。至于"历史主义"，它着重于编排文学史的完整连贯的谱系和结构，强调文学现象的主次、详略、普遍性的逻辑关系和流动性的一面，乐意从中发展一套清晰稳固的价值判断标准。显然，文学批评和文学史之间是有潜在张力和矛盾的。最明显的一点是，在某些时期的文学史中——例如，五四、"十七年"、"文革"，支撑历史叙事的那些现象，从"纯文学"的立场看来，问题重重。经常遇到的一个问题是：具有"历史意义"的文本，其自身丧失了审美价值、沦为"博物馆里的展藏品"，但在文学史书写中又无法绕开，套用列文森的说法，这就是所谓的"历史"与"价值"的分裂。① 考虑到这一点，《总系》设计了一种协调折中的取向，而隐含背后的则是"文学批评"意识和"文学史"眼光的结合、审美自主性与历史理解力的结合、本体论和现象论的结合。也因此，《总系》筛选出来的新诗构成三个层次上的交错和并置："经典"、"好诗"、"标志性文本"。洪子诚主编的第五卷（1959—1969）在篇幅分配上有一个醒目之处，那就是，港台诗人的比例大大超过了大陆诗人，这显示了他坚定的纯文学立场和健全的历史洞察力，因为彼时的港台"现代诗"走向了多元竞争、流光溢彩的局面，而大陆诗坛则是"政治抒

---

① 参看列文森的《梁启超与中国近代思想》中译本，四川人民出版社1986年版；以及《儒教中国及其现代命运》中译本，中国社会科学出版社2000年版。

情诗"一支独大。但是，即便在彼时的大陆诗人当中，洪子诚还是勉力整理了不少好诗（包括"潜在写作"），同时保留了贺敬之的《雷锋之歌》和佚名的《您胸前像章闪着红太阳的光辉》等见证时代的诗作，这就是好诗主义和历史主义的协调。原生态意义上的"文学史"就是经典、好诗、标志性本文和普通文本的混杂，而我们所理解的"文学史书写"就是一个符号化和重整的过程，把前三者的意义凸显出来，把纷繁的文学现象整合到一套完整连贯的叙事结构中。《总系》在这方面的处理手法，兼顾历史与价值，是值得称道的。

3. 总体原则与编者个性的折中。我注意到，在大方向一致的前提下，各卷编者有编选的自由，学术个性得到了尊重和展示。第一卷（1917—1927）基本上以流派和社团为中心来编排诗选，例如"《新青年》及发生期的诗人"、"文学研究会诗人群"、"创造社及周边的诗人"、"湖畔社与'少年诗人'们"、"《诗镌》的群体"等。新文学第一个十年，由于文学中心集中在北平、天津、上海等大城市，外省知识青年流入这些都市，经常需要跻身某个社团来建构自我认同，所以这个时期的诗人"扎堆"、"抱团"的趋势比较明显。加上朱自清编选的《中国新文学大系》"新诗卷"的典范在前，所以这一卷处理起来困难不大。第二卷（1927—1937）由于情形复杂，按照流派、社团或者地域、代际来分类，也都捉襟见肘，所以，编者索性不加细分，倒也省心。吴晓东负责的是第三卷（1937—1949）。我自己以前做这个时期的博士论文，知道其中情形的复杂和丰富，远远超越了前两个十年。编者把这个时期的新诗划分为几类。第一类是冯至、卞之琳等战前成名的资深诗人；第二类是穆旦、郑敏这批西南联大的新生代作家，他们属于"学院现代派"；第三类是田间、力扬、七月派等的大众化新诗；第四类是沦陷区新诗，这批作品整体上缺乏社会意识；最后一批，很难分类，编者把它放在"多元的收获季"名下，这主要指的是陈敬容、唐湜、唐祈以及汪铭竹、胡明树、常任侠等诗人。抗战及40年代是中国新诗走向量的猛增和质的飞跃的时代，多种风格和流派并存，名家和杰作众多，而且存在沦陷区、

文心的异同：新马华文文学与中国现代文学论集

国统区和根据地的地域分野，所以对编者提出了很大挑战。编者在 1999 年编选过《沦陷区文学大系》的"诗歌卷"，更早时候还发表过《抗战时期中国新诗的历史流向》等具有理论深度和历史视野的论文，为编选《总系》第三卷准备了相当充分的前期工作。他把风格学、代际、地域等不同尺度交织起来，符合这个时期的历史实际。现在看来，在抗战及 40 年代，新诗的大众化与纯诗化、现代主义之间的冲突极为严重，一系列的诗学问题的论争——例如，关于孙毓棠的"抗战诗"、关于徐迟的"抒情的放逐"、关于抒情诗与叙事诗、关于小诗和长诗、关于情感与形象、关于马凡陀山歌、关于"中国新诗派"、关于波德莱尔、关于方言诗和歌谣，等等，无不见证了这种冲突的尖锐性和表面化。① 其实，按照新诗史的实情来说，大众化的、现实主义的新诗显然占据了压倒一切的数量优势，现代主义沦为"失败的形式和不可能性"。不过，编者显然是"好诗主义"的信徒，依据纯文学立场和现代主义尺度，从后见之明和学术个性出发，重整这一时期的新诗，为读者呈现一大批好诗，淋漓尽致地显示了这个时期的中国新诗的实绩以及编者的文学趣味、知识结构和学术识见。当然比较而言，我觉得这一卷中划给大众化新诗的篇幅还是太少了。这样就出现了有趣的一幕：从文学史的实情来看，这个时期是大众化新诗的节节胜利、高歌猛进的时代；但是从文学批评和文学选本的角度来看，反倒是大众化新诗沦为边缘和弱势，而现代主义和"纯诗"（在这个词的广泛意义上而言）占据主流位置。就此而言，文学史和文学批评之间、好诗主义和历史主义之间的固有张力显得更醒目了。

又比如，1949 年之后，中国大陆、台湾、香港的文学生态沿着不同的方向展开，文学制度和文化生产差距很大，新诗史或者现代诗史的主题很不一样，所以，如何在《总系》中编排两岸四地的新诗？应该说，各卷都有编者自己的标准，有的根据地域，

---

① 关于这些论争，参看张松建《抒情主义与中国现代诗学》（北京大学出版社 2012 年版）以及《现代诗的再出发》（北京大学出版社 2009 年版）的相关章节。

有的根据艺术风格，有的根据代际，比较灵活和自由。第四卷
（1949—1949）根据题材和内容这个标准，按照"翻身的故事"、
"政治的抒情"、"战火中的歌唱"、"生活颂歌"，"时代风景"，依
次展开，一目了然。第五卷采用的是文类、潜在写作、地域、风
格学的标准的混杂，例如"政治抒情诗及其它"，"当年未发表的
诗"，"台湾的现代主义"，"香港的诗"。第八卷（1989—2000）
采用的是新诗史的总体趋势、问题和主题这个标准，例如"转换
和延续"、"拓展与深入"、"探求可能性"、"多向度选择"，等等。
这些都显示出编者自己的历史眼光和学术个性。

4. 业余读者与专业读者的协调。《总系》的自我定位偏重于
学术事业，但它还力图锁定业余读者之外的"专业读者"，兼顾两
者。一方面，《总系》由一批阵容可观的专家悉心编选和排列各个
时段的好诗，每一卷都前置"学术性"很强的长篇导读文字，后
备"技术性"的编辑说明。资料来源方面，尽量采用原始报章和
可靠的善本，这体现了"学术"的风貌。我想到英国学者 André
Lefevere 的著名说法：选本（anthologize）、评论（criticize）、编辑
（edit）和翻译（translate）等都是一种"重写"（re-write）的行
为，每位作家在文学史序列中的位置因此得以重整，他们的符号
资本和文学盛誉经过了人为的掌控。① 从这个角度看，《总系》之
重写文学史的雄心是非常明显的。另一方面，《总系》试图为普通
读者提供一个"好诗"的完整谱系，把"学术"转化为"常识"，
舍弃颇占篇幅的作家小传、人名索引和校勘工作，努力接近普通
读者的阅读心理和市场法则。当然，这种两面兼顾的企图也造成
身份定位的迷失：版本校勘的不足经不住专业读者的挑剔目光，
而大部头的规模又阻吓了普通读者的购买力。

此外，我也发现了《总系》的个别问题，这里简单提出来与
大家交流。

1. 代际划分。十年一代的划分方式符合传统中国人的时间观

---

① André Lefevere, *Translation*, *Rewriting and the Manipulation of Literary Fame*, London: Routledge, 1992.

和历史观，构成了一种思维定势，也是学术研究中"代际划分"的重要依据。例如《中国新文学大系》对于第一个十年的编辑，既有符合历史的一面，也有这种逻辑在内。代际划分也与西方理论有暗合之处。德国社会学家曼海姆（Karl Manheim）率先提出"代际"（generation）研究在历史学中的重要性，由此启发了不少学者，例如舒衡哲（Vera Schwarz）的《中国启蒙运动》，李泽厚的中国近代思想史研究等。但是，十年一代的划分本身也是成问题的。因为这是一个社会学的、外在的标准，背后还隐含着生物学比喻和线性目的论的历史观。《总系》把时间划分为"匀质性"（homogenous）的十年一代，这是方法论上的权宜之计，它预设了一个总体性的结构安排，借此呈现百年新诗的演变历程，给人以经典累积、好诗纷呈的繁荣局面，但也可能遮蔽了文学史的实际，有点化繁为简的味道。如果说，新诗前面三十年的安排和编辑，大体上符合历史（社会政治史和文学史）的话，那么，在处理从1949—2000年这五十年的新诗史的时候，编者还采取干净利落的"一刀切"的做法，也许就不尽妥当了。为什么要把"1949—1959"确立为明确的文学史分期年而不是"1949—1966"或者"1949—1976"？前者的划分方式，果真在新诗史上具有历史和逻辑的重要性或者学理依据？考虑到中国大陆、台湾和香港的新诗发展史演化的不同情形，那么，这种标准就显得过于"硬性"了。

2. 校勘工作。从语文学或文献学的角度看，我觉得《总系》似乎不太注意版本、校勘这类的"琐碎"的技术工作。众所周知，不少新诗最初在报纸杂志上发表，后来又结集出版，都有或多或少的改动。有的诗作重复发表，例如抗战期间的一些诗文（包括朱自清、闻一多、穆旦、梁宗岱、徐迟等人的作品），在重庆、昆明、香港的《大公报》上重复发表，而不同版本的字句互有参差，有时候，差异之大，令人侧目。吴兴华的诗文最初发表在北平、天津、上海的报章上，后来，由林以亮和叶维廉拿到香港和台湾重发，几个版本的改动，不容忽视，譬如，他的诗论《黎尔克的诗》和《现在的新诗》，就是例证。艾青的《诗论》多次印刷，有好几个版本，1949年后的版本也是一改再改。

经典、好诗与文学史

袁可嘉的多篇诗论收入专著《论新诗现代化》之后，题目有所改动，例如《诗的戏剧化》改为《新诗戏剧化》。唐湜的不少诗论收入《新意度集》后，改动更多更大。即使是取自原始报章的诗文，也会有误排、错简、漏印的现象。李金发、鸥外鸥、王独清等喜欢在诗行中插入外文单词和生僻典故，编者也应该注出。

3. 作品遗漏。也许由于资料搜集的困难，《总系》遗漏了一些很有成就的台湾现代诗人。例如，日据时期的天才短命的诗人杨华，他的诗集名为《黑潮集》，反映殖民地台湾的苦难生活。从辽宁移居台湾、以写儿童诗出名、后来死于车祸的杨唤，他的全集前几年已经在台湾出版了。化学家、资深女诗人林泠，她十六岁时以短诗《不系之舟》闻名诗坛，后来出版了《林泠诗集》，杨牧作序。八九十年代的知名抒情诗人杨泽，他仅有的两部诗集是《蔷薇学派的诞生》和《人生是不值得过的》。陈克华、钟玲的诗作在《总系》中也处于"失收"状态。《总系》第九卷（"史料卷"）遗漏了一些有代表性的数据。例如抗战期间桂林的重要刊物《诗》杂志，它的发刊词和鸥外鸥、胡明树的诗论，很有价值。杨牧和郑树森合编的《现代中国诗选》两册（台北：洪范书局，1989 年）也是比较有影响力的选本，此书的序言写得很好。张曼仪、黄继持等编选的两卷本《现代中国诗选（1917—1949）》历经九年的努力，终于在 1974 年由香港大学出版，影响较大，有长篇序言、作者小传和作品索引。马悦然、奚密、向阳编选的《二十世纪台湾诗选》（台北：麦田出版社 2001 年版）也有分量很重的长篇序言。这些东西不难找到，但都没有选入，未免有点儿遗憾了。《总系》第十卷（理论卷）也遗漏了一些重要诗论。一个作者的多篇作品被选入，但没有放在一起，前面出现了鲁迅、吴兴华、路易士、俞平伯、郭沫若，后来又出现了这些人的名字。如果按照诗论的主题、作者、年代等标准分类，效果更好。此外，《总系》没有收入海外学者的新诗选本的序跋，也是一个遗憾，例如，艾克顿和陈世骧的《现代中国诗选》，白英的《当代中国诗选》，许介昱的《20 世纪中国诗选》，林明辉的《20世纪中国女诗人选集》，叶维廉的《防空洞里的抒情诗：现代中国诗》以及《现代中国诗：中华民国的二十位诗人》。①

（原载长春《文艺争鸣》2011年第11期，2011年6月）

经典、好诗与文学史

①　Harold Acton & Ch'en Shih-hsiang eds., *Modern Chinese Poetry*, London：Duckworth, 1936; Robert Payne ed., *Contemporary Chinese Poetry*, London：Routledge, 1947; Hsu Kai-yu ed., *Twentieth Century Chinese Poetry：An Anthology*, Garden City：Doubleday, 1963; Julia C. Lin & Nicholas Kaldis eds., *Twentieth-century Chinese Women's Poetry：An Anthology*, Armonk：M. E. Sharpe, 2009; Yip Wai-lim ed., *Lyrics from Shelters：Modern Chinese Poetry, 1930 – 1950*, New York：Garland, 1992; Yip Wai-lim ed., *Modern Chinese Poetry：Twenty Poets from the Republic of China, 1955 – 1965*, Iowa City：University of Iowa Press, 1970.

精进不息的开拓者

——孙玉石的中国现代诗研究

孙玉石先生从事中国现代文学和新诗史的研究，迄今已逾四十年了。在漫长的学术生涯中，他以无穷的精力开创新领域，取得了杰出的成就，在国内外学术界产生了积极反响。展读晚近出版的十七卷本《孙玉石文集》，孙先生的学思历程一目了然。我作为学术后进，近年来涉足新诗史和新诗理论的领域，像其他青年学子一样，从孙著获得不少启发和灵感。《文集》最能代表孙先生学术成就的，我以为乃是"诗学四书"：《〈野草〉研究》、《中国初期象征派诗歌研究》、《中国现代主义诗潮史论》、《中国现代解诗学的理论与实践》。这四本书的论题、视野和方法不尽相同：有的属于作品专论，有的是流派研究，有的侧重于理论建构。《〈野草〉研究》出版于三十年前，迄今仍是一个里程碑式的作品。因为鲁迅去世后的半个世纪内，关于《野草》的专著并不多见，优秀者更少。那些学者对这本艰深伟大的著作，要么望洋兴叹，一笔带过；要么稍加涉猎，简单评价，谈不上有什么开创性的成果，而孙先生则通过多年的勤勉思考，为这个重要领域贡献了一本精审扎实的专著。不仅如此。孙先生的现代解诗学也是一个重大的发现。古人相信诗是一种神秘之物，不可解释，而且没有固定答案，所谓"诗无达诂"是也。古代解诗学只是知人论世、美刺、点评、笺注而已，缺乏科学性、理论性、系统性的方法论。五四以来的中国学者例如朱光潜等人，受到西方文学理论和英美新批评的启发，从现代知识体系和理论方法出发研究诗歌，相信诗是一种独立自足的意义结构，一种可以进行分析的审美客体，解诗可以是一种科学的活动。准此，孙先生经过孜孜兀兀的努力，总结和阐发了由朱自清、闻一多、朱光潜开创的"现代解诗学"的构想，从纵横两个方向重建了这种解诗学在理论和实践上的特征，其价值和意义，自不待言。

《中国初期象征派诗歌研究》和《中国现代主义诗潮史论》是两部精心结撰的力作。这两本书具有紧密的衔接关系，因为从时间和性质上看来，象征派本来是现代主义链条上的一个重要环节，而前一本书的理论方法在后一本书中得到展开、推进和深化。这两本著作的学术史意义，值得稍加叙述。《中国初期象征派诗歌研究》出版于 1981 年，属于填补空白之作。在此书诞生之前，新诗史研究经常走向作家作品论的形式，学者们对文学流派的丰富性和多样性缺乏认识。彼时的现代文学术界，颇受"左"倾教条的束缚，不少人坚持把现实主义和浪漫主义定为文坛正宗和主流，把其他流派视为末流、支流甚至逆流，罔顾后者存在的价值。当此之际，孙先生显出可贵的学术勇气。他正确指出："艺术发展中的'逆流'和自然现象中的'逆流'，不完全一样。它要复杂得多。我们不能把那些艺术上的'逆流'或'支流'的现象都加以无原则的肯定和追捧，也不能简单地用政治斗争中逆历史潮流而动的'反动'的概念，来轻易地匡束文学流派中各种复杂奇异的现象。"① 孙先生从鲁迅对俄国诗人勃洛克的评语中得到启发，认为象征主义固然起源于异邦，但是其表现方法具有普适性的意义，它超越了时空限制而被中国诗人所挪借、移植和再创造，因此，学者们在研究新诗史的时候应该打破教条主义的偏见，"象征主义和写实主义、浪漫主义，在诗的艺术表现中，不是水火不相容，它们是可以融汇为一的。运用象征主义的方法创作的作品，同样可以表现历史的本质和真实"。明乎此，孙先生勉力钩沉史料，勾勒出以李金发为代表，包括穆

---

① 孙玉石：《中国初期象征派诗歌研究》的《写在前面》，北京大学出版社 2010 年版。

木天、王独清、冯乃超、胡也频、石民、姚蓬子在内的象征派诗歌的一个完整谱系，恢复了他们的合法性、历史地位和本来面目，劳苦功高，端的令人敬佩。至于《中国现代主义诗潮史论》，更有可圈可点之处。众所周知，80年代是一个告别革命、转向改革的年代，在经济领域是全球化、市场化和消费主义，在思想文化领域则是一个"文化热"的年代。关于西方现代主义文学和文艺理论的译介，方兴未艾，如火如荼；同时，对审美自主性的追求、对政治意识形态的反叛，奠基为一个时代的主旋律，由此，文艺界呈现出对"现代主义"的热情，并不奇怪。应该说，此前学术界也注意到中国现代主义诗歌的存在，但多是对于"现代派"作家作品之类的零星研究，随着"象征派诗歌"进入人们的视野以及《九叶集》在80年代初期的热销，人们又发现和追认了"中国新诗派"这个现代主义流派。孙先生从总体上思索了中国新诗三十年的潮流，"从众多的艺术流派的竞相发展中，发现了一个过去曾经得到肯定性的承认与论述，而自50年代初开始，多年来被文学史家们所忽略或贬低的一个事实：由象征主义为滥觞的现代主义的诗歌思潮，是中国现代诗发展中的一个客观存在的历史潮流"。于是，勾画中国现代主义诗潮之完整谱系和演进链条的时机，于焉而兴了；而重新看待这一潮流在整个中国新诗史中的位置，也水到渠成了。孙先生认为，这个潮流经历了荒芜幼稚的萌芽期、广泛的创造和深化的开拓这三个历史阶段，它"同以郭沫若为代表的浪漫主义诗潮，以艾青所代表的现实主义诗潮，一起构成了三十年里中国新诗发展的历史洪流。对于新诗中象征主义、现代主义潮流的发掘与描绘、审视与评价，是恢复中国现代诗歌发展历史本来面目的应尽的职责"。《中国现代主义诗潮史论》可称为一部视野开阔、体大思精的著述：不仅勾画了1949年之前的整个中国现代主义新诗的历史脉络和演变趋势，紧密围绕着20年代的"象征派"、30年代的"现代派"、40年代的"中国新诗派"这三条线索展开分析，兼顾诗歌文本分析、诗人心态研究、诗歌理论阐释，努力寻求中外诗歌艺术的融汇点，其终极旨归乃是想构建一种抱负远大

文心的异同：新马华文文学与中国现代文学论集

的"东方现代诗"。此书与蓝棣之的相关研究一道构成了这一领域最有代表性的先行研究。对审美自主性的强调、对现代主义之重要性的凸显，使得两书在中国当代学术史上的位置更加显豁。之后，新诗研究的重心转向了具有现代主义色彩的作家、作品、流派、社团、刊物的研究，这与孙先生等前辈的先鞭着人的努力是分不开的。

无论作家作品论还是诗歌流派研究，孙先生的学术述作，风格一以贯之：那就是，论从史出，严谨的历史主义态度，注重原始史料的发掘和运用，拒绝依赖现成的史料、文集或者选本，更不屑于以论代史和以论带史。凡拜读过孙著的读者，莫不惊叹孙先生在整理浩瀚的史籍时体现出来的惊人的诚意、细致和耐心，这一点把古代学者的博雅传统发挥得淋漓尽致了。从最早的《中国初期象征派诗歌研究》到最近的《中国新诗总系》第二卷，数十年当中，孙先生以巨大的忍耐力和一往情深的自信，整理数量巨大的、零散杂乱的第一手史料，为论点之说服力提供了强大的支持，真正做到了言必有据、无征不信。即此一项，就是一种最艰难也最重要的业绩。我们知道，汉代经学大师郑玄、何休、马融、许慎等人，博稽群籍，遍校群经，他们在校雠学上的成就，早已载之史册。清代乾嘉学派之惠栋、戴震、钱大昕、阎若璩、段玉裁、王氏父子的朴学功夫，也树立了光辉典范。在现代中国学术史上，朱自清、闻一多、冯至等学者也对文献学作出了有目共睹的贡献。改革开放以来，随着西学东渐，各色理论应接不暇，不少学者贪便宜，求捷径，不肯在文献上下功夫，这种学风的结果如何，可想而知。孙先生致力于中国现代文学研究，凡数十年，他在文献学上的巨大付出，造成了大气磅礴而又厚实绵密的学术个性。《中国现代主义诗潮史论》初版于1999年，其学术史地位早有定论。《中国初期象征派诗歌研究》在1981年问世，迄今仍是这个领域最重要的参考书之一，套用钱锺书《谈艺录》中的话："三十年来，著述薪积，何意此书，未遭弃置"，我想，个中原因，不言自明。至于孙先生的《中国新诗总系》、《〈野草〉研究》、《中国现代解诗学的理论与实践》，其对文献学的钟情和贡献，亦无需多言。

更值得叹赏的，乃是孙著的具有"范式"意义的思路和方法。《中国初期象征派诗歌研究》对于流派研究的重要性、审美自主性和历史化的强调，极为明显而自觉，这在"文革"刚结束后的中国学术界，实已非同寻常。譬如，孙先生发现了李金发挪借法国象征派诗歌艺术以表达一己的颓废感怀、幻美追求、青春热力和异国情调。一方面，孙先生从第一手资料的钩沉、排比和分析入手，对于李金发的思想道路、创作历程和诗歌艺术做了精细绵密的分析，揭示了这个不为人知、然而意义重大的秘密，重新界定了李金发及象征派的开创性功绩及其存在和发展的权利。另一方面，即使是在那些细腻敏锐的、经常是才气横溢的文本细读之中，孙先生也经常提醒人们注意：象征派诗歌"在艺术上新的探索和他们诗篇颓废狭窄的内容、晦涩艰深的艺术方法是伴随一起而来的"。准此，他把这一流派放回到当时的社会文化语境中进行比较分析，通过呈现它们自身的美学理念和修辞技艺来证明其存在和消失的理由，这正如他的精准邃密的观察："李金发的诗的创作数量远远超过他的艺术才华和创造的能力。模仿与因袭已经成了他艺术创作新的桎梏。他不仅模仿别人而且模仿自己。他的艺术想象与表现方法已经陷入自己习惯的轨道，而到了捉襟见肘的窘地。"[①] 当然，孙先生这种不断历史化的努力、强调流派研究的意义、重视边缘和弱势文学的用心，同时也伴随着他对于审美自主性、内在理路或者文学自律的自觉意识。孙先生深刻地指出，有必要在内因和外因相互交织的框架中，把新诗流派的兴起和发展放置在一个三边互动的结构中——

一个新诗流派的产生和发展，固然离不开政治变革和社会的政治思潮的影响，但是，这只是外部的因素。这个因素

① 孙玉石：《中国初期象征派诗歌研究》，第116—117页。

很重要，有时往往起着决定性的作用。但是，还必须看到，决定事物性质的往往是它的内部矛盾运动。外因通过内因发生作用。没有内因的矛盾运动，也就没有纷繁复杂的新诗流派的出现。

新诗流派产生和发展的内因是什么呢？我以为包括有三个方面的因素：（一）艺术内部矛盾运动的发展趋势；（二）诗人思想与美学观点的偏爱倾向；（三）读者审美要求的舆论制约。在这三个互相联系而又各自独立发生作用的因素中，艺术内部矛盾运动的发展趋势，是起主要作用的因素，是主要矛盾的主要方面。这是由艺术本身发展的特点所决定的。①

这段话清晰地体现出作者之清明的理性、辩证的精神和透彻的历史理解力。细心的读者不难发现，孙先生在疏解诗歌文本的时候，走的不是单个的"作家作品论"这种习见的路子，而是按照王瑶先生指示的方法，抓住主要的文学现象展开论述，从大处着眼，努力把握某一个时期的重大问题和脉络。孙先生在研究具体的作家作品、或者一个时期的诗歌现象时，总是乐意从文学史的视角进行整体把握之，或者换句话说，就是在从事批评实践的时候，有意识地带入文学史的眼光。应该说，朱自清先生的《新诗杂话》走的就是这种路子，这比袁可嘉的"新诗现代化"论述更有整体意识和历史感。不仅如此。孙先生的新诗研究的另一大特色是：结合外部研究和内部研究，既有外部的历史文化语境的缕述，也有对于经典文本的审美素质的洞察，实际上，这是一种结合了文本、历史和理论的方法。按照孙先生的说法，就是"文化的"（空间的）、"历史的"（时间的）、"审美的"（本体的）三个视角的融合，这三个视角其实也就是三个"同心圆"，孙先生采取宽广开放的理解方式和综合性的视野，切入新诗史和具体的诗歌文本。进而言之，所谓"文化的视角"，指的就是把

① 孙玉石：《中国初期象征派诗歌研究》，第12页。

诗当作一种文化现象来接受，从多层文化的侧面来理解一首诗的内涵，从文化心态的角度探勘知识分子的精神世界；所谓"历史的视角"，就是勾勒现代主义诗潮的完整历史脉络，把研究对象放到当时的历史环境中进去思考和判断，在普遍联系的关系网络中寻找研究对象的历史参照系，同时拒绝克罗齐的"一切历史都是当代史"的说法；至于"审美的视角"，除了摆脱理论先行，尊重诗人的自我创造性之外，还必须深入诗歌的语言、意象、情感、心理乃至潜意识，理顺诗歌文本的内在逻辑和诗人的思维走向，真正把握住诗人的审美追求和作品的深层意蕴，"努力去做一种诗人创作的'还原'的工作"。不过，我有点担心的是，孙先生重视艺术发展史的"连贯性和内聚力"，致力于"完整"谱系的建构，他勾勒出"象征派"、"现代派"、"中国新诗派"这三条线索，作为中国现代主义诗潮的叙事单元，这固然是一条宏观、整体的把握方式。但是，这有可能在强调了连续性和整一性之外，而忽视了文学史中的断裂、停滞、倒退、重复的一面，把复杂的文学现象框定在一个固定模式中。同时如果以"萌芽"、"诞生"、"成熟"这种生物学的类比来叙述文学史，也会落入一种目的论的历史叙事中，韦勒克曾经剖析过这种演变论的缺失，值得我们思考。①

在孙先生关于现代主义诗潮的研究著述中，我们多次发现他采用了比较诗学和影响研究的方法，目的在于求得一个最高的诗学理想，那就是"中西诗学的融合"。非常明确，在全球化的历史处境中，在后殖民理论蓬勃的时代，这种"融合论"强调的乃是民族本位和文化身份之重要，以及把中国性和现代性的交织互动视为最高的愿景，它影响了后来的一系列新诗研究著作，甚至在后来的关于百年新诗的语言问题，关于穆旦与中国性的争论中，也透露出身份政治的消息。孙先生认为，这种中西诗艺融合的愿景，在30年代的"现代派"那里体现得很明显。因为戴望

① ［美］韦勒克：《文学史上的演变概念》，见雷内·韦勒克《批评的概念》，张金言译，中国美术学院出版社1999年版，第34—49页。

舒、卞之琳、何其芳、林庚、废名等人的诗歌艺术，"内接中国传统诗歌注重含蓄内蕴的一路"（主要是晚唐五代的诗词意境），"外近世界诗歌以新的艺术方法贴近现代生活脉搏的新潮"（主要是后期象征主义和意象派诗歌），从而达到了"化欧"与"化古"的相融合的艺术境界。这毋宁说是十多年前孙先生自己的诗学理想的表达。本书第十一章"结语：东方现代诗的构想和建设"包含着许多真知灼见，融会了孙先生多年以来的深入思考，而翔实的史料排比和精密的理论分析，在在令人叹赏。孙先生认为，在现代新诗三十年的发展历程中，理论家对中西诗艺融合的探索，从"五四"直到"四九"，不绝如缕，甚至连袁可嘉的新诗现代化也是一种融合——

> 到了这里，"现实、象征、玄学"的高度综合，既不单纯是西方诗艺的复述，也不单是传统诗艺的回响，"五四"以来对中外诗艺的融合，由于高度的综合，已进入艺术创造的无差别境界——东西融合而浑然难分的艺术境地。它使异域现代诗的艺术探求和传统诗歌的艺术魅力，在新的观念与运作中达到了交汇。混沌经过淘洗已经升华为一种新的纯净。"现实"、"象征"、"玄学"这些概念已经注入了东西诗艺血液汇流之后的新的内涵。……（中略）我们可以这样说，"现实、象征、玄学"这一综合论新诗本体观的提出及实践，完成了西方现代诗沿着东方民族自身特定的生活环境、知识者文化心态与独特审美原则制约的艺术轨道的转变与渗透。吸收西方与回归传统在现实与象征完美统一的层面上得到实现。①

其实，袁可嘉的"综合论"讲求中西方之间的会通，不免仍带有本质主义的嫌疑，甚至"综合"也可能是一个临时性的、缺乏内在深度的概念。为了勾勒出一条清晰的、连续的、完整的历

---

① 孙玉石：《中国现代主义诗潮史论》，北京大学出版社 1999 年版，第 485 页。

精进不息的开拓者

史线索，袁可嘉的论说似乎被理想化了。在缕述了新诗现代化的七个原则之后，袁可嘉郑重其事地向古典和传统致敬："新的文学批评必须恪尽职责；它必须从新的批评角度用新的批评语言对古代诗歌——我们的宝藏——予以重新估价，指出传统与现代化的关系，分析其决不仅仅是否定其伟大价值。"① 不过总体看来，我觉得袁可嘉的"新诗现代化"方案的内在紧张在于：一方面，他对艾略特在《传统与个人才能》中提出的见解服膺拳拳，意识到除去西洋现代诗的影响之外，也应重视中国古典的创造性转化；另一方面，他的二十余篇批评文字在连篇累牍地援引西洋现代诗学之外，罕见关于如何重估传统与转化传统的进一步论述。那么，袁氏何以无力从事这种"现代转化"的学术工程呢？推究原因，这可能是由于他当时年龄尚轻（二十五六岁左右），知识源流偏向于西方现代文学，远远称不上"学贯中西"、"博古通今"，他面对浩无际涯的古典学术和诗学传统，缺乏前辈学者的美学判断与理论鉴知。也许可以这样说，袁氏的论述带有强烈的价值预设和理论先见：前提是西方文学知识和价值标准的普适性，在规划新诗现代化方案时首先想到的是西方典范的挪借，"传统"之于袁可嘉没有成为"被意识到的"历史内容。当他向艾略特的《传统与个人才能》致敬时，才被动地唤起了对传统之重要性的认知，因此不得不浮光掠影地在行文中加以提及。在他的时间序列中，本土传统落后于西方经验，后者被优先考虑，两者构成了不对称的关系。因此，我的总体感觉是，袁可嘉的新诗现代化论述不是回归传统和中西诗艺的融合，而是传统诗学的缺席和西方理论的完胜。

当下致力于新诗研究的学者们，在作家作品、流派、文类、社团、印刷文化等大宗论述之外，或可另辟创意的空间，追寻新的进路和可能性。例如，超越流派研究、断代研究、作家作品研究、文学史研究的现有模式，在新诗现代性的整体格局中，发现

---

① 袁可嘉：《新诗现代化——新传统的寻求》，天津《大公报》副刊星期文艺第 25 期（1947 年 3 月 30 日）。

和勾勒一个重要的理论问题或文学现象，把众多竞争性的声音纳入一个共时性和历时性相交织的动态结构中，观察、描述和诠释这一现象或问题的不断变化的历史踪迹，从而为重新理解新诗史提供新的讨论框架和思考角度。或者研究现代中国抒情诗的结构，或者探勘新诗语言观的流变，或者从思想文化史的角度切入文本，或者把一部作品、一本书、一篇文章的结构作为单位，或者考察翻译在新诗史中的地位和功能，等等，这些也许是行之有效、富有潜力的课题。

虽然我有方法论上的异见和几点不成熟的倡议，但无可否认的是，孙先生的新诗研究仍是迄今为止这个领域中最有分量的著述之一，他在学术史上的开创性贡献，他的淹博渊通的学识，他的许多无法忘怀的贡献，这里限于篇幅，无法一一列举。毫无疑问，从新中国成立直到现在，孙先生的"诗学四书"已是绕不开的标志性著作了，后之来者必须在充分消化、吸收、辩难孙著的基础上，始能另起炉灶，再创典范。而尤其令人感佩的是，近年来，孙先生更埋首穷究新诗史料、修正前论、精进不息，诚所谓老骥伏枥、志在千里，烈士暮年、壮心不已！这使我们有更加充分的理由相信：孙先生未来的著述，必当百尺竿头，更进一步。

（原载北京大学《新诗评论》第15辑，2012年5月）

精进不息的开拓者

理论的自觉与批评的睿智

——吴思敬的中国新诗研究

　　吴思敬先生从事中国新诗研究，迄今已有数十年的光景了。在漫长的学术生涯中，吴先生展开了讲习、笔耕、心传、编辑、组织等一系列的学术活动，推进了中国新诗的理论建设和批评实践。执教数十年来，吴先生循循善诱，作育英才，对于一名德高望重的前辈学者来说，还有什么比"薪火相传"更令人欣慰的呢？吴先生是勤勉的学者和教育家，迄今共出版了十余部著作，他是当代诗发展的见证人、参与者和批评者，他的《诗歌基本原理》、《诗歌鉴赏心理》、《心理诗学》等理论著作以及《诗学沉思录》、《走向哲学的诗》、《自由的精灵与沉重的翅膀》等论文集，都是厚重扎实的著述。作为晚生后辈，我亦长期关注和拜读他的著述，无形中稍窥其治学门径，现在把这些心得感言记录下来，以就正于吴先生和各位方家。

　　吴先生对新诗研究的贡献是多方面的，首先应该提到的是他的三部理论著作。五四以来，关于诗歌理论（即狭义的"诗学"）的研究向来是一片生荒地。除了杨鸿烈的《中国诗学大纲》、朱光潜的《诗论》、朱自清的《诗言志辨》、袁可嘉的《论新诗现代化》之外，现有的几本诗学著，大多浮皮潦草，乏善可陈。在 80 年代的中国学术界，尽管有俄苏文艺理论、蔡仪的《文学概论》、以群的《文学基本原理》产生了较大影响，但都是一般意义上的"文学概论"，而没有真正涉及"诗歌理论"。80 年代初，随着改革开放的出现，西学东渐，理论纷呈。吴先生敏锐地把握到学术气候的变迁，他博采西方文论和科学方法而加以创造性的综合，取得了重要的成就。《诗歌的基本原理》煌煌三十万言，[①] 既高屋建瓴，举重若轻，又材料丰赡，要言不烦。此书分四编，分别从本体论、创作论、鉴赏论、诗人论等层面，兼顾诗歌、诗人和读者这三个视角，分门别类，条分缕析，阐发了诗歌理论的基本问题，是一本非常可观的著作。吴先生运用系统论、信息论的方法和心理学的最新成就，对于诗歌本质、创作和欣赏的特征和规律进行了有深度的探索；同时，他注意从诗歌的历史和现状出发去把握诗歌的特殊性，避免了一般文学理论的抽象演绎，而侧重于有关诗歌之"特殊性"的考察。那么，这种所谓的"特殊性"究竟是什么呢？第一编第二章论证诗歌乃是"中介系统"中的一个子系统，经过剥笋式的层层深入的分析，作者指出：诗歌与科学不同，前者是一种"艺术"形式；而在诸种艺术形式中，诗歌又不同于空间艺术和时间艺术，它乃是一种语言艺术或文学形式；而在众多的文学形式中，诗歌又区别于叙事类和戏剧类的文学，因为它乃是一种重视抒情性和想象力的文学样式。

《诗歌的基本原理》是一本精心结撰的著述，可圈可点之处甚多。第一编第三章论述的主题是"诗的掌握世界的方式"。其实黑格尔早已指出，诗和散文是两个不同的意识领域、两种不同的掌握世界的方式——

　　　　等到散文已把精神界全部内容都纳入它的掌握方式之中，并在其中一切之上都打下散文掌握方式的烙印的时候，诗就要接受彻底重新熔铸的任务，它就会发现散文意识不那么易听指使，而是从各方面给诗制造困难。诗就不仅要摆脱日常意识对于琐屑的偶然现象的顽强执著，要把对事物之间联系的单凭知解力的观察提高到理性，要把玄学思维仿佛在精神本身上重新具体化为诗的想象，而且为着达到这些目的，还要把散文意识的寻常表现方式转化为诗的表现方式，

① 吴思敬：《诗歌的基本原理》，工人出版社1987年版。

在这种矛盾所必然引起的意匠经营之中，还必须完全保持艺术所应有的自然流露和原始状态的自由。①

按照黑格尔的理解，散文与诗的区别乃在于：一个是日常生活的，一个是精神世界的；一个是纪实性的，一个是想象力的；一个是受拘束的，一个是自由不羁的。因此，吴先生强调诗歌的主体性原则，认为这一原则必然具有真实性、独特性和普遍性的特质。他进而论证，诗固然是生命律动之一端，但是它与时间艺术和空间艺术不同，诗歌中运动的表现方式乃自有其独特性，因为它必须借助于林林总总的艺术手法来达成此目的，这包括：动态意象，无生命事物的心灵化，跳跃性的组合，心理学上的同时反衬，参照物的改变，等等。② 本书关于诗歌之时空观的论述，即使现在看来，仍有不少创见，时光的消失并不能损害其"解释的有效性"。诗歌中的时间和空间，不能从物理学意义上去理解而只能归入心理学的范畴，时间的空间化以及空间的时间化分别是两个重要而常见的现象，至于其中的奥秘和魅力，吴先生指出："时间的空间化不仅可以避免刻板枯燥的时间表示，而且由于时间转化为具体可感的空间意象，就有可能打破物理时间顺序流动的局限，出现时序的倒流、超越、停滞、错乱，从而提供了意象重新组合的无穷的可能性，以充分显示诗人的主观世界。"③那么，诗歌中的时间表现采取了哪些方式呢？吴先生认为，主要有遵循自然顺序、延长时间、复现时间、压缩时间、打破时间（包括倒流、超越、错乱）、取消时间，等等，他为此举出了充分的例证。这些都是启人心智的精辟之论。例如，吴先生把"时间压缩"细分为"超越"和"包孕"两种形式，关于后者，他认为是在诗歌中选取"富于包孕的顷刻"来写，艾略特的《四个四重奏》、莱辛的《拉奥孔》、卢纶的《塞下曲》、徐志摩

---

① ［德］黑格尔：《美学》第三卷下册，朱光潜译，商务印书馆2006年版，第25—26页。

② 吴思敬：《诗歌的基本原理》，第79—88页。

③ 同上书，第95页。

的《沙扬娜拉》就是经典的例证，这种手法具有包容过去、孕育未来的特色，省略了故事情节而把过去与未来凝聚于精彩的瞬间，增加了心理时间的浓度，也扩大了诗歌的想象空间，具有含蓄隽永、意在言外的效果。我以前研究吴兴华的现代诗，发现他有意从德国诗人里尔克那里学会了一种技巧"古典新诠"，现在看来，这种手法正是由于结合了"时间压缩"手法的运用，才焕发出了迷人的魅力。吴兴华认为，从《画册》开始，里尔克发展出敏锐得几乎反常的感觉与想象力："趋向人物事件的深心，而在平凡中看出不平凡"，"能够在一大串不连贯或表面上不相连贯的时间中选择出最丰满、最紧张、最富于暗示性的片刻，同时在他端详一件静物或一个动物时，他的眼睛也因训练的关系会不假思索地撇开外表上的虚饰而看到内心的隐秘"。[①] 吴兴华"古典新诠"类型的诗篇，有意浓缩了大部分故事情节而以冷凝的笔触捕捉有意味的瞬间，将其定型为超越时空的刻刻如在眼前的永恒姿势，深入人物内心，移情体验，传达作者的现代意识。[②] 实际上，这种"最丰满，最紧张、最富于暗示性的片刻"就是吴思敬先生这里论述的"时间压缩"的形式之一"富于包孕的顷刻"。至于诗歌中的空间问题，吴先生认为，它具有主观性、间接性、变异性的特点；那么，如何理解诗歌中空间的时间化现象，以及诗歌中空间的表现形式到底有哪些呢？吴先生敏锐地发现，这主要采取了两种样态：第一，遵循现实的空间顺序（主要表现为凸聚法和移步法），第二，打破现实的空间顺序（采取凝缩法和错位法），通过这些新颖的空间表现，诗歌扩大了容量，制造了立体感。此外，关于诗歌艺术的辩证法范畴，包括有我与无我、有限与无限、单纯与复杂、写形与传神、精确与模糊、虚与实、小与大、藏与露、直与曲、平与奇、生与熟，等等，本书也有深刻的剖析，限于篇幅，在此不能枚举。

———————————

① 吴兴华：《黎尔克的诗》，《中德学志》5 卷 1、2 期合刊，第 74 页。
② 张松建：《知识之航与历史想象：重读吴兴华》，香港《人文中国学报》第 15 期，第 363—396 页。

美国理论家艾布拉姆斯的《镜与灯》认为，"世界"、"作者"、"文本"、"读者"这四个要素构成了一个互动的结构，一个辩证的系统。但是长期以来，文学理论和文学批评的焦点限制在世界、作家和文本上面，无论社会学批评、传记研究、作家论，还是后起的俄国形式主义和英美新批评，都有意无意地忽视了"读者"这个重要环节，只有到了现代阐释学、接受美学和读者—反应批评家那里，这个问题的深度探讨才被提上了日程，但是他们的着眼点不在于读者心理而在于外在的认知模式。其实，别林斯基早就点出了"一千个读者有一千个哈姆莱特"的现象，马克思也说过类似的话："对于不辨音律的耳朵来说，最美的音乐也毫无意义，因为音乐对他来说没有构成审美对象"，以及中国的往圣先贤孟子的名言"以意逆志"，其实都指明了读者在文本意义的生成过程中所起的作用。吴先生之于诗歌理论的贡献，另有《诗歌鉴赏心理》和《心理诗学》二书。① 长期以来，他保持着浓厚的理论热忱，致力于心理学和诗学的搭桥，上述著作就是这种研究思路的结晶。但是，吴先生又坚持着文艺学和诗学的本位立场，避免让生气淋漓的诗文学变成了阐发心理学之普遍原理的脚注或材料，所以他的出发点在于：灵活地使用现代心理学（以及接受美学）的原理或方法，考察和追踪诗歌创作与鉴赏的发生过程，而其最后的"落脚点"仍在于在建设新的诗学体系，为文艺学的大厦增砖添瓦。《诗歌鉴赏心理》应时而出，博收杂取现代心理学的最新成果，在充分消化吸收的基础上加以改造和调整，又结合诗文学的本体特征而发展出适宜的理论话语，在方法论上可以说是一种跨学科的研究，属于当时比较新潮的边缘学科和交叉学科。此书从四个层面或角度出发，完整系统地探讨了读者的审美心理结构（包括功能、要素和形成）、诗歌鉴赏的心理条件（包括心理信息储存、心理定势、鉴赏处境与注意力）、诗歌鉴赏的心理流程（包括语言信息的接收、意

① 吴思敬：《诗歌鉴赏心理》，辽宁人民出版社 1987 年版；《心理诗学》，首都师范大学出版社 1996 年版。

文心的异同：新马华文文学与中国现代文学论集

象的显现、深层意蕴的探求）、诗歌鉴赏的心理状态（包括虚静、迷狂与顿悟）与效应（包括异质同构、自我发现与心灵的自由感），言简意赅、钩玄提要。对于诗歌欣赏中常见的一些问题，本书提供了一个有说服力的论述模式，读者披览之后，相信一些谜团自会涣然冰释。《心理诗学》出版于整整十年后，延续了吴先生对于诗歌理论问题的中心关怀和深入思考，此书逐一剖析了诗人的创作心理过程（包括内驱力，心理场，信息的内化、再生与外化）、创作心态、个性气质这三大板块，其中的"内在感官"、"知觉障碍"、"潜思维"、"表象改造"等概念范畴的分析，令人颇获教益。

　　总体上看来，上述三本理论著作，涉及古今中外众多的诗歌经典文本，而尤以现代诗为主，故而视野开阔，见出长期的知识积累和学术准备。作者从浩瀚的史料中归纳和概括出诗歌的基本原理，在解读文本时巧妙地运用这些原理，或者换言之，让这些原理经受实践的检验。要知道，在图书资料不太丰富，而电脑又没有使用的情况下，吴先生耗费的心血之大，可以想见，而此书正是他厚积薄发、发越创获的典范。同时，由于吴先生具有良好的理论素养，他的文本细读没有流于感觉印象的复述，而是依靠西方理论"照明"了文本内涵，发现了重新阐释的创意空间，这正是他作为"批评家"之区别于文学史家的一个优势。当然，我在受教之余，亦不免有如下困惑。《诗歌的基本原理》在论题的设置上可能限制了自己的方法和视野。作者打破时空界限，从普遍联系的角度出发，自由出入于古诗、现代诗、中国诗、外国诗的博大堂奥，一方面固然是视野开阔，左右逢源，但另一方面，这种不加区分、打包处理的写作方式，可能会遮蔽或忽略了诗歌的现代性、民族性、历史性的维度，以至于在一个定型化、共时性的框架中思考问题，有时流于平面化的叙述，不易做出更有深度和复杂性的探讨。

　　重要的是，吴先生不但是具有思辨能力的理论家，而且是眼光敏锐的批评家，这两种身份的交相为用和相辅相成提升了他的学术境界。韦勒克指出，在文学史、文学理论、文学批评这三个

理论的自觉与批评的睿智

概念之间做出区分是极为重要的："文学理论"指的是对文学的原理、文学的范畴和判断标准等问题的研究，而"文学批评"或"文学史"则研究的是具体的文学艺术作品。① 作为一个对诗歌抱有挚爱和关切的学者，吴先生密切关注当代诗的现状和趋势，他评述诗刊《他们》的贡献，漫议《北京文学》的近期诗作，肯定新潮诗论的价值，反思校园朗诵诗和科学诗的兴起，对舒婷、江河、顾城、食指等诗人展开个案研究，在在显出敏锐的理解和中肯的评断。例如关于 90 年代中国新诗的走向，吴先生指出，它出现了"个人化写作的涨潮"、"先锋情绪的淡化"、"对传统的重新审视"、"一定程度的回归现实"四个维度。如何看待其中的叙事性因素呢？吴先生指出："叙事因素的强化与叙事性话语的重现，不是说诗人们又回过头去写传统的叙事诗或小叙事诗，而是透过现实生活中捕捉的某一瞬间，展示诗人对事物观察的角度以及某种体悟，从而对现实的生存状态予以揭示，一般不以完整地展示一个故事或塑造一个完整的人物为目的，这是一种诗性的叙事。"② 对于当代诗坛的重大现象，吴先生保持了独立的思考能力和公正的价值判断。例如，在考察转型期的中国社会与当代诗歌主潮的问题时，吴先生发现，后者最不容忽视的特征是"平民化倾向"，这与彼时的中国社会的巨大变化和时代氛围密切相关，不仅如此，在缕述和分析了这一变化之后，他提出了一个前瞻性的看法："90 年代诗歌平民化倾向的出现，体现了诗人在经历了 80 年代封闭、高蹈云端式的实验后，对现实的一种回归，是诗人面对现实生存的一种新的探险，这必然带来诗美追求上的变化，并对诗歌的表现手段提出新的要求。"③ 在讨论"字思维"与现代诗学建设的时候，他指出："在世纪之交进行的这场讨论，不仅加深了对汉字文化内涵的认识，而且涉及对母语文化独特性的思考，涉及古老的中国文化与现代文化的衔

① ［美］勒内·韦勒克、奥斯汀·沃伦：《文学理论》（修订版），刘象愚等译，江苏教育出版社 2005 年版，第 32 页。

② 吴思敬：《走向哲学的诗》，学苑出版社 2002 年版，第 108—109 页。

③ 同上书，第 120 页。

接，这对于中国的现代诗学建设是有深远意义的。"① 这无疑是公允的论断。关于 21 世纪初中国新诗的总体风貌，吴先生提出了他的同步思考和整体判断，他从"消解深度与重建诗的良知并存"、"灵性书写与低俗欲望的宣泄并存"、"宏大叙事与日常经验书写并存"的角度，勾勒出清晰准确的线索。② 试想：如果没有对大量文本的细读，怎会有如此精准的论断！吴先生关于新诗"经典化"问题的论说，也值得赞赏。众所周知，当代诗人出于影响的焦虑，急于进入文学史而成为流传后世的经典，以致党同伐异、互相攻讦，或者竞相出版诗集，以经典施施然自诩。针对这股浮夸庸俗的风潮，吴先生保持了冷静的头脑，他谆谆告诫说：文本是诗歌经典形成的基础，经典的形成离不开批评家的创造性的阐释，经典的形成始终有赖于权力和体制的参与，一部分诗歌的经典化的形成伴随着另一部分诗歌"去经典化"的过程。③

吴先生的批评实践显示了他对文学史的通盘把握和敏锐的鉴知。关于文学史研究之对于文学批评的重要性，美国大学者韦勒克有一针见血的批评——

　　反过来说，文学史对于文学批评也是极其重要的，因为文学批评必须超越单凭个人好恶的最主观的判断。一个批评家倘若满足于无视所有文学史上的关系，便会常常发生判断的错误。他将会搞不清哪些作品是创新的，哪些是师承前人的。而且，由于不了解历史上的情况，他将常常误解许多具体的文学作品。批评家缺乏或全然不懂文学史知识，很可能会马马虎虎，瞎蒙乱猜，或者沾沾自喜于描述自己"在名著中的历险记"；一般说来，这种批评家会避免讨论比较远古的作品，而心安理得地把它们交给考古学家和语文学家去

① 吴思敬：《走向哲学的诗》，第 136—143 页。
② 吴思敬：《自由的精灵与沉重的翅膀》，安徽教育出版社 2011 年版，第 132—145 页。
③ 同上书，第 10—16 页。

研究。①

吴先生认为，新诗已在历史演进过程中形成了自己的一脉传统，这是一个有眼光的论述。从五四时期的元老诗人，一直到 21 世纪的新进诗人，新诗发展史中的重要诗人和经典作品，吴先生大都有一己的深入反思。他对 "20 世纪新诗思潮" 的述评，对 "穆旦研究" 中几个话题的思考，他把牛汉作为新诗史研究之 "重要课题" 的倡议，大多凝聚了他的严肃认真的思考。他从宏观上考察过 20 世纪新诗理论的焦点问题，认为 "对诗歌现代化的呼唤"、"诗体解放与诗体变革"、"自由与格律的消长" 构成了三个主题级的剧情轴线。② 关于当代新诗发展中的一些新现象、新问题，吴先生有孜孜不倦的探讨，譬如关于代际划分与 "中生代" 的命名，关于 "中年写作" 在诗人创作历程中的位置，关于 "新媒体" 的兴起对于诗歌写作的冲击，关于 "底层写作"，关于 "城市化" 视野中的当代诗歌，关于 "女性诗歌"，关于 "大学生诗歌"，关于 "图腾诗"，等等，对于上述课题，吴先生提出了发人深省的论点。

吴先生还是文艺和学术活动的热心组织者。他长期主编《诗探索》这份知名刊物，登载海内外资深学者和青年才俊的大量作品，产生了良好反响。他担任众多的文艺社团和学术机构的评委，奖掖后进，不遗余力，为挖掘优秀作家和学者作出了贡献。多年以来，他与赵敏俐先生一道，主持首都师范大学中国诗歌研究中心的日常工作，通过举办讲座、学术会议、座谈会、住校诗人制度等一系列活动，积极参与中外学术界以及两岸四地的学术交流，有力地推动了中国新诗研究的深入展开。

（原载南开大学《文学与文化》2012 年第 4 期，2012 年 12 月）

---

① ［美］韦勒克、沃伦：《文学理论》（修订版），第 39 页。
② 吴思敬：《自由的精灵与沉重的翅膀》，第 27—42 页。

后　记

收录在这里的 18 篇论文和评论，写作于 2002—2012 年之间。上编的 6 篇长文，是关于新马华文文学的研究。从 2002 年以来，我在狮城的生活经验，断断续续加起来有八年之久。其间结识了一批新马作家，阅读了一些华文文学作品；而且，本地有关东南亚研究的图书资料，亦相当丰富。所以，我就因利乘便，就地取材，把我的研究对象从中国现当代文学扩展到海外华文文学。后来越来越发现，这其实是一个充满魅力的研究领域。下编的 12 篇评论，是关于中国现代文学研究的评议，所评对象是中国内地、中国香港，英国，美国，新加坡，日本学者的论著。此类文章大都是我在求学过程中向前辈学习的笔记，反映了当时的认识。归拢来看，这 18 篇文字长短不一、风格参差，而力图发现评论对象的文心之异同，则是我写作的初衷，所以也就以此为书名吧。

我要记下一些师友的名字，向他们表示由衷的敬意与感谢（恕免敬称）。我先后从学的三位恩师张德明、王润华、解志熙多年来一直在关心和指点我的学业。吴思敬、孙玉石、徐杰、周建渝、沈卫威、刘宏、张钊贻、王德威、刘禾、李陀等前辈或师长，对我时有热情的关怀和鼓励。需要说明的是，根据出版社的字数要求，收录于此书的文章都经过了删订。

2010 年 1 月，我开始任教于首都师范大学文学院。校、院领导为我提供了良好的生活条件，一些同事对我有热心的帮助。本书的出版受到首师大专业建设经费的支持。在此一并致谢。

2012 年 8 月 15 日于新加坡